Kristina Ohlsson

Sündengräber

Kristina Ohlsson

Sündengräber

Thriller

Deutsch von Susanne Dahmann

LIMES

Die Originalausgabe erschien 2017 unter dem Titel »Syndafloder«
bei Piratförlaget, Stockholm.

1. Auflage

Redaktion: Leena Flegler
Umschlaggestaltung: www.buerosued.de
Umschlagmotiv: Roy Bishop/Arcangel Images
BL · Herstellung: sam
Satz: Buch-Werkstatt GmbH, Bad Aibling
Druck und Bindung: GGP Media GmbH, Pößneck
Printed in Germany
ISBN 978-3-8090-2697-6

www.limes-verlag.de

Für Annika,
eine der Allerbesten

Dies ist eine erfundene Geschichte.
Alle Ähnlichkeiten mit lebenden
Personen und realen Ereignissen sind
dem Zufall geschuldet.

Drei verirrte Männer

April 2016

Der erste Mann: Das Testament

ALL DIESE ENTSCHEIDUNGEN. Während seiner letzten Lebensmonate sollte er diesen Gedanken am häufigsten haben. All die Fragen, die eine Antwort erforderten, all die Antworten, die wiederum Entscheidungen gleichkamen. Wie er leben wollte; wie er sterben wollte. Welche Geheimnisse er noch jemandem mitteilen wollte und wie viele er mit ins Grab nehmen würde.

Sie verdiente es, Bescheid zu wissen. Davon war er fest überzeugt. Weniger sicher war er sich, ob sie wirklich wissen müsste, was er all die Jahre vor ihr geheim gehalten hatte, während er noch am Leben gewesen war. Immerhin war er immer der Ansicht gewesen, ihrer Beziehung gehe es am besten, wenn er weiterhin schwieg. Ihre Zeit war so knapp bemessen, und er hatte noch so viel zu tun … oder um eine abgegriffene Formulierung zu gebrauchen: Nun war die Zeit gekommen, alte Sünden zu sühnen.

Also setzte er sich an einem regnerischen Vormittag im April an seinen Schreibtisch und verfasste den wichtigsten Brief seines Lebens. Jedes Wort musste mit größter Sorgfalt gewählt werden, jeder Satz sollte aufs Äußerste feinpoliert sein. Als er fertig war, las er den Text wieder und immer wieder; öfter, als er hinterher zu zählen vermocht hätte. Irgendwann war er zufrieden. Oder vielmehr resigniert. Besser würde es nicht mehr werden. Und er würde niemals erleben, wie sie reagierte, sobald sie erführe, was er getan hatte. Erschöpft stand er auf. Er musste zu Mittag essen, sich ausruhen, einen Spaziergang machen. Er musste raus. Doch mit einem Mal überkamen ihn Reue und Unruhe.

Er setzte sich.

Noch mal von vorn, dachte er. Ich muss diesen Brief noch mal lesen.

Also tat er es.

Geliebte,
nun ist eine Weile vergangen, seit wir den schlimmsten aller Bescheide erhalten haben. Mein Todestag steht fest, wir kennen beide das Datum. Es ist unbegreiflich – ich kann es nicht fassen –, dass ich hier sitze und schreibe und gleichzeitig weiß, dass meine Zeit bemessen ist. Das war sie im Grunde immer, auch wenn wir Menschen oft nachlässig glauben, dass der Tod nur für andere gilt und nicht für uns selbst. Als gäbe es eine dritte Alternative irgendwo zwischen dem ewigen Leben und der ewigen Ruhe. Als könnte man, ganz wie man wollte, durch das Tor schreiten, das die Lebenden von den Toten trennt. Glaub mir, so ist es nicht. Vielleicht verdiene ich es nicht besser. Vielleicht ist es sogar gerecht, dass ich früher abberufen werde, als wir beide es uns gewünscht haben. Deshalb schreibe ich diesen Brief – weil ich eine solche Angst habe, dass ich den Tod verdienen könnte, der vor mir liegt.
Du sollst endlich erfahren, dass ich vor etlichen Jahren etwas erbärmlich Dummes getan habe. Weißt Du noch, als unsere Tochter gerade zur Welt gekommen war und ich immer noch mit den Verletzungen zu kämpfen hatte, die ich mir bei dem Autounfall zugezogen hatte? Natürlich erinnerst Du Dich, das war eine schlimme Zeit. Und sicher erinnerst Du Dich auch noch an die Tabletten, die ich genommen habe, und daran, wie wir darüber gelacht haben, dass sie stark genug seien, um ein Pferd in Tiefschlaf zu versetzen. Gott weiß, dass ich die Tabletten gebraucht habe, um den Alltag durchzustehen, um meine Kräfte und meinen Körper zurückzugewinnen. Aber es war, wie Du gesagt hast – Kopf und Blick wurden einfach nicht klar, ehe

die Schmerzen endlich nachließen und ich mich vom Morphium freigemacht hatte.
Ein einziges Mal war ich unaufmerksam. Ein einziges Mal. Doch das genügte, um das Leben eines Menschen zu zerstören. Es war ein Dienstag. Folgendes ist passiert:
Ich setzte mich ins Auto, um nach Uppsala zu fahren und meinen Chef anlässlich eines Geschäftsessens zu treffen, das später am Abend stattfinden sollte. Obwohl ich krankgeschrieben war, obwohl ich Probleme hatte, mich zu bewegen. Und obwohl meine Sinne durch die vielen Tabletten benebelt waren. Ich hätte mit der Bahn fahren müssen. Aber das tat ich nicht.
Und ich überfuhr einen anderen Menschen.
Ja, du hast richtig gelesen. Es ist schrecklich und verdammt noch mal unmöglich, es ungeschehen zu machen. Das Geräusch, als sie auf die Motorhaube krachte, als ihr Kopf gegen die Windschutzscheibe knallte … und dann der vollkommen bizarre Anblick, wie sie keine drei Sekunden später leblos auf der Straße hinter dem Auto lag. Ich weiß noch, wie ich in den Rückspiegel starrte und nicht begreifen konnte, wie sie dort hingekommen war.
Alles andere hingegen begriff ich nur allzu gut.
Entweder würde ich anhalten und die Verantwortung dafür übernehmen müssen, was ich getan hatte, und da wäre mein Leben zu Ende. Da würde ich vielleicht sogar Dich und unser Kind verlieren. Oder ich würde weiterfahren und so tun, als wäre nichts geschehen. Ich sah mich um, entdeckte keine Menschenseele, keinen Zeugen. Da war bloß Stille. Also wählte ich Letzteres: Ich ließ sie dort auf der Straße liegen. Dachte, eine solche Entscheidung trifft man nur ein Mal und ohne jedes Recht auf Reue. Ich weiß nicht mehr, welche Gedanken mir durch den Kopf gingen, als das Auto wieder anrollte; wahrscheinlich nicht viele. Doch Schuld und Scham saßen mir im Nacken, und es ist seither

kein Tag vergangen, an dem ich nicht mit der Erinnerung daran gerungen hätte.
Natürlich haben die Zeitungen darüber berichtet, und insgeheim habe ich verfolgt, wie es der Frau ergangen ist, die ich überfahren hatte. Zu meinem großen Erstaunen überlebte sie nämlich. Mehr oder weniger. Es war allerdings nicht mehr viel von jenem Menschen übrig, der sie einmal gewesen war. Leider tun wir das – retten Menschen um jeden Preis.
Jetzt bist Du wahrscheinlich zutiefst schockiert. Gewiss wirfst Du mir Feigheit vor, fragst Dich, was zum Teufel ich mir dabei gedacht habe.
Ich habe an mich gedacht. So muss die kurze Antwort wohl lauten. Und an Dich und unsere Tochter und später auch an unseren Sohn. Und so blieb es bis vor einigen Monaten. Du weißt schon – bis alles anders wurde. Bis alles zerbrach und ich etwas über meinen Tod erfuhr, was ich nicht hatte ahnen können. Da beschloss ich, dass es an der Zeit war, die Verantwortung dafür zu übernehmen, was damals falsch gelaufen war. Sühne zu tun für mein Verbrechen.
Das habe ich getan. Ich habe versucht, die Folgen des Unglücks geradezurücken. Zumindest soweit das möglich ist. Ich fürchte, dass es in diesem Zuge unvermeidlich war, Spuren zu hinterlassen. Deshalb schreibe ich Dir diesen Brief, denn ich glaube, es besteht die Gefahr, dass die Polizei sich den Unfall, den ich verursacht habe, wieder vornehmen und mich ausfindig machen könnte. Mich finden und feststellen könnte, dass ich tot bin. Und natürlich sollst Du nicht auf diese Weise erfahren, was ich getan habe. Du sollst es von mir erfahren.
Ich habe eine junge Frau überfahren und sie auf der Straße zurückgelassen, ohne ihr zu helfen. Es haben schon mehr Menschen Ähnliches getan, haben sich wie Schweine verhalten und sich davongestohlen, ohne für ihre Taten Ver-

antwortung zu übernehmen. Ich will nicht, dass Du mich so in Erinnerung behältst – als einen, der sich davongestohlen hat. Deshalb will ich Dir sagen, dass ich anders bin als andere. Ich versuche, Verantwortung zu übernehmen, obwohl so viele Jahre vergangen sind … oder wie ein Schriftsteller einmal gesagt hat: Ich mache alles wieder gut.
Ich fürchte allerdings, dass ich es nicht schaffen werde.
Ich liebe Dich über alles.

Der zweite Mann: Das Haus

ZUR SELBEN ZEIT, da der Mann, der wusste, wann er sterben würde, sein Bekenntnis unterschrieb, stand ein anderer Mann vor einem Haus, das nach Geheimnis aussah. Die Luft war kalt und klar und kratzte in der Kehle, wenn er einatmete. Im April war das Wetter unbeständig.

Das hier würde gut werden. Sehr gut sogar. Dieses Haus war von so diskreten Leuten errichtet worden, dass kaum jemand überhaupt von seiner Existenz wusste. Fast niemand. Es war gerade richtig für den Mann, der sich jetzt an die Frau wandte, die neben ihm stand.

»Dürfte ich es auch von innen sehen?«

»Selbstverständlich«, antwortete sie.

Der Mann blickte sich um. Das Gelände um das Haus sah gepflegt aus; das Grundstück grenzte an einen kleineren Acker. Dahinter nur Wald, so weit das Auge reichte.

Perfekt, dachte er.

Die Frau schloss die Haustür auf und ließ ihn eintreten.

»Das Haus ist fünf Jahre alt – und absolut baurechtskonform. Aber es sollte so wenig wie nur möglich über den Bau bekannt werden. Das Haus ist weder an die Wasser- noch die Abwasserleitungen der Gemeinde angeschlossen. Wir haben einen eigenen Brunnen gebohrt und benutzen Chemietoiletten, die wir selbst leeren. Zudem haben wir eine unabhängige Stromversorgung durch ein Dieselaggregat, das den hauseigenen Generator antreibt.«

»Verstehe«, sagte der Mann, obwohl er in Wahrheit kein Wort verstand.

Dass es solche Orte überhaupt geben konnte, machte ihn wirklich sprachlos.

Außerdem kam er sich ziemlich naiv vor. Fühlte sich das so an, wenn einem die Zeit entglitt? Oder war es ganz einfach so, dass dieses Haus Ausdruck einer immer kälter werdenden Gesellschaft war? Er kannte die Bauherren hinter dem Projekt, er wusste, was deren Geschichte war.

Als er das Haus betrat, strich er mit der Hand über die Eingangstür. Sie war dicker als eine gewöhnliche Tür und sah aus, als wöge sie eine Tonne.

Die Frau wirkte hochzufrieden.

»Sowohl Fenster als auch Türen sind schusssicher«, erklärte sie. »Das Glas ist eigens bei einem deutschen Lieferanten bestellt worden und hat eine Festigkeit, die Hammerschlägen und anderen Arten von Gewalteinwirkung mühelos standhält.«

»Klingt wie die Fenster im Oval Office«, scherzte der Mann.

Seine Begleiterin lachte. »Wir haben tatsächlich an das Weiße Haus gedacht, als wir diesen Bunker entworfen haben. Und ich finde, es ist uns sogar einigermaßen gut gelungen.«

Der Mann zog eine Augenbraue hoch. »Den Bunker?«

»Nur damit niemand vergisst, dass dies kein gewöhnliches Haus ist.«

Wortlos ging er von Zimmer zu Zimmer. Sein Puls beschleunigte sich; nicht mal in seinen wildesten Fantasien hätte er sich vorstellen können, dass es eine so einfache Lösung für sein Problem gäbe. Das Haus war schlichtweg perfekt.

»Für wie lange kann ich es mieten?« Seine Stimme klang heiser.

»Es steht jetzt mindestens für ein halbes Jahr leer. Was meinen Sie, genügt das?«

Er zögerte kurz. »Ich weiß nicht … Sie müssen wissen … Ich benötige das Haus nicht sofort, sondern erst später im Frühjahr. Wenn meine Tochter aus dem Ausland zurückkommt.«

Die Frau legte ihm eine Hand auf die Schulter. »Ich hab gehört, was Ihnen zugestoßen ist. Schreckliche Geschichte.«

Die Sonne schien durchs Fenster. Man konnte sogar mit bloßem Auge erkennen, wie das dicke Glas das Licht filterte.

»Ja«, sagte der Mann, der das Haus anmieten würde. »Schreckliche Geschichte. Weniger für mich als für meine Tochter und ihre Familie. Es wäre fantastisch, wenn sie endlich einen sicheren Zufluchtsort finden könnten. Ich meine, sie können sich ja nicht auf ewig im Ausland verstecken.«

Die Frau richtete sich gerade auf.

»Eine Zuflucht ist das hier garantiert«, sagte sie. »Hier findet sie niemand. Wenn sich ihre Situation also nicht verändert, bis sie wieder nach Hause kommen …«

»Das wird wohl kaum der Fall sein.«

»… dann sind sie hier willkommen.«

Der Mann, der das Haus anmieten würde, leistete sich ein Lächeln.

»Ausgezeichnet«, sagte er. »Ausgezeichnet.«

Der dritte Mann: Die Leere

UND DANN GAB es noch den dritten Mann. Der weder das Bedürfnis verspürte, seine Sünden zu bekennen noch eine Zuflucht für jemanden zu suchen, der ihm nahestand. Der Mann, der so viel verloren hatte, dass er nicht mal mehr er selbst war.

Er saß in seinem Arbeitszimmer, starrte die Wand an und zuckte nicht mal mit der Wimper, als sein Chef an der Tür vorbeikam und stehen blieb.

»Hier sitzt du. Ich dachte, du hättest frei.«

Es war nicht zu überhören, dass ihm nicht gefiel, was er vor sich sah. Und »freihaben« war in diesem Zusammenhang auch nicht die passende Formulierung.

»Es gab ein paar Dinge, die ich noch erledigen musste.«

Sein Chef stand immer noch an der Tür.

»Weißt du, ich merke doch, dass es dir nicht gut geht«, sagte er nach einer Weile.

Seine Stimme war sanft, sein Wohlwollen groß.

»Schon in Ordnung. Ich kann einfach nicht die ganze Zeit über zu Hause herumsitzen.«

Sein Chef räusperte sich verlegen. »Du brauchst eine Pause. Im Moment funktionierst du hier nicht.«

»Wie bitte?«

Der Chef sah bedrückt aus. Mehr als bedrückt.

»So geht das nicht mehr – dass du bei allem und jedem sofort in die Luft gehst«, fuhr er leise fort. »Deine gesamte

Einstellung, diese Unausgeglichenheit … Das geht so nicht mehr. Deshalb haben wir ja auch diese Sache mit der Krankschreibung vereinbart.«

Es wurde still.

Jetzt stand es also ausgesprochen im Raum. Worauf er schon so lange gewartet hatte. Er war nicht mehr willkommen, er durfte nicht länger bleiben.

»Hau ab«, sagte er. »Hau bloß ab. Ich will diese verdammte Krankschreibung nicht.«

Sein Chef wich einen Schritt zurück.

»Ich möchte, dass du jetzt sofort gehst«, sagte er. »Ich habe dir mehr Chancen gegeben, als du verdient gehabt hättest.«

Dann wandte der Chef sich zögerlichen Schrittes ab.

Endlich würde er in Ruhe gelassen. Kein Mensch würde sich noch in seine Nähe wagen, in die Nähe eines trauernden Mannes – und erst recht nicht in die eines Mannes, der gekränkt war. Keiner seiner Freunde, keiner seiner Kollegen. Denn sie hätten gar nicht gewusst, was sie zu ihm hätten sagen sollen. Er machte ihnen deswegen keinen Vorwurf, es fiel ihm ja selbst schwer, Worte dafür zu finden, was er gerade durchmachte. Wie schwer musste das also erst jemand anders fallen?

Die Stunden krochen langsam dahin. Er blieb sitzen. Starrte die Wand an. So sah es aus, wenn er dachte. Der Chef hatte ihn gebeten, von hier zu verschwinden, aber keine Uhrzeit genannt. In seinem Kopf nahm eine Idee Gestalt an, die er erst in aller Ruhe weiterentwickeln wollte. Er hatte in vielem geschlampt, doch das hier würde gut werden müssen. Nicht nur um seinetwillen, sondern auch für so viele andere. Für all diejenigen, die für sich selbst keine Gerechtigkeit wiederherstellen konnten, all diejenigen, die alleingelassen worden waren.

Die Zeit war zu etwas geworden, wovon er zu viel und gleichzeitig zu wenig hatte. Heute hatte er eindeutig zu viel davon. Doch irgendwann würde der Abend kommen, und er müsste nach Hause gehen. Nach Hause zu alledem, was für gewöhnlich Leben genannt wurde, nach Hause zu allem, was sich einfach nur leer anfühlte, trostlos.

So etwas kann man nicht wiedergutmachen, dachte er. Aber zumindest kann ich es *besser* machen.

Mit diesem Gedanken stand er auf und verließ sein Arbeitszimmer.

Vernehmung des Zeugen ALEX RECHT,
06.09.2016
Anwesend: Vernehmungsleiter 1 (V1), Vernehmungsleiter 2 (V2), Kriminalkommissar Alex Recht (Recht)

V1: Danke, dass Sie sich die Zeit genommen haben herzukommen. Wie wir gehört haben, gehen Sie morgen auf die Beerdigung?
Recht: Ja, das stimmt.
V2: Das muss schwer für Sie sein.
Recht: Ehrlich gesagt ist es verdammt beschissen.
V2: Vermissen Sie sie?
(Schweigen)
V1: Wir wissen, dass Sie und Fredrika ... Also, wenn Sie jetzt nicht über sie sprechen wollen, dann müssen wir versuchen, es irgendwie zu umschiffen. Uns ist klar, dass Sie unter Druck stehen, trotz allem müssen wir dieses Gespräch führen. Eine Person aus Ihrem engsten Kollegenkreis wird eines Verbrechens beschuldigt, und wir müssen uns mit jemandem unterhalten, der von Anfang an mit der Sache betraut war.
Recht: Reden Sie mit jemand anderem. Ich war nämlich nicht von Anfang an mit dabei. Keiner von uns war das.
V2: Wie meinen Sie das?
Recht: Ich meine, dass wir anfangs gar nicht mitbekommen haben, worum es in Wahrheit bei dieser Geschichte ging. Ich meine, es hätte die Sache wesentlich leichter gemacht, wenn wir gewisse zugrunde liegende Umstände direkt begriffen hätten ... zum Beispiel, wie viele Opfer es noch werden würden – und in welcher Reihenfolge diese Menschen ums Leben kommen sollten.

(Schweigen)
V1: Okay, aber dann lassen Sie uns doch damit anfangen. Wer war das erste Mordopfer?
(Schweigen)
Recht: Ein Mann wie wir anderen.
V2: Wie bitte?
Recht: Ich sagte, ein Mann wie wir anderen. Ein Mann, der nicht mehr war als ein Mensch.

Samstag

MITTEN IM SOMMER, der zum längsten Sommer überhaupt werden sollte, wurde der erste schreckliche Mord begangen. Es begann an einem Samstag, einem merkwürdigen Wochenendtag, der wie jeder andere Tag ganz einfach hätte vorübergehen können, am Ende aber ein Tag werden würde, der das Leben einer ganzen Reihe Menschen von Grund auf veränderte.

Einer dieser Menschen war Henry Lindgren. Doch noch hatte er davon keine Ahnung.

Es war Viertel vor neun am Abend, als Henry die Wohnung verließ, um sich eine Zeitschrift zu kaufen. So eine mit Kreuzworträtseln drin. Im Fernsehen kam nichts Vernünftiges, außerdem konnte er besser schlafen, wenn er zuvor ein Kreuzworträtsel gelöst hatte und dann erst die Nachttischlampe ausschaltete. Wenn er gewusst hätte, was ihm bei seinem kurzen Abendausflug widerfahren würde, hätte er liebend gern auf die Zeitschrift verzichtet.

Es regnete und war zudem ein wenig kühl. Also zog Henry seine Herbstjacke an, die seit fast einem Jahr an der Garderobe gehangen hatte (der Winter war mild gewesen, das Frühjahr kalt und der Sommer anfänglich kühl), und nahm außerdem noch einen Regenschirm zur Hand. Er wollte zum Tabakgeschäft an der Ecke gehen, bis dorthin wäre es nicht allzu weit durch dieses Unwetter. Was für ein Glück.

Der Wind riss an seinem Schirm, als er hinaus auf die Straße trat, und im Nu hatte er nasse Hosenbeine. Als er die Tür des Tabakgeschäfts aufschob, klingelte darüber ein Glöckchen.

»Elender Sommer, den wir da haben«, sagte der Ladenbesitzer, ein Mann namens Amir.

»Könnte schlimmer sein«, erwiderte Henry, dem es gefiel, wenn der Sommer sowohl mit Sonne als auch mit Regen aufwartete.

Er bezahlte seine Zeitschrift und ging wieder.

Der Schatten kam aus dem Nichts. Nicht sonderlich groß, nicht lang, aber doch ganz deutlich in seinem Weg. Henry blieb stehen und versuchte zu erkennen, wer ihn da nicht durchlassen wollte.

»Ich bräuchte Hilfe mit meinem Hund«, sagte der Mann.

Henry sah sich um. Da war kein Hund in der Nähe. »Aha …«

Der Mann kam einen Schritt näher auf ihn zu.

»Mein Hund«, wiederholte er. »Dem geht es nicht gut. Könnten Sie mir helfen, ihn die Rolltreppe hochzutragen?«

Bereits hier hätten die Alarmglocken in Henrys Kopf losschrillen müssen, aber das taten sie nicht. Er dachte noch, womöglich stand der Mann unter Drogen und halluzinierte – sowohl was den Hund als auch die Rolltreppe anging.

»Tut mir leid, aber ich fürchte, ich kann nichts für Sie tun«, sagte er und versuchte, an dem Mann vorbeizugehen.

Das durfte er auch. Er eilte auf seinen Hauseingang zu und tippte den vierstelligen Türcode ein. Dann schüttelte er seinen Regenschirm aus und klappte ihn zusammen. Zu spät bemerkte er, dass der Mann ihm ins Haus gefolgt war. Die Tür schlug hinter ihnen beiden zu.

Teufel auch, das hier fühlte sich nicht gut an. Henry Lindgren ermahnte sich zur Ruhe. Das Wichtigste war doch immer, nicht in Panik zu geraten. Das hatte er schon öfter gelesen, als er zählen konnte. Man durfte einfach nur nicht panisch werden, wenn man sich irgendwelchen unberechenbaren Leuten gegenübersah.

Er traute sich nicht, auf den Fahrstuhl zu warten, und nahm stattdessen die Treppe. Henry wohnte im obersten Stock. Die Knie begannen schon im zweiten Stock zu protestieren. Der Mann schien unten geblieben zu sein, zumindest konnte Henry keine Schritte hinter sich hören. Als er das dritte Stockwerk erreicht hatte, atmete er schwer. Das Treppensteigen und das Lauschen strengten ihn an. Er zwang sich weiterzugehen und vergewisserte sich zugleich, dass der Mann noch immer nicht hinter ihm herkam. Damit war er derart beschäftigt, dass er nicht mal bemerkte, wie sich der Fahrstuhl in Bewegung setzte und nach oben fuhr.

Als er seine Wohnungstür erreicht hatte, hätte er heulen können. Eilig schloss er die Tür auf und wollte sie gerade aufschieben, als im selben Moment der Fahrstuhl auf seiner Etage anhielt. Dann geschah alles so unglaublich schnell, dass man einem älteren Menschen wie Henry wohl nachsehen muss, dass er es nicht schaffte, angemessen zu reagieren. Es war, als flöge der Mann regelrecht in Henrys Wohnung. Mit einem Knall zog er die Tür zu und schloss ab. Und Henry stand mit seinem tropfenden Regenschirm still in seiner Diele.

Im nächsten Moment sagte der Mann etwas, was alles verändern und möglicherweise auch erklären sollte: »Der Hund ist egal. Aber ich habe eine Tochter, auf die Sie aufpassen müssen. Ich habe einen schrecklichen Fehler begangen, müssen Sie wissen – ich habe sie in einem Zug zurückgelassen. Sie hat geschlafen, als ich gegangen bin – nur für ein paar Minuten, aber das reichte. Jetzt sitzt das Mädchen allein im Zug, und ich stehe auf dem Bahnsteig. Könnten Sie auf sie aufpassen?«

Henry schüttelte langsam den Kopf und spürte, wie sein Sichtfeld immer kleiner wurde.

Der Schock lähmte ihn, hatte ihm die Sprache verschlagen. Er brachte kein Wort heraus. Er wollte im Grunde lediglich wissen, warum dieser Mann hier aufgetaucht war und ihn ausgerechnet an sein größtes Versagen erinnern zu wollen schien.

Könnten Sie auf sie aufpassen?

Ich dachte es. Ich dachte, ich könnte es.

»Was wollen Sie?«, flüsterte Henry.

Seine Stimme klang heiser und angespannt. Henry hatte Angst.

Er war außer sich vor Angst.

Der Mann antwortete nicht. Stattdessen schlug er Henry so hart über den Hals, dass ihm schwarz vor Augen wurde und die Beine unter ihm wegsackten. Noch auf dem Boden liegend, unfähig zu sprechen oder auch nur Spucke hinunterzuschlucken, bekam Henry nur mehr vage mit, was um ihn herum passierte. Wirre Gedanken rollten über ihn hinweg – so viele, dass er sie unmöglich einzeln zu fassen bekommen konnte. Sie bildeten einen warmen Strom aus Energie, der durch seinen Körper wallte, während er gleichzeitig spürte, wie der Mann ihn ihm Nacken packte und den Kopf nach vorn drückte. Einige wenige Gedanken blitzten noch auf – sich losmachen, auf sich aufmerksam machen. Erstaunlicherweise dachte er nicht für eine Sekunde: Warum ich? Nein, die Frage hatte sein Mörder längst für ihn beantwortet, und dafür empfand Henry Dankbarkeit. Was er hingegen nicht verstand, war das Bedürfnis des Mannes, Vergeltung zu üben. Kein Tag war vergangen, an dem Henry seine Untätigkeit und deren Konsequenzen nicht verflucht hätte.

Henry Lindgren war letztlich nicht mehr als ein Mensch. Aber das genügte offenbar nicht.

DAS FEUER IM Kachelofen brannte zu heftig. Malin sah das sehr wohl, unternahm aber nichts dagegen. Zumindest fürs Erste nicht. Sie war erschöpft, übersensibel, ihre Nerven lagen blank, während ihr Vermögen, mit dieser Krise umzugehen, zusehends schwand. Panik zerstörte den Körper auf so viele Arten. Am schlimmsten war das Gehirn betroffen – die Fähigkeit, klar zu denken. Und es ging immer weiter, stellte Malin fest, die Panik hörte nie auf, sie war mittlerweile alltäglich geworden.

Sie saß in der Wärme und sah zu, wie die Flammen ihr entgegenschlugen. Gelbrote Monster, die über die weißen Außenkacheln leckten, nur um sich dann schnell wieder ins Innere zurückzuziehen. Erst als sie die Stimme ihres Sohnes hinter sich hörte, reagierte sie.

»Mama, es brennt ja! So richtig!«

Malin stürzte auf den Ofen zu und schlug die Klappe zu. Bald wäre das Feuer erstickt. Genau wie alles andere.

Der Sohn klammerte sich mit beiden Armen um ihre Hüften.

»Mama, mir ist laaangweilig.«

Malin schleifte ihren Sohn hinter sich her durchs Zimmer. Eigentlich war er zu groß für so etwas, aber dieses Spielchen hatte er schon als kleines Kind geliebt. An ihrem Bein zu hängen, während sie irgendwohin ging.

»Hast du Hedvig schon gefragt, was sie vorhat?«, wollte sie wissen. »Vielleicht würde sie gern etwas Lustiges machen.«

Sie wusste nicht, wie spät es war, womöglich müssten die Kinder auch schon bald ins Bett. Aber dies alles – selbst eine geregelte Schlafenszeit – war inzwischen unendlich schwer aufrechtzuerhalten. Regeln, an denen sie jahrelang konsequent festgehalten hatten, gerieten hier in Vergessenheit. Oder besser gesagt: Sie wurden aufgehoben. Vieles aus ihrem alten Leben spielte im neuen ganz einfach keine Rolle mehr.

Nicht, während sie ununterbrochen in Angst lebten.

Der Sohn ließ los und sank zu Boden.

»Hedvig will nicht spielen«, sagte er mit einem verzweifelten Unterton. »Hedvig will lesen.«

Wenn nur die Bücher nie ausgingen! Denn dann wüsste Malin nicht, was ihre Tochter sonst tun würde. Nur mittels der Bücher hatte Hedvig ihr Gleichgewicht bewahrt. Ohne sie würde ein Wrack aus ihr werden. Genau wie aus ihrer Mutter.

»Ich wollte was backen«, sagte sie zu ihrem Sohn. »Magst du mir helfen?«

Eigentlich wollte sie seine Hilfe nicht. Sie wollte einfach nur allein sein, eine Stunde, eine Viertelstunde oder eine Minute. Aber das ging nicht. Eins der Kinder war immer in ihrer Nähe, um sie herum, hing an ihr dran. Rund um die Uhr.

Die Miene ihres Sohnes hellte sich auf. Er wollte nur zu gern backen.

»Zimtschnecken«, sagte er.

»Heute nicht, Max«, sagte Malin, »heute backen wir Teekuchen.«

Wann hatten sie eigentlich zuletzt Zimtschnecken gebacken? Vorige Woche? Oder vorvorige? Sie wusste es nicht mehr, aber es war wohl rund um die letzte Lebensmittellieferung gewesen. Die Tage flossen ineinander, sie konnte werktags nicht mehr vom Wochenende unterscheiden. Zu Anfang hatte sie es versucht, aber es war ihr zusehends schwergefallen. Der Vater der Kinder weigerte sich, ihr zu helfen. Es sah fast so aus, als fragte er sich, was sie da eigentlich machte, warum sie sich überhaupt noch Mühe gab. Dabei hatte sie es ihm wieder und immer wieder erklärt – und doch sah sie, wie er immer weiter von ihr und den Kindern wegtrieb.

Routinen.

Brauchten sie die nicht am allerdringendsten?

Routinen.

Das A und O in der Krisenbewältigung jener Art.

War das so schwer zu begreifen?

Sie liefen in die Küche. Malin holte Hefe, Milch und Butter aus dem Kühlschrank, während der Sohn mit dem Mehlpaket kämpfte.

»Sei vorsichtig, wenn es so voll ist«, ermahnte ihn Malin.

»Weiß ich«, gab er zurück.

Malin ließ die Butter schmelzen und goss Milch dazu, wärmte alles handwarm auf. Max krümelte die Hefe in die Teigschüssel.

»Darf ich gießen?«, fragte er.

Malin nickte, und der Sohn ließ die Milch über die Hefe perlen. Malin griff zum Handquirl, die Hefe löste sich in der Flüssigkeit auf und färbte sie beige.

»Jetzt noch ein bisschen Salz«, sagte sie.

Max lief und holte das Salzfass. Malin hob den Blick von der Teigschüssel und sah aus dem Küchenfenster. Es regnete mittlerweile so heftig, dass es draußen nach Nebel aussah. Trotzdem konnte sie – leider – erkennen, dass die Bäume immer noch grün und die Beerensträucher vor dem Fenster voller Beeren waren. Der Rasen wirkte leicht ungepflegt. Der Zaun stand schief. Unwillkürlich verspürte sie Trauer, und sie musste tief Luft holen und schluchzte, als sie ausatmete.

»Was ist denn, Mama?«

Das blasse Gesicht ihres Sohnes sah angespannt und ängstlich aus. Manchmal fragte sie sich, wie viel er wohl begriff, wie sehr er selbst litt.

»Nichts«, sagte sie. »Ich bin nur ein bisschen müde.«

Der Sohn folgte ihrem Blick und sah, was auch sie gesehen hatte. Den Garten, den vernachlässigten Acker. Die Obstbäume. Die Stille. Die Einsamkeit. Und in einiger Entfernung den Wald, der sie unsichtbar machte.

»Ich will raus«, flüsterte er.

»Ich weiß, mein Lieber«, sagte Malin. »Das möchte ich auch.«

Montag

DIE ERDE UM Malcolm Benkes große Villa war vom vielen Regen komplett aufgeweicht. Das Gras gab unter den beschuhten Füßen nach, die kreuz und quer über das Grundstück liefen. Am Zaun hatten sich bereits Gaffer versammelt, die sich streckten, um etwas erkennen zu können, was das plötzliche Interesse der Polizei an der Villa erklärte.

»Ist etwas passiert? Ist er tot?«, fragte ein jüngerer Typ mit einem Skateboard unter dem Arm.

Kriminalkommissar Torbjörn Ross musterte ihn schweigend und überlegte, was er darauf wohl antworten sollte. Er hatte ewig kein Skateboard mehr gesehen. Gab es wirklich immer noch Leute, die so etwas benutzten?

»Sorg dafür, dass die sich fernhalten«, sagte er zu einem Kollegen und deutete auf ihre ungebetenen Zuschauer.

Mit schweren Schritten marschierte er auf das Haus zu. Die letzten Jahre hatten an Torbjörn Ross gezehrt. Er hatte sogar erwogen, frühzeitig in Rente zu gehen. Das Problem war nur, dass sich zu viele seiner Kollegen darüber gefreut hätten – diejenigen nämlich, die es gar nicht erwarten konnten, ihn loszuwerden. Die ihn für unzurechnungsfähig hielten. Ross schüttelte den Kopf. Es gab doch immer Leute, die einen ganz gewöhnlichen Ordnungssinn und Durchhaltevermögen mit Geisteskrankheit verwechselten.

»Torbjörn!«

Die Stimme erreichte ihn, als er gerade auf der Schwelle zu Benkes Haus stand. Er musste sich nicht einmal umdrehen, um zu wissen, wer nach ihm rief. Margareta Berlin.

»Was machen Sie hier?«, fragte sie.

»Das könnte ich Sie genauso gut fragen«, entgegnete er.

Berlin seufzte. »Den Fall übernimmt Recht.«

»Ich bin mir nicht sicher, ob das Ihre Anwesenheit hier erklärt«, entgegnete Torbjörn Ross ruhig.

»Ich wollte mal wieder Tatortluft schnuppern«, konterte Berlin.

Jetzt war es an Ross zu seufzen. Dass ausgerechnet Berlin eine dieser Chefinnen sein musste, die dem Fußvolk beweisen wollte, dass sie eine aus der Truppe war, dass auch die Chefin mal Dreck unter den Nägeln haben konnte … Zum Teufel mit dieser Pseudohaltung. Ross stand nicht auf Fake. Und Wahrhaftigkeit war so selten, dass er gelernt hatte, schon aus Prinzip nicht mehr damit zu rechnen.

»Ich dachte, Rechts Team gibt es nicht mehr«, brummte er. »Und ich dachte, solche Sonderlösungen sind nicht länger erwünscht in unserer neuen Organisation.«

Die letzten drei Wörter spie er regelrecht aus. *Unsere neue Organisation.* Von allen zutiefst verabscheut. Die größte Umstrukturierungsaktion bei der schwedischen Polizei seit Menschengedenken. Und so miserabel umgesetzt, dass sie in der Truppe keinerlei Rückhalt hatte. Zumindest nach Ross' Ansicht.

»Alex' Team erweist sich seit geraumer Zeit als Erfolgskonzept«, gab Berlin zurück, die nun offenbar Recht nicht länger Recht, sondern Alex nennen wollte. »Deshalb bleibt es erhalten.«

Ross schüttelte den Kopf. Er würde keine Öre auf dieses sogenannte Erfolgskonzept setzen. Wie war das gleich wieder gewesen, als Recht die Ermittlungen im Mordfall eines jungen Mädchens geleitet hatte, das tot aufgefunden worden war, nachdem es zuvor über Jahre verschwunden gewesen war? Den Fall hätte er ohne Ross niemals gelöst. Wenn einer es verdiente, in der neuen Organisation gefördert zu werden, dann war er es, nicht Recht.

»Mal im Ernst«, sagte Berlin und nahm Ross beim Arm. »Fahren Sie zurück ins Haus. Ich weiß nicht, wie es hierzu kommen konnte, und es tut mir natürlich leid, dass Sie jetzt unnötigerweise hier rausgefahren sind.«

Er sah ihr direkt in die Augen und musste sich zusammenreißen, um nicht zu lächeln, als er sah, was man aus ihrem Blick herauslesen konnte. Seine Chefin hatte Angst vor ihm. Wenn er sich jetzt weigerte zu gehen, dann würde ihr nichts mehr einfallen.

Ross fixierte einen Punkt hinter Berlin und dachte kurz nach. Seine Chefin hatte keine Ahnung, warum er nach Nacka gefahren war. So richtig viel bekam sie nicht mit. Und das durfte auch gern so bleiben.

»Torbjörn?«, hakte Berlin nach.

»Ich hau ja schon ab«, sagte er.

Sie war sichtlich erleichtert. Sie hatte ganz offenbar nicht den Hauch einer Ahnung, dass er sie bestrafte, indem er jetzt ging. Er und niemand anders kannte die Wahrheit hinter jenem Verbrechen, das Recht jetzt würde aufklären müssen. Das geschah ihnen recht. Diesmal würden sie ohne seine Unterstützung zurechtkommen müssen. Zumindest bis sie so schlau wären, von selbst zu ihm zu kommen und ihn um Rat anzubetteln.

Torbjörn Ross kehrte zu seinem Auto zurück. Er hatte sich nicht mal die Zeit genommen, einen Dienstwagen zu holen, sondern war mit seinem privaten Saab gefahren. Als er den Zündschlüssel herumdrehte, schielte er hinüber zu seiner Chefin.

Über Berlin hing der Himmel voller dunkler Wolken.

EIN WENIGER ROUTINIERTER Autofahrer wäre bei der Begegnung mit dem Saab wahrscheinlich von der Fahrbahn abgekommen. Der braun lackierte Wagen kam wie eine Kanonenkugel über die Straße geschossen, weit jenseits der zulässigen Höchstgeschwindigkeit und viel zu nah an der Mittellinie.

Als Kriminalkommissar Alex Recht und der Saab einander in der Kurve begegneten, hätte Alex um Haaresbreite dem Impuls nachgegeben auszuweichen – und wäre im Graben gelandet.

»Verdammter Idiot«, murmelte er.

Doch er hatte jetzt keine Zeit, um dem Verkehrssünder hinterherzujagen. Berlin hatte angespannt geklungen, als sie angerufen hatte.

»Ich will, dass Sie und Fredrika sich des Falles annehmen«, hatte sie gesagt und dann hinzugefügt: »Und – Alex: Augenblicklich!«

Selbstverständlich. Alex war niemand, der Nein sagte. Allerdings nicht aus Loyalität gegenüber seiner Chefin, sondern weil er zu seinem Dienstauftrag stand. Das sollte sie sich besser mal klarmachen, verdammt. Berlin kam einer Kernschmelze vom Typ Tschernobyl gleich – eine schlimme Frau. Das hatte er damals schon gedacht, als sie nach Lenas Tod und hinter seinem Rücken seine Kompetenzen infrage gestellt hatte. Als Personalchefin hatte sie sich Mal ums Mal Übergriffigkeiten und Anmaßungen erlaubt und nur mehr als der Elefant im Porzellanladen gegolten.

Deshalb war das Erstaunen auch groß gewesen, als sie sich vor ungefähr einem Jahr um eine operative Führungsposition beworben und diese dann auch noch bekommen hatte.

Alex war davon ausgegangen, dass sie am Ende sei und in der Organisation nicht höher aufsteigen werde.

Wie naiv von ihm.

Doch all das musste zurückstehen, sobald die Pflicht rief. Keine Stunde nach Berlins Anruf war er vor Ort.

Vor ihm tauchte die große Villa auf. Teure Autos in der Auffahrt. Er lief auf das Haus zu, zog sich im Gehen die erforderliche Schutzkleidung über und trat ein.

Der Tote, ein Mann namens Malcolm Benke, saß in einem gepolsterten Ledersessel und starrte mit leerem Blick in ein Kaminfeuer, das schon vor Stunden erloschen war. Er war am Morgen von der Putzfrau tot aufgefunden worden, die immer montags ins Haus kam. Die Frau war bereits befragt worden, doch Alex glaubte nicht, dass sie für die Ermittlung sonderlich interessant wäre.

Um ihn herum waren die Spurentechniker bereits bei ihrer stillen Arbeit. Das komplette Zuhause des Mannes – eine riesige Villa, wunderschön am Meer gelegen – war voller Menschen, die Benke nie kennengelernt hatte und die nur aus einem einzigen Grund hier waren: nämlich um das Verbrechen aufzuklären, dem er zum Opfer gefallen war.

Alex ging vor dem Verstorbenen in die Hocke und betrachtete die Blutflecken auf dessen Hemd. Malcolm Benke war in die Brust geschossen worden. Die Kugel war durch den Körper hindurchgeschlagen, dann durch die Sessellehne, ehe sie schließlich in der Wand stecken geblieben war.

Wer, dachte Alex, wer wird denn bitte in seinem gemütlichen Sessel vor einem Feuer sitzend erschossen?

Nirgends rundherum konnte er Hinweise auf einen vorausgegangenen Streit erkennen. Hätte es die gegeben, hätte man leicht den Schluss ziehen können, dass Opfer und Täter einander gekannt hatten. Benke und sein Mörder. Vielleicht war Benke von ihm überrascht worden, hatte ihn nicht einmal kommen hören. Es war dieses Zögern zwischen den verschiedenen Möglichkeiten, das man lieben musste, um Polizist arbeiten zu können. Man durfte keine vorschnellen Schlüsse ziehen, und es durfte einen nicht frustrieren, was man zunächst alles nicht wusste.

»Die Kugel hat da ein anständiges Loch gerissen«, stellte Rechtsmedizinerin Renata Rashid fest, die neben dem Toten stand.

Sie zeigte es ihm, indem sie vorsichtig an dem Hemd zupfte, sodass die Wunde sichtbar wurde.

Alex verzog das Gesicht.

»Auch eine üble Art zu sterben«, sagte er.

Obwohl er das eigentlich gar nicht so meinte. Im Gegenteil – er hatte nur wenige Einwände gegen die Art, wie dieser Mann ums Leben gekommen war. Ein Schuss in Nacken oder Brust war im Grunde ein Traum verglichen mit der Art und Weise, wie viele andere ihr Leben beenden mussten. Allerdings widerstrebte Alex der Ort, an dem der Mann hatte sterben müssen. Er fand es immer besonders übel, wenn Menschen in ihren eigenen vier Wänden Opfer eines Verbrechens wurden – an dem Ort, an dem sie sich mit Fug und Recht sicher fühlen sollten.

»Soweit ich sehen kann, hat er keine weiteren äußerlichen Verletzungen«, sagte Renata. »Aber das können wir natürlich erst bei der Obduktion verifizieren.«

Alex betrachtete das Gesicht des Mannes. Es wirkte so friedlich. Oder vielleicht resigniert? Alex hatte schon Gesichter gesehen, die im Augenblick des Todes in Entsetzen erstarrt waren. Das war kein schöner Anblick.

Malcolm Benke trug Hemd, Hose und Hausschuhe. Über der Rückenlehne des Sessels hing sein Jackett. Laut Einwohnermelderegister war er zweiundsiebzig Jahre alt gewesen und hatte allein gelebt. Er und seine Frau hatten sich zehn Jahre zuvor getrennt. Sie hatten zwei gemeinsame Kinder gehabt, von denen nur mehr eins lebte. Die Tochter war mit dreißig gestorben, ein halbes Jahr vor der Trennung der Eltern. Eine erste oberflächliche Suche im Netz hatte ergeben, dass Malcolm Benke erfolgreicher Bauunternehmer und an mehreren viel beachteten Bauprojekten in Stockholm beteiligt gewesen war.

Ein junger Kollege gesellte sich zu ihm. Alex Recht war es ein wenig peinlich, dass er sich nicht an den Namen erinnerte. Er gehörte nicht zu Alex' Team, sondern war lediglich als Verstärkung geschickt worden. Man spürte den Eifer, der in ihm pulsierte, das Adrenalin, das kochte.

Vor langer Zeit war ich auch mal wie du, dachte Alex. Da dachte ich auch, es sei spannend, wenn Menschen sterben.

»Was meinen Sie?«, fragte der Jüngere.

»Nichts«, sagte Alex.

»Vielleicht ein unzufriedener Kunde?«

Alex starrte den Kollegen an. »Mischt man so die Bauleute auf, die man engagiert? Indem man sie erschießt?«

Der Junge wurde rot.

»Man wird doch wohl ein bisschen herumspinnen dürfen«, murmelte er. Dann nickte er zu dem Toten. »War der vom anderen Ufer?«

Alex war fassungslos. Vom anderen Ufer? Sollte er sich jetzt allen Ernstes die Mühe machen, den Jungen darauf hinzuweisen, dass man sich so nicht ausdrückte? Sollte er sich wirklich die Mühe machen, den Dienstälteren raushängen zu lassen und in der Truppe eine gewisse Anständigkeit einzufordern? Wer wusste schon, was aus dem Kollegen als Nächstes herausplatzen würde – vielleicht eine rassistische Äußerung, bei der Renata Rashid an die Decke gehen würde? Sie, die mit einem Iraner verheiratet war, wusste genau, wie es sich anfühlte, als anders wahrgenommen zu werden.

Alex unterdrückte einen Seufzer. Es gab Tage, da glaubte er nicht mehr an die Macht der Rüge oder daran, die Welt verändern zu können. Und heute war wohl ein solcher Tag.

»Wie kommen Sie darauf, dass er homosexuell gewesen sein könnte?«, fragte er und hoffte insgeheim, dass seine Wortwahl und sein Tonfall den Kollegen dazu inspirierten, sich selbst ein wenig zusammenzureißen.

»Die Hände«, erwiderte der Junge.

»Die Hände?«

»Die Ringe. Ungewöhnlich viel Schmuck für jemanden, der hetero ist. Und das da ist doch ein Damenring, oder?«

Alex runzelte die Stirn. Er zählte drei Ringe: einen normalen Siegelring, einen Freimaurerring und dann denjenigen, den sein Kollege als Damenring bezeichnet hatte. Er steckte an Benkes linkem kleinem Finger. Ein Goldring, in den ein Stein eingelassen war – womöglich ein Diamant. Widerwillig musste er sich eingestehen, dass der Ring tatsächlich eher so aussah, als sei er für eine Frau entworfen worden. Was allerdings nicht bedeutete, dass nicht auch ein Mann ihn gern tragen wollte.

Aber doch nicht dieser Mann, dachte Alex finster.

Malcolm Benke und sein Haus hatten etwas zutiefst Maskulines. Und selbst für den kleinen Finger des Hausherrn war der Ring zu klein.

»Können wir uns den mal genauer ansehen?«, wandte sich Alex an Renata und zeigte auf den Diamantring.

Das war leicht zu bewerkstelligen.

Alex hielt sich den Ring vors Gesicht und betrachtete ihn im Licht des Kronleuchters. Die verdammten Latexhandschuhe, die er tragen musste, juckten.

»Da steht was drin«, stellte der Kollege fest, der jetzt so nah neben Alex stand, dass er fast auf dessen Schulter lag.

Wir auf ewig. Beata und Richard.

»Beata«, murmelte Alex.

»Hieß seine Tochter nicht Beata?«, fragte der Kollege.

»Doch …«

Er ließ den Ring in einen Asservatenbeutel fallen und drückte ihn dem Kollegen in die Hand.

Wenn dies hier der Ehering von Malcolm Benkes Tochter war, warum trug *er* ihn dann an seinem kleinen Finger?

ES WAR DER mieseste Sommer, den sie je erlebt hatte. Das war Fredrika Bergmans feste Überzeugung. Sie hatte in ihrer Erinnerung lange nach einem gekramt, den man als noch schlechter hätte bezeichnen können. Aber – nichts. Sie konnte sich an Sommer erinnern, die bei ihr Angst heraufbeschworen hatten – wer konnte das nicht? –, aber an keinen, der diesem auch nur annähernd ähnlich gewesen wäre.

Ich mag nicht mehr.

Dass diese Phrase aber auch nur legitim war, wenn ein Kind sie äußerte und nicht ein Erwachsener. Manchmal, wenn Fredrika sich erlaubte loszulassen, am liebsten des Nachts, wenn sich der Schlaf nicht einfinden wollte, dann dachte sie daran, wie einfach alles in der Kindheit gewesen war. Da hatte es keine Überzeugung gegeben, die stärker gewesen wäre als: Alles ist möglich.

Wie sehr sie dieses Gefühl und diese Illusion vermisste.

Inzwischen war sie über vierzig und wusste nur allzu gut, wie oft man sich wünschte, dass etwas nicht eintreten möge. Niemals.

Es war Spencers Idee gewesen, früh Urlaub zu machen. Das hatte er bereits im Januar vorgeschlagen, lange bevor sie ihre Urlaubstage hatten eintragen müssen – und lange bevor ihr Leben in Stücke zerbrochen war. Am Ende hatte er seinen Willen bekommen. Sie waren nach Italien gefahren, hatten sich ein Haus in der Toskana gemietet. Den Rest ihres Sommerurlaubs – das bisschen, was noch übrig war – hatten sie zwischen Stahl und Beton in der Stadt verbracht. Als es für Fredrika und Spencer an der Zeit gewesen war, wieder arbeiten zu gehen, waren die Kinder bei den Großeltern in deren Sommerhaus geblieben. Das beruhigte Fredrika – sowohl wieder arbeiten gehen zu können als auch, dass die Kinder eine Art Sommer erlebten, den sie sich verdient hatten.

»Warum wollt ihr denn arbeiten, wo jetzt alles so ist, wie es ist?«, hatte Fredrikas Mutter gefragt. »Warum nehmt ihr euch denn nicht frei und seid ein bisschen zusammen?«

Wo jetzt alles so ist, wie es ist.

So konnte man natürlich auch einen Alltag beschreiben, der fast alle Lebensfreude erstickt hatte.

»Spencer will nicht«, hatte Fredrika erwidert.

Sie hätte sich deutlicher ausdrücken können. Sie hätte sagen können, dass Spencer einfach nicht den kompletten Sommer lang Urlaub hatte machen wollen.

»Warum denn auch, zum Teufel?«, hatte er sie angeblafft, als sie es angesprochen hatte. »Damit wir alle Zeit der Welt haben, um hier zu sitzen und einander totzustarren? Vergiss es!«

Als Reaktion auf seinen Zorn hatte sie erst lachen, dann weinen müssen. Allerdings erst nachdem sie die Wohnung verlassen hatte, um allein einkaufen zu gehen.

Alex Recht rief sie an, als sie gerade auf dem Weg zur Probe im Auto saß. Das Geigenspiel, das früher mal ihr Lebensunterhalt hätte werden sollen, war für sie seit Langem wieder wichtiger denn je. Die Musik war ihr Raum zum Atmen und ihr Zufluchtsort.

»Ja? Fredrika.«

»Alex hier. Wie schnell kannst du nach Nacka kommen?«

Fredrika seufzte. »Vielleicht morgen früh?«

»Vielleicht auch in einer Stunde?«

»Alex, ich habe frei.«

Spencer hatte den Kampf um die Urlaubsplanung nicht auf ganzer Linie gewonnen. Fredrika hatte selbst im Juli noch einzelne freie Tage in den Kalender geschmuggelt. Tage, an denen sie nicht zur Arbeit ging, sondern sich Zeit zum Nachdenken und für die Proben verschafft hatte. Und – wie an ebendiesem Tag – sogar Zeit für ein Treffen, das nicht länger aufgeschoben werden konnte.

»Heute hast du vielleicht frei«, sagte Alex, »aber morgen und in den kommenden Tagen wirst du einen Mord aufklären müssen.«

Fredrika antwortete nicht.

»Ich brauche dich«, sagte ihr Chef.

Und das war alles, was nötig war, damit sie wendete und nach Nacka fuhr. Ihr privates Treffen würde sie trotzdem noch schaffen, bis dahin wären es noch mehrere Stunden. Die Probe würde indes warten müssen. Alex hatte im Auftrag eines Toten angerufen – und einen solchen Auftrag durfte man nicht ausschlagen.

Das Haus wirkte wie ein modernes Geisterhaus. In einem Zeichentrickfilm für Kinder wäre es mit Spinnennetzen, Schmutz und der einen oder anderen zerbrochenen Fensterscheibe dekoriert gewesen. In Wahrheit war es sauber. Aber eben seelenlos. Fredrika schlug die Fahrertür zu und steuerte die Haustür an, die sperrangelweit offen stand. Ein Kollege bedachte sie mit Schutzkleidung und Ermahnungen, ehe sie ins Haus gelassen wurde, das nun nicht länger die private Heimstatt eines Menschen war, sondern ein Tatort, an dem jede Spur des Täters gesichert und irreführende Fährten vonseiten der Polizei und des Rettungspersonals ausgeschlossen werden mussten.

Fredrika zog sich Plastiküberzieher über die Schuhe und wunderte sich noch, wie leicht es ihr fiel, von Urlaubs- auf Arbeitsmodus umzuschalten. Welch wunderbare Verwandlung – sämtliche schlimmen Gedanken waren von einem Moment auf den anderen in die Flucht geschlagen, sobald sie in ihre berufliche Rolle schlüpfte.

Sie fand Alex in dem Zimmer, in dem der Tote in sich

zusammengesackt in seinem Sessel saß. Ein großes Wohnzimmer mit einer auf einen Fernseher ausgerichteten Sitzgruppe. Doch Malcolm Benke hatte nicht ferngesehen, als er gestorben war. Er hatte ins Feuer im offenen Kamin geschaut. Zumindest sah es so aus.

»Kennen wir den Mann?«, wollte Fredrika von Alex wissen.

Was sie meinte, aber nicht aussprechen wollte, war die Frage, ob er kriminell und deshalb polizeibekannt gewesen war. Sie betrachtete das silbergraue Haar des Toten, das freundliche Gesicht. Es schien fast, als wollte er ihr ein Willkommen entgegenflüstern.

»Nein«, antwortete Alex, »bisher nicht.«

Das musste nichts heißen, so viel war ihnen beiden klar. Benke mochte durchaus kriminell gewesen sein, ohne dass die Polizei davon wusste; vielleicht war er einfach nur nie aufgeflogen. Das war bei haarsträubend vielen Verbrechern der Fall.

Fredrika sah sich um. Benkes Einrichtung suggerierte Macht und Stilbewusstsein. Alles im Haus erweckte den Eindruck, teuer und sorgfältig ausgewählt worden zu sein, fast wie in einem exklusiven Hotel. Benkes Haus war kein Heim im Sinne eines gemütlichen Rückzugsraums, sondern lediglich ein Ort, an dem er sich öfter aufgehalten hatte als an anderen.

»Ich drehe mal eine Runde«, sagte Fredrika.

Alex antwortete nicht. Stattdessen wechselte er ein paar Worte mit einem der Spurentechniker.

Schweigend schlenderte Fredrika durchs Haus. Die Küche gehörte zu den schönsten, die sie je gesehen hatte. Handverlesene französische Kacheln und geschmackvoll hochglänzende Schranktüren – perfekt für jemanden, der gern kochte. Aber war Benke ein Mann gewesen, der sich in die Küche gestellt und ein Bœuf Bourguignon gezaubert hatte? Das wollte Fredrika nicht glauben.

Auf einem Schneidebrett lagen ein Brotlaib und ein Messer.

»Hat er dort drüben gesessen und gegessen, als er starb?«, fragte Fredrika einen Techniker, der gerade Benkes Hausmüll unter der Spüle untersuchte.

Der Techniker sah auf.

»Auf dem Tisch neben dem Sessel steht ein leerer Teller«, sagte er zögerlich. »Kann sein, dass er sich ein Butterbrot aus der Küche mitgenommen und es vor dem Kamin gegessen hat.«

Was Benke wohl zum Abendessen gewählt hätte, wenn ihm bewusst gewesen wäre, dass es seine letzte Mahlzeit sein würde? Wahrscheinlich nicht ausgerechnet Butterbrot.

Sie ging weiter in die Diele, kam an etwas vorbei, was wie ein Büro aussah. Allerdings lag dort kein einziges Blatt Papier auf dem Schreibtisch, und ihr schoss etwas Ähnliches durch den Kopf wie schon in der Küche: Hatte er je hier gearbeitet? Sie trat ein, sah sich die gut sortierten Bücherregale an (so gut sortiert, dass man sich nur schwer vorstellen konnte, dass überhaupt jemals ein Buch dort herausgezogen worden war). Dann kehrte sie dem Arbeitszimmer den Rücken und lief ins obere Stockwerk, wo sie noch mehr klaren Funktionen zugeordnete Zimmer vorfand, von denen sie sich ebenso wenig vorstellen konnte, dass Benke sie wirklich genutzt hatte: zwei Schlafzimmer, bei denen es sich wahrscheinlich um Gästezimmer handelte. Ein weiteres Fernsehzimmer, das mit zwei Chesterfield-Sofas möbliert war. Fredrika ließ sich auf einem nieder. Es war knochenhart – kein vernünftiger Mensch würde hierauf je bequem sitzen. Am Ende stieß sie auf ein riesiges Schlafzimmer, das Benke bewohnt haben musste. Das Bett war gemacht. Auf der Tagesdecke lag ein Schlips, auf dem Nachttisch die Zeitung vom Vortag.

Fredrika öffnete die Schränke, spähte zwischen Hemden,

Hosen und Anzüge. Ihr war selbst nicht klar, wonach sie suchte oder was sie glaubte, dort finden zu können.

Sie lief zurück nach unten zu Alex. Er telefonierte gerade mit seiner Freundin Diana.

»Ich weiß nicht, wann ich heute nach Hause komme«, sagte er. »Ich rufe dich später noch mal an. Kuss!«

Kuss.

War das nicht zu privat? Oder war Fredrika überempfindlich geworden? Sie war nie der Typ gewesen, der von sich selbst viel Privates preisgab oder sich für das Privatleben anderer Menschen interessierte. Doch im Lauf des Frühjahrs war sie noch schweigsamer geworden, als sie es zuvor schon gewesen war. Sie fragte nicht einmal mehr, wie es bei Alex zu Hause lief, ob alles gut war … hauptsächlich, um keine Gegenfrage gestellt zu bekommen.

Wie geht es dir und Spencer?

Tja, weißt du, ziemlich schlecht.

Fredrika blinzelte. Dann wandte sie sich Benkes Wandschmuck zu, einer Reihe großer Gemälde, die sicher eher gekauft worden waren, um Eindruck zu schinden, denn weil Benke die Künstler geschätzt hätte. Private Bilder oder Fotos waren nirgends zu sehen. Warum die Fassade? Wer wollte in seinen eigenen vier Wänden alles Persönliche geheim halten?

Sie trat an den Kaminsims. Drei gerahmte Fotografien schienen das Einzige zu sein, das hier privaten Charakter hatte. Auf allen dreien waren Kinder zu sehen. Schätzungsweise waren die Bilder in den Achtzigerjahren entstanden.

»Wie viele Kinder hatte er gleich wieder?«, fragte sie Alex, der inzwischen das Handy weggepackt hatte.

»Zwei.«

Fredrikas Blick fiel auf den Servierwagen vor der Wand neben Benkes Sessel. Sie runzelte die Stirn. Obenauf neben einem Obstkorb lag ein weiteres Foto, ein Polaroid. Sie betrachtete es eine Weile, fragte sich, warum es auf dem Servierwagen lag und wer wohl die abgebildeten Personen waren. Drei Männer – einer davon Benke selbst – schauten ernst in die Kamera, ein vierter sah weg. In welchem Zusammenhang oder wo genau das Bild geschossen worden war, war nicht zu erkennen. Allerdings trug keiner der Anwesenden sonderlich schicke Kleidung: Benke hatte Chinos an und die Ärmel seines blauen Hemdes hochgekrempelt.

Dann mit einem Mal schlug ihr Herz schneller. Der vierte Mann – der aussah, als wollte er sich von der Kamera wegdrehen – stand halb im Schatten, sodass sie es erst nicht gesehen hatte. Inzwischen war sie sich sicher.

Sie kannte ihn.

Sie hielt Alex das Foto hin.

»Siehst du, wer das ist?«, fragte sie und tippte auf den Mann.

»Nein … Sieht aus, als hätte das Bild schon ein paar Jährchen auf dem Buckel. Benke ist darauf noch deutlich jünger.«

Fredrika drehte das Foto um. Keine Namen, keine Jahreszahl.

Sie legte es auf den Servierwagen zurück. Die Techniker würden es mit ins Haus nehmen und eine Kopie davon machen.

»Die Brutalität«, sagte Alex und riss sie aus ihren Gedanken.

»Wie bitte?«

»Ich meine nur, dass mir irgendetwas an diesem Mord verdammt brutal vorkommt«, erklärte Alex und fügte dann fast beschämt hinzu: »Ich meine, brutaler als … tja. Als sonst.«

»Kommt darauf an, womit man es vergleicht«, gab Fredrika zu bedenken.

»Natürlich«, pflichtete Alex ihr bei und verzog das Gesicht. »Das meine ich ja. Es ist nicht das Brutalste, was wir je gesehen hätten … aber es ist … ungewöhnlich. Guck dir das Eintrittsloch an. Das hier war ein Mörder, der sich seiner Sache ganz sicher sein wollte.«

Die Erinnerung an Ermittlungen, die sie an den Rand des Wahnsinns gebracht hatten, trieben zurück an die Oberfläche.

Brutal, hatte Alex gesagt.

Und das war es, natürlich.

Vielleicht bin ich abgestumpft, dachte Fredrika. Zumindest reagiere ich gerade kein bisschen so wie er.

Wieder sah sie zu dem Bild auf dem Servierwagen.

Es musste für Benke eine Bedeutung gehabt haben. Oder für seinen Mörder.

Fredrika wollte wissen, in welcher Hinsicht. Vor allem aber wollte sie wissen, wer der vierte Mann war, der nicht in die Kamera hatte sehen wollen.

WAR ER DENN allen Ernstes der Einzige, der den Verdacht hatte, da könnte etwas nicht stimmen? Es fiel Noah Johansson schwer, sich damit zufriedenzugeben. Er musste nicht mal mehr in seinem Kalender nachsehen, wann immer ihn jemand fragte. Er wusste aus dem Kopf, wie viele Wochen und Tage Dan jetzt schon verschwunden war. Und Noah hatte nicht die geringste Ahnung, wie er ihn wieder zurückholen sollte.

Vor allem diese Erkenntnis war schier unerträglich. In Noah machte sich langsam, aber sicher die Befürchtung breit, dass ihm die Zeit davonlaufen könnte. Wenn er Dan nicht schnell fände, wäre es unter Garantie zu spät.

Dieser Gedanke war neu – und tat maßlos weh: dass die Zeit einfach weiter verstrich, egal wie sehr er sich bemühte und kämpfte. Und dass er bald keine mehr hätte.

Noah hatte allmählich das Gefühl, wahnsinnig zu werden. Er fühlte sich so allein. Die Polizei wollte nichts mehr von ihm wissen, und seine Freunde verstanden seine Seelenqualen einfach nicht. Dass die Sorge ein derart großes Loch in einen Bekanntenkreis reißen konnte, schockierte ihn bei allem, was in den vergangenen Wochen geschehen war, wohl am allermeisten.

Roine, sein ältester Freund und einer der wenigen, die ihm noch geblieben waren, hatte es erst letzte Woche gesagt, als sie sich in einer Bar getroffen hatten.

»Ich versuche wirklich, dich zu verstehen«, hatte er gesagt. »Aber … es macht mir Angst. All das, was du da beschreibst … In Wahrheit willst du dich doch einfach nicht damit abfinden, dass dein Bruder nach Australien gezogen ist. Hör auf damit, hör auf, dann wirst du wieder der Alte.«

Australien.

Immer dieses verdammte Australien.

Noah hatte eine Entscheidung treffen müssen. Entweder verlor er auch noch Roine, oder aber er ließ dessen harte Worte unkommentiert. Am Ende entschied er sich dafür, den Freund zu behalten. Noch einsamer – das würde Noah nicht aushalten. Er würde es nicht überleben, Roine auch noch zu verlieren. Trotzdem fühlte es sich momentan so an, als wäre genau das passiert, denn Roine hatte sich seit jenem Abend nicht mehr bei ihm gemeldet.

Zu Anfang hatte Noah noch gedacht, mit seinem Bruder sei alles in Ordnung. Dan und seine Familie hatten jahrelang davon gesprochen, nach Australien zu gehen. Es hätte weniger eine echte Auswanderung sein sollen denn eine Art Familienabenteuer: ein, zwei Schulhalbjahre im Ausland.

Erst war Thailand im Gespräch gewesen (zu viel Sonne und Strand), dann London (zu teuer). Dann Australien. Nach dem Jahreswechsel war es dann konkret geworden. Sowohl Dan als auch seine Frau hatten dort spannende Jobs aufgetan. Die Vorstellungsgespräche hatten sie übers Internet machen können, die Schulanmeldungen der Kinder waren per Post verschickt worden – und irgendwann war das komplette Paket fertig geschnürt gewesen.

»Zwei Wochen vor Ende des Schuljahres geht es los«, hatte Dan erzählt. »Ich habe gleich Ende Mai ein paar Besprechungen dort, bei denen ich dabei sein soll, und es gibt keinen Grund, warum wir nicht gleich alle zusammen fahren sollten. Dann haben wir noch ein paar Wochen frei, bevor Job und Schule ernsthaft losgehen.«

Noah würde jederzeit freiheraus zugeben, dass ihm das Australienprojekt von Anfang an nicht behagt hatte. Er hatte es irgendwie unseriös gefunden, und leider hatte er dies nicht nur ein Mal laut gesagt. Am Ende waren die Brüder darüber in einen heftigen Streit geraten. Als Noah dann unversehens die Möglichkeit bekommen hatte, in der Woche vor Dans Umzug an einer Fachkonferenz auf Mallorca teilzunehmen, sorgte er dafür, dass er mitfahren durfte, und verlängerte obendrein seinen Aufenthalt, legte seinen Jahresurlaub diesmal früher, sodass er auch garantiert weg wäre … und als er wieder nach Hause kam, fühlte sich alles leer an. Dan war weg, das Haus war verwaist. In Noahs Briefkasten lag bloß ein Umschlag mit einem knappen Gruß und dem Hausschlüssel seines Bruders.

»Kümmerst du dich um das Haus, so wie wir es ausgemacht haben? Danke.«

Noah war stinkwütend gewesen. Sie hatten überhaupt nicht ausgemacht, dass er sich um Dans Haus kümmern sollte – das konnte doch wohl jemand anders machen! Außerdem besaß Noah bereits einen Schlüssel. Es vergingen ein, zwei Wochen, in denen Noah nichts mehr von seinem Bruder hörte. Irgendwann wurde das Schweigen unangenehm. So konnte es doch nicht weitergehen. Also nahm Noah seinen Schlüssel und fuhr zum Haus seines Bruders. Wollte mal nachsehen, was es dort zu tun gäbe, ehe er Dan mailen würde, um zu hören, wie es ihnen ging.

In Dans Haus hatte er zum ersten Mal das Gefühl gehabt, dass etwas nicht stimmte. Es sah nicht so aus, wie man es von jemandem erwartete, der die Absicht gehabt hatte, ein Jahr lang nicht wiederzukommen. Im Trockner lag Wäsche. In der Spülmaschine Geschirr. Und dann die Schränke. Massenhaft Klamotten. Hatten sie vorgehabt, sich in Australien alles neu anzuschaffen? Oder was war der Plan gewesen?

Noah schickte seinem Bruder, noch während er bei ihm zu Hause war, per Smartphone eine E-Mail. Die Antwort kam erst geschlagene zwei Tage später. Dan klang kurz angebunden, machte nicht viele Worte. Noah solle aufhören zu stänkern und nach Fehlern zu suchen. Sie hätten ihren Umzug verdammt noch mal so organisiert, wie sie wollten. *Ver-*

dammt noch mal so, wie sie wollten. Das waren die alles entscheidenden Worte gewesen. Noch nie hatte Dan gegenüber Noah geflucht. Das Fluchen, der Schlüssel im Briefkasten – allesamt eindeutige Signale, dass da etwas nicht stimmte. Und zwar ganz und gar nicht.

Deshalb hatte Noah schließlich die Polizei alarmiert.

Doch dort hatte man ihn nicht ernst genommen. Nicht mal als er in Tränen ausgebrochen war und vom Fahrrad des Bruders erzählt hatte, das am selben Nachmittag, als ihm gedämmert hatte, dass da etwas faul war, in der Auffahrt gelehnt hatte. Es sah vielleicht aus wie ein x-beliebiges altes Fahrrad, aber sein Bruder hatte es von ihrem Großvater geerbt und hätte es niemals unverschlossen dort draußen stehen lassen.

Die Polizei kam nach einer kurzen Stippvisite zu dem Schluss, dass Noah sich alles nur einbildete. Sie behaupteten, sie hätten Kontakt mit Dan aufgenommen, und der habe ihnen bestätigt, er sei aus freien Stücken verzogen. Für die Polizei war die Sache damit erledigt.

Doch nicht für Noah.

Er nahm Kontakt zur schwedischen Botschaft in Canberra auf. Dort versprach man ihm zu prüfen, ob Dan und seine Familie wie geplant in Australien angekommen waren, wollte aber nicht zu viel versprechen. Es sei nicht sicher, ob man ihm werde helfen können, aber man werde ihn dennoch binnen einer Woche zurückrufen. Es sei immerhin Urlaubszeit und die Botschaft derzeit nur sporadisch besetzt.

Noah hatte auf eigene Faust weitergesucht – ohne jeden Erfolg. Die Fluglinie berief sich auf den Datenschutz, dort wollte ihm niemand bestätigen, dass Dan überhaupt abgeflogen war. Noah bat erneut die Polizei um Hilfe, doch die verweigerte ihm jede Unterstützung. Es sei nur unter ganz speziellen Bedingungen überhaupt möglich, an Passagierlisten zu kommen, ob Noah das denn nicht einsehen könne?

Wenn die Polizei keine deutlicheren Hinweise darauf bekomme, dass irgendetwas nicht stimme, dann werde sie keinen Finger rühren, um ihm zu helfen.

Noah schluckte. Sein nächster Kunde war schon auf dem Weg, da musste Noah sich konzentrieren. Es handelte sich um jemanden mit besonderen Wünschen, und insgeheim hätte Noah den Termin lieber abgesagt, hatte es dann aber doch nicht geschafft. War dies der Inbegriff von »zu viel zu tun« – dass man es nicht mal mehr schaffte, den eigenen Kalender aufzuräumen?

Als der Kunde eintrat, klingelte die Glocke über der Tür.

Mit mühsam erkämpfter Ruhe trat Noah ihm entgegen.

»Guten Tag«, sagte er und legte sein typisches Lächeln auf, das so viele für die Grundlage seines Erfolgs hielten: ein maßvolles Lächeln – doch vor allem ein Lächeln, das nicht anders als einfühlsam genannt werden konnte, von Menschen in Trauer ebenso wie von jenen – wie es bei diesem Mann hier der Fall war –, die wussten, dass sie bald sterben würden.

»Meine Frau hat es sich seit unserem letzten Besuch nun doch anders überlegt«, eröffnete ihm der Mann. »Sie hätte lieber den weißen Sarg. Den schwarzen findet sie zu posh.«

Er lächelte. Ein breites Lächeln mit weißen Zähnen im sonnengebräunten Gesicht. Wer ihn nicht besser kannte, hätte niemals geglaubt, dass er keine zwei Monate mehr zu leben hatte.

Noah machte sich eine Notiz. »Sie ist heute gar nicht dabei …« Er bereute es auf der Stelle. Nein, sie war heute nicht dabei.

Doch der Mann schien sich über den sinnlosen Kommentar des Bestatters nicht zu ärgern. Im Gegenteil, er amüsierte ihn.

»Sie muss arbeiten«, sagte er.

Noah nickte. »Und noch ein kleines Detail … Sie haben nun doch entschieden, dass Sie in dem weißen statt in einem schwarzen Sarg beerdigt werden wollen …«

»Ja.«

»Dann haben Sie es sich auch hinsichtlich der Einäscherung anders überlegt? Sie wollen lieber erdbestattet werden?«

Der Mann zuckte zurück und rang so heiser nach Atem, dass Noah sich fast Sorgen machte.

»Was zum Teufel … Nein, das will ich nicht, verdammt noch mal.«

Noah beruhigte ihn. »Das hab ich mir schon gedacht. Ich wollte nur sichergehen.«

Der Mann verzog den Mund. »Gibt es immer noch Menschen, die das wollen? Die einfach in der Erde landen wollen?«

»Oh ja«, antwortete Noah. »Viele wehren sich gegen die Vorstellung, verbrannt zu werden, wenn Sie meine vulgäre Wortwahl entschuldigen.«

Der Mann schüttelte den Kopf. »Und wollen deshalb lieber von Würmern aufgefressen werden und stinken? Unbegreiflich!«

Das fand Noah auch. Doch seine persönlichen Vorlieben würde er niemals gegenüber einem Kunden äußern.

»Das Datum«, fuhr er fort, »das gilt noch?«

Im Blick des Mannes schien sich ein Schalter umzulegen. Alles Lebendige war mit einem Mal weg. Stattdessen waren da nur mehr zwei abgrundtiefe Brunnen voller entsetzlicher Trauer, und Noah musste sich richtiggehend zusammenreißen, um nicht die Hand über den Tisch auszustrecken und ihn zu berühren.

»Ja«, sagte der Mann. »Am ersten September ist alles zu Ende. Der Trauergottesdienst findet wie geplant eine Woche später statt.«

Noahs Hals war knochentrocken. Man konnte viel für Geld kaufen, sogar Seelenfrieden. Und das war ein Glück. Der Mann, der Noah in diesem Moment gegenübersaß, würde den Tod bekommen, den er sich wünschte. Einen würdigen Tod. Was war daran verkehrt? Das waren die Dinge, die einem Hoffnung machten.

Alle Hoffnung zu verlieren, dachte Noah, was tut das nicht mit uns?

Ängstlich horchte er in sich hinein.

Dan war jetzt bald acht lange Wochen weg. Wie lange würde Noah die Sorge ertragen können, die ihn zu ersticken drohte? Wie viel Zeit würde noch verstreichen, ehe er die Hoffnung verlöre, seinen Bruder retten zu können?

DER BRIEF WAR nicht frankiert. Er war von jemandem, der sich eigens die Mühe gemacht hatte, ihn persönlich zu überbringen, in den Briefkasten im Hauseingang eingeworfen worden. Persönlich zwar, aber doch anonym.

Lovisa Wankel runzelte die Stirn, als sie das verschlossene weiße Kuvert betrachtete. Kein Adressat, kein Absender.

Seltsam.

Der altertümliche Fahrstuhl quietschte auf dem Weg nach oben. Lovisa konnte nicht mehr die Treppe nehmen. Sie war völlig erledigt, nachdem sie gerade eine Stunde lang auf dem Laufband trainiert hatte. Jetzt wollte sie nur noch heim, raus aus den verschwitzten Klamotten und duschen.

Und den Brief öffnen.

Sie hatte kaum die Wohnungstür hinter sich zugeschlagen und die Tasche zu Boden fallen lassen, als sie den Umschlag aufriss. Er war ganz dünn und leicht. Einen Moment lang hing sie dem Gedanken nach, dass er leer sein könnte – oder für jemand anderen als sie gedacht. Der Überbringer des Briefes mochte ihn in den falschen Kasten gesteckt haben, so was kam vor.

So was kam vor.

Aber nicht bei ihr.

Denn im selben Moment, da sie den Umschlag aufgerissen hatte und sah, was darin lag, waren sämtliche derartigen Gedanken wie weggefegt. *Das hier war für sie und niemand anderen bestimmt.* Ein Zeitungsausschnitt. Ein auf Spanisch verfasster Artikel auf vergilbtem Zeitungspapier. Vorsichtig zog sie den Artikel heraus. Das Kuvert fiel zu Boden, blieb auf der Fußmatte liegen. Draußen im Treppenhaus hörte sie jemanden vorübergehen.

Sie brach in Panik aus, hatte Todesangst vor demjenigen, der sich dort draußen bewegte. Eilig schloss sie hinter sich ab, lief in die Küche, weg von den Schritten.

Das Handy! Sie musste ihr Handy holen. Es lag im Außenfach ihrer Sporttasche. Zurück auf dem Flur fischte sie das Telefon heraus und lauschte angestrengt auf Geräusche von draußen. Es war vollkommen still.

Ihr Herz schlug wie wild, und ihr Mund war staubtrocken. Sie war wieder zurück in der Küche. Sie hatte von draußen nicht hören können, ob sich dort eine Tür geöffnet oder geschlossen hätte. Derjenige, der im Treppenhaus unterwegs gewesen war, musste also noch dort sein. Bei ihr vor der Tür? Oder ein Stockwerk tiefer?

Ihre Hände zitterten, als sie sich den Artikel vors Gesicht hielt. Das Bild sagte alles. Alles. Diese schrecklichen Informationen … Und es weckte die schlimmsten Schuldgefühle bei ihr. Dazu war der Text nicht mal mehr nötig.

Sie hatte niemandem Schaden zufügen wollen. Sie hatte schlicht nicht begriffen, dass sie – indem sie sich selbst rettete – jemand anderen geopfert hatte. Genau das hatte sie sich selbst immer wieder eingeredet. Dass sie gar keine Chance gehabt hatte zu begreifen, welche gewaltsamen Konsequenzen ihre Entscheidung hätte. Dass ihr Handeln egoistisch gewesen war – das hatte sie gewusst. Aber tödlich? Nein, das zu begreifen war gar nicht möglich gewesen.

Ich wollte doch einfach nur wieder nach Hause.

Sie zitterte am ganzen Leib, als sie zurück in den Flur hinausschlich. Sie hatte keine Ahnung, wie lange sie in ihrer Küche gestanden und gelauscht hatte. Sie wusste lediglich, dass sie inzwischen in ihren verschwitzten Kleidern fror und schleunigst duschen sollte. Doch nicht ehe sie durch den Spion geschaut und sich versichert hatte, dass dort draußen niemand stand und auf sie wartete.

Sie beugte sich vorsichtig vor, wollte sehen, was sich dort vor ihrer Tür befand – und wollte es gleichzeitig nicht.

Erst sah sie gar nichts. Das Deckenlicht war mittlerweile ausgegangen, und niemand hatte es erneut eingeschaltet. Tageslicht gab es nicht im Treppenhaus. Nur allmählich gewöhnte sich ihr Auge an die Dunkelheit. Und dann entdeckte sie ihn. Den Schatten in den Schatten. Ihn, der reglos vor der Fahrstuhltür stand und unverwandt ihre Tür ansah.

Der sie anzustarren schien.

Lovisa flüchtete ins Bad und schloss hinter sich ab. Auf dem Fliesenboden sackte sie zusammen, zog die Knie an und umschlang sie mit beiden Armen.

Dass sie so dumm gewesen war.

Dass sie geglaubt hatte, es wäre vorüber.

Wie naiv sie gewesen war.

Und wie völlig außer sich vor Angst.

SIE TRAFEN SICH um kurz nach vier Uhr in der Löwengrube, um zusammenzutragen, was sie bisher in Erfahrung gebracht hatten. Alles war wie immer – und zugleich war nichts mehr, wie es sein sollte. Die Sonderermittlungseinheit unter Alex Recht schien die einzige zu sein, die sämtliche Umstrukturierungsmaßnahmen bei der Polizei überlebt hatte. Dafür war er dankbar; trotzdem waren die Probleme, die sie von Anfang an gehabt hatten, natürlich immer noch da. Es war immer noch schwierig, die nötigen Ressourcen zu mobilisieren – und genau zu erklären, wo in der Organisation das Team jetzt angesiedelt war. Auch wenn es darauf mittlerweile formal eine Antwort gab. Es gehörte zu Margareta Berlins Abteilung innerhalb der Stockholmer Polizei und hatte seinen Sitz auf Kungsholmen im Hauptpräsidium, das unter Kollegen nur »das Haus« genannt wurde. Zum Glück war die Zusammenarbeit mit den anderen Abteilungen breit angelegt. Es hätte Alex erstickt, wenn er unter Berlin einen gewöhnlicheren Dienst hätte versehen müssen.

Diesmal allerdings hatte sie geliefert, was sie versprochen hatte. Um im Mordfall Malcolm Benke zu ermitteln, hatten sie ordentlich Verstärkung bekommen. Sogar so viele Neue, dass die Stühle im Besprechungsraum nicht mehr reichten.

Alex stellte fest, dass Fredrika Bergman vollends vergessen zu haben schien, dass sie eigentlich freigehabt hätte. Er musste sich unbedingt bei ihr bedanken. Wertschätzung und Dankbarkeit zu äußern lag ihm nicht; das hatte er sich auch schon von Diana allzu oft anhören müssen.

»Also gut«, sagte Alex und erhob leicht die Stimme, um die Anwesenden im Besprechungszimmer zum Schweigen zu bringen. »Dann fangen wir mal an.«

Eine neue Leiche, ein neuer Mord. So etwas durfte niemals Routine werden, aber sie durften auch nicht so tun, als hätten sie aus früheren Fällen rein gar nichts gelernt. Alex fragte sich oft, wie die düstere Gegenwart des Todes wohl jemanden wie Fredrika beeinträchtigte. Sie hatte schließlich früher von etwas anderem geträumt und nie vorgehabt, bei der Polizei zu landen. Er wusste, dass die Ereignisse jenes schlimmen Winters, als draußen auf Ekerö zwei jüdische Kinder erschossen worden waren, sie enorm mitgenommen hatten. Erst in den letzten Jahren war es ruhiger geworden. Seit jenem Kindermord waren die spektakulären Fälle ausgeblieben. Und das Gleiche galt im Grunde auch für sein Privatleben.

Alex hatte im vergangenen Jahr höchst unverhoffte Momente der Harmonie erlebt. Er hatte auf die Enkel aufgepasst, Bücher gelesen, war angeln gegangen und nach der Arbeit mit Kollegen auch mal einen trinken. Das Leben hatte sich ganz angenehm angefühlt, und so war es auch geblieben – bis vor wenigen Monaten, als Berlin zu seiner Chefin berufen worden war.

Wird sich das alles jetzt ändern?, fragte sich Alex. Wird mir die Harmonie jetzt wieder aus den Händen gleiten?

Seit er von Nacka wieder ins Haus auf Kungsholmen zurückgekehrt war, verspürte er unerklärliches Unbehagen. Es rührte nicht mal von dem her, was er dort draußen gesehen hatte – meine Güte, an dem Tag, da er den Anblick einer Leiche nicht mehr ertrüge, würde er eben in Rente gehen müssen.

Es rührte eher von dem her, was er dort *nicht* hatte sehen können.

Er versuchte, das Gefühl abzuschütteln, indem er sich auf die Besprechung konzentrierte.

Der Ring.

Wäre da nicht der verdammte Ring.

»Malcolm Benke«, hob Alex an. »Sind wir mit seinem Privatleben weitergekommen? Laut Einwohnermeldeamt hat er allein gelebt, aber das muss ja nichts heißen.«

Der jüngere Kollege, der mit am Tatort gewesen war, ergriff das Wort. Inzwischen hatte Alex sich endlich gemerkt, wie er hieß: Ivan. Ein seltsamer Name für einen so jungen Kerl.

»Benke hat zwei Aufsichtsräten und einem größeren Verband angehört«, berichtete Ivan. »Ich bin noch nicht allzu weit gekommen, hab aber doch im Lauf des Nachmittags ein paar Anrufe tätigen können. In Benkes Umkreis war offenbar bekannt, dass er vor einigen Jahren ein Verhältnis mit Gudrun Manner hatte, aber seit dem Ende der Beziehung Single war.«

»Die Modedesignerin Manner?«, fragte Fredrika erstaunt.

»Ja.«

»Sieh einer an …«

Wäre Alex nicht mit Diana zusammen, hätte er keinen Schimmer gehabt, wer Gudrun Manner war. Aber nun musste sie ihm nicht weiter vorgestellt werden. Sie war um die sechzig und hatte ein eigenes Modelabel mitsamt Boutique auf Östermalm. Bekannt war sie vor allem dadurch geworden, dass sie ausschließlich mit Stoffen in drei Farben arbeitete: schwarz, weiß und grau. Alex hatte diverse diskrete Versuche unternommen, Diana dazu zu bringen, dort nicht mehr einzukaufen, weil er allein schon depressiv wurde, wenn er nur an Manners Schaufenster vorüberkam.

»Haben Sie sonst noch etwas herausgefunden?«

Es waren noch nicht viele Stunden vergangen, seit man den Toten gefunden hatte. Das derzeitige Bild, das sie von Malcolm Benke hatten, setzte sich hauptsächlich aus Eintragungen in den unterschiedlichen Datenbanken zusammen, und es gab noch einiges zu tun.

»Nein«, erwiderte Ivan. »Aber ich durchforste noch sein soziales Netzwerk. Seinen Computer und das Handy haben wir mitgenommen, beides wird momentan von den Technikern untersucht. Ich hab da erst an der Oberfläche kratzen können, bisher gibt es keine Hinweise darauf, dass Benke bedroht worden oder in einen Konflikt verwickelt gewesen wäre, der den Mord erklären würde.«

»Gut«, sagte Alex, »gut«, ohne zu wissen, was so gut daran war, dass sie keine Spur hatten, die sie verfolgen konnten.

Er wandte sich an Fredrika. »Hast du etwas über seine Familie herausfinden können?«

Fredrika hing für einen Moment ihren Gedanken nach. Dann erst hob sie den Blick. Erst jetzt schien sie zu bemerken, dass sie angesprochen worden war.

Du bist anders als sonst, dachte Alex. Und zwar schon seit einiger Zeit.

»Ja, unbedingt«, antwortete sie und schob die Papiere zusammen, die vor ihr lagen. Sie strich eine Haarsträhne zurück, die sich aus dem Zopf gelöst hatte.

Der Zopf, der ihr über den Rücken fiel, war so etwas wie ihr Markenzeichen geworden. Inzwischen konnte sich niemand mehr daran erinnern, wie sie ohne ihn ausgesehen hatte. Alex wusste indes noch gut, was ihm durch den Kopf geschossen war, als sie sich zum ersten Mal begegnet waren: dass sie aussah wie jemand, der zu viele Bücher gelesen und zu wenige Menschen getroffen hatte. Dass sie nicht zur Polizei gehörte.

Seither waren sie weit miteinander gegangen. So weit, dass er mit angesehen hatte, wie sie ihre ersten grauen Haare bekommen hatte.

Bei dem Gedanken musste er lächeln, und Fredrika runzelte die Stirn.

»Was …«

»Nichts«, erwiderte Alex. »Nichts.«

Ich lächele, weil du die ersten silbernen Strähnchen in den Haaren hast, und ich schäme mich dafür, dass ich finde, sie stehen dir so verdammt gut.

»Benke hatte zwei Kinder«, hob Fredrika an. »Der Sohn, Bernhard, lebt seit zehn Jahren in Wien. Er ist im selben Jahr, als seine Schwester Beata starb und die Eltern sich scheiden ließen, dorthin gezogen. Benkes Exfrau Karin wohnt hier in Stockholm. Sie hatten einen Ehevertrag. Fast alles Geld gehörte Benke – und das Haus, in dem sie gewohnt hatten, ebenso.«

»Das heißt, mit der Scheidung war sie mittellos?«, hakte ein Kollege nach, der bisher geschwiegen hatte.

»Nicht ganz«, antwortete Fredrika. »Sie hatte eigenes Geld in die Ehe eingebracht und das dann auch wieder mit hinausgenommen.«

»Eigenes Geld? Oder geerbtes Geld?«, fragte Alex, der fand, dass es da einen Unterschied gab.

»Ich würde mal annehmen, ein Erbe«, erwiderte Fredrika. »Wenn ich mir ihre letzten Steuererklärungen ansehe, dann gibt es da nämlich nichts, was sonst erklären würde, wie sie sich ein Sommerhaus in den Schären und eine große Wohnung auf Östermalm leisten kann.«

Alex lehnte sich zurück. Der Ring an Malcolm Benkes kleinem Finger ließ ihm noch immer keine Ruhe.

»Wissen wir, wie der Ehemann der Tochter hieß? Ich meine, wenn sie überhaupt verheiratet war.«

»Richard«, antwortete Fredrika. »Genau wie es in dem Ring steht.«

Es wurde still im Raum.

»Hat außer mir noch jemand das Gefühl, dass Benke den Ehering seiner Tochter sonst eher nicht getragen hat?«

Einige nickten.

»Wir müssen mit der Exfrau sprechen«, sagte Fredrika. »Über Benke, aber auch über die verstorbene Tochter.«

Alex spürte, wie ihn unangenehme Erinnerungen beschlichen. Die schlimmsten – das waren diejenigen, die mit Eltern zu tun hatten, die eins ihrer Kinder oder gleich mehrere verloren hatten. Mit der Zeit lernten sie, mit ihrem Schicksal umzugehen, aber niemand ließ es je ganz hinter sich. Der Tag, an dem seine Ehefrau Lena an Krebs gestorben war, hatte auch in Alex etwas zunichtegemacht. Erst war sie immer da gewesen, und mit einem Mal war sie es nicht mehr. Er hatte damals behauptet, dies sei das Schlimmste, was ihm je habe passieren können, und er hatte es auch so gemeint. Er hatte allen Ernstes geglaubt, dass er sie mehr liebte als ihre gemeinsamen Kinder – bis zu jenem Tag, da sein Sohn in eine Flugzeugentführung verwickelt gewesen war, die ganz grässlich hätte ausgehen können.

Davon hätte ich mich nie wieder erholt, dachte Alex. Das wäre das Allerschlimmste gewesen.

»Was wissen wir über den Tod der Tochter?«

»Viel zu wenig«, erwiderte Fredrika. »Sie hat schon Jahre vor ihrem Tod mit ihrem Mann in Großbritannien gelebt.«

Alex sah sich um. »Hat sonst noch jemand etwas? Die Spurentechnik – wie weit seid ihr inzwischen gekommen? Könnt ihr schon etwas über die Mordwaffe sagen?«

»Nicht mehr, als dass sie durch Abwesenheit glänzt«, antwortete eine Kollegin. »Nach unserer ersten Einschätzung ist die Kugel aus einem Colt .45 abgefeuert worden. Allerdings haben wir nirgends Einbruchsspuren finden können, weder an der Haustür noch an einem der Fenster. Wie ihr, die den Tatort besucht habt, sicher auch bemerkt habt, gibt es keine Anzeichen für Handgreiflichkeiten im Haus.«

»Das heißt, er kannte seinen Mörder zumindest gut genug, um ihn aus freien Stücken in sein Zuhause zu lassen«, bemerkte Fredrika.

»Oder er ist doch überrascht worden«, wandte die Technikerin ein. »Es wäre durchaus möglich, dass der Mörder das Schloss in der Haustür geknackt hat und ins Haus geschlichen ist. In dem Fall wusste jemand allerdings genau, was er tat.«

»Du meinst, es könnte jemand gewesen sein, der schon

früher mal durch geschlossene Türen gekommen ist?«, fragt Alex.

»Richtig«, erwiderte die Kollegin von der Technik.

»Wissen wir denn, ob die Tür überhaupt verschlossen war?«, mischte sich Ivan ein. »Sie kann doch auch unverschlossen gewesen sein, als der Mörder dort auftauchte.«

»Die Putzfrau, die Benke gefunden hat, behauptet, dass die Tür verschlossen war, als sie kam. Das Schloss ist eins mit Türschließer – man braucht also keinen Schlüssel, man lässt es einfach zufallen, und der Riegel schnappt ein.«

Alex streckte sich nach dem Laptop auf dem Tisch aus. »Wie weit sind wir mit der Befragung der Nachbarn?«

»Findet zur Stunde statt«, sagte Ivan. »Bisher gibt es dahingehend noch nichts zu berichten.«

Das heißt, es gab keine Zeugen. Nicht gut.

Alex klappte den Laptopdeckel auf und rief die Notizen auf, die er sich kurz vor der Besprechung während eines Telefonats mit Renata Rashid gemacht hatte. »Renata schätzt, dass Benke, als er um neun Uhr morgens aufgefunden wurde, bereits seit zehn bis zwölf Stunden tot war. Also starb er zwischen neun und elf am Vorabend. Allerdings sagt das natürlich nichts darüber aus, wann der Mörder kam oder wie lange sie zusammen im Haus waren, ehe die Tat verübt wurde.« Alex hob den Blick. »Sicher wissen wir bloß, dass die direkte Todesursache der Schuss in die Brust war. Das kann uns nicht reichen. Ich will mehr über seine Kontakte wissen, möchte ausschließen können, dass es eine Bedrohungslage gab, von der er eventuell sogar wusste. Und wenn unsere Leute sämtliche Nachbarn befragt haben, will ich wissen, was sich daraus ergeben hat.«

Der Ring. Der verdammte Ring.

»Außerdem möchte ich so schnell wie möglich die Exfrau befragen«, fügte er hinzu und knallte den Laptopdeckel wieder zu.

Er sah Fredrika an.

»Wir zwei fahren hin«, sagte er nach kurzem Zögern. »Und wir alle treffen uns morgen wieder hier.«

Stuhlbeine scharrten über den Boden, als alle aufstanden und die Löwengrube verließen. Fredrika ging mit hängendem Kopf und in Gedanken versunken vor Alex her.

»Alles okay?«, wollte er wissen.

Sie bedachte ihn mit einem flüchtigen Lächeln. »Natürlich.«

Er bereute sofort, die Frage gestellt zu haben. Sie hatte gelogen, und das bereitete ihm schlechte Laune. Nicht nur, dass es ihr nicht gut ging – sie wollte mit ihm auch ganz offensichtlich nicht darüber reden.

Er räusperte sich und versuchte, ein anderes Gefühl zu benennen, das ihn störte. »Ich krieg den Fall Benke nicht richtig in den Griff.«

Fredrika wirkte verwirrt. »Warum in aller Welt hast du zu diesem frühen Zeitpunkt der Ermittlung schon so ein Gefühl?«

Alex raufte sich die Haare.

»So hab ich es nicht gemeint«, sagte er dann. »Es ist mehr, dass dieser Mord eine Symbolik ausstrahlt, die ich nicht zu fassen bekomme.«

Im selben Augenblick kam Torbjörn Ross vorbei: Kaffeebecher in der Hand, an den Füßen Gummistiefel.

»Alles in Ordnung bei euch?«, fragte er.

»Absolut«, sagte Alex und wünschte sich, der Kollege möge einfach weitergehen.

Das tat er auch und verschwand in der Küche.

Torbjörn Ross war mal sein Freund gewesen. Jetzt war er jemand, den Alex lieber auf Abstand hielt. Mit den Jahren war Ross kompliziert und rücksichtslos geworden. Alex war sich im Klaren darüber, dass sie beide zur selben Abteilung gehörten. Trotzdem – nicht viele dachten so. Ross blieb für sich, Alex hatte in Wahrheit keinen Schimmer, womit er beschäftigt war – und wollte es auch gar nicht wissen.

Fredrika schüttelte den Kopf, als Ross verschwunden war. »Der Ring«, mutmaßte sie.

»Ganz genau. Benke sah so ruhig aus, wie er da in seinem Sessel saß. In fast schon groteskem Kontrast zu allem, was ihm zugestoßen war.«

»Grotesk ist ein gutes Wort in diesem Zusammenhang«, pflichtete sie ihm bei.

Und doch nicht grotesker, als zwei jüdischen Schuljungen hinterrücks in den Rücken zu schießen, dachte Alex verbissen und ließ die Gedanken wieder zu jenem Albtraum wandern, in den Fredrika und er ein paar Jahre zuvor hineingeraten waren. Es war ein verrückt kalter Winter gewesen, und ein Mörder, der kälter war als die meisten anderen, war auf Stockholmer Straßen unterwegs gewesen – und ihm dicht auf den Fersen die Legende von einem bösen Papierjungen.

Da …

Der Gedanke kam aus dem Nichts und drohte, ihm den Boden unter den Füßen wegzuziehen.

»Das Foto«, sagte er. »Das Foto auf dem Servierwagen bei Benke.«

Fredrika richtete sich gerade auf. »Ja?«

»Jetzt weiß ich, wer der vierte Mann war. Der nicht in die Kamera sehen wollte.«

»Gib mir einen Tipp«, sagte Fredrika mit heiserer Stimme. »Ich hab den ganzen Nachmittag darüber nachgedacht. Wie heißt er?«

Und wir dachten, er sei tot, wollte Alex schon antworten. Weil ihm der Name des Mannes vor Aufregung nicht mehr einfallen wollte, nannte er schließlich den Namen von dessen Frau. »Eden.«

EDEN LUNDELL. SIE war Chefin der Säpo gewesen und hatte nach dem Mord an einer ihrer Töchter beschlossen, Schweden zu verlassen. Ihr Mann hieß Mikael. Soweit Fredrika Bergman informiert war, wohnte die Familie in Israel. Es lief ihr eiskalt über den Rücken, wenn sie nur an Eden dachte und an die Ermittlung, bei der sie mitgearbeitet hatte. Bei keinem Fall hatte es je mehr Untiefen gegeben als bei jenem, der damit begonnen hatte, dass in der jüdischen Salomonschule eine Erzieherin erschossen worden war. Das Ganze hatte erst geendet, als Eden ein Kind verloren hatte.

Der Verstand …, dachte Fredrika, als Alex und sie zu Karin Benke fuhren. Hatte Eden ebenfalls den Verstand verloren? So wäre es mir zumindest ergangen.

Es graute ihr davor, Kontakt zu Eden und ihrer Familie aufzunehmen.

Mit jemandem wie ihr kann ich einfach nicht sprechen.

Stattdessen konzentrierte sie sich auf Karin Benke. Alles, was sie von der Finsternis ablenkte, war gleichermaßen willkommen. Als Kind hatte Fredrika es geliebt, mit dem Puppenhaus zu spielen, das sie von ihrer Großmutter geschenkt bekommen hatte. Für sie war das immer gewesen, als könnte man damit an einen anderen Ort reisen. Einen Ort, der jemand anderem gehörte, den sie selbst, Fredrika, dennoch besuchen durfte. Das gleiche Gefühl hatte sie gehabt, als sie bei der Polizei angefangen und immer wieder die Häuser fremder Menschen betreten hatte: mal zum Zweck einer Hausdurchsuchung, mal anlässlich einer Befragung. Und manchmal auch, um eine Todesnachricht zu überbringen.

Malcolm Benkes Exfrau war bereits über seinen Tod informiert worden. Sie empfing sie in ihrer Wohnung auf Östermalm. Die hohen Decken, die Geräumigkeit und die gut erhaltenen Originaldetails, die von der vorigen Jahrhundertwende zeugten, gemahnten eher an eine Residenz denn an eine normale Wohnstatt.

Trotzdem war Karin Benke eine höchst normale Person. Unprätentiös und offen und dabei allem Anschein nach überaus integer.

»Mein Beileid«, sagte Alex, nachdem sie die beiden Ermittler eingelassen hatte.

»Danke.«

Sie ging vor ihnen her in die Küche, wo sie sich an den Küchentisch setzten. Orchideen vor den Fenstern, keine Gardinen, weiß gestrichene Wände.

Hier könnte ich auch wohnen, dachte Fredrika sofort.

Alex tastete sich vorsichtig vor, ließ den Small Talk nur langsam in eine Befragung übergehen, damit Karin Benke sich nicht an dem Übergang störte. So etwas konnte er gut, bemerkte Fredrika. Wie so vieles andere auch. Sie fühlte sich fast schon peinlich erleichtert, als fände sie es wichtig, dass Alex sich zusammenriss, weil sie selbst es nicht tat.

Allein bei dem Gedanken errötete sie.

Ich muss es ihm erzählen, dachte sie. Ich muss ihm erzählen, was mich innerlich auffrisst.

Aber nicht jetzt. Ein andermal.

»Was können Sie uns vom Leben Ihres Exmanns erzählen?«, fragte Alex gerade. »Standen Sie einander noch nahe?«

»Nein«, erwiderte Karin.

»Haben Sie sich noch getroffen, vielleicht zusammen mit Ihrem gemeinsamen Sohn?«, ergänzte Fredrika.

»Nein. Wir haben es beide vorgezogen, keinen Kontakt mehr zu haben.«

»Verstehe«, sagte Alex und klang unerwartet einfühlsam.

»Ihre Tochter«, hob Fredrika an, »hat in London gelebt, wenn wir richtig informiert sind.«

Karins Miene wirkte schlagartig verschlossen. Sie schien verbergen zu wollen, was sie dachte und fühlte, sobald die Rede auf die verstorbene Tochter kam.

»Das ist richtig«, sagte sie schließlich. »Beata hat in London gelebt.«

»Wie viele Jahre?«, fragte Fredrika.

»Viele«, antwortete Karin. »Erst hat sie nach dem Abitur vier Jahre lang dort studiert, dann hat sie dort eine Stelle gefunden.«

»Das macht insgesamt ...?«, hakte Alex nach.

»Insgesamt zwölf Jahre.«

»Was hat sie denn studiert?«, fragte Fredrika.

»Sprachen«, erwiderte Karin. »Latein und Englisch. Später hat sie dann an einem Gymnasium in Ostlondon als Lehrerin gearbeitet.«

»Sie hat einen Briten geheiratet«, sagte Fredrika. »Ist sie seinetwegen in London geblieben?«

Es fiel ihr zusehends schwer, das konnte man sehen. Karin war eine Frau, die den Eindruck erwecken wollte, alles im Griff zu haben. Doch Trauer und Entsetzen ordneten sich menschlichen Kräften nicht unter. Das wusste Fredrika ebenso gut wie offenbar Karin selbst.

»Ich nehme es an«, sagte sie. »Andererseits hab ich sie, auch bevor sie ihn kennenlernte, nicht allzu oft sagen hören, dass sie wieder hierher zurückkommen wolle. Sie mochte London.«

»War Beatas Mann auch Lehrer?«

»Nein, Börsenmakler.«

Fredrika fiel auf, dass sie ihm keinen Namen gab. Der Schwiegersohn wurde »er« und nicht anders genannt. Fredrika musste an den Ring denken, der auf Malcolms kleinem Finger gesteckt hatte. Die Techniker hatten schon durchgegeben, dass sich darauf keine Fingerabdrücke befunden hatten – nicht die von Benke und auch keine anderen.

»Wie war er so?«, fragte Fredrika und bemühte sich, Stimme nicht zu senken. »Ihr Schwiegersohn Richard – wie war er?«

»Er war fies«, entgegnete sie. »Einfach nur fies.«

Dann schwieg sie. Fies. Das war ein Wort, das Fredrikas Kinder benutzten. Gern, oft und mitunter laut.

»Du bist fiiies!«, brüllte ihr Sohn, wann immer Fredrika sich im Supermarkt weigerte, ihm Süßigkeiten zu kaufen.

Auch Alex hatte sofort auf Karins Wortwahl reagiert. »Fies? Inwiefern?«

Karins Blick wurde feucht, aber nicht vor Trauer. Jetzt war sie sauer, um nicht zu sagen, scheißwütend.

Sie holte Luft, und es schien ihr schwerzufallen, die Luft wieder aus der Lunge hinauszupressen.

»Fies«, wiederholte sie. »Mir fällt schlicht kein besseres Wort ein. Alles, was Richard tat, war fies. Alles hatte einen Hintergedanken. Zu Anfang war uns das nicht klar – und Beata auch nicht. Der Typ war komplett dysfunktional. Er hat seinen Job so oft gewechselt wie andere Leute ihre Unterhosen, um diese abgenutzte Floskel zu verwenden. Und dann all diese sinnlosen sogenannten Investitionen. Das Geld ist einfach nur rasend schnell erst von ihrem gemeinsamen, dann von Beatas privatem Konto verschwunden.«

»Würden Sie ihn als manipulativ beschreiben?«, schlug Alex vor.

»Ungeheuer«, pflichtete Karin ihm bei.

Fredrika zögerte. Sie überlegte kurz, wie sie die Frage formulieren sollte, die sie als Nächstes stellen musste.

»Hat er sie geschlagen?«

Karin wandte den Blick ab, konnte sie nicht mehr ansehen. »Ja.«

Alex und Fredrika sahen einander an.

Vorsichtig strich Alex mit der Hand über die Tischplatte. In seiner Haut leuchteten hellrot die Narben, wo seine Hand mal gebrannt hatte. Damals, als er ein kleines Kind aus vernichtenden Flammen gerettet hatte.

»Sie ist vor zehn Jahren gestorben«, sagte er. »Wenn es für Sie nicht zu schwer ist, wüsste ich gern, wie sie gestorben ist.«

Karin hielt noch einen Moment lang inne. Dann bohrte sie ihren Blick in den von Alex. »Er hat sie ermordet.«

»Beatas Mann?«

»Ja.«

»Dann sitzt er im Gefängnis?«, hakte Fredrika nach.

»Nein.«

»Nein?«

»Sie konnten es ihm nie nachweisen. Aber wir anderen wussten, was passiert war – und die Polizei ebenso.«

»Dann hat die Polizei nie nach einem anderen Täter gesucht?«, fragte Fredrika.

»Anfangs schon, bevor ihnen alles klar wurde.«

Fredrika schluckte. Was Karin ihnen hier erzählte, war keineswegs einzigartig. Ein Gericht, das Zweifel hegte, musste den Angeklagten freisprechen. So lautete das Gesetz, und so musste es geschehen. Viele Menschen kamen mit einem Verbrechen davon, wenn man ihnen nicht wasserdicht nachweisen konnte, dass sie es begangen hatten. So etwas sah manch einer gewiss als Schwäche an, andere wiederum als Zeichen dafür, dass die demokratische Ordnung funktionierte.

»Wie kam es, dass er wieder freikam?«, erkundigte sich Fredrika. »Was hat damals gefehlt?«

»Alles und nichts«, erwiderte Karin mit einem Kopfschütteln. »Sie konnten ihm nicht einmal nachweisen, dass er an jenem Abend, als sie starb, zu Hause gewesen war. Zudem wurde die Mordwaffe nie gefunden.«

Alex räusperte sich.

»Das klingt jetzt vielleicht seltsam«, begann er bedächtig, »aber … wir wollten Sie nach Beatas Ehering fragen.«

»Nach ihrem Ehering?«

Alex nickte. »Was ist damit nach ihrem Tod geschehen?«

Karin wirkte bestürzt. »Keine Ahnung. Oder … ich weiß noch, dass wir ein Kuvert von der Polizei bekamen. In dem steckte der Schmuck, den sie getragen hatte, als sie … als sie gefunden wurde. Als sie gestorben war. Aber ich kann mich nicht daran erinnern, was mit dem Kuvert passiert ist. Beziehungsweise ich weiß, dass ich mir zwei Ohrstecker genommen habe, die Beata von meiner Mutter geerbt hatte. Aber der Rest … Ich kann mich nicht mal mehr daran erinnern, dass wir über den Inhalt diskutiert hätten. Damals lag irgendwie alles im Nebel. Entschuldigen Sie, wenn ich es so ausdrücke, aber ich kann mir nicht vorstellen, dass jemand diesen verdammten Ehering hätte haben wollen.«

»Sie haben ›wir‹ gesagt«, ging Fredrika dazwischen. »Wer war dabei, als Sie das Kuvert mit ihrem Schmuck entgegennahmen?«

»Malcolm, ich und Beatas Bruder, Bernhard.«

»Beatas Mann nicht?«, fragte Alex.

»Ganz sicher nicht! Der saß damals in Untersuchungshaft.«

»Könnte Bernhard oder Malcolm den Ehering behalten haben?«, fragte Fredrika.

»Schon möglich. Natürlich könnte das sein. Aber warum fragen Sie ausgerechnet nach diesem Ring? Ist er irgendwie wichtig?«

»Das werden wir Ihnen gern später erklären«, antwortete Alex knapp. »Im Moment haben wir diesbezüglich immer noch mehr Fragen als Antworten.«

Karin gab sich damit zufrieden. Womöglich wollte sie, dass sie gingen. Fredrika hätte nicht sagen können, ob sie ihren Exmann betrauerte; dafür wussten sie zu wenig über deren Beziehung. Sie versuchte, ein Gefühl dafür zu bekommen, was zur Trennung zwischen Karin und Malcolm geführt haben könnte, und bemühte sich, so sanft und angenehm zu klingen, wie Alex immer klang.

»Sie haben sich scheiden lassen«, begann sie behutsam, »und zwar im selben Jahr, als Beata starb.«

Karin sah auf. »Ja.«

»Entschuldigen Sie bitte die direkte Frage – aber warum?«

Karin trat an die Spüle und goss sich ein Glas Wasser ein. Schweigend nahm sie ein paar Schlucke, ohne ihren Gästen etwas anzubieten.

»Weil Trauer die Menschen nicht vereint«, antwortete sie, als sie ausgetrunken hatte. »Zumindest war es für uns so. Und ich weiß, dass es vielen anderen auch so geht.«

Sie war aufrichtig, das hörte man. Doch die Antwort war nicht erschöpfend gewesen, auch das war deutlich gewesen.

Was willst du uns nicht erzählen, Karin?, dachte Fredrika.

»Wie war es, als Beata noch lebte?«, fragte Alex. »Waren Sie und Malcolm sich über die Defizite Ihres Schwiegersohnes einig?«

»Ja«, erwiderte Karin mit fester Stimme. »Wir mochten ihn beide nicht.«

Noch ein Satz, der keine Lüge war, aber auch nicht alles verriet. Fredrika spürte, wie der Frust in ihr anwuchs.

»Aber?«, hakte sie nach.

»Aber was?«, gab Karin zurück.

»Sie waren sich einig, aber nicht über alles. Erzählen Sie uns doch – in welcher Hinsicht waren Sie geteilter Meinung?«

Karin schüttelte den Kopf.

»Gar nicht«, sagte sie. »Wir waren exakt der gleichen Ansicht.«

Fredrika glaubte ihr. Aber was war es dann, was ungesagt geblieben war?

Alex hatte, als sie gekommen waren, seine Jacke über die Stuhllehne gehängt, drehte sich jetzt herum und kramte in seiner Innentasche. Dann zog er eine Kopie des Fotos heraus, das sie auf dem Servierwagen gefunden hatten. Auf dem unter anderem Eden Lundells Mann Mikael zu sehen war.

»Wer ist das hier?«, fragte Alex und reichte Karin das Foto.

Karins Miene entspannte sich leicht – oder aber irgendjemand auf dem Bild stimmte sie versöhnlich.

»Die beiden da«, sagte sie und zeigte auf die zwei Männer links von Benke, »sind Malcolms Sandkastenfreunde Sten und Eskil. Eskil ist vor ein paar Jahren gestorben, aber Sten lebt noch. Sten Aber, ein guter Mensch.«

»Und der hier?«, fragte Alex und zeigte auf Edens Mann.

»Das weiß ich nicht«, sagte Karin. »Sprechen Sie mit Sten. Er müsste Ihnen auch sagen können, wann das Foto entstanden ist.«

»Sie waren nicht dabei?«, fragte Fredrika.

»Nein«, erwiderte Karin. »Ich wüsste nicht, dass ich dieses Bild schon mal gesehen hätte. Aber man kann erkennen, dass es schon ein paar Jährchen alt ist, zumal ja Eskil mit drauf ist.«

Alex schien sich mit Karins Antwort nicht zufriedengeben zu wollen. Es war wie immer – sie würden mit Hunderten von Personen reden müssen, um alles in Erfahrung zu bringen, was nötig wäre. Ein Handwerk, das so zeitaufwendig war und die Geduld dermaßen auf die Probe stellte, dass selbst der langmütigste Mensch am liebsten laut hätte schreien mögen.

Sie bedankten sich, dass Karin sich Zeit für sie genommen hatte, und wandten sich zum Gehen. Fredrika ließ sich noch Sten Abers Adresse geben und notierte sie sorgfältig. Dann bat Karin sie, das Foto noch einmal sehen zu dürfen.

»Die Tapete«, sagte sie. »Die hätte mir gleich auffallen müssen.«

Fredrika blickte auf das Foto hinab. Es war irgendwo drinnen aufgenommen worden, hinter den Männern war eine bunt gemusterte Tapete zu sehen.

»Das Foto stammt aus Beatas Wohnung«, sagte Karin, die mit einem Mal blass geworden war. »Die Tapete hatte sie gerade erst ein paar Monate vor ihrem Tod angebracht. Sie hat damals Bilder geschickt. Aber …«

»Aber?«, hakte Alex nach.

»Aber mit eigenen Augen hab ich sie erst gesehen, als ich nach ihrem Tod die Wohnung besucht habe«, sagte Karin.

Als sie wenig später auf die Straße hinaustraten, war die Luft kühl und der Himmel bewölkt.

»Dieser Sten«, sagte Fredrika, »der mit auf dem Bild ist, mit dem müssen wir reden.«

»Und wir sollten mit Edens Mann Mikael sprechen«, fügte Alex verstimmt hinzu.

Fredrika trat unruhig von einem Fuß auf den anderen. Sie mochte immer noch nicht an Eden denken.

Aber der Ring …

Der schien eindeutig in Richtung Mord zu verweisen – was bedeutete, dass es für denjenigen, der die Tat begangen hatte, um etwas Persönliches gegangen war. Außerdem verwies er darauf, dass der Mord an Malcolm mit dem Mord an seiner Tochter zusammenhing.

Doch von einem Täter hatten sie deshalb immer noch keine verdammte Spur.

EIN URLAUBSGEHIRN – KRIEGTE man das nicht immer im Juli?, fragte sich Malin. Das Urlaubsgehirn war ein anderes als das gewöhnliche, eine trägere Variante, in der Tages- und Uhrzeiten miteinander verschmolzen, was man dann immer damit entschuldigen konnte, dass man schon zu lange Urlaub und sich von sämtlichen Verpflichtungen und Terminen entfernt hatte. »Was, ihr kommt heute? Ich dachte, wir hätten morgen vereinbart.«

Malin sortierte die Klamotten der Kinder auf zwei Stapel. Sie hatte die Waschmaschine irgendwann am Wochenende laufen lassen, zumindest meinte sie das, dann aber die Wäsche darin vergessen, bis die Tochter kam und sich beklagte, weil sie keine saubere Unterwäsche mehr hatte. Erst da hatte Malin die Maschine geleert und den Trockner in Gang gesetzt.

Ein traumatisiertes Gehirn.

Sie holte tief Luft.

Was würde sie nicht darum geben, ihren Alltag und ein gewisses Maß an Geborgenheit zurückzubekommen.

Alles.

Doch während sie noch darauf wartete, dass ihr Leben wieder in normalen Bahnen verliefe (wenn dieser Tag denn je käme), musste sie sich darauf konzentrieren, den Kopf über Wasser zu halten.

Routinen.

Dieses Wort kam ihr mehrmals täglich in den Sinn.

Sie brauchten Routinen.

Das hatte sie in unzähligen Zeitungsartikeln und Büchern über Menschen gelesen, die lange ihrer Freiheit beraubt gewesen waren. Wie überlebte man die Gefangenschaft, in der einen die Tristesse und Ohnmacht zu ersticken drohten? Man schuf sich Routinen. Ohne die wurde man wahnsinnig.

Hedvig kam ins Schlafzimmer. »Soll ich helfen?«

Malin schüttelte den Kopf. »Bin schon fertig.«

Sie reichte Hedvig ihren kleinen Kleiderstapel.

Hedvig schluckte. »Wie lange …«

Malin zuckte zusammen.

»Ich weiß es nicht, Liebes«, antwortete sie.

Leise verließ Hedvig das Schlafzimmer, und Malin sank auf die Bettkante. Sie hasste es, keine Antworten geben zu können und schwach zu sein. War dies das Bild, das ihre Kinder für alle Zeit von ihr zurückbehalten würden?

Oder würde die ganze Familie hier umkommen?

DER ARTIKEL, DER in ihrem Briefkasten gesteckt hatte, ließ Lovisa Wankel keine Ruhe. Mehrmals am Tag und auch noch am Abend war sie deswegen in Tränen ausgebrochen. Sie hatte Freunde angerufen und geredet und geredet, aber sich nicht getraut auszusprechen, was sie ihnen am liebsten erzählt hätte.

Dass sie sich fürchtete.

Dass sie nicht allein sein wollte.

Ihr Freund hatte andere Pläne und konnte ihr keine Gesellschaft leisten.

Die Einzigen, die sie nicht angerufen hatte, waren ihre Eltern. Die würden zu viele Fragen stellen und nur noch mehr Verwirrung stiften.

»Du hast doch wohl nicht schon wieder Probleme bekommen?«

Genau das würde ihre Mutter sagen.

Seufzen würde sie bestimmt auch.

Seufzen und ächzen und den Kopf schütteln.

Ich bin so eine Enttäuschung.

Lovisa legte sich aufs Sofa und redete sich ein, sie wolle fernsehen, blieb aber nur ein paar Minuten bei der Sache. Sich auszuruhen schürte die Panik. Es war jemand hinter ihr her, das war sonnenklar.

Ich sollte die Polizei rufen, dachte sie.

Doch diese Vorstellung schob sie schnell wieder beiseite. Da gab es niemanden, der auf sie hören würde. Nicht nach allem, was geschehen war, nach allem, was ans Licht gekommen war. Die Polizei wusste, dass sie pures Glück gehabt hatte, davongekommen zu sein. Es hätte alles ganz anders für Lovisa kommen können – und kommen sollen. Das hatten ihr die Polizisten, die sie nach ihrer Rückkehr nach Schweden vernommen hatten, unmissverständlich klargemacht.

»Wir wissen nur zu gut, dass Sie ins Gefängnis gehört hätten, glauben Sie ja nichts anderes. Für uns sind Sie in dieser Sache kein Opfer.«

Mit mattem Blick betrachtete Lovisa den Zeitungsartikel. Nein, sie war kein Opfer gewesen. Damals nicht.

Aber vielleicht dieses Mal.

Lovisa erschauderte, und sicher zum fünfzehnten Mal lief sie auf den Flur hinaus. Genau wie zuvor hielt sie auch diesmal den Atem an, als sie durch den Türspion spähte.

Niemand da.

Nur Schatten.

Niemand da.

Nur Schatten.

Warum war sie sich dann so sicher, dass jemand jeden Schritt, den sie unternahm, verfolgte?

»KUNSTWOCHE IN ÖSTERLEN im August«, sagte Diana Trolle. »Wie fändest du das?«

»Ich finde, das klingt genauso trist, wie Sandkörner am Strand zu zählen«, erwiderte Alex Recht.

»Ach Alex!« Diana lachte.

»Ganz im Ernst, wie lange kennen wir uns jetzt? Du weißt doch, dass ich nicht so an Kunst und, tja, Kultur interessiert bin wie du.«

»Aber Österlen findest du schon nett, oder?«

»Ich finde das meiste nett«, antwortete Alex. »Geh du auf deine Kunstausstellungen, dann mache ich solange was anderes. Ich suche mir einen schönen Strand, an dem ich ein Buch lesen kann.«

Lächelnd ging Diana in die Küche, während Alex vorm Fernseher sitzen blieb. Zuvor hatte er das ganze Haus gesaugt; jetzt wollte er ein interessantes Fernsehprogramm sehen, irgendwas Unterhaltsames. *Einen schönen Strand, an dem ich ein Buch lesen kann.* Hatte er das wirklich gesagt? Kein Wunder, dass Diana hatte lachen müssen – so selten wie Alex sich die Zeit nahm, ein Buch zu lesen. Und am Strand lag er noch viel seltener.

Mein neues Ich, dachte Alex. Beach Boy 2016.

Aus der Küche kam Klappern und Scheppern, als sie die Spülmaschine ausräumte. Alltagsgeräusche – das Beste überhaupt. Alex verstand Leute nicht, die sich ununterbrochen von der Macht der Gewohnheit und den einlullenden Routinen wegsehnten. Er liebte dieses Routineleben.

Diana war ohne Zweifel das Beste, was ihm seit Lenas Tod widerfahren war; eine Erkenntnis, die ihn lebendig machte und mittels derer er sie zu lieben vermochte. Als Lena gestorben war, hatte er es anfangs nicht für möglich gehalten, je wieder zu einem funktionierenden Alltag zurückzufinden. Lena und er waren gefühlt ein ganzes Leben lang verheiratet gewesen, ohne sich je nach jemand anderem gesehnt zu haben. Sie hatten sich gemeinsam alles erschaffen, was möglich gewesen war: zwei wohlgeratene Kinder, Geborgenheit, Nähe. Natürlich klang das lachhaft, fast klischeemäßig, wenn er ihre Ehe in so wenigen Worten zusammenfasste. Aber Tatsache war doch, dass er damals mit seinem Leben vollauf zufrieden gewesen war. Und zwar so, dass er es nicht mal den eigenen Kindern hatte erklären können.

Die hatten inzwischen eigene Familien und ein eigenes Leben, aber das hieß nicht, dass sie tatenlos in ihren Nestern hockten. Tanzkurse, Kochseminare, Einzel-Zeit, Paar-Zeit. Es machte Alex ganz kirre, ihnen beim Erzählen zuzuhören.

Im Fernsehen kam nichts Vernünftiges. Alex nahm einen Schluck Kaffee und dachte darüber nach, ob er seine Tochter anrufen sollte. Er war besser darin geworden, seine Beziehung zu den Kindern aufrechtzuerhalten, traf sie jetzt öfter als früher.

Sein Telefon klingelte und setzte seinen Grübeleien ein Ende. Es war das Diensthandy, und das Klingeln weckte bei ihm böse Vorahnungen. Neun Uhr – hoffentlich nicht noch mehr Tote …

Dieser letzte Gedanke irritierte ihn selbst.

Ich muss aufhören, immer mit dem Schlimmsten zu rechnen.

Doch seit er Malcolm Benke gesehen hatte, hatte ihn die Nervosität nicht mehr verlassen. Und der Besuch bei dessen Exfrau Karin hatte daran rein gar nichts geändert.

Der Ring, der Ring, der Ring …

Wenn der nicht gewesen wäre, dachte Alex, sähe alles anders aus.

»Hier ist Ivan«, sagte eine Stimme, als er ranging.

Ivan? Es dauerte kurz, bis ihm wieder einfiel, dass sein jüngerer Kollege so hieß.

»Ja?«

»Ich wollte nur Bescheid geben, dass ich wegen des Mordes an Beata Benke, Malcolms Tochter, mit der Polizei in London Kontakt aufgenommen habe. Eine der Ermittlerinnen, die damals mit dem Fall betraut war, befindet sich derzeit zu einem Seminar hier in Stockholm. Sie wäre bereit, sich mit uns zu treffen und uns über den Fall ins Bild zu setzen.«

»Klingt gut.«

War das hier eine Nebenspur, der sie nachgehen sollten? Alex hatte seit Karins Befragung seine Gedanken nicht wieder sortiert und wusste nicht recht, was er denken sollte. Sie mussten mit diesem Mann auf dem Foto sprechen, mit Sten Aber – und sie würden mit Mikael Lundell Kontakt aufnehmen müssen. Auch Malcolm Benkes Sohn, der in Wien lebte, würde angehört werden müssen. Aber mussten sie wirklich noch eine britische Ermittlerin in diesen Zirkus mit reinziehen?

»Es kann sicher nicht schaden, ein paar Hintergrundinformationen einzuholen«, fuhr Ivan fort, als er spürte, dass Alex nichts dazu sagen wollte.

»Okay …«

Ivan atmete aus. »Perfekt. Sie kommt morgen um vier Uhr.«

»Okay«, wiederholte Alex.

Sie legten auf.

Den restlichen Abend verbrachte er vor dem Fernseher und sah sich einen lächerlichen Krimi an. Malcolm Benkes Schicksal ließ ihm indes keine Ruhe. Dazu die schleichende Veränderung, die er an Fredrika bemerkt hatte – seit Ende des Winters oder bei Frühlingsanbruch. Sie hatte unzählige Qualitäten, allerdings hielt sie sich bedeckt, was ihr Privatleben anging. Die wenigen Male, bei denen sie sich ihm anvertraut hatte, konnte Alex an einer Hand abzählen.

Das letzte Mal hatten sie zusammen Wein getrunken. Zu viel Wein. So etwas war in all den Jahren höchst selten vorgekommen. An jenem Abend hatten sie erfahren, dass Margareta Berlin ihre neue Chefin werden würde. Im Februar.

»Das ist so furchtbar, dass man es gar nicht fassen kann«, hatte Alex gesagt. »Jetzt gehen wir und saufen Berlin in Grund und Boden.«

Und das hatten sie getan.

Etliche Jahre zu spät, dachte Alex. Einen solchen Abend hätten Fredrika und ich gebraucht, als sie ganz neu bei der Polizei angefangen hatte.

Am meisten hatte Alex Fredrikas Reaktion darauf beunruhigt, Berlin als Abteilungschefin vorgesetzt zu bekommen. Zunächst war sie ebenso bestürzt gewesen wie er selbst. Dann aber, nur wenig später, war es gewesen, als wäre alle Frustration an ihr abgeperlt. Als hätte sie einfach kapituliert.

Mein Gott, sie hatte doch wohl nicht aufgegeben?

Er hatte das untrügliche Gefühl, dass etwas im Busch war, dass irgendetwas sie unglücklich machte.

Sein Herz hämmerte wie wild.

Wenn er nur nicht allein in Berlins Zugriffsbereich verbliebe … da wäre er verloren.

ES WURDE ABEND, dann Nacht. Fredrika Bergman kroch ins Bett und streckte sich nach Spencer aus. Er rollte sich auf den Rücken, damit sie ihren Kopf auf seinen Arm legen konnte. Ihre Hand suchte seine Brust und blieb auf Höhe des Herzens liegen. Über diesem fantastischen Muskel.

Sie atmete tief ein und wieder aus.

»Harter Tag heute?«, fragte Spencer.

Was sollte sie darauf antworten? Sie wusste nicht, wann irgendein Tag zuletzt leicht für sie gewesen wäre – und das hatte nichts mit der Arbeit zu tun. Es war das Leben, das ihr Leid antat, und das auf eine Weise, an der sie rein gar nichts ändern konnte. Doch das wollte sie lieber nicht laut sagen. Sie schwieg bei zu vielen Gelegenheiten, sowohl zu Hause als auch bei der Arbeit. Für Spencer war das nicht weiter verwunderlich; er wusste schließlich, was los war. Aber Alex konnte es sicher nicht im Entferntesten ahnen.

»Es scheint nie aufzuhören«, erwiderte sie auf Spencers Frage hin.

»Was meinst du?«

»Das Grauen. Es passiert einfach immer weiter.«

Spencer seufzte. Dann hatte sie das Gefühl, er würde verkrampfen – oder bildete sie sich das ein?

»Inwiefern ist das neu?«

Fredrika presste das Gesicht an seine Haut, liebte jeden Millimeter dieses riesigen Mannes.

»Findest du mich naiv?«, fragte sie.

Er musste lachen. »Dich? Nein, nicht wirklich. Du bist viel zu zynisch, um naiv zu sein.«

Sie blickte zu ihm hoch. »Zynisch?«

»Ja. Das überrascht dich jetzt aber nicht, oder?«

Spencer war der Einzige, der eine solche Aussage wie ein Kompliment klingen ließ.

Fredrika wusste noch genau, was er mal gesagt hatte, als sie frisch zusammengezogen waren.

»Wir dürfen keine unrealistischen Erwartungen an das Leben stellen, Fredrika. Wir dürfen nicht von einer Zukunft träumen, die nicht die unsere sein kann.«

Er hatte es als behutsame Erinnerung daran gemeint, dass er fünfundzwanzig Jahre älter war als sie und dass keiner von ihnen beiden erwarten durfte, ihr gemeinsames Leben könnte ewig währen. Sicher hatte er dabei nicht daran gedacht, dass dieses Wort für Fredrika eines Tages zu einem Mantra würde, das ihr in allen möglichen Zusammenhängen durch den Kopf geisterte. Das perfekte Leben führten andere; ihres würde nie perfekt sein. In gewisser Weise fand sie Trost darin, eine so einfache These zu akzeptieren. Manche Menschen bekamen alles, andere bedeutend weniger.

Fredrika hatte in jüngeren Jahren von einer Karriere als Geigerin geträumt, doch dieser Traum war angesichts eines Unfalls zerplatzt. Danach hatte sie sich nur mehr verloren gefühlt, durch verschiedenste Kurse an der Universität gequält und war irgendwann eine Beziehung mit Spencer eingegangen, der ihr Professor gewesen war. Nie hätte sie angenommen oder auch nur gehofft, dass ausgerechnet er der Vater ihrer Kinder würde. Oder dass es ihr eines Tages Spaß machen würde, bei der Polizei zu arbeiten.

Sie hatte nach Hause gefunden.

Und dann war doch wieder alles ins Wanken geraten.

»Spencer, wir …«

»Erzähl von etwas anderem«, fiel er ihr ins Wort. »Erzähl von deiner Arbeit.«

»Es gibt so viele Dinge, über die wir reden müssten«, flüsterte sie.

»Nicht heute Abend.«

»Okay.« Nachdem sie eine Weile geschwiegen hatten, fragte sie ihn: »Wie war das Treffen heute Nachmittag? Lief alles gut?«

Er nickte kurz. Sie hatte es nicht wie geplant zu dem Termin geschafft; es hätte bei der Arbeit unnötig Aufmerksamkeit erregt. Spencer hatte ihr versichert, dass das schon in Ordnung sei, dass er genauso gut allein hingehen könne. Die wesentlichen Dinge seien schon bei ihrem ersten Treffen vereinbart worden, und da war sie schließlich dabei gewesen.

So sind wir, dachte Fredrika. Wir lassen einander nicht im Stich.

Sie schloss die Augen.

»Habt ihr auch über die Farbe gesprochen?«, flüsterte sie.

Sie hörte das Herz in seinem Brustkorb schlagen, konnte sich gar nicht vorstellen, dass es je stillstehen würde.

»Ich hab ihm gesagt, dass wir es uns anders überlegt haben«, antwortete Spencer leise. »Jetzt wird der Sarg also weiß.«

Vernehmung des Zeugen ALEX RECHT,
06.09.2016
Anwesend: Vernehmungsleiter 1 (V1), Vernehmungsleiter 2 (V2), Kriminalkommissar Alex Recht (Recht)

V1: Benke war also ermordet worden, und es war Ihre Aufgabe zu ermitteln, was genau passiert war. War Bergman denn in einem Zustand, in dem sie arbeiten konnte?
Recht: Definitiv.
V2: Tatsächlich? Ihr Mann war schwer krank, das muss sie doch beeinträchtigt haben.
Recht: Klar, so war es auch – aber lassen Sie es mich so formulieren: Wenn sie das Gefühl gehabt hätte, nicht mehr gut genug arbeiten zu können, dann hätte sie sich auf der Stelle krankschreiben lassen.
(Schweigen)
V1: Wie schätzten Sie den Mord an Benke ein?
Recht: Ich muss sagen, dass mich der Ring, den er am kleinen Finger trug, von Anfang an beunruhigt hat. Er war wie ein Zeichen, dass dieser Mord anders war.
V2: Inwiefern anders?
Recht: Anfangs hätte ich es nicht genau sagen können. Aber dann kam der erste Brief …
V1: Ja?
Recht (leise): Wir haben es einfach nicht kapiert.
V2: Was haben Sie nicht kapiert?
(Schweigen)
Recht: Dass es so viel schlimmer kommen würde. So entsetzlich viel schlimmer.

Dienstag

SOBALD JEMAND NOAH Johansson aufforderte, er möge aufhören, über den Umzug seines Bruders nach Australien nachzudenken, wurde er wütend.

Ich kenne ihn, und ich weiß, dass hier irgendwas Merkwürdiges passiert. Etwas Gefährliches.

Noah setzte sich an den Schreibtisch. Es war früh am Morgen – die Tageszeit, zu der man am besten anrufen konnte. Es gab nur einen einzigen Menschen, mit dem er Kontakt aufnehmen konnte, um über seinen Bruder zu sprechen, und das war ein Mann, der offenbar keine Chance verstreichen lassen wollte, ihn zu demütigen.

»Ja?«, war die träge Stimme aus dem Hörer zu vernehmen.

Noah spürte, wie ihm der Mut sank. Es war doch immer das Gleiche. Wann immer er anrief, sprühte er über vor Kraft, doch diese Kraft verpuffte im selben Moment, da er die müde Stimme hörte. Wenn überhaupt jemand ranging.

Die müde Stimme gehörte Kriminalinspektor Stig Mattsson. Ein Taugenichts von einem Polizisten, der zu Noahs Kontaktperson erkoren worden war. Es waren mehrere Wochen vergangen, ehe Noah begriffen hatte, was mit »Kontaktperson« gemeint war. Dies war der arme Tropf, der dazu verdonnert worden war, Noahs wütende Anrufe entgegenzunehmen, was aber keineswegs bedeutete, dass die Polizei sich wirklich mit seinen Hinweisen befasste. Noah war überzeugt davon, dass sie hier nicht einmal einen Fall sahen. Diesen Verdacht bestätigten sie ihm nur allzu oft – und auch heute.

»Ah, Sie schon wieder«, sagte Stig Mattsson und seufzte so schwer, dass Noah am liebsten losgeheult hätte.

Seine Nonchalance war einfach schwer zu ertragen. Noah war außer sich vor Sorge und schlief kaum mehr. Wenn es so weiterginge, würde er sich krankschreiben lassen müssen und das Geschäft jemand anders überlassen. Und das durfte nicht passieren.

»Es geht um meinen Bruder«, sagte Noah.

»Schon wieder«, entgegnete Stig.

»Ja, schon wieder«, bekräftigte Noah. »Es ist jetzt geschlagene drei Wochen her, seit wir zuletzt telefoniert haben. Was haben Sie seither unternommen?«

Neuerliches Seufzen im Hörer. Eigentlich hätte Noah da bereits auflegen können. Er wusste, was jetzt gleich kommen und was er zu hören kriegen würde. Dass sie seine Anzeige aufgenommen, aber entschieden hätten, dass es kein Anzeichen für ein Verbrechen gebe, insofern nichts zu ermitteln und Noah endlich (verdammt noch mal) so freundlich sein möge, nicht mehr anzurufen.

»Wir sind das doch jetzt schon mehrmals durchgegangen«, sagte Stig. »Und Sie kennen unsere Meinung dazu. Wir haben Kontakt zu Ihrem Bruder gehabt, er hat bestätigt, dass bei ihm alles in Ordnung ist, und …«

»Haben Sie mit ihm telefoniert?«, fiel Noah ihm ins Wort, »oder sprechen Sie jetzt nur von den E-Mails?«

Diese Frage hatte er schon tausendmal gestellt und bekam auch diesmal wieder die gleiche Antwort.

»Noah, Sie wissen, dass ich mit ihm telefoniert habe. Zwar nur kurz, aber das auch nur, weil er gerade auf dem Weg zu einem Geschäftstermin war. Ansonsten hatten wir Mailkontakt.«

Diese E-Mails. Dann die ewige Gegenfrage der Polizei: Warum die Familie, sofern sie tatsächlich unfreiwillig verschwunden wäre, all diese E-Mails verschicken würde. Noah fand die Antwort darauf recht naheliegend – schließlich konnte jeder, der sich Zugang zu ihren Telefonen und

PIN-Codes verschafft hatte, diese E-Mails versendet haben. Doch die Polizei wiegelte ab – so etwas passiere doch nur im Fernsehen, nicht in der Wirklichkeit.

»Sagen Sie noch mal, was war das für ein Geschäftstermin, zu dem er unterwegs war?«

»Das hab ich ihn nicht gefragt, und das wissen Sie auch.«

Jetzt kam die Panik angekrochen. Es musste ihm dringend noch etwas anderes einfallen. Etwas Neues, irgendwas anderes – etwas, was zuvor nicht schon einmal gesagt oder getan worden war. Damit klar wäre, dass die dort ihren Job nicht machten. Aber es war alles gesagt, alle Fragen waren gestellt. Die Polizei biss nicht an. Und wenn Noah sich alle Mühe gab, konnte er sogar fast verstehen, warum. Von außen sah es wirklich so aus, als wäre alles, wie es sein sollte. Er wusste nicht genau, mit wem die Polizei gesprochen hatte, doch jeder im Umkreis des Bruders hatte von dem Umzug ans andere Ende der Erde gehört. Noah hatte den Schwiegervater seines Bruders angerufen und sich erkundigt, ob er ebenfalls das Gefühl hatte, dass mit dem Umzug etwas nicht in Ordnung sein könnte, aber der hatte verneint. Wie der Schwiegervater gehört hatte, hatte die Familie an einem Samstag abreisen wollen, und er hatte das letzte Mal an einem Donnerstag mit ihnen gesprochen, um ihnen eine gute Reise zu wünschen. Da war alles in bester Ordnung gewesen – eine Information, die Noah indes keinen Seelenfrieden schenkte. Denn wenn am Donnerstag noch alles in Ordnung gewesen war, was war dann am Freitag geschehen?

Der Schwiegervater hatte für Noahs Sorgen kein Verständnis aufgebracht. Noah wusste überdies, dass seine Schwägerin kein allzu gutes Verhältnis zu ihrer Familie hatte; man hörte nur mehr ein paarmal im Jahr voneinander und sah sich nur um die großen Feiertage herum, und auch da endete es jedes Mal unschön.

»Wir kennen uns kaum noch«, hatte seine Schwägerin mal

gesagt. »Also, nicht mehr so richtig. Aber das ist auch nicht weiter schlimm.«

Seine Beziehung zu Noah war eine andere, das musste die Polizei endlich begreifen. Noah wusste besser als jeder andere, wenn mit seinem Bruder etwas nicht stimmte.

»Ich muss jetzt auflegen«, sagte Stig. »Wenn Sie nichts weiter haben …«

Noah gab einen Schuss ins Blaue ab. »Zu welcher Tageszeit war das eigentlich, als Sie meinen Bruder angerufen haben und er sagte, er müsse zu diesem Geschäftstermin?«

Stig klang, als würde er grinsen. »Sie, daran erinnere ich mich tatsächlich. Ich saß nämlich hier und hab währenddessen zu Mittag gegessen und dann versehentlich ins Telefon gerülpst. Kebab – und zwar den besten der Stadt! Kennen Sie diesen Laden auf Söder, an der Hornsgatan? Die liefern Mittagessen ins Büro, wenn man einen Tag im Voraus bestellt.«

Doch Noah hörte nicht mal mehr zu. Er saß am Computer und schlug nach, wie spät es in Australien war.

»Sie haben ihn um die Mittagszeit angerufen?«, hakte Noah nach.

»Ja, hab ich doch gesagt«, erwiderte Stig unfreundlich. »Und jetzt hab ich leider keine Zeit mehr für Sie.«

Und genau da verhakte sich etwas in Noahs Brust. Dass Stig *keine Zeit mehr hatte*, um mit ihm zu reden. Dass alles andere wichtiger war als die Suche nach seinem Bruder.

»Wenn Sie zur Mittagszeit angerufen haben, dann nehme ich mal an, das war so gegen zwölf, nicht wahr?«

»Stimmt ungefähr«, brummte Stig.

»Da ist es in Sydney dreiundzwanzig Uhr abends«, erklärte Noah.

Im Hörer wurde es still.

»Ach ja?«

»Sie haben gesagt, mein Bruder habe zu einem Geschäftstermin gemusst«, beharrte Noah und spürte, wie sein Puls stieg, denn endlich hatte er einen konkreten Hinweis darauf gefunden, was er schon so lange gemutmaßt hatte. »Man hat ja wohl kaum um kurz vor Mitternacht Geschäftstermine.«

Stig antwortete nicht.

»Und überhaupt sollten Sie die ganze Sache mit dem Geschäftstermin noch mal überdenken«, fuhr Noah fort. »Mein Bruder ist Psychologe. Wörter wie ›Geschäftstermin‹ benutzt er nicht. Ebenso wenig wie er flucht, wenn er mir schreibt – so wie er es in dieser E-Mail getan haben soll.«

Er hörte, wie Stig mit jemand anderem im Hintergrund leise redete, und hielt die Luft an. Der wollte ihn doch wohl nicht schon wieder abblitzen lassen?

»Hören Sie, Noah«, sagte Stig schließlich, und seine Stimme klang jetzt sanfter. »Wir haben hier im Haus einen Berater, der sich gern mit Ihnen treffen würde. Falls Sie das Gefühl haben, es könnte Ihnen helfen.«

Resigniert legte Noah auf. Diesen Stig hatte er gerade zum letzten Mal angerufen. Er musste jemand anderen finden, der ihm helfen konnte. Jemanden, der begriff, wie dramatisch es war, dass eine Familie über Wochen verschwinden konnte, ohne dass die Polizei nach ihr suchte. Jemanden, der ihm zuhörte.

Er schloss die Augen und stützte den Kopf in beide Hände. Eine Option hatte er noch. *Möglicherweise.* Das Problem war nur, dass Noah gelernt hatte, was man tat und was man besser nicht tat, wenn man Bestatter war, und das behinderte ihn jetzt. Die Frage, welche Kontakte man aktivieren durfte und welche nicht.

Im selben Augenblick klingelte es an der Tür.

Noah gestattete sich ein paar Sekunden, um sich zu sammeln. Dann ging er zur Tür, um zu sehen, wer gekommen war. Da stand eine junge Frau, die er nicht kannte.

»Hallo«, sagte sie. »Ich weiß nicht, ob du dich an mich erinnerst … Tina?«

Sie verzog den Mund zu einem Lächeln. Das hätte sie besser nicht getan, denn so sah sie vielmehr traurig aus.

Noah schüttelte den Kopf. Tina. Tina? Nein, den Namen kannte er nicht.

»Ich fürchte, da lässt mich gerade mein Gedächtnis im Stich«, gestand Noah. »Womit kann ich dir helfen?«

Tina wirkte unsicher.

»Vielleicht hätte ich nicht kommen sollen«, sagte sie. »Ich komm mir so blöd vor …«

Ihre Unsicherheit verlieh Noah Kraft.

»Klingt, als wäre das vollkommen unnötig«, erwiderte er. »Also, dass du dir blöd vorkommst. Wo haben wir uns denn schon mal gesehen?«

Sie fingerte an ihrer Handtasche herum. »Zu Hause bei deinem Bruder.«

Dann fing sie an zu weinen – ein jämmerliches, trauriges Weinen – und flüsterte jene Worte, die Noah seit Monaten so sehnlichst von irgendwem hatte hören wollen: »Bin ich die Einzige, die sich wundert? Macht sich sonst niemand Sorgen? Ich hab wahnsinnige Angst, dass Malin und Dan etwas zugestoßen sein könnte.«

DER FERNSEHER LÄRMTE und brüllte; die Kinder sahen sich einen Film an – wieder mal, ein und denselben Film. Wieder mal. Das erste Mal, als sie ihn sich angesehen hatten, war Malin dabei gewesen und hatte entschieden, ihn nach nur wenigen Minuten abzuschalten. Er war einfach zu gruselig gewesen. Doch jetzt verhielt es sich mit dem Filmverbot wie mit den Schlafritualen – es hatte alle Bedeutung verloren.

Wie oft hatte Malin nicht gedacht, dass sie sich zusammenreißen sollten, dass nichts gefährlicher sei, als nachzugeben, als alles in einer Katastrophe enden zu lassen. Sie blieb am Wort »enden« hängen. Wer wusste denn bitte schon, wie das hier enden würde? Malin nicht und auch ihre Familie nicht. Und genau das füllte ihre Nächte mit den schlimmsten Albträumen. Malin hatte sogar an ihren Vater gedacht – und ihn vermisst.

So schrecklich schwer alles.

All diese Beziehungen – sie würde nicht mehr die Möglichkeit haben, sie zu beenden, geschweige denn, sie zu bereinigen.

Noah, dachte Malin. Im Augenblick wird es niemandem schlechter gehen als Noah.

Alle anderen dachten bestimmt, sie seien in Australien – aber Noah würde durchschaut haben, dass da etwas nicht stimmte. Zu Anfang, noch ehe er den Kampf gegen seine Dämonen verloren hatte, war Dan schlau gewesen. Er hatte ihren Kidnapper (wie schwer es normalerweise war, dieses Wort ernst zu nehmen) dazu gebracht, einen Hausschlüssel in Noahs Briefkasten zu werfen, hatte behauptet, ansonsten würde Noah misstrauisch. Dabei war es genau umgekehrt.

Sie hatten gar nicht vorgehabt, Noah einen Schlüssel zu hinterlassen; denn Noah besaß bereits einen. Genau wie Tina, Malins beste Freundin.

Aber die denkt wahrscheinlich auch, wir sind in Australien und verwirklichen unseren Traum.

Seit Beginn des Dramas waren ihre Möglichkeiten, sich irgendwie zur Wehr zu setzen, an einer Hand abzuzählen. Verzweifelt erinnerte sich Malin an ihre ersten Wochen in Gefangenschaft – da hatten sie nachts immer noch zusammengesessen und versucht, Wege zu finden, wie sie aus diesem Haus entkommen und sich bemerkbar machen könnten. Sie hatten versucht, mit dem Mann zu reden, der sie entführt hatte, sie hatten geweint und geschrien und gebettelt. Doch alles vergebens. Sie würden das Haus nicht verlassen, und der Mann weigerte sich, auch nur einen Hauch Gnade zu zeigen – eine Erkenntnis, die über kurz oder lang selbst den stärksten Gegner zu Boden schickte.

Dan saß am Küchentisch und trank einen Becher heiße Milch. Er war bleich, hatte dunkle Ringe unter den Augen. Dies alles schien ihn mehr mitzunehmen als den Rest der Familie. Es machte sie rasend. Wer war er bitte, dass er glaubte, für ihn wäre es schlimmer als für sie?

»Schmeckt's?«

Malin versuchte, nicht aggressiv zu klingen.

»Doch«, sagte er. »Schmeckt gut.«

Das Sommerwetter war bisher mild gewesen, das empfand Malin als Segen. Wenn es richtig heiß gewesen wäre, dann hätte man es in diesem Haus noch viel weniger aushalten können.

»Gut«, sagte Malin. »Ich meine, dass dir die Milch schmeckt. Es war nämlich der letzte Rest, den du dir genommen hast, und wir wissen nicht, wann wir wieder welche bekommen.«

Dan sah verschlafen auf, als wäre sein Gehirn nicht imstande zu verarbeiten, was sie gesagt hatte. Insgeheim machte ihr das Angst. Sie durfte nicht die Einzige im Haus sein, die vernünftig und rational dachte.

»Ich dachte, da wäre noch ein Liter im Kühlschrank.«

Von all dem Schweigen rasselte seine Stimme.

Malin kniff die Lippen zusammen und schüttelte den Kopf. »Da liegst du falsch.«

Sie riss die Kühlschranktür auf und ging durch, was auf den halb leeren Fächern noch lag: ein paar Eier, zwei Pakete Saft, Butter, ein wenig Käse und noch ein paar Kleinigkeiten.

Wir verhungern nicht, dachte sie. Noch nicht.

Doch die Angst kam in Wellen und drohte, sie zu überrollen. Tränen stiegen ihr in die Augen, brannten wie Säure.

»Wissen wir, wann die nächste Lieferung kommt?«

Zur Antwort bekam sie ein Achselzucken. Jeden Morgen schnitt Malin mit dem Brotmesser einen Strich ins Schneidebrett. Das war ihre Art der Zeitrechnung. Sie lebten in einer isolierten Welt ohne Uhren, allerdings mit mehreren Messern. Und mit Dingen, die irgendjemand im Haus platziert hatte, um den Eindruck von Gemütlichkeit entstehen zu lassen. Zum Beispiel Blumentöpfe. Einmal hatte sie sich nicht beherrschen können, sich den größten davon geschnappt und ihn mit aller Kraft gegen das Wohnzimmerfenster geschleudert. Das Fenster war heil geblieben, im Gegensatz zum Blumentopf.

»Hast du wirklich gedacht, das geht so leicht?«

Sie hatte gar nicht bemerkt, dass ihr Sohn hinter ihr stand und sie beobachtet hatte. Seine Frage traf sie wie ein Pistolenschuss in den Rücken.

Hast du wirklich gedacht, das geht so leicht?

Nein, natürlich habe ich das nicht gedacht. Aber man muss es doch wenigstens versuchen.

Und das mussten sie weiterhin tun.

Sie schob den Kühlschrank wieder zu.

»Wir müssen uns einen Plan zurechtlegen«, sagte sie. »Irgendeinen Weg, wie wir hier rauskommen.« Sie erkannte ihre eigene Stimme kaum wieder.

»Noch mal?«, fragte Dan. »Sollen wir wirklich noch mal neue sinnlose Pläne schmieden?«

Dann ging er und setzte sich zu den Kindern vor den Fernseher. Malin blieb mit ihrem Entsetzen allein in der Küche zurück.

SPENCER LAGERGREN WÜRDE sterben, und Fredrika Bergman würde Witwe werden. Sie hatte schon erwogen, diese Worte auf ein Tuch zu sticken und das Ganze einzurahmen, alles nur, damit es leichter würde, sich an den Gedanken zu gewöhnen. Denn sooft sie es auch vor sich hin sagte, sickerte die Botschaft doch nicht bei ihr ein.

Witwe, ich? Das kann unmöglich sein.

»Geht es euch gut, Saga?«

Fredrika hatte keine Ahnung, worüber ihre Tochter gelacht hatte, aber das war auch nicht nötig. Es genügte vollauf, die Freudentöne zu hören, damit sie sich sicher sein konnte, dass es den Kindern gut ging.

»Wir baaaden heute!«, rief Saga ins Telefon.

»Ist es dafür nicht zu kalt?«, fragte Fredrika.

»Nein.«

Fredrika saß in ihrem Arbeitszimmer. Sie war eben erst ins Büro gekommen. In ein paar Minuten würden Alex und sie Sten Aber, Malcolm Benkes alten Bekannten, in einem der Vernehmungsräume gegenübertreten.

»Darf ich noch mal mit Oma sprechen?«, fragte sie ihre Tochter.

Sekunden später war ihre Mutter dran. »Fredrika, wie geht es dir?«

Mein Gott, wie oft konnte einem ein und dieselbe Frage gestellt werden?

»Danke, gut«, sagte sie. »Ich wollte nur hören, ob mit den Kindern alles in Ordnung ist.«

»Aber klar«, erwiderte ihre Mutter. »Sie sind quietschlebendig und wohlauf.« Und dann, im nächsten Moment: »Oh Gott, tut mir leid, ich weiß auch nicht, was ich da …«

Fredrika musste lächeln – eine neue Fertigkeit, die sie sich nicht nur angeeignet hatte, sondern in der sie allmählich Weltmeisterin zu werden gedachte: der Katastrophe mit einem Lächeln zu begegnen.

»Ist schon okay«, flüsterte sie, weil ihre Stimme ohnehin nicht getragen hätte.

Sie hörte, wie ihre Mutter sich von den Kindern entfernte, bis es um sie herum still wurde. »Sie fragen nach dir und Spencer«, sagte sie dann. »Ich glaube, sie spüren, dass etwas nicht stimmt.«

»Natürlich spüren sie es«, erwiderte Fredrika. »Sie wissen, dass Spencer krank ist.«

»Aber nicht, *wie* krank«, entgegnete ihre Mutter. »Alles hat seine Zeit. Eure Zeit ist hier und jetzt. Ihr müsst den Kindern mehr erzählen, müsst ihnen alles erzählen.«

Alles hatte seine Zeit … Dass sich eine derart falsche Behauptung so lange hatte halten können. Denn ganz gleich wie man es sah, gab es doch keine Zeit und keinen Ort für den Tod. Nicht in Fredrikas Leben – und schon gar nicht, wenn der Tod einen jener Menschen heimsuchte, die sie am meisten liebte.

»Wir sprechen mit ihnen, wenn sie nach Hause kommen.«

Sie hörte ihre Mutter im Hörer schluchzen. »Tut mir leid, ich wollte mich nicht einmischen. Ich will einfach nur helfen.«

»Es wird alles gut, Mama«, sagte Fredrika. »Alles wird gut.«

Als das Gespräch beendet war, kamen ihr dennoch die Tränen. Fredrika legte den Kopf auf die kühle Oberfläche des Schreibtischs und weinte.

Nichts würde je wieder gut werden.

»Bist du erkältet?«

Alex war aufrichtig besorgt, als sie sich vor dem Vernehmungsraum trafen, in dem Sten Aber schon auf sie wartete.

Die Frage war höflich formuliert. Fredrika hatte zuvor einen Blick in den Spiegel geworfen und wusste genau, wie sie aussah: geschwollene Lider, die Augen blutunterlaufen.

»Tut mir leid, dass ich zu spät bin«, sagte sie. »Ich musste noch etwas erledigen. Und nein, ich bin nicht erkältet. Ist nur eine Allergie.«

Axel legte die Hand auf ihren Arm. »Sag Bescheid, wenn ich dir bei irgendwas helfen kann.«

Fredrika biss sich auf die Lippe und schüttelte den Kopf.

Verdammt, nicht wieder weinen …

Doch in ihr hallte die Frage wider, die sie nicht auszusprechen wagte: *Wie hast du das damals gemacht?*

Alex hatte das Gleiche durchlebt, das Fredrika bevorstand. Er hatte zugesehen, wie die Liebe seines Lebens krank geworden und gestorben war. Aus ihrem gemeinsamen Leben auf immer verschwunden war.

Er wird mich nie wieder anrufen können, dachte Fredrika. Wie soll ich das aushalten – für den Rest meines Lebens nicht mal mehr seine Stimme zu hören?

»Ein andermal«, sagte sie. »Ein andermal wirst du mir helfen müssen, aber nicht heute.«

Mit diesen Worten öffnete sie die Tür zum Vernehmungsraum.

»Fredrika Bergman«, sagte sie und streckte dem Mann, der dort saß und wartete, die Hand entgegen.

Er stand eilig auf. »Sten Aber.«

Auch Alex begrüßte ihn.

Als Fredrika sich setzte, fühlte sich der Stuhl hart und kalt an. Alex suchte ihren Blick, während sie sich zunächst bemüht auf ihre Notizen und dann auf Sten konzentrierte.

»Vielen Dank, dass Sie so kurzfristig kommen konnten«, sagte sie.

Immer eine dankbare Formulierung. Als hätten diese Leute eine Wahl. Man mochte ihr Treffen nennen, wie man wollte, es war und blieb doch eine Vernehmung. Nicht weil

Sten Aber verdächtigt wurde, ein Verbrechen begangen zu haben; sondern weil es Gründe gab anzunehmen, dass er wichtige Informationen zur Ermittlung beisteuern konnte. Deshalb hatte er sich einfinden müssen; andernfalls wäre er von der Polizei abgeholt worden.

»Ich bin aufrichtig schockiert darüber, was passiert ist«, sagte Sten, »und will Ihnen natürlich helfen, so gut ich kann.«

Seine Bestürzung wirkte ehrlich. Sein Blick war müde, und man konnte ihm ansehen, dass die Nachricht von Malcolm Benkes Tod ihn hart getroffen hatte. Fredrika hatte verfolgt, was in den Zeitungen darüber berichtet worden war und was er folglich wissen konnte. Die Journalisten hatten sich bei ihrer Jagd nach Information wie die Raubtiere verhalten, trotzdem aber nur wenige Details ergattert. Sie wussten, dass die Polizei von einem Verbrechen ausging, und in den Headlines war daher auf Mord spekuliert worden. Irgendwie hatten sie wohl erfahren, dass Benke einer Schussverletzung erlegen war, aber viel mehr hatten sie nicht herausgefunden – und auch Benkes Name war zumindest fürs Erste nicht veröffentlicht worden. Und das war gut.

»Woher kannten Sie Malcolm?«, fragte Alex.

»Noch aus Schulzeiten«, antwortete Sten. »Wir waren seit der Einschulung in derselben Klasse, haben dann gemeinsam den Wehrdienst absolviert und anschließend sogar zusammen studiert.«

»Sie sind – oder waren – beide Ingenieure?«, fragte Fredrika.

»Das stimmt.«

Fredrika blätterte in den Unterlagen, die sie bekommen hatte. »Sie hatten, genau wie Malcolm, ein eigenes Bauunternehmen. Waren Sie Konkurrenten?«

Er lächelte still in sich hinein.

»Es wäre dumm, etwas anderes zu behaupten«, sagte er nach einer Weile. »Trotzdem kann ich mich an keine einzige

Gelegenheit erinnern, bei der daraus ein Konflikt erwachsen wäre. Wir hatten großen Respekt voreinander.«

Das Lächeln erstarb. Fredrika mochte seine Stimme, seine Haltung. Sten wirkte konzentriert und geistesgegenwärtig. Er drückte sich klar aus, um nicht missverstanden zu werden.

Er vermisst seinen Freund, stellte Fredrika fest. Er hat ihn ganz sicher nicht erschossen.

Alex angelte das Foto heraus, das sie bei Malcolm entdeckt hatten.

»Wann ist dieses Bild gemacht worden?«, fragte er.

Sten setzte sich die Brille auf, die bis dahin in seiner Brusttasche gesteckt hatte, und betrachtete das Bild aufmerksam. Sein Gesichtsausdruck veränderte sich. Wurde strenger.

»Ich kann mich nicht erinnern«, sagte er und legte das Bild wieder weg.

Fredrika nahm es in die Hand. »Ich verstehe schon, dass Sie uns kein genaues Datum nennen können, aber vielleicht können Sie uns ungefähr sagen, wann das gewesen ist?«

Er verschränkte die Arme vor der Brust. »Ich glaube, das war im Zusammenhang mit einer Geschäftsreise, aber ich kann wirklich nicht mehr sagen, welche das gewesen sein soll.«

»Eine Geschäftsreise?«, hakte Alex nach. »Wohin denn?«

Fredrika drehte das Foto zu sich herum und betrachtete die Tapete, die Karin aus der Wohnung ihrer Tochter in London wiedererkannt hatte.

»Frankreich vielleicht?«, meinte Sten. »Dort waren wir öfter. In Paris.«

Fredrika lehnte sich auf dem Stuhl zurück. Die Sympathien, die sie für Sten Aber empfunden hatte, waren schlagartig erstorben. Wollte er ihnen am Ende doch Schwierigkeiten machen? Da würde sie es ihm aber zeigen.

Sie imitierte Stens Bewegungsmuster, indem sie ebenfalls die Arme verschränkte.

»Ganz bestimmt waren Sie dort«, sagte sie. »Ich meine, in Paris – eine wunderbare Stadt. Aber dieses Bild ist nicht dort aufgenommen worden, und das wissen Sie auch.«

Das hierauf folgende Schweigen war für alle im Zimmer unangenehm.

Erzähl uns, was du weißt, dachte Fredrika, denn hier hat keiner die Geduld, noch viel länger zu warten.

»Schauen Sie es sich noch mal an«, bat Alex, nahm Fredrika das Foto aus der Hand und schob es zu Sten hinüber.

Für Fredrika bestand nicht der geringste Zweifel: Natürlich wusste Sten, wo das Bild aufgenommen worden war. Doch aus irgendeinem Grund wollte er es ihnen nicht erzählen.

Sie räusperte sich und sagte dann entschieden: »Okay. Es soll uns für den Moment mal egal sein, dass Sie so tun, als wüssten Sie nicht mehr, wann das Foto geschossen wurde. Erzählen Sie uns stattdessen, wer die anderen sind.«

Sowohl Sten als auch Alex reagierten auf Fredrikas barsche Ansage: Um Alex' Mundwinkel spielte ein Lächeln, das jedoch sofort wieder verschwand. Sten sah hauptsächlich wütend aus.

»Ich tue nicht so. Ich weiß es wirklich nicht mehr.«

»Sicher«, erwiderte Fredrika. »Und jetzt erzählen Sie – wer sind die anderen?«

Sten sah sie verärgert an. »Der da ist offensichtlich Malcolm.« Er zeigte auf das Bild. »Der daneben ist Eskil, ein gemeinsamer Freund, der vor einigen Jahren gestorben ist.« Sten verstummte.

»Und der hier?«, fragte Alex und zeigte auf Mikael Lundell.

Zu Fredrikas Erstaunen lehnte sich Sten auf dem Stuhl zurück und machte eine ergebene Geste.

»Mein Gedächtnis lässt mich da leider im Stich«, sagte er. »Ich kann mich nicht mehr an diesen Mann erinnern.«

Alex und Fredrika waren fassungslos. Es dauerte einen Augenblick, ehe Stens Worte und deren Bedeutung ihnen beiden klar wurden.

Fredrika schüttelte den Kopf.

»Jetzt ist es aber genug«, sagte sie. »Sie behaupten, nicht zu wissen, in welchem Jahr oder in welchem Zusammenhang das Bild aufgenommen wurde. Sie können nicht alle dort Abgebildeten namentlich benennen. Ihr Freund Malcolm wohnte in einem dreihundert Quadratmeter großen Haus. Im gesamten Anwesen gab es nicht mehr als sage und schreibe drei private Fotografien. Drei. Und dann finden wir diese hier. Auf einem Teewagen. Was sie dort zu suchen hatte, wissen wir nicht, aber allein die Tatsache, dass dieses Foto sich in Malcolms Nähe befand, sagt uns doch, dass es ihm etwas bedeutet haben muss. Oder dem Mörder, sofern der es bei sich gehabt hatte.«

Sie hielt inne. Es war eigentlich nicht ihre Art, während einer Vernehmung derart laut zu werden.

Das passiert mir gerade nur, weil das Leben nicht mehr so ist wie immer, dachte sie. Und das verabscheue ich.

Sten schwieg. Ihm war deutlich anzusehen, dass es ihm nicht leichtfiel. Es kostete ihn Kraft, ungerührt auszusehen.

Fredrika wollte flehen. Laut rufen. Schreien. *Hilf uns zu helfen.* Aber wenn sie eins in all den Jahren bei der Polizei gelernt hatte, dann, dass die Hilfe, die sie und ihre Kollegen zu leisten bereit waren, nicht immer ausreichte. Menschen begaben sich in die erstaunlichsten, oft gefährlichen Situationen, und es war mitnichten immer die Polizei, von der sie sich Hilfe erhofften oder der sie sich anvertrauen wollten, weil sie glaubten, dass die Beteiligung der Polizei alles noch schlimmer machte – oder weil sie selbst etwas zu verbergen hatten. Wie es sich in Stens Fall verhielt, wusste Fredrika nicht, aber es störte sie ungemein, dass sie bei ihren Ermittlungen offensichtlich nicht mit seiner Hilfe rechnen konnten.

Als Sten weiterhin schwieg, wuchs auch bei Alex der Frust.

»Ich helfe Ihnen gern auf die Sprünge«, sagte er. »Diese Tapete – die hing im Flur in Beata Benkes Londoner Wohnung. Und dieser Mann, von dem Sie behaupten, Sie würden ihn nicht wiedererkennen, heißt Mikael Lundell. Er ist Pfarrer und hat etliche Jahre für die schwedische Kirche in London gearbeitet.«

Sten öffnete kurz den Mund und schloss ihn wieder.

»Wir wissen also bereits, wo das Bild aufgenommen wurde und wer darauf zu sehen ist«, fuhr Alex fort. »Trotzdem würden wir gern darüber hinaus wissen, in welchem Kontext es geschossen wurde und warum es für Malcolm anscheinend wichtig war.«

Sten seufzte. »Malcolm, Eskil und ich haben zusammen viele Reisen unternommen. Es fällt mir wirklich schwer, mich an derlei Details zu erinnern.«

»Wie oft waren Sie in Beatas Wohnung in London?«, fragte Fredrika.

Sten dachte kurz nach. »Zehnmal vielleicht?«

»Vielleicht?«, hakte Alex nach.

Und damit war die Vernehmung beendet.

Sie zogen sich in Alex' Arbeitszimmer zurück.

»Verdammt, war das zäh«, stellte Fredrika fest.

Alex zog die Augenbrauen hoch.

»Fängt Frau Bergman etwa auf ihre alten Tage an zu fluchen?«, fragte er.

»Frau Bergman flucht schon, seit sie drei war«, entgegnete Fredrika.

Alex lächelte.

»Was machen wir jetzt?«, fragte sie.

Er wurde wieder ernst. »Jetzt nehmen wir Kontakt zu unseren Freunden in Israel auf.«

WUNSCHDENKEN WAR ETWAS, worauf Mikael Lundell schon allzu viel Zeit verwandt hatte. Wann immer er zu hören bekam, dass etwas unmöglich sei, hatte er geglaubt, sein guter Wille und seine Sturheit würden begleitet von Gebeten an höhere Mächte, von deren Existenz er überzeugt war, den Unterschied ausmachen. Er hatte allen Ernstes geglaubt, dass er so das Unwahrscheinliche möglich machen könnte.

Zum Beispiel, dass Eden und er ihr Leben lang glücklich miteinander verbrächten.

»Ich weiß wirklich nicht, wie du auf so etwas kommst«, hatte sein Vater nach der ersten Begegnung mit Eden gesagt. »Wie soll eine solche Frau je deine Ehefrau werden? Oder überhaupt jemandes Ehefrau? Sie ist ein Wildpferd – unmöglich zu zügeln. Du machst dich nur lächerlich, wenn du es auch nur versuchst.«

Mikael hatte den grässlichen Pferdevergleich gehasst. Wer wollte denn bitte einen anderen Menschen zügeln? Mikael jedenfalls nicht. Und auch sonst niemand, den er respektierte. Jenes Wilde, das sein Vater als Hindernis für eine funktionierende Beziehung betrachtete, war doch genau, was Eden so attraktiv machte. Doch jetzt im Nachhinein musste er seinem Vater zum Teil recht geben. Es war in der Tat schwierig gewesen, ernsthaft ein gemeinsames Leben aufzubauen. Und es hatte Mikael mehr gekostet, als er sich je hätte vorstellen können.

Ein Kind.

Oder zwei, je nachdem, wie man es betrachtete.

Dani war tot, Saba lebte noch. Doch keins der beiden Mädchen war Mikaels Kind – zumindest nicht in biologischer Hinsicht. Dies war das größte Opfer, das zu erbringen er für ein Leben mit Eden bereit gewesen war – herausfinden zu müssen und zu akzeptieren, Vater von Kindern zu werden, die Eden mit einem anderen gezeugt hatte. Sie hatte ihn allen Ernstes gefragt, wie er es habe wissen können, und er hatte geantwortet, dass er es im selben Augenblick, da sie zur Welt gekommen waren, gesehen habe. In Wahrheit hatte er es von jenem Moment an geahnt, als er von ihrer Schwangerschaft erfahren hatte. Kurz bevor sie sich ihm offenbart hatte, hatten sie eine Krise gehabt, und er hätte an einer Hand abzählen können, wie oft sie damals Sex gehabt hatten. Und man musste nun wirklich kein Arzt sein, um zu wissen, wie Kinder zustande kamen und wann sie gezeugt worden sein mussten, um zu einem bestimmten Termin zur Welt zu kommen.

Wunschdenken. Vielleicht machte es das Unmögliche möglich. Das – und die Liebe zu Eden. Anders vermochte sich Mikael nicht zu erklären, wie es ihm gelungen war, Dani und Saba so anzunehmen, dass sie wirklich zu *seinen* Kindern geworden waren, und zwar so sehr, dass er meinte, den Verstand zu verlieren, nachdem Dani ermordet worden war.

Im Nachhinein stellte er fest, dass er nicht einmal da erwogen hatte, sie zu verlassen.

Liebe konnte zu einer schier sinnlos destruktiven Kraft werden, das war Mikael klar. So viele Menschen wurden durch das, was sie Liebe nannten, an den Rand des Wahnsinns getrieben. Vielleicht war es Mikaels Gottesglaube, der ihn in jener düstersten Zeit am Leben erhalten hatte – und die Tatsache, dass Eden erneut schwanger geworden war. Diesmal wusste Mikael, dass es sein Kind war.

Drinnen im Wohnzimmer hörte er Eden mit ihrer Tochter spielen.

»Schau mal«, sagte sie gerade, »so schöne Bauklötzchen!«

Mit den beiden ersten Kindern hatte sie sich nie so verhalten. Da war es ihr immer nur darum gegangen, möglichst wenig mit ihnen zu tun zu haben.

Und ich habe es einfach geschehen lassen.

Mikael war ein großer Freund von Ordnung, allerdings nicht auf eine anstrengende Art. Er war, was man im Alltag eine pragmatische Person nannte. In den vergangenen Jahren hatte das Leben ihn ein wenig eckiger gemacht, das war ihm bewusst. Und gerade dort, wo er selbst härter geworden war, hatte Eden weichere Seiten gezeigt.

Er lauschte noch ein wenig auf Eden und ihre jüngste Tochter. Das hier würde nicht ewig halten, aber das war nur gut so. Es würde der Tag kommen, an dem Eden wieder arbeiten gehen wollte, an dem das Zusammensein mit der Familie ihr nicht mehr ausreichte. Mikael fragte sich seit geraumer Zeit, was sie dann tun würden, denn Eden würde sich wohl kaum in Israel eine Stelle suchen wollen. Sie würden nach Schweden zurückkehren müssen – allerdings verlockte sie das immer noch nicht.

Er setzte sich an den Computer, um nachzusehen, ob etwas Neues über Malcolms Tod veröffentlicht worden war. Eden beharrte weiter darauf, dass es nicht sicher sei – dass die Zeitungen womöglich nicht wirklich ihn meinten –, doch Mikael hatte keinen Zweifel: Malcolm war tot. Und Mikael fürchtete, auch genau zu wissen, warum.

Er wusste, was Eden dachte. Ihr behagte nicht, dass er bestimmte Dinge von Malcolm wusste und sie so zwangsläufig mit den Geschehnissen dort draußen in Verbindung standen. Aber Mikael konnte schließlich nichts dafür, dass er eines schönen Tages in Malcolms Leben hineingezogen worden war. Oder vielmehr in das Leben von dessen Tochter.

Es war ein Zusammentreffen gewesen, das Mikael nie vergessen würde. Nicht dass ihm irgendjemand Vorwürfe gemacht oder seinen Einsatz als gescheitert bezeichnet hätte;

aber das änderte rein gar nichts daran, dass er selbst es so sah. Das Ganze hatte eine unbehagliche Richtung eingeschlagen, und er hatte sich aus der Sache zurückziehen wollen, ehe es zu spät gewesen wäre. Zu spät für ihn selbst.

Er hatte geglaubt, seine eigenen Interessen schützen zu müssen. Inzwischen trieb ihn allerdings die Frage um, ob ausgerechnet das sie das Leben gekostet hatte.

Und nicht nur das, dachte er. Es war nicht allein mein Scheitern, das zu ihrem Tod geführt hat; aber ich war definitiv ein Teil davon.

Im nächsten Moment klingelte ein Telefon – und zwar Edens Telefon, dem Tochter Saba einen neuen Klingelton verpasst hatte, der so gellend war, dass man besser sofort ranging.

»Eden«, hörte er sie sagen, dann: »Ja?«

Wie eine Frage.

Eden bewegte sich durch die Wohnung, verschwand im Schlafzimmer und machte die Tür hinter sich zu.

Ohne einen Moment zu zögern, stand er auf. Als er die Schlafzimmertür aufriss, zuckte Eden sichtlich zusammen.

»Gut, dann machen wir es so«, sagte sie und beendete das Gespräch.

»Wer war das?«, fragte Mikael in einem Tonfall, den er noch nicht lange hatte; der so barsch war, dass Eden und die Kinder ihn immer beunruhigt ansahen, wenn er so redete.

Eden hielt das Handy mit beiden Händen fest.

»Wer war das?«, wollte Mikael erneut wissen.

»Alex Recht«, sagte Eden.

Mikael gab einen Seufzer der Erleichterung von sich. Alex war ein guter Mensch, jemand, der keine unnötigen Probleme machte.

»Will er, dass du bei ihm anfängst zu arbeiten?«, erkundigte sich Mikael.

Eden war erstaunt. »Nein. Nein, davon hat er nichts gesagt.« Sie lachte. »Wie kommst du überhaupt darauf? Alex war doch nie mein Chef.«

»Was wollte er dann?«

Eigentlich war es lächerlich, sie danach zu fragen. Eden musste ihm gegenüber doch nicht Rechenschaft ablegen, worüber sie mit Exkollegen sprach – wenn man Alex denn nun so nennen wollte.

»Er wollte eigentlich dich sprechen«, sagte Eden.

Jetzt war Mikael erstaunt. »Okay …«

»Ich hab ihm gesagt, du seist nicht zu Hause.«

»Aber, verdammt …«

»Es geht um den Mord an Malcolm Benke«, fiel sie ihm ins Wort. »Du hattest recht – er ist tot. Ich hab ihn gebeten, später noch mal anzurufen.«

DIE KLIMAANLAGE BRUMMTE leise vor sich hin und kühlte den Raum. Alex Recht hatte sein Ermittlerteam für ein rasches Briefing versammelt, ehe er und Fredrika die britische Ermittlerin empfangen wollten. Er war sich nicht sicher, ob das Treffen in ihrer derzeitigen Situation für ihre Arbeit hilfreich wäre; es würde sich zeigen. Er spähte auf seine Armbanduhr. Der Sekundenzeiger jagte voran. Es verstrich so viel Zeit, während sie so wenig erreichten.

»Die Einzelverbindungsnachweise von Benkes Handy müssten doch inzwischen gekommen sein«, sagte Alex. »Wer hat sie sich angeschaut?«

»Ich«, meldete sich die Ermittlerin, die neben Fredrika saß.

Alex' Handy klingelte. Diana. Schon zum zweiten Mal an diesem Tag. Alex drückte den Anruf weg.

»Wir haben nur ein Handy auf Malcolm Benkes Namen ausfindig machen können. Der Mobilfunkanbieter hat sich als hilfsbereit erwiesen und eine Auflistung der letzten Gespräche zur Verfügung gestellt. Kann allerdings sein, dass Benke noch weitere Handys hatte. In diesem Fall gäbe es dafür keinerlei Vertragsunterlagen, sodass wir sie auch nicht nachverfolgen könnten. Sofern wir die Telefone nicht finden, versteht sich.«

»Aber bei der Durchsuchung seines Hauses ist nur ein Handy gefunden worden?«, hakte Fredrika nach.

»Richtig«, antwortete die Ermittlerin. »Und wir haben auch seine Autos und heute Vormittag das Sommerhaus durchsucht.«

»Gut«, sagte Alex ungeduldig. »Dann gehen wir von der Annahme aus, dass es Benkes einziges Telefon war.«

Die Ermittlerin nickte. »Ein bisschen seltsam ist es schon, dass zwischen den Gesprächen ziemlich viel Zeit zu liegen scheint. Manche Menschen führen Dutzende Telefonate am Tag, aber Benke scheint nicht mehr als eine Handvoll empfangen oder getätigt zu haben.«

Alex zuckte mit den Schultern. Wie oft verwendete er selbst sein Handy, wenn er mal von den beruflichen Telefonaten absah? Ungefähr einmal die Woche sprach er mit den Kindern, Diana rief öfter an, aber auch nur, während er bei der Arbeit war. Wäre er Rentner, würde er sicher noch weniger Gespräche führen. Bei dem Gedanken lief es ihm eiskalt über den Rücken. Seine Pensionierung lag für ihn in weiter Ferne, war schlicht und ergreifend unwirklich, obwohl es bis dahin nur mehr ein paar Jährchen wären.

»Und?«, fragte Fredrika und riss ihn aus den Gedanken. »Mit wem hatte Benke Kontakt?«

»Hauptsächlich mit Geschäftsfreunden«, antwortete die Ermittlerin. »Er saß nach wie vor im Vorstand seiner alten Firma. Dann hat er mal mit seinem Sohn in Wien telefoniert – und ab und zu hat er Sten Aber angerufen.«

»Ist das nicht merkwürdig«, fragte Ivan, der wie immer voller Eifer war und nach spannenden Nebenspuren suchte, »dass er nicht öfter mit seinem besten Freund gesprochen hat?«

Alex musste unwillkürlich lächeln. Er selbst hatte zwei enge Freunde; bei keinem von ihnen meldete er sich sonderlich häufig. Der Gedanke, Freundschaften durch Telefonate aufrechtzuerhalten, war Alex insgeheim zuwider.

»Nein, das ist kein bisschen merkwürdig«, bemerkte er, und die anderen im Raum waren seiner Meinung.

»Mit wem hat er als Letztes telefoniert?«, fragte Fredrika.

Die Ermittlerin, die für die Überprüfung des Handys zuständig war, blätterte durch ihre Unterlagen.

»Mit dem Sohn in Wien«, sagte sie schließlich. »Die beiden haben an dem Abend, als Benke starb, um acht Uhr noch miteinander gesprochen.«

Alex' Handy klingelte erneut. Wieder Diana. War etwas passiert? »Entschuldigung …« Dann stellte er das Telefon stumm. Wenn die Besprechung zu Ende wäre, würde er sie zurückrufen.

»Wir müssen den Sohn vernehmen«, stellte Fredrika fest, »und zwar gleich aus mehreren Gründen.«

»Wissen wir denn sicher, wo der Sohn gerade steckt?«, fragte Alex.

»Er ist immer noch in Wien«, erklärte Ivan. »Ich hab vorhin mit ihm gesprochen, er hat von sich aus angerufen. Er hat von der Mutter vom Tod seines Vaters erfahren und kommt noch heute Abend nach Stockholm.«

»Dann treffen wir uns morgen mit ihm«, sagte Fredrika und machte sich eine Notiz in ihren Kalender.

Wäre die Situation eine andere gewesen, hätte sich Alex wegen ihrer Blässe Sorgen gemacht; doch kurzerhand schob er seine Besorgnis beiseite – genau wie den Gedanken daran, dass Fredrika mit rot geweinten Augen zu Sten Abers Befragung gekommen war.

Alex streckte den Rücken durch. Sein Stuhl fühlte sich mit einem Mal unbequem an, und die Klimaanlage schien nur mehr eisige Luft in den Raum zu pusten.

»Was haben wir noch?«, fragte er. »E-Mails? Hat die schon jemand kontrolliert?«

Das war nicht der Fall. Die Techniker hatten allerdings herausbekommen, dass Malcolm Benke gleich zwei E-Mail-Konten verwendet hatte, die beide mit Passwörtern geschützt waren. Alex seufzte. Wenn die Leute bloß wüssten, wie viel Zeit es in Anspruch nahm, eine Genehmigung für die Einsicht in Mail-Konten zu bekommen, selbst wenn jemand gewaltsam zu Tode gekommen war …

»Es könnte da eine Abkürzung geben«, sagte Ivan.

»Davon will ich nichts hören«, sagte Alex kurz angebunden, um dann hinzuzufügen: »Aber Sie dürfen uns natürlich gern erzählen, was Sie ansonsten herausgefunden haben.«

Ivan wurde rot und senkte den Blick. Ganz unwillkürlich hatte Alex das Gefühl, dass er selbst nie derart jung und unverbraucht gewesen war – nie einer, der Abkürzungen nahm, der errötete und noch eine Menge Dinge erreichen wollte.

Und das ist genau das Problem, dachte Alex. In Wahrheit will ich gar nichts mehr. Ich hab schon alles gemacht.

Mit einer knappen Zusammenfassung von Fredrikas und Alex' Gespräch mit Sten Aber wurde die Sitzung beendet. »Wir wissen immer noch zu wenig«, stellte Fredrika fest. »Wir haben immer noch zu wenig erfahren.« Dann ließ sie die übrigen daran teilhaben, was sie aus anderen Quellen in Erfahrung gebracht hatte – und erstmals fiel auch der Name Mikael Lundell, der augenblicklich das Interesse der anderen weckte.

»Sind wir uns sicher, dass er noch immer in Israel lebt?«, fragte Fredrikas Sitznachbarin. »Könnte er nicht zum Zeitpunkt des Mordes hier in Schweden gewesen sein?«

Diese Frage machte Alex überraschend wütend. Mikael Lundell war der Letzte, den er des Mordes verdächtigen wollte. Zum Glück ging Fredrika auf die Frage ein, noch ehe Alex seinem Unmut freien Lauf lassen konnte.

»Das hab ich kontrolliert«, entgegnete sie. »Er und seine Familie leben schon seit mehreren Jahren in Israel. In den vergangenen sechs Monaten ist Mikael kein einziges Mal nach Schweden eingereist.«

Das beruhigte Alex. Fredrika war definitiv besser darin, sachlich zu antworten, als er. Sie hatte Mikael intuitiv aus dem Kreis der Verdächtigen ausgeschlossen.

Alex schluckte.

Ganz sicher konnten sie sich trotzdem nicht sein. Nur weil Mikael in den letzten Monaten nicht in Schweden gewesen war, hieß das noch lange nicht, dass er an der Sache unbeteiligt war.

Fredrika und er sahen sich in stillem Einvernehmen an. Beide wussten, durch welche Hölle Mikael und Eden gegangen waren. Und sie wünschten sich beide nichts sehnlicher, als dass Mikael mit dem Mord an Malcolm Benke nichts zu tun hätte.

Andererseits hatten sie beide das geheimnisvolle Bild aus London gesehen. Wenn Mikael sich dafür entscheiden sollte, wie schon Sten Aber die Wahrheit für sich zu behalten, die doch um jeden Preis ans Licht kommen musste, dann hätten sie ein Problem – und zwar eins, das einen Schatten bis nach Israel warf. Deshalb hatten sie auch versucht, ihn anzurufen. Vergebens.

Sie beendeten die Besprechung und verließen die Löwengrube, die sich mittlerweile in einen Kühlschrank verwandelt hatte.

»Darum sollte sich schleunigst mal jemand kümmern.« Alex zeigte hinauf zur Klimaanlage. »Sonst rennt demnächst noch irgendein Blödmann zur Gewerkschaft und zwingt uns, den Besprechungsraum zu wechseln.«

Fredrika lächelte, sodass sich die feinen Fältchen um ihre Augen vertieften.

»Ist doch wahr«, beharrte Alex, »und die Gewerkschaft …«

Wieder vibrierte das Handy in seiner Innentasche. Diana.

»Ja?«, sagte er, als er ranging.

»Alex, du musst sofort nach Hause kommen.«

Er hielt augenblicklich inne. Diana war niemand, der unnötig Aufregung verbreitete, ganz im Gegenteil, die Ruhe gehörte zu den Eigenschaften an ihr, die er am meisten schätzte. Irgendetwas war passiert. Sie hatte angespannt geklungen.

Im Augenwinkel sah er, dass Torbjörn Ross auf ihn zusteuerte. Schon wieder? Bildete Alex sich das nur ein, oder sorgte Ross in letzter Zeit ganz bewusst dafür, dass sie sich immer wieder begegneten?

Ein lächerlicher Gedanke. Trotzdem nicht völlig aus der Luft gegriffen.

Er kehrte in die Löwengrube zurück, wo er in Ruhe telefonieren konnte.

»Was ist passiert?«, fragte Alex.

»Du hast einen Brief bekommen«, antwortete Diana.

»Einen Brief?«

»Entschuldige, ich hätte ihn nicht aufmachen dürfen. Aber ich hatte es ein bisschen eilig, stand mit der kompletten Post da und hab aus Versehen ...«

»Diana, kein Problem«, unterbrach er sie. »Was ist mit dem Brief?«

Er hörte sie angestrengt atmen.

»Ich weiß es nicht«, sagte sie schließlich. »Es war mehr, wie er aussah ... oder vielmehr was er *nicht* ist.«

Fredrika sah Alex von der Tür aus besorgt an.

»Diana, du redest wirres Zeug«, sagte er leise. »Entschuldige, aber das tust du wirklich. Bitte, lies mir einfach vor, was drinsteht.«

Anscheinend riss sich Diana zusammen. Dann las sie ihm vor, was in seinem Brief stand. Alex stand reglos mit dem Handy am Ohr da, und sämtliche Farbe wich ihm aus dem Gesicht. Der letzte Satz, den sie ihm vorgelesen hatte, hallte in seinem Kopf wider.

Ich mache alles wieder gut.

BEVOR FREDRIKA BERGMAN angefangen hatte, bei der Polizei zu arbeiten, hatte sie sich nur ein undeutliches Bild davon gemacht, wie diese Arbeit aussehen würde. Und ganz gewiss hatte sie sich nie vorstellen können, was die Arbeit mit sich bringen mochte. Sie erinnerte sich noch gut an den Karton mit den Haaren, der per Kurier an die Mutter eines entführten Mädchens geschickt worden war. Dieses Ereignis – der Karton – war für Fredrika das alles Entscheidende gewesen. Was danach gekommen war, hatte Alex die Narben an seinen Händen eingebracht, und Fredrika hatte sich erstmals mit dem Maß dessen auseinandersetzen müssen, was manche Menschen ihren Mitmenschen anzutun vermochten. Damals hatte sie gezweifelt, geargwöhnt, dass dieser Job nicht der richtige für sie sei – doch nach und nach war sie der Furcht entwachsen und zur Überzeugung gelangt, hier nicht nur gute Arbeit leisten, sondern diese auch interessant finden zu können.

Zwei Kinder und ein kurzes Intermezzo im Justizministerium hatten ihr die Entscheidung erleichtert. Fredrika wusste inzwischen: Der richtige Platz für sie war bei der Polizei – zusammen im Team mit Alex.

Zusammen mit Alex.

Wie unsicher sich das anfühlte, genau wie alles andere im Leben. Alex würde in nicht allzu ferner Zukunft aufhören zu arbeiten. Maximal fünf Jahre hatte er noch bis zur Pension, ganz gleich wie sehr er auch versuchte, einen anderen Eindruck zu erwecken. Viele in seinem Alter hatten sich längst entschieden, den Polizeidienst frühzeitig zu verlassen; fast niemand wollte bis zum eigentlichen Pensionsalter warten.

Fünf Jahre, dachte Fredrika. Wer bin ich in fünf Jahren?

Die Frage brannte Löcher in ihre Seele.

Wo sie doch nicht einmal wusste, wer sie im Herbst sein würde. Wenn Spencer fort wäre.

Krampfhaft umklammerte sie den Stift in ihrer Hand. *Die Nachricht, die Alex bekommen hatte* … Darauf musste sie sich jetzt konzentrieren. War sie Teil der Ermittlungen im Fall Malcolm Benke, oder bezog sie sich auf etwas anderes?

»Kommst du?« Mit einem Mal stand Alex in ihrer Tür. »Der Brief ist da. In der Löwengrube.«

Es war eisig kalt. Die Klimaanlage funktionierte immer noch nicht richtig, und auch zwischen den Kollegen, die sich im Besprechungsraum versammelt hatten, herrschte eine frostige Atmosphäre. Alex, Fredrika und die Abteilungsleiterin, Margareta Berlin, beugten sich über das arglose Stück Papier, das sofort abgeholt und mit Blaulicht ins Haus gebracht worden war. Sie studierten die kurzen Zeilen, bis alle sie auswendig konnten.

Ich tue, was du nicht schaffst und nie geschafft hast.
Ich unternehme etwas.
Und ich mache alles wieder gut.

Die Nachricht hatte in einem Kuvert gelegen, auf dem Alex' Name gestanden hatte. Nichts weiter. Keine Adresse. Nicht einmal Porto. Der Absender hatte einen Boten geschickt oder sich selbst zu Alex' privatem Briefkasten begeben und den Umschlag dort eingeworfen.

»Haben Sie so etwas schon einmal bekommen?«, fragte Margareta Berlin.

»Ja natürlich«, erwiderte Alex. »Ich bekomme so verdammt viele solcher Briefe, dass es mir inzwischen schwerfällt, sie auch nur für einen Tag im Gedächtnis zu behalten.«

Margareta seufzte. »Jetzt hören Sie schon auf.«

»Natürlich hab ich bisher *keinen* solchen Brief bekommen«, stellte Alex richtig.

Seine Chefin schob die Brille in die Stirn hinauf.

Fredrika wusste, dass Alex diese Geste hasste. Diese Geste – und auch alles andere, was mit Margareta Berlin zu tun hatte. Sie war früher Personalchefin gewesen und als solche für Alex' Geschmack ein wenig zu gründlich. Fredrika teilte seine Auffassung. Berlin war eine miserable Führungskraft. Als sie erfahren hatten, dass ausgerechnet sie ihre neue Abteilungsleiterin würde, waren Fredrika und Alex nach der Arbeit ausgegangen und hatten sich einen Rausch angetrunken. Für Fredrika war es der erste seit sicher zehn Jahren gewesen. So nötig, so befreiend.

»Jetzt gehen wir heim«, hatte Alex damals schon ein gutes Stück nach Mitternacht gesagt. »Und du wirst sehen, morgen haben wir Berlin in Stücke gesoffen – genau wie wir es wollten.«

Nur leider hatte er falschgelegen. Sie hatten weder Berlin noch irgendwelche anderen bösen Träume in Stücke gesoffen. Bei der Erinnerung daran, wie der Abend geendet hatte, musste sie immer noch weinen. Sie waren beide so überbordend fröhlich gewesen, so betrunken und berauscht von allem, was Leben war. Als sie nach Hause gekommen war, hatte sie sich alle Mühe gegeben, um die Kinder nicht zu wecken. Trotzdem hatte sie es geschafft, Spencers geliebten Schirmständer umzuwerfen, sodass er eine Macke im Parkett hinterlassen hatte, und daraufhin war sie dann fast an ihrem unterdrückten Lachen erstickt.

Mit einem Mal hatte er neben ihr gestanden.

»Tut mir leid«, hatte Fredrika gesagt und versucht, ernst dreinzublicken. »Ich kauf dir lauter neue.« Als hätte sie geglaubt, die Regenschirme alle auf einmal kaputt gemacht zu haben.

Sie hatte gar nicht mehr aufhören können zu lachen und es auch nicht geschafft, den Schirmständer wieder gerade hinzustellen. Dort – über den Schirmständer gebeugt in der Diele – hatte sie ihren letzten Moment reinen, ungetrübten Glücks erlebt.

»Fredrika, wir müssen etwas besprechen.«

Sie erinnerte sich noch genau an seine Worte. *Müssen etwas besprechen.* Das Lachen verflüchtigte sich und kehrte nie wieder. Dann kam der nächste Satz, der sich wie eine Tätowierung in ihr Langzeitgedächtnis einschrieb.

»Ich habe einen Gehirntumor, und man kann ihn nicht operieren.«

Und dann noch eine Tätowierung.

»Das ist nicht der Tod, den ich sterben will.«

In diesem Moment war sie in Tränen ausgebrochen, und er, der einmal ihr Professor gewesen und später ihr Ehemann geworden war, hatte ihr übers Haar gestrichen und geflüstert: »Verzeih.«

Hirntumor. Kann nicht operiert werden.

Das ist nicht der Tod, den ich sterben will.

Verzeih.

Das war im Februar gewesen. Fredrika wollte lieber gar nicht daran denken, wie sehr sie sich seither beeinträchtigt, ja innerlich zerfressen gefühlt hatte. Alex ließ sie nicht mehr aus den Augen; er schien besorgt zu sein, wurde aber zugleich so sehr von Berlin in Anspruch genommen, dass er sie bislang nicht zur Rede gestellt hatte.

Zum Glück.

»Fredrika, hören Sie eigentlich, was ich sage?«, fragte Berlin. Sie war offenkundig verärgert.

Ach Alex, warum haben wir es nicht geschafft, Berlin in Stücke zu saufen?

»Ja«, sagte Fredrika.

»Haben Sie auch solche Nachrichten erhalten?«

»Das würde ich in einem solchen Fall ja wohl melden.«

Alex grinste, und Margareta verzog das Gesicht. »Ich möchte wissen, ob das hier mit der laufenden Ermittlung zu tun hat.«

»Das wüssten wir auch gern«, erwiderte Fredrika.

Sie las den Brief erneut. Diese Worte – *ich mache alles wieder gut* – kamen ihr bekannt vor. Die hatte sie schon einmal irgendwo gelesen.

Aber wo?

Wo war sie in den letzten Tagen gewesen?

»Wir müssen die Techniker noch mal in Benkes Haus schicken«, sagte sie abwesend, redete, noch während sie ihre Gedanken sortierte.

»Ich glaube, es sind ohnehin noch welche dort«, warf Alex ein. »Aber was sollen sie dort deiner Meinung nach tun?«

Fredrika zögerte; sie war nicht sicher, wie weit sie eine Sache treiben wollte, von der sie selbst nicht restlos überzeugt war.

»Ich glaube, ich hab eine ähnliche Nachricht bei Benke gesehen ...«

Jetzt zögerte auch Alex. »Du meinst ...«

Sie schüttelte den Kopf.

»Ich weiß es nicht«, sagte sie. »Ich weiß nur, dass ich in einem anderen Zusammenhang gerade erst kürzlich auf Teile dieses Briefes gestoßen bin. Und ich glaube, es war bei Benke zu Hause.«

Ihr Hirn weigerte sich mitzuarbeiten.

Wo hatte sie diese Worte jüngst erst gesehen?

Berlin schüttelte den Kopf.

»Das reicht mir nicht«, sagte sie. »Wir wissen nicht einmal sicher, ob diese Nachricht mit dem Mord an Benke zu tun hat.«

Aber es könnte so sein, dachte Fredrika.

»Ich will noch mal zu Benkes Haus fahren«, sagte sie.

Alex trat vom Tisch weg und auf Fredrika zu. »Dann fahre ich mit.«

Margareta Berlin klopfte mit einem Stift auf den Tisch.

»Und Ihre britische Kollegin?«, fragte sie. »Die unten im Eingang steht und wartet? Wollen Sie die mitnehmen? Vergessen Sie das hier jetzt mal.«

Weder Fredrika noch Alex antwortete. Schweigend verließen sie die Löwengrube.

»Du glaubst auch, dass ich mir was einbilde«, brummelte Fredrika, und Alex zuckte mit den Schultern.

»Ich weiß nicht, was ich glauben soll«, erwiderte er.

Der Brief mit der kurz gefassten Botschaft hatte sich in jedem Fall unbehaglich angefühlt.

Und ich mache alles wieder gut.

Alles?

Alles.

ERST MEINTE VENDELA, sie würde sich das alles einbilden. Dann glaubte sie, es hätte vielleicht mit der Ventilation zu tun. Das Haus, in dem sie wohnte, war schließlich alt, und es war kein Geheimnis, dass es schon seit Längerem Probleme mit der Lüftung gab. Vendela hatte sich bereits bei der Eigentümergemeinschaft gemeldet und darum gebeten, dass man sich darum kümmere. Eine schlechte Ventilation konnte schließlich Feuchtigkeitsschäden verursachen und unnötig trockene Luft. Und unangenehme Gerüche.

Der Gestank kam aus der Küche. Wenn die Nachbarn am Wochenende kochten, dann konnte Vendela in ihrer Wohnung oft deren Küchengerüche erschnuppern. Doch das hier war etwas anderes.

»Versuchen Sie mal, während des Nachmittags die Fenster offen zu halten«, hatte der Verwalter geraten, als Vendela ihn angerufen hatte, um sich zu beschweren.

Was für ein idiotischer Vorschlag. Wie sollte das denn die Lage verbessern? Obwohl sie skeptisch war, tat Vendela wie geheißen, das Fenster blieb stundenlang offen, doch als sie es wieder schloss, stank es genauso übel wie schon die ganze Zeit zuvor.

Vendela lief eine Treppe nach unten und klingelte bei den Nachbarn zur Linken. Eine sympathische Familie mit kleinen Kindern, die sie ab und zu sogar zum Abendessen einlud. Elvira sah gestresst aus, als sie die Tür aufzog. Sie hielt das jüngste Familienmitglied im Arm, ein zwei Monate altes Baby, das so laut schrie, dass Vendela richtiggehend erschrak.

»Hier ist gerade ein bisschen viel los«, erklärte Elvira. »Ist es was Dringendes? Oder kann ich mich bei dir melden, wenn sich alles beruhigt hat?«

Sie lächelte – das tat sie immer –, doch das Lächeln reichte nicht bis zu den Augen.

Vendela schämte sich, dass sie gestört hatte.

»Ich wollte nur fragen, ob ihr in den letzten Tagen auch so einen komischen Geruch in der Wohnung hattet«, sagte sie.

Albern. Sie merkte ja selbst, wie es draußen im Treppenhaus roch. Elvira versuchte noch immer, das Kind zu beruhigen.

»Ja«, erwiderte sie. »Das Problem haben wir schon seit Tagen. Paul meint, da liegt vielleicht irgendwo eine tote Ratte.«

Das hatte Vendela auch schon gedacht. Stockholm war immerhin von Ratten überbevölkert, da musste es ja irgendwann so weit kommen, dass sie sich in die Häuser einnisteten und dort auch starben.

Sie erschauderte und zog die Strickjacke enger. Es störte sie jedes Mal, wenn im Haus irgendwas nicht funktionierte. Als Freiberuflerin mit einem Arbeitsplatz in der eigenen Wohnung war sie schlicht abhängig davon, dass alles glattlief – sonst bekam sie nichts fertig und verpasste Deadlines, was ihre Auftraggeber nicht sonderlich schätzten.

»Ich werde mal eine Runde drehen und versuchen herauszufinden, woher der Gestank kommt«, erklärte Vendela.

Sie entschied, erst in den Keller zu gehen und dann wieder hinauf, um die Quelle des Geruchs zu lokalisieren. Wenn es eine tote Ratte wäre, dann müsste sie schließlich im Unter- oder im Erdgeschoss liegen, in der Waschküche vielleicht. Hoffentlich nicht in den Vorratsräumen. Es wäre doch eher unwahrscheinlich, wenn sie sich in eine der Wohnungen verlaufen hätte.

Doch je weiter Vendela nach unten ging, umso weniger roch es. Als sie vor der Waschküche stand, war alles, wie es hätte sein sollen. Vendela raufte sich die Haare. Das war doch hirnverbrannt.

Sie machte auf dem Absatz kehrt und stieg die Treppe wieder hinauf. Im zweiten Stock machte sich der Geruch erneut bemerkbar. Auf der dritten Etage, wo Elvira wohnte, wurde es schlimmer. Als sie dann auf ihrem eigenen Stockwerk ankam, war der Gestank schier unerträglich.

Leicht atemlos stieg sie ins oberste Stockwerk hinauf. Dort stank es am allerschlimmsten. Vendela schnüffelte, sah zum Dachboden hinauf. Könnte dort oben etwas sein?

Sie ging nachsehen. Hier oben war es während des Sommers immer leicht feucht und ein bisschen zu warm. Trotzdem war der Geruch hier entschieden weniger heftig.

»Merkwürdig«, murmelte Vendela und lief wieder zurück in die fünfte Etage. Dort klingelte sie an einer der Türen. Niemand öffnete. Sie klingelte an den anderen drei. Auch dort war niemand zu Hause.

Also kehrte sie in ihre Wohnung zurück. Sie hatte noch einiges zu erledigen: eine Anzeigenkampagne, die fertiggestellt werden musste. Vendela schob die Tür hinter sich zu und lief in die Küche, um Kaffee zu kochen. Unter dem Lüftungsgitter atmete sie erneut den widerwärtigen Gestank ein.

Verrottet, dachte sie. Da rottet irgendetwas vor sich hin.

LOVISA WANKEL HATTE nicht viel, worauf sie stolz sein konnte, zumindest hatten im Lauf der Jahre diverse Menschen es für nötig befunden, ihr genau das zu verstehen zu geben. Allen voran ihre Eltern. In deren Augen hatte sie nicht mal den Bruchteil ihrer Erwartungen erfüllt.

»Besorg dir doch endlich eine richtige Wohnung«, hatte ihre Mutter bei ihrem letzten Besuch gesagt.

Mit »richtig« meinte sie eine eigene Wohnung, die ihr gehörte und niemandem sonst. Als gälte es einfach nur, sich einen Ruck zu geben. Als könnte jeder in Stockholm sich jederzeit eine eigene Wohnung kaufen. Lovisa hörte schon gar nicht mehr hin. Seit mehr als einem Jahr wohnte sie nun zur Untermiete in der jetzigen Wohnung und würde sie auch noch vier weitere Jahre behalten können. Die Besitzer waren nach Dubai gezogen und liebten es dort. Das hätte Lovisa wahrscheinlich auch getan.

Sie sah sich um, als sie die Konditorei auf Söder verließ, in der sie arbeitete. Dann lief sie geradeaus über die Straße auf ihr Fahrrad zu. Die Angst steckte ihr in den Knochen, sie wurde sie einfach nicht los. Sie führte dazu, dass sie hoch konzentriert und zerstreut gleichermaßen war.

Als sie gerade das Fahrradschloss entriegeln wollte, fiel ein Schatten in ihr Gesichtsfeld. Ein Schatten, der ihr böse wollte. Wenn sie nicht tags zuvor diesen Brief bekommen hätte, hätte sie kaum reagiert. Doch jetzt ging alles ganz schnell – obwohl sie erschöpft war, nachdem sie die ganze Nacht wach gelegen hatte. Sie hob nicht mal den Blick, um ihren Verdacht bestätigt zu sehen, sondern vertraute einfach auf ihren Instinkt, der ihr signalisierte, dass Gefahr im Verzug war. Das Schloss ging auf, jetzt würde sie auf das

Fahrrad aufspringen können. Auf dem Gehweg waren jede Menge Passanten unterwegs, alle gleichermaßen in ihre eigenen Angelegenheiten vertieft.

Wenn er versucht, mir was zu tun, dann schreie ich.

Sie sprang auf und stemmte sich in die Pedale, sodass sie auf die Straße kam. Der Gepäckträger klapperte, als das Rad über die Bordsteinkante fuhr. Da, aber auch erst da wandte sie den Kopf, um zu sehen, wer der Schatten war. Doch er war bereits zurückgewichen, stand jetzt halb hinter dem Bushäuschen. Ihr Herz raste, und Adrenalin brodelte durch ihre Adern.

Wer zum Teufel war das?

Sie raste die Straße entlang, achtete nicht darauf, ob sie rechts oder links abbog, sie wollte einfach nur weg. Eine Ampel leuchtete ihr rot entgegen und zwang sie, stehen zu bleiben.

»Hallo!«, rief jemand hinter ihr.

Es wurde gelb, gleich käme Grün.

Es ist mir egal, ob ich überfahren werde, ich fahre einfach los.

Sie nahm Schwung auf, um loszukommen, als plötzlich jemand mit ihr gleichauf war. Nicht der Schatten, sondern ein kleinerer, dünner junger Mann. Er lächelte ihr zu.

»Sorry, ich wollte Sie nicht erschrecken. Aber Sie verlieren gerade Ihr Buch von Ihrem Gepäckträger.«

Verwirrt drehte sie sich um. Sie hatte kein Buch auf dem Gepäckträger.

Sie blinzelte ein paarmal. *Was zum Teufel …*

Jemand hatte ein Buch auf ihrem Gepäckträger festgeklemmt. Grüner Umschlag, kein Bild. Inzwischen waren die Autos neben ihr losgefahren. Sie sah zur Bushaltestelle zurück.

Der Schatten war fort.

Das Buch hatte sie noch nie gesehen.

Fassungslos starrte sie auf den seltsamen Titel hinab: *Ich mache alles wieder gut.*

TRAUERNDE MENSCHEN SOLLTE man in Ruhe lassen. Das hatten Noah Johanssons Eltern ihrem Sohn nachdrücklich beigebracht, als sie ihn darauf vorbereitet hatten, das Beerdigungsinstitut zu übernehmen.

»Hier gibt es keine Leistungen und Gegenleistungen«, hatte Noahs Mutter erklärt. »Hier gibt es nur Leistungen – und mit denen müssen wir großzügig sein.«

Was sie damit hatte sagen wollen: Wenn ein Anstreicher sie aufsuchte, weil seine Frau gestorben war, dann hoben sie seine Telefonnummer nicht auf, weil sie vielleicht ein Jahr später die Küche neu streichen lassen wollten. Da rief man einen anderen Anstreicher zu Hilfe.

Noah hatte sich bisher gewissenhaft an diese Regel gehalten. Doch jetzt war er so weit, sie zu brechen. Es handelte sich um eine Notsituation, und wenn seine Eltern noch leben würden, hätten sie das bestimmt genauso gesehen. Schließlich ging es um ihren eigenen Sohn.

Wenn sie doch noch da wären. Dann wären sie mehrere gewesen, die gewusst hätten, dass Dan etwas zugestoßen sein musste. Die Brüder hatten nicht damit gerechnet, dass sie so früh – noch vor ihrem vierzigsten Geburtstag – ihre Eltern verlieren würden. Doch es war so gekommen. Die beiden waren auf Kreta bei einem Verkehrsunfall ums Leben gekommen. Der Grat zwischen Leben und Tod war so unendlich schmal.

Einer von Noahs Kunden war Polizist gewesen. Ein Mann um die fünfzig, dessen Frau an Krebs gestorben war. Noah schlug den Namen im Kundenregister nach. Alex, nein, Alexander Recht. Ja, da war er. Als Noah den Namen googelte, erzielte er diverse Treffer, sogar aus den letzten Monaten.

Alex Recht hatte sich in irgendeiner Gewerkschaftssache geäußert. Gut, damit bestand für Noah die Hoffnung, dass er noch immer bei der Polizei war.

Weniger sicher war er sich indes, ob die Kontaktdaten noch stimmten. Die Adresse war ihm egal, aber er wollte sichergehen, dass Alex Recht noch unter derselben Telefonnummer zu erreichen war. Inzwischen war Noah die Behandlung – oder besser: Nichtbehandlung – des Falles seines Bruders und dessen Familie so leid; es war einfach unbegreiflich, dass jemand fast zwei Monate lang verschwinden konnte, ohne dass die Polizei etwas unternahm.

Noah tippte Alex' Telefonnummer ins Handy. Tinas Besuch hatte alles verändert. Sie hatte ihm, wahrscheinlich ohne es selbst zu merken, Kraft verliehen. Allein schon dass er nicht mehr allein war, dass es noch andere gab, die begriffen hatten, dass mit dem Umzug nach Australien etwas nicht stimmte …

»Ich kann sie nicht erreichen«, hatte Tina erzählt. »Sie gehen nicht an ihre Handys und schicken komische Mails – von wegen dass ich aufhören soll, mich zu beklagen.«

Doch das allein war nicht der Grund gewesen, warum Tina misstrauisch geworden war. Genauso wie Malins Vater hatte auch sie zwei Tage vor der Abreise der Familie am Donnerstag mit Malin gesprochen.

»Ich hab tausend Sachen zu tun«, hatte Malin gesagt, »kann ich dich morgen zurückrufen? Da hab ich am Nachmittag ein bisschen mehr Zeit.«

Und dann hatte sie nicht mehr angerufen. Und Tina, die nicht hatte stören wollen, hatte sich nicht von sich aus gemeldet. Aber sie hatte ihrer Freundin eine SMS geschickt und ihnen allen eine gute Reise gewünscht. Auf die SMS hatte sie keine Antwort erhalten, ebenso wenig wie auf die Frage nach einer neuen Adresse, um ihnen schwedische Süßigkeiten schicken zu können, von denen sie wusste, dass die

Kinder sie liebten. Sie hatten zwar erwähnt, dass sie erst eine dauerhafte Unterkunft beziehen würden, sobald die Kinder mit der Schule angefangen und sie selbst ihre Jobs angetreten hätten, aber Tina – genau wie Noah – erinnerte sich noch daran, dass sie schon vor der Abreise gewusst hatten, wo sie später wohnen würden. Sie hatten es nur nicht mehr geschafft, ihren Angehörigen und der engsten Freundin die neue Adresse mitzuteilen.

Wenn ich nur etwas hartnäckiger gewesen wäre, dachte Noah. Wenn ich positiver gestimmt gewesen wäre und ihre Freude angesichts der bevorstehenden Abreise geteilt hätte …

Tina war nicht lange geblieben, aber sie würden sich schon bald wieder treffen. Bis dahin, hatte Noah geschworen, werde er versuchen, Alex Recht zu erreichen. Vielleicht würde ein neuer Kontakt bei der Polizei ja etwas bewirken.

Es klingelte geraume Zeit, ehe er ranging.

»Recht hier. Wen kann ich zurückrufen?«

»Hallo«, sagte Noah eilig, »hier Noah Johansson. Ich bin Bestatter, ich … Störe ich?«

Alex hielt erstaunt inne.

Als er das Wort wieder ergriff, hatte sich seine Stimme verändert.

»Ach«, sagte er zögernd. »Ich erinnere mich noch an Sie. Sehr gut sogar. Meine Kinder und ich fanden, dass Sie uns auf sehr … ja, auf eine sehr angenehme Weise geholfen haben.«

Noah errötete. Weil er sich einerseits dafür schämte, dass Alex' Worte ihn so glücklich machten. Ein solches Urteil bedeutete ihm ungeheuer viel. Andererseits weil Alex' Reaktion seine Hoffnung nährte, endlich jemanden gefunden zu haben, der sich anhören würde, was er zu sagen hatte, und ihm möglicherweise sogar helfen könnte.

Alex sprach kurz mit jemand anderem. Noah presste den

Hörer ans Ohr und wünschte sich, er wäre direkt aufs Revier gefahren, um Alex persönlich zu treffen, statt einfach nur anzurufen.

»Hören Sie«, sagte Alex, »ich habe gerade nicht allzu viel Zeit. Kann ich Sie später zurückrufen? Oder morgen?«

Unwillkürlich dachte Noah an all die Tage, die inzwischen vergangen waren, seit sein Bruder verschwunden war. Und jetzt wollte Alex noch mehr Zeit verschwenden.

Trotzdem antwortete er: »Natürlich.«

Er bemühte sich, nicht allzu enttäuscht zu klingen, was ihm jedoch nicht zu gelingen schien.

»Ist etwas passiert?«, fragte Alex.

Noah zögerte. Wie sollte er ihm in aller Kürze erklären, dass ihm der Grund für seinen Anruf seit Wochen unter den Nägeln brannte?

»Mein Bruder ist verschwunden«, sagte er schließlich.

»Wie bitte?«, fragte Alex.

»Mein Bruder Dan ist verschwunden«, wiederholte Noah. »Seine ganze Familie ist weg. Angeblich sind sie in Australien, aber das stimmt nicht.«

Obwohl er die Geschichte genauso wiedergab, wie sie sich für einen Außenstehenden darstellte, begann er insgeheim zu zweifeln. Es hörte sich grässlich unwahrscheinlich an, was er da erzählte, das wusste er selbst.

»Klingt schrecklich«, murmelte Alex, dessen Stimme von warmherzig in zögerlich umschlug. »Es wäre sicher am besten, wenn Sie eine Vermisstenanzeige aufgeben würden – also die Zentrale anrufen und ausdrücklich darauf bestehen. Dann sehen die Kollegen sich das näher an und versuchen zu ermitteln …«

»Nein«, entgegnete Noah, »nein, das versuchen sie nicht. Sie ermitteln nicht. Das haben sie abgehakt. Deshalb habe ich Sie angerufen.«

Er hörte, wie Alex wieder mit jemand anderem sprach.

»Ich melde mich später«, sagte er schließlich zu Noah. »Wäre das in Ordnung?«

»Okay«, antwortete Noah.

Er legte das Handy auf den Schreibtisch und sank in den Bürostuhl zurück. Und dann saß er einfach nur noch da und wartete. Und wartete.

ES WAR SCHON etwas Besonderes, mit ausländischen Kollegen zusammenzukommen, das konnte man nicht anders sagen. Sie kamen nur selten in Kontakt, und das machte sich Alex Recht noch mal klar, als Fredrika und er sich zusammen mit der Ermittlerin aus Großbritannien in einem der kleineren Besprechungszimmer niederließen. Der Raum war mit Sofas möbliert, nicht mit Tisch und Stühlen. Alex hatte Ivans enttäuschten Blick aufgefangen, als der nicht zur Besprechung dazugebeten worden war. Immerhin war es doch Ivan gewesen, der die Britin ausfindig gemacht und das Treffen ermöglicht hatte. Aber es ging nicht anders, dachte Alex. Die Erfordernisse bei dieser Ermittlung, nicht die Bedürfnisse eines einzelnen Mitarbeiters mussten oberste Priorität haben, und für diese Ermittlung war es nun mal am besten, wenn Ivan weiter Malcolm Benkes Netzwerk nach möglicherweise gegen ihn ausgesprochene Bedrohungen durchforstete.

Fredrika versuchte, Alex' Blick aufzufangen, als sie sich in die Sofas sinken ließen.

»Alles okay?«, fragte sie leise auf Schwedisch.

Alex nickte kurz. Alles bestens. Obwohl er soeben erst mit dem Mann gesprochen hatte, der Lenas Beerdigung organisiert hatte – und obwohl ihm jemand in seinem privaten Briefkasten einen anonymen Brief hinterlassen hatte. Alles bestens. Doch das bedeutete nicht, dass ihn die beiden Ereignisse nicht umtrieben. Sein Blutdruck stieg, und seine Hände wurden kalt.

»Wer hat denn da angerufen?«, fragte Fredrika im selben leisen Tonfall und lächelte die Engländerin gleichzeitig entschuldigend an.

Die Britin erwiderte höflich das Lächeln.

»Wir reden später darüber«, erwiderte Alex. Oder gar nicht. Das hing ganz davon ab, was Noah Johansson von ihm wollte.

Der Anruf des Bestatters war in jeder Hinsicht überraschend gekommen. Alex hätte nichts Schlechtes über ihn sagen können, aber es erschloss sich ihm einfach nicht, warum dieser Mann ausgerechnet ihn angerufen und von seinem verschwundenen Bruder erzählt hatte. Das Gespräch hatte Alex beunruhigt. Hier lief irgendetwas aus dem Ruder, und er war sich nicht sicher, ob er sich dort hineinziehen lassen wollte.

Deshalb richtete er nun seine Aufmerksamkeit auf ihre Besucherin. Sie hieß Linda Sullivan und schien ein paar Jahre älter als Fredrika zu sein. Ihre Jeans war auf diese moderne Art zerrissen, die Alex geradezu abstoßend fand, und sie roch nach Zigarettenrauch.

»Nochmals vielen Dank, dass Sie sich die Zeit genommen haben und hergekommen sind«, sagte Alex.

»Selbstverständlich«, erwiderte Linda. »Ich war ja ohnehin in der Stadt.«

»Sie waren damals an der Ermittlung im Fall Beata Benke beteiligt«, hob Fredrika an.

»Ja. Das ist ja nun schon eine Weile her, aber ich hoffe, ich kann Ihnen trotzdem behilflich sein.«

»Das können Sie ganz sicher«, bemerkte Alex. »Die Informationen, die wir über Beatas Tod bekommen haben, stammen samt und sonders von ihrer Mutter. Wir hoffen, Sie können uns ein paar mehr Details schildern und womöglich bestätigen, was wir schon gehört haben.«

Das Gespräch war bald in vollem Gange. Linda Sullivans Version deckte sich in weiten Teilen mit allem, was sie von Karin Benke erfahren hatten. Durch Befragungen von Beatas Freunden, Kollegen und Familienangehörigen hatte die

Londoner Polizei sich ein recht gutes Bild davon machen können, wie Beatas Leben ausgesehen hatte. Ursprünglich hatte für sie und den Mann, der dann ihr Ehemann werden sollte, alles sehr vielversprechend ausgesehen: Er hatte sie umworben wie kein anderer, war der beste aller Freunde gewesen. Die Veränderung hatte erst im Lauf ihres ersten Jahres als verheiratetes Paar begonnen. Die Freunde hatten berichtet, wie Beata angefangen hatte, sich anders zu verhalten, wie sie Menschen, die ihr nahestanden, vor den Kopf gestoßen hatte. Es war ihr allerdings nicht sonderlich gut gelungen, denn ihre Freunde hatten sie alle viel zu gern gemocht, um sich von ihr vor den Kopf stoßen zu lassen.

»Irgendwann haben ein paar ihrer Freundinnen sie direkt darauf angesprochen«, berichtete Linda. »Nach langen Überredungsversuchen ist es ihnen gelungen, aus ihr herauszukitzeln, wie es ihr wirklich ging – und dass der Ehemann jeden Schritt kontrollierte, den sie im Alltag tat. Dass er sie schlug, immer wieder bedrohte und dass es ihrem Gefühl nach immer schlimmer wurde. Trotzdem war es, als würde sie sich diesem Mann nicht entziehen wollen und können, sosehr sie es auch versuchte. Irgendwann war dann auch ihre Familie involviert. Eine ihrer Freundinnen hatte sie davon in Kenntnis gesetzt, was Beata ihr über ihre Ehe anvertraut hatte. Sie können sich wahrscheinlich denken, wie man dort reagiert hat.«

Da.

Das Detail, auf das Alex unbewusst gewartet hatte.

»Nein«, sagte er. »Erzählen Sie es uns. Wie hat die Familie reagiert?«

Linda Sullivan machte eine dramatische Geste. »Mit Bestürzung. Mit Wut. Ihre Eltern waren ja ziemlich vermögend – und sie ließen alles stehen und liegen und reisten Hals über Kopf nach London und taten alles, um Beata zu helfen. Aber Sie wissen ja selbst, wie das ist. Manche Dinge kann man einfach nicht lösen.«

Nein, das stimmt, dachte Alex. Die Frage ist also, was man stattdessen tut.

Mit einem Mal war er Ivan dafür dankbar, dass er das Treffen mit Linda arrangiert hatte.

»Sie sagen, dass sie alles getan haben«, sagte Fredrika. »Was genau heißt das?«

»Sie haben versucht, mit ihrem Mann zu reden, ihn zur Vernunft zu bringen, ihn dazu zu bringen, die Tochter in Ruhe zu lassen. Trotzdem ließ er sie nicht aus seinem Klammergriff, und das frustrierte die Eltern. Sie müssen wissen: Offenbar konnte er gleichzeitig sehr freundlich und fürsorglich sein. Beata hatte ihm immer wieder verziehen – die ganze Zeit allerdings zu dem Preis, dass sie selbst irgendwie immer weniger wurde … Es war für die Menschen in ihrer Umgebung ungeheuer schwer, zusehen zu müssen, wie sie sich verhielt. Sie suchte verzweifelt nach Hilfe und zog sich trotzdem von allen Außenstehenden zurück, sobald sich ihr auch nur jemand näherte.«

»Haben sich die Eltern zu irgendeinem Zeitpunkt an die Polizei gewandt?«, erkundigte sich Fredrika.

»Ja«, sagte Linda. »Einige Monate bevor die Tochter ermordet wurde, nahmen Beatas Eltern Kontakt zur Londoner Polizei auf und baten um Rat und Hilfe. Beata weigerte sich, mit ihnen zusammenzuarbeiten, und wies weit von sich, die Unterstützung der Polizei zu brauchen. Ich würde annehmen, es war die pure Angst. Ausgerechnet die Polizei machte ihr mehr Angst als alles andere. Und dann kam der Notruf – sie sei tot in ihrer Wohnung gefunden worden. Da wurde dann eine Mordermittlung daraus.«

Wie so oft, hätte man hinzufügen können, doch keiner der drei tat es.

»Wer hat sie gefunden?«, fragte Alex.

Ihm dämmerte, wie weit er im Sofa nach unten gerutscht war, und er richtete sich wieder gerade auf. Das Möbel war nicht nur unbequem, sondern auch noch unverzeihlich hässlich. Wo hatten sie das bloß aufgegabelt? Bestimmt hatte die geizige Berlin es gekauft.

»Ihr Mann. Panisch hat er sowohl die Polizei als auch den Notarzt alarmiert.«

Alex unterdrückte einen Seufzer. »Und weshalb war es so schwer, ihn wegen Mordes zu verurteilen?«

»Er hatte ein Alibi«, antwortete Linda ungerührt. »Wir haben geschuftet wie die Tiere, aber es war tatsächlich wasserdicht. Wir konnten ihm einfach nicht nachweisen, dass er zu Hause gewesen war, als Beata starb, und damit hatten wir keinen Fall … Zudem ist die Mordwaffe nie gefunden worden.«

»Gab es denn irgendwelche anderen Verdächtigen?«, fragte Fredrika.

»Nein«, erwiderte Linda. »Wir haben wirklich nicht geschlampt, wir waren offen für sämtliche Möglichkeiten – auch dass jemand anders als der Ehemann der Schuldige sein könnte. Es hätte ja auch ein Raubmord oder dergleichen sein können. Aber wenn nicht ein einziges Indiz in diese Richtung weist, kann man auch keine Spuren verfolgen.«

Noch ein Detail. Nicht ein einziges Indiz, das darauf hingedeutet hätte, dass Beata im Zusammenhang mit einem Raubmord getötet worden war. *Nicht ein einziges.*

»Erzählen Sie weiter«, bat Alex und spürte selbst, wie ihm die Brust eng wurde, wie so oft, wenn er angespannt war. »Erzählen Sie uns, was Sie persönlich glauben, wenn Sie sagen, es habe keine Indizien gegeben.«

»Es gab keinen einzigen Hinweis darauf, dass der Täter sich gewaltsam Zutritt zur Wohnung verschafft hätte«, führte Linda aus. »Es hätte natürlich sein können, dass sie vergessen hatte, die Wohnung abzuschließen, aber all ihre Freunde konnten bezeugen, dass die Haustür immer verschlossen war. Blieben letztlich nur zwei Alternativen: Entweder hatte sie den Mörder selbst hereingelassen, oder die fragliche Person besaß einen Schlüssel.«

»Und Sie kamen zu dem Schluss, dass Letzteres am wahrscheinlichsten gewesen sein muss?«, fragte Fredrika.

»Ja«, antwortete Linda. »Aus der Art, wie sie starb, mussten wir schließen, dass sie von ihrem Mörder überrascht worden war und ihn nicht hatte kommen sehen.«

Alex runzelte die Stirn. »Aus der Art, wie sie starb?«

»Sie wurde aus nächster Nähe erschossen. Der Schuss traf sie direkt in die Brust. Sie muss auf der Stelle tot gewesen sein.«

Alex und Fredrika sahen einander erstaunt an. Alex spürte, wie Unruhe sich in ihm breitmachte. Beata war auf die gleiche Art und Weise ermordet worden wie ihr Vater. Durch einen Schuss in die Brust. Er hatte es die ganze Zeit gewusst: Hinter dem Mord an Malcolm Benke steckte noch eine größere Geschichte. Vielleicht so groß, dass sogar der Briefeschreiber dazugehörte, der Alex diese kryptische Mitteilung geschickt hatte.

Ich tue, was du nicht schaffst.

Fredrika schlug die Beine übereinander.

»Wissen Sie, ob Beata, als sie gefunden wurde, ihren Ehering trug?«, fragte sie.

Linda schüttelte den Kopf. »Daran kann ich mich nicht erinnern. Aber das kann ich nachschlagen.«

Sie schwiegen eine Weile. Alex erwog bereits, das Treffen abzubrechen, weil sie hier und heute nicht mehr weiterkommen würden, als Fredrika doch wieder das Wort ergriff: »Wo in ihrer Wohnung befand sie sich, als sie starb?«

»Im Wohnzimmer«, antwortete Linda. »Sie saß in einem Lesesessel vor dem Kamin.«

DER ARBEITSTAG NEIGTE sich dem Ende zu. Fredrika Bergman musste tief in ihrem Gedächtnis graben, um sich zu erinnern, wann sie sich zuletzt derartig machtlos gefühlt hatte. Sie hatte nicht voraussehen können, welche Wendung die Ermittlung nahm, wie überrascht sie sein würde. Und natürlich hatte sie auch nicht voraussehen können, dass Alex plötzlich anonyme Nachrichten zugespielt bekommen würde. Ihr Magen krampfte sich zusammen. Es war einfach alles aus dem Gleichgewicht geraten – bei der Arbeit wie zu Hause.

Und ich dachte, ich würde es schaffen.

Sie hätte nicht auf Spencers Vorschlag eingehen sollen, dass sie so weiterarbeiten würden wie immer und nicht den ganzen Sommer »dasitzen und sich anstarren« sollten. Was hatten sie sich dabei gedacht? Es würde der letzte Sommer in Spencers Leben sein – verdammt noch mal, natürlich würden sie dasitzen und sich anstarren!

Ich sollte nach Hause fahren. Sofort. Und starren, bis mir die Augen rausfallen.

Fredrika betrachtete ein Foto, das von Malcolm Benke gemacht worden war, nachdem man ihn tot aufgefunden hatte. War es Betrug, wenn sie es sich anders überlegte? Ließ sie Malcolm und die Wahrheit über seinen Tod im Stich, indem sie jetzt das Büro verließ, um auf den Tod von jemand anderem zu warten? Wohl kaum. Alex käme ohne sie klar.

Ich rede heute Abend mit Spencer darüber. Und dann informiere ich Alex.

Doch noch bevor sie nach Hause ginge, würde sie Mikael Lundell in Israel anrufen. Alex hatte ihr das Telefonat überlassen; nach dem Anruf, den er vor ihrem Treffen mit Linda

Sullivan entgegengenommen hatte, war er ganz offensichtlich im Kopf woanders.

Fredrika musste mehrmals tief Luft holen, ehe sie sich dazu imstande fühlte, den Hörer abzunehmen und die Nummer zu wählen. Fredrika und Eden hatten sich seit dem Schrecken, der über sie hereingebrochen war, weder gesehen noch gesprochen. Und es hätte auch keinen Grund dafür gegeben.

Fredrika war nervös. Was sollte sie sagen, wenn einer der beiden ranging? Erwartete er oder sie, dass sie ihnen ihr Beileid ausspräche? Nach bald vier Jahren?

Es ging jemand ran.

»Eden?«

Fredrika bekam kein Wort heraus. Edens Stimme weckte unzählige widerstreitende Gefühle in ihr. Eden, die in dem Haus, in dem sie gewohnt hatte, die Treppe hinaufgerannt, in ihre Wohnung gestürzt war und ihre Kinder von Schüssen durchsiebt vorgefunden hatte.

»Hallo?«

Fredrika räusperte sich. »Entschuldigung. Ich bin's … Fredrika Bergman. Ich weiß nicht, ob Sie sich an mich noch erinnern.«

»Doch, ich erinnere mich noch an Sie.«

Edens Stimme klang wie immer. Dunkel und heiser.

»Ich rufe in Alex Rechts Auftrag an. Er … Es ist ihm etwas dazwischengekommen.«

Der Tod. Was sonst?

»Okay …«

»Wir müssten bitte mit Mikael reden. Ginge das? Oder soll ich später noch mal anrufen?«

Edens Stimme klang streng, als sie antwortete: »Wir haben vereinbart, dass Sie um fünf Uhr schwedischer Zeit anrufen, und jetzt ist es fünf Uhr. Ich sehe also gar kein Problem.«

Fredrika war von Edens brüsker Antwort so überrumpelt, dass sie verstummte.

»Einen Moment, ich hole ihn.«

Dann war sie weg. Ohne dass irgendwelche Höflichkeitsfloskeln ausgetauscht worden wären. Ohne dass Fredrika auch nur die Chance gehabt hätte zu fragen, wie es ihnen ging. Ihr dämmerte, dass Eden das nicht tat, weil sie unhöflich sein wollte, sondern einfach nur, um eine derartige Frage gar nicht erst beantworten zu müssen.

Schon als Kind hatte Fredrika festgestellt, dass erschreckend viele Paare sich aus zwei Menschen zusammensetzten, die sich in Stil und Ausdruck nicht im Geringsten ähnelten. Gegensätze zögen sich an, hieß es; aber in Edens und Mikaels Fall lagen diese himmelweit auseinander.

Auf Edens Härte folgte Mikaels Ruhe.

»Sie haben mich an einem Sonntag angerufen«, sagte er, als Fredrika ihn bat zu erzählen, wie es zu seiner Bekanntschaft mit Malcolm Benke gekommen war. »Oder … nicht *sie*. Sondern er, Malcolm. Er rief mich also an einem Sonntag an und meinte, er und seine Familie brauchten meine Hilfe. Er hatte erfahren, dass seine Tochter mich zuvor schon ein paarmal um Unterstützung gebeten hatte.«

Mikael Lundells Dialekt war schwer einzuordnen; man merkte, dass er oft umgezogen und der Klang seiner Stimme sowohl in Schweden als auch in der restlichen Welt ausgebildet worden war. Fredrika entspannte sich, als sie ihn sprechen hörte. Er spielte keine Spielchen, behauptete nicht, dass er Benke nicht gekannt habe oder etwas vergleichbar Dummes.

»Warum brauchte Beata Ihre Unterstützung?«, fragte sie.

»Weil sie Probleme mit ihrem Mann hatte.«

Durfte er das hier erzählen? Diese Frage tauchte wie aus dem Nichts auf. Mikael Lundell war Pfarrer, und in dieser Rolle war er Beata zu Hilfe geeilt. Galt da nicht seine Schweigepflicht?

Fredrika entschied, das Dilemma zu umschiffen. Solange Mikael keinen Einspruch erhob, würde sie weitermachen. Lieber um Verzeihung bitten denn um Erlaubnis.

Als könnte er ihre Gedanken lesen, fuhr Mikael fort: »Nachdem sie ermordet worden war, hat die Polizei von sich aus keinen Kontakt zu mir aufgenommen. Allerdings bin ich auch selbst nicht hingegangen. Ich hab in den Zeitungen gelesen, was passiert war, und hielt mich fürs Erste einfach nur auf dem Laufenden.«

Sie hörte, wie er verstummte, als würden ihm die Worte ausgehen, und dass er nicht recht wusste, wie er weitersprechen solle.

»Sie bereuen es«, sagte Fredrika. »Obwohl ich nicht sehen kann, was Sie falsch gemacht haben sollten.«

Sie hörte Mikael schwer atmen. »Weil Sie nicht wissen, was ich damals wusste.«

Nun verstummte Fredrika.

»Wie gesagt, Malcolm hatte erfahren, dass seine Tochter sich zuvor an mich gewandt hatte. Also nahm auch er eines Tages Kontakt zu mir auf. Es war ein Sonntag, gleich nach dem Gottesdienst. Er rief an und wollte sich mit mir treffen. Schon am selben Nachmittag kam er vorbei. Ich …«

Im Hintergrund rief ein Kind, und das Gespräch wurde unterbrochen, als Mikael den Hörer beiseitelegte und für einen Moment verschwunden war.

»Tut mir leid«, sagte er, als er den Hörer wieder aufnahm, »aber meine jüngste Tochter brauchte gerade Hilfe.«

Fredrikas Blick verschwamm.

»Gratuliere«, sagte sie.

»Wie bitte?«

»Ich wusste gar nicht, dass Sie ein weiteres Kind bekommen haben.«

Mikael lachte kurz. »Ist schon ein paar Jährchen her. Aber vielen Dank.«

Fredrika lächelte, wurde dann aber wieder ernst.

»Sie haben also Malcolm Benke getroffen«, sagte sie.

»Genau. Ihn und seinen Sohn.«

»Seinen Sohn?«

»Bernhard. Er war ein paar Jahre jünger als Beata. Ein verdammt aufbrausender Junge, wenn Sie den Kraftausdruck entschuldigen wollen. Und offenkundig unzufrieden mit seinen Eltern.«

»Inwiefern unzufrieden?«

»Er warf beiden – vor allem seinem Vater – vor, zu wenig für Beata zu tun. Er fürchtete um das Leben seiner Schwester, und da lag er in seiner Einschätzung ja ganz richtig.«

»Und was um Himmels willen glaubte er, hätten seine Eltern tun können?«

Mikael verstummte wieder. Diesmal konnte Fredrika sein Zögern deutlich erahnen.

»Ich glaube, er wollte, dass sie buchstäblich alles für die Schwester täten … alles Erdenkliche.«

»Verstehe«, sagte Fredrika leise.

»Es ist natürlich möglich, dass ich mich getäuscht habe«, meinte Mikael, »aber ich glaube es ehrlich gesagt nicht. Bernhard war außer sich vor Wut über die Unbeweglichkeit der Eltern.«

»Warum hat er dann nicht selbst gehandelt?«

»Gute Frage. Vielleicht fand er, die Eltern hätten weniger zu verlieren als er selbst, wenn sie sozusagen die Grenze überschreiten und zu illegalen Hilfsmitteln greifen würden, um die Schwester zu befreien.«

»Und all das kam bei Ihrem Treffen zur Sprache?«

»Ganz genau. Erst als ihre Diskussion zu einem regelrechten Streit ausgeartet war, dämmerte mir, warum Malcolm mich kontaktiert hatte. Er wollte, dass ich zwischen ihm und dem Sohn vermittele – auch wenn das eine kaum lösbare Aufgabe war. Ich wollte ihnen zu nichts raten, aber ermahnt habe ich sie, dass sie nichts Dummes tun sollten, was sie später bereuen würden.«

Fredrika machte Notizen. Ihr war bereits jetzt klar, dass das Gespräch mit Bernhard eine andere Richtung einschlagen würde, als sie anfänglich gedacht hatten.

Hatten Sie vor, Ihren Schwager zu ermorden, Bernhard?

Und haben Sie Ihren Vater umgebracht, weil es ihm nicht gelungen war, Ihre Schwester zu retten?

»Wie ist es ausgegangen?«, fragte Fredrika.

»Sie gingen ihrer Wege, ohne dass ich es geschafft hätte, sie wieder an einen Tisch zu bringen«, sagte Mikael und klang resigniert. »Dann hab ich erst wieder von ihnen gehört, als Malcolm mit seinen Freunden auftauchte.«

Fredrika erstarrte. »Mit welchen Freunden?«

Sie nahm die Kopie des Fotos, das sie aus Malcolms Haus mitgenommen hatten und das zu einem Zeitpunkt in Beatas Zuhause aufgenommen worden war, an den sich niemand mehr erinnern wollte.

»Zwei Jugendfreunde namens Eskil und Sten.«

Bingo.

Sie ließ Mikael fortfahren.

»Sie kamen regelrecht zum Kampf gerüstet nach London, wollten sich gemeinsam Beatas Mann vorknöpfen, wie sie sagten, und ihm eine Scheißangst einjagen. Gleichzeitig planten sie, ihm eine größere Summe zu zahlen, wenn er aus Beatas Leben verschwände. Mich wollten sie als Zeugen dabeihaben – damit er nicht eines Tages wiederkommen und behaupten könnte, sie hätten ihn verletzt.«

»Schon das mit der ›Scheißangst‹ klingt eigentlich so, als wäre da eine Grenze überschritten worden«, meinte Fredrika.

Sie betrachtete das Foto. Sah, wie unwohl sich Mikael fühlte, der nicht einmal in die Kamera hatte sehen wollen.

»Ich konnte mich noch an das vorangegangene Treffen

mit Malcolm erinnern«, fuhr Mikael fort. »Ich befürchtete, es könnte seinem Sohn gelungen sein, ihn mit seiner Wut anzustecken und ihn dazu zu überreden, etwas Dummes zu tun. Und dann waren da noch seine Freunde – sehr emotional, alle beide. Nicht im Geringsten stabil.«

»Sie sind also mit zu Beatas Wohnung gegangen, um dabei zu sein, als man sich den Ehemann vornehmen wollte. Und um dafür zu sorgen, dass das Zusammentreffen nicht in einer Katastrophe endete …«

»Das war die Ursprungsidee, ja. Dann verlief das Zusammentreffen weniger dramatisch, als ich befürchtet hatte. Beatas Mann brach schier zusammen, während diese harten Vorwürfe auf ihn einprasselten. Nach einer Weile gelang es ihm, sich zusammenzureißen und die Diskussion auf ein konstruktiveres Niveau zu bringen. Ich wüsste nicht, dass sich dabei jemand kriminell verhalten hätte.«

»Es wurden keine Drohungen ausgesprochen?«, hakte Fredrika nach.

»Nicht soweit ich mich erinnere«, erwiderte Mikael. Und dann: »Oder sagen wir so: Es wurden keine direkten Drohungen ausgesprochen. Auf jeden Fall keine Todesdrohungen.«

Fredrika bat ihn, genauer darauf einzugehen, zu welchen anderen Formen von Drohungen es gekommen war.

»Wurden bei dem Treffen zu Hause bei Beata irgendwelche Fotos gemacht?«, fragte sie.

»Ja«, sagte Mikael. »Und das hab ich echt nicht begriffen. Malcolm bat Beatas Mann, kurz bevor wir wieder gehen wollten, uns alle zu fotografieren.«

Fredrika traute ihren Ohren nicht. »Er hat seinen Schwiegersohn gebeten, ein Foto zu machen?« Sie hatte die ganze Zeit gedacht, das Foto hätte Beata geschossen.

»Ja.«

»Dann war Beata gar nicht zu Hause?«

»Nein. Teufel noch mal, nein.«

Der Pfarrer gab den Ketzer. Fredrika gefiel das.

»Sten Aber hat behauptet, er würde das Foto nicht kennen«, sagte sie. »Er hat sogar so getan, als würde er Sie nicht kennen. Fällt Ihnen irgendein Grund ein, warum er sich so verhalten sollte?«

Es war ein Schuss ins Blaue. Mikael Lundell war schließlich nicht für Sten Abers Schweigen verantwortlich.

»Ich könnte mir vorstellen, dass Sten die ganze Sache im Nachhinein ziemlichen Stress verursacht hat«, sagte Mikael. »Er war nicht die treibende Kraft in der Gruppe, und vielleicht hatte er hinterher sogar das Gefühl, Beatas Tod mitverschuldet zu haben.«

Dann hatte Sten Aber gelogen, um sich selbst zu schützen, dachte Fredrika. Nicht ungewöhnlich, wenn auch nicht sonderlich integer.

»Was war Ihre Einschätzung, als sie wegfuhren?«, fragte sie. »Hatten Sie das Gefühl, dass sich hinsichtlich Beatas Lage etwas verändert haben könnte?«

»Ich schäme mich dafür, aber auf die Frage muss ich mit Ja antworten«, gestand Mikael. »Genau so war es.«

»Sie gingen davon aus, alles würde gut werden?«

»Ich meinte, es würde besser werden. Aber das wurde es nicht. Die Quittung bekam ich fast postwendend.«

Fredrika betrachtete wieder das Bild. »Wann fand dieses Treffen statt?«

Mikaels Stimme wurde dünn. »Zwei Tage vor ihrem Tod.«

ALEX RECHT SASS mit dem Telefon in der Hand da und zögerte. Ihm war klar, dass er Noah Johansson zurückrufen sollte, zudem war er neugierig zu erfahren, was er von ihm wollte. Doch zunächst musste er die Sturzflut an Erinnerungen eindämmen, die über ihn hinwegschwemmte. Dieser verdammte Bestatter – war ihm eigentlich klar, welche Wunden er mit seinem Anruf aufgerissen hatte?

Lena sterben zu sehen war seine schwerste Prüfung gewesen. Nichts hatte ihn je so mitgenommen, so niedergedrückt. Einen solchen Verlust zu durchleben bedeutete, in einen Abgrund zu blicken, den kein normaler Mensch auch nur aus der Nähe sehen wollte. Wie wütend er damals gewesen war und wie wütend er heute noch darüber werden konnte.

»Warum hat mir das keiner gesagt?«, hatte er eines Abends zu seinem Sohn gesagt, als es besonders schlimm gewesen war. »Warum zum Teufel hat mir das keiner gesagt?«

Seine Stimme war vom Weinen erstickt und die Brust randvoll mit Angst gewesen. Sein Sohn hatte gefragt: »Was denn, Papa? Was hätten wir dir sagen sollen?«

Und Alex hatte geflüstert: »Warum hat mir keiner gesagt, dass so etwas wirklich passieren kann?«

Denn so fühlte es sich an: Als hätte man ihm die Wahrheit vorenthalten, dass Menschen mitunter starben, noch lange bevor sie die achtzig erreicht hatten, von denen doch alle dachten, dass sie ihnen versprochen wären. Und dass es auch für ihn selbst keine Ausnahme von dieser Regel gab.

Es war unnatürlich zu sterben, ehe man alt geworden war. Einen anderen Schluss hatte er nicht ziehen können. Zumindest war es unnatürlich, wenn es jemanden in Alex' Nähe traf. Der Schrecken suchte sonst andere heim – und auch nur, während er im Dienst war. Derlei Dinge passierten nicht ihm, schon gar nicht im Privatleben.

Er konnte sich nicht mehr daran erinnern, was sein Sohn geantwortet hatte. Wahrscheinlich plattes, peinliches Geschwafel – und davon hatte er nach Lenas Tod weiß Gott genug ertragen müssen. Sogar Berlin, damals noch Personalchefin, hatte geschwafelt und dann auch noch hinter seinem Rücken Fredrika gebeten, ein Auge auf ihn zu haben. Unverzeihlich.

Mit Berlin und mir passt es einfach nicht, dachte Alex. Und das kriegen wir auch nicht wieder hin.

Dann nahm er sich zusammen und rief Noah Johansson an.

»Hallo, hier Noah.«

»Hier ist Alex Recht. Entschuldigen Sie, dass es so lange gedauert hat.«

Es war schon nach sechs Uhr, die Stunden waren wie im Flug vergangen.

Noah antwortete eifrig – vielleicht ein wenig zu eifrig – und hörbar erleichtert: »Macht nichts, macht gar nichts. Hauptsache, Sie melden sich überhaupt. Ich kann Ihnen gar nicht sagen, wie dankbar … Ich hatte solche Angst, dass … Ich wusste nicht, ob …«

Die vielen unvollendeten Sätze weckten Alex' Skepsis. Was wollte er von ihm? Er hatte seinen Bruder erwähnt, der verschwunden war.

Alex hustete. Die Luft im Haus war so verdammt trocken.

»Bitte erklären Sie mir noch mal konkret, wobei Sie meine Hilfe benötigen.«

Er hatte nicht barsch klingen wollen, sondern Noah lediglich dazu ermahnen, sich zu konzentrieren.

Was der auch tat.

»Natürlich. Klar. Ich weiß gar nicht, wo ich anfangen soll.

Seither sind schon mehrere Monate vergangen. Aber wie gesagt geht es um meinen Bruder … Er ist verschwunden.«

Alex schüttelte bedächtig den Kopf. »Das tut mir sehr leid. aber wie ich Ihnen auch schon gesagt habe, sollten Sie Anzeige erstatten, sodass sich jemand mit der gebotenen Zeit der Sache annehmen kann.«

Noah protestierte, sowie Alex verstummt war. »Das hab ich schon getan – noch am selben Tag, als mir klar wurde, dass da irgendwas nicht stimmt.«

Dann erklärte er noch einmal – diesmal ausführlicher –, was seiner Meinung nach passiert war.

»Es war ein paar Wochen, nachdem ich selbst von einer längeren Auslandsreise nach Hause gekommen war – die erste seit mehreren Jahren. Es ist nicht ganz leicht für mich, Urlaub zu nehmen. Aber egal. Das soll auch nur quasi der Hintergrund sein. Also, dass ich erst mal eine Weile weg gewesen war. Als ich wieder nach Hause kam, bin ich zum Haus meines Bruders gefahren, der da angeblich bereits in Australien war. Ich hab sofort das Gefühl gehabt, dass da was faul war. Auf eine gewisse Art herrschte Unordnung … einfach überall. Unordnung, wie wenn man noch zu Hause wäre … das Fahrrad in der Auffahrt, eins der Fenster gekippt … So lässt man sein Haus nicht zurück, wenn man vorhat, ein Jahr wegzubleiben.«

Er klang gestresst. Und Alex steckte inmitten eines anderen Falls, ehrlich gesagt hatte er keine Zeit, darüber nachzudenken, was Noahs Bruder zugestoßen sein könnte. Wie aus weiter Ferne hörte er Noah weiter von den vielen Unverschämtheiten reden, von einem Polizisten, der nicht mal habe ausrechnen können, wie spät es in Sydney gewesen sei … Noah erzählte auch von verschlüsselten Botschaften seines Bruders: in Form eines Hausschlüssels, eines Fluchs.

»Beruhigen Sie sich«, sagte Alex schließlich. »Sie sagen, Ihr Bruder sei verschwunden. Das Haus sei nicht ordentlich gewesen. Sie hätten einen längeren Auslandsaufenthalt geplant, aber Sie glauben nicht, dass der auch nur angetreten wurde. Was waren denn die Pläne für das Haus? Sollte es unterdessen leer stehen?«

Noahs Stimme brach.

»Ja, so wie ich es verstanden habe, sollte das so sein«, sagte er. »Erst haben sie überlegt, es unterzuvermieten, aber Malin, meine Schwägerin, wollte das nicht.«

»Dann haben sie das Haus vielleicht unordentlich hinterlassen, um den Anschein zu erwecken, dass sie nicht allzu lange weg sein würden«, schlug Alex vor. »Um Diebe fernzuhalten?«

»Nein«, sagte Noah entschieden. »So würden andere vielleicht denken. Aber das hier ist etwas anderes.«

»Die Polizei behauptet also, die Familie sei freiwillig abgetaucht?«, hakte Alex leise nach.

Er hätte diesen Anruf besser nicht getätigt, so viel war klar.

»Exakt«, sagte Noah. »Und das ist falsch. Das ist grundverkehrt, zum Teufel. Entschuldigen Sie, dass ich fluche, aber ich kann einfach nicht verstehen, wie die so etwas tun können. Bald ist der Sommer vorbei, und für mich ist einfach nur klar, dass es sich hier um ein Dienstversäumnis der übelsten Sorte handelt. Was, wenn Dan und seine Familie tot sind? Was, wenn es sie gar nicht mehr gibt?«

Er begann zu weinen, und Alex hätte am allerliebsten aufgelegt. Am allerliebsten – und doch wieder nicht. Denn er hatte Noah als einen sachlichen, kompetenten Mann in Erinnerung. Einen Mann mit Überblick – über sich selbst und das Leben im Allgemeinen. Seither war etwas Umwälzendes vorgefallen, daran gab es keinen Zweifel. Nur was? Und wieso sollte es ausgerechnet Alex' Aufgabe sein, das herauszufinden?

Das hier ist nicht meine Baustelle. Nicht meine Baustelle.

»Die Polizisten, mit denen Sie zu tun hatten, müssen Ihnen doch erklärt haben, warum sie glauben, dass Ihr Bruder freiwillig verschwunden sein soll«, sagte er mit sanfter Stimme.

»Sie glauben an die Sache mit dem Umzug nach Australien«, erwiderte Noah. »Sie haben an Dans E-Mail-Adresse geschrieben und von dort die Antwort erhalten, dass alles in bester Ordnung sei.«

»Entschuldigen Sie, wenn ich jetzt etwas verwirrt bin«, sagte Alex, »aber die Polizei hatte Kontakt zu Ihrem Bruder?«

»Nein, hatte sie nicht«, entgegnete Noah. »Mein Bruder hat diese Mail nicht geschrieben. Irgendwer anders benutzt seinen E-Mail-Account. Und allein dass ich etwas derart Offenkundiges sagen muss, zeigt doch schon, wie vollkommen absurd das ist. Ich kenne meinen Bruder. Er ist nicht in Australien. Oder aber er ist es – und dann ist irgendetwas grundverkehrt an der Gesamtsituation.«

Alex kratzte sich am Kopf und versuchte, sich darüber klar zu werden, was Noah ihm erzählt hatte und was nicht.

»Wenn das Problem der Familie in Australien läge und nicht in Schweden, dann wäre es vielleicht besser, wenn Sie dort Anzeige erstatten könnten«, sagte er behutsam. »Nur dann müssten Sie erst genau wissen, ob sie wirklich dort und nirgends anders sind.«

Alex hing seinen Gedanken nach. Mit alledem, was Noah ihm berichtet hatte, stimmte irgendwas nicht. Die Frage war nur, ob die Unstimmigkeit bei Noah selbst lag oder ob das, was er behauptete, tatsächlich der Realität entsprach. Alex kannte Noah nicht gut genug, wusste nichts über dessen geistige Gesundheit. Menschen bildeten sich manchmal Dinge ein – vor allem Menschen mit zu viel Zeit und einem ereignisarmen Leben.

Noah war ein Mann in den Vierzigern ohne Familie, der ein Bestattungsinstitut betrieb. Alex hütete sich davor, in diese Lebenssituation zu viel hineinzulesen, aber er wusste ebenso wenig, wie Noahs Beziehung zu seinem Bruder ausgesehen hatte. War der Bruder für ihn vielleicht die wichtigste Person im Leben gewesen? In so einem Fall wäre es nicht einmal merkwürdig, wenn dessen Umzug eine riesige Enttäuschung für Noah gewesen wäre und er sich bloß eine alternative Wahrheit dafür zurechtgelegt hätte, warum der Bruder aus seinem Einflussbereich in Stockholm verschwunden sein könnte.

Verschwunden.

Dies war es, was die Sache so schwierig machte. Laut Noah war die ganze Familie irgendwohin verschleppt – wenn nicht bereits umgebracht worden. Aber passierte so etwas wirklich? Die Frage war mit den Jahren für Alex zusehends verblasst. Alles konnte passieren. Noch dazu viel zu oft.

Trotzdem – eine ganze Familie?

»Ich bin nicht der Einzige, der es komisch findet«, erklärte Noah. »Eine enge Freundin meiner Schwägerin war hier – auch sie macht sich Sorgen. Tina heißt sie. Tina Antonsson.«

Alex notierte Tinas Namen. Kurz schoss ihm durch den Kopf, dass dies wahrscheinlich die am wenigsten wichtige Notiz seines gesamten Lebens war. Er hatte seine Entscheidung bereits getroffen: Sofern er Zeit hätte – und keine Sekunde vorher –, würde er den verantwortlichen Ermittler bei der Polizei kontaktieren, um nachzufragen, was in der Angelegenheit schon getan worden war und wie man dort argumentierte.

»Sagen Sie mir«, bat er Noah, »wenn Sie mal ganz spontan überlegen: Warum, meinen Sie, sollte jemand Ihrem Bruder und seiner Familie so etwas antun? In meinen Ohren klingt das alles so ausgeklügelt, so sonderbar … Eine ganze Familie einfach so wegzuzaubern wäre für den Drahtzieher ein ungeheuer riskantes Projekt. Warum sollte jemand so viel aufs Spiel setzen, um Ihrem Bruder zu schaden?«

Noah atmete schwer in den Hörer.

»Ich weiß es nicht«, antwortete er schließlich. »Ich meine, es könnte genauso gut auch meine Schwägerin sein, auf die der Entführer es abgesehen hat. Aber mein Bruder ist Psychologe. Ich weiß, dass er mit einer Reihe von Kriminellen gearbeitet hat. Und ich weiß auch, dass er ein paarmal gescheitert ist.«

»Gescheitert?«, fragte Alex.

»Keine Ahnung, wie man das nennt – das ist so gar nicht meine Welt. Aber er hat mit schwer depressiven Menschen zu tun, und der eine oder andere davon hat sich später dann doch das Leben genommen. Zwei, drei vielleicht.«

Ein Vogel krachte gegen das Fenster, und Alex zuckte zusammen.

Noah interpretierte sein Schweigen als Aufforderung weiterzureden: »Er hat Schweigepflicht, deshalb spricht er nicht oft über seine Arbeit. Aber ich weiß, dass er im vorigen Herbst ziemlich mitgenommen war. Und sogar bedroht wurde.«

Mit einem Mal war ihm, als hätte man einen Motor kurzgeschlossen und dann im Leerlauf belassen. Alex wand sich innerlich – wollte nicht fühlen, was er fühlte. Irgendwas in ihm war entfacht, und er spürte, wie er in Noahs Ausführungen hineingezogen wurde.

»Was ist im vorigen Herbst passiert?«

»Es stand sogar in der Zeitung – da hat ein Mann erst seine Familie und dann sich selbst erschossen. Er war Dans Patient, und es war Dan nicht gelungen, ihn daran zu hindern.«

MALIN BEWEGTE SICH wie ein Gespenst durchs Haus. Sie suchte ihren Mann, rief seinen Namen.

»Dan?«

Wie ihre Stimme zwischen den Wänden widerhallte ... Es war vollkommen egal, dass es hier Teppiche und Gardinen gab – das Haus war trotzdem ein schwarzes Loch, das sie nie würde füllen können.

Mit großer Sorge erinnerte sie sich an die Fragen der Kinder zu Anfang: »Wie lange, Mama? Wie lange müssen wir hierbleiben?«

»Ich weiß es nicht«, hatte sie geantwortet. »Aber ich will auch hier weg – und Papa ebenfalls.«

Inzwischen hatten die Kinder aufgehört zu fragen, wann sie wieder nach Hause fahren würden. Es war, als hätten sie kapituliert oder wären eingeknickt. Da war so vieles, womit sie aufgehört – aber auch angefangen hatten: Die Tochter beispielsweise hatte aufgehört zu weinen und begonnen zu schweigen. Der Sohn hatte aufgehört, von seinen Freunden zu reden, und begonnen, sich nachts einzunässen. In ihren schwächsten Augenblicken befürchtete Malin, dass dieser zu beobachtende Verfall unwiderruflich sein könnte. Sofern die Kinder lebend aus diesem Haus herauskämen – was sie jeden Tag ein wenig mehr bezweifelte –, würden sie auf jeden Fall einen Knacks zurückbehalten.

»Dan?«

Sie stieg die Treppe ins obere Stockwerk hinauf.

Dan war im Badezimmer. Er hatte geduscht, stand jetzt vor dem Spiegel und kämmte sich. Seit sie hierhergebracht worden waren, weigerte er sich, sich die Haare zu schneiden. Inzwischen erinnerte seine Frisur an die eines Hippies. Mit einem Schaudern erinnerte sich Malin an jene Zeit, als seine Haare schon einmal so ausgesehen hatten. Damals, vor mehr als zwölf Jahren, war ihre Beziehung noch relativ frisch gewesen. Damals war Dan kurzzeitig arbeitslos geworden und hatte ihr erklärt, dass er sich erst wieder die Haare schneiden werde, wenn er einen neuen Job gefunden habe. Mehr als sechs Monate hatte es gedauert, in deren Verlauf sich sowohl Dan als auch seine Frisur bis zur Unkenntlichkeit verändert hatten.

Malin wusste noch genau, was sie damals gesagt hatte, als die Arbeitslosigkeit ihm fast das Genick gebrochen hatte: »Du kannst doch nicht aufgeben. Von selbst passiert gar nichts.«

Es hatte sie erschreckt, dass er so schnell so schwach geworden war. Ihre Verliebtheit war rapide abgekühlt und in Grübeln umgeschlagen. War dies wirklich der Mann, auf den sie setzen sollte? Würde er für ihre Beziehung, für ihr gemeinsames Leben Verantwortung übernehmen wollen und können? Dann war der Tag gekommen, an dem er mit einem Mal wieder ganz Sonnenschein gewesen war: als ihm ein Vorstellungsgespräch bevorgestanden hatte. Es war derselbe Tag gewesen, an dem Malin erfahren hatte, dass sie schwanger war. Damit mussten letztlich sämtliche Zweifel beiseitegeschoben werden. Sie hatte keine Zeit mehr, über die Zukunft nachzudenken – die musste sie sich nun selbst erschaffen. Alles in allem war es gut gegangen. Sie hatten beide beruflich Fuß gefasst und Erfolge gehabt, und ihr Leben war so vollkommen gewesen, dass sie sich manchmal gefragt hatte, wie es nur möglich war, dass eine einzige Familie so viel Glück haben konnte.

Jetzt im Nachhinein wusste sie es besser. Das Leben verhielt sich wie eine Bank: Hob man zu viel ab, kam irgendwann unweigerlich der Tag, an dem das Konto leer war.

»Warum reagierst du denn nicht, wenn ich dich rufe?«, fragte Malin.

Dan blinzelte sein Spiegelbild an. »Ich hab dich nicht gehört.«

»Natürlich hast du mich gehört«, erwiderte Malin.

Sie hätte am liebsten geweint. Sich einfach auf den kalten Kachelfußboden im Bad gekauert und die Tränen laufen lassen. Aber das ging nicht. Ihre Beine weigerten sich nachzugeben, die Augen blieben trocken.

Dan schob sich an ihr vorbei und verschwand im Schlafzimmer. Dort warf er das Handtuch aufs Bett und zog sich eine Unterhose an. Sie konnte sich nicht einmal mehr daran erinnern, wann sie zuletzt miteinander geschlafen hatten. Sie konnte sich nicht mehr daran erinnern, wann sie ihn zuletzt ermahnt hatte, das nasse Handtuch nicht einfach aufs Bett zu werfen.

Nichts, was früher wichtig gewesen war, spielte noch eine Rolle.

Sie folgte ihm ins Schlafzimmer und schob die Tür hinter sich zu. »Wir müssen reden.«

Er erstarrte. Dann gab er sich einen Ruck und suchte sich die Klamotten zusammen, die er anziehen wollte. Hemd und Hose. Keine Strümpfe. Seine Füße waren ebenso weiß wie ihre und sahen nicht mal mehr aus, als gehörten sie zu einem lebendigen Menschen. Deshalb trug sie immer Strümpfe: Sie wollte nicht sehen, was das Leben in diesem Haus sie kostete.

Sie rang nach Worten, die beschrieben hätten, was sie ausdrücken wollte. Es gelang ihr nicht sonderlich gut.

»Wir … Wir müssen etwas unternehmen.«

Dan starrte sie an. »Unternehmen? Was denn?«

»Irgendwas. Egal.«

Malin hob beide Hände zu einer ergebenen Geste. Jetzt waren zu ihrer großen Erleichterung die Augen nicht mehr trocken.

»Liebling, wir sind dabei kaputtzugehen«, flüsterte sie. »Bald gibt es uns nicht mehr.«

Sein Ausdruck wirkte schlagartig verschlossen und streng auf eine Weise, die sie nicht an ihm kannte.

»Das ist doch wohl der Sinn der Sache, oder?«, entgegnete er.

Sie wollte laut schreien, aber sie konnte nicht. Die Kinder hätten sie gehört und Angst bekommen. Und sie hatten bereits so viele Fragen, auf die sie keine Antwort wusste.

»Natürlich ist das der Sinn der Sache«, stieß sie angestrengt und heiser hervor. »Aber das bedeutet doch nicht, dass es auch so kommen muss? Kapierst du das denn nicht? Wir müssen Widerstand leisten. Wir müssen …«

»Widerstand?«

Mit diesem einzigen Wort unterbrach er sie und sorgte dafür, dass irgendetwas in ihr zu Eis gefror.

»Widerstand, Malin? Gegen wen sollen wir denn Widerstand leisten?«

Sie schüttelte langsam den Kopf. Wenn die Tränen nur fließen wollten – wenn all das, was sich so kalt und hart anfühlte, nur wieder warm würde und taute …

»Gegen ihn«, flüsterte sie. »Wir haben es doch schon mal versucht, nur …«

Er machte ein paar schnelle – zu schnelle – Schritte auf sie zu. »Hör auf!«

Malin wich reflexhaft zurück. Vorbei war die Zeit, da sie sich ihm am liebsten in die Arme geworfen hätte. Warum wollte er nicht mal darüber reden, wie sie von hier wegkommen könnten?

Vielleicht weil er, ebenso wie sie, in seinem tiefsten Innern bereits wusste, dass es sinnlos wäre, es überhaupt auch nur zu versuchen.

Weil sie wussten, dass sie hier im Haus überwacht wurden.

Weil sie nicht wussten, wie schnell der Mann, der ihnen das hier antat, herkommen würde; keine Ahnung, wie weit entfernt er sich aufhielt.

Weil jeder missglückte Fluchtversuch ihren Tod bedeuten mochte.

»So kann es nicht bleiben«, sagte sie. »Es geht nicht mehr. Die Kinder …«

»Den Kindern geht es dreckig«, sagte Dan.

Da. Endlich. Eine erste Träne rann ihre Wange hinunter.

»Genau«, sagte sie. »Genau! Es geht ihnen dreckig. Wir müssen also etwas tun. Wir haben eine Verantwortung als Eltern, und dieser Albtraum vergeht nicht von allein. Das müssen wir uns vor Augen führen, und dann müssen wir …«

Dan wich von ihr zurück und brachte sie allein mit dieser Bewegung zum Schweigen.

»Das habe ich längst begriffen«, sagte er ruhig.

Viel zu ruhig. In seiner Stimme klang Entschlossenheit mit, und das machte sie misstrauisch.

Er lächelte. Ein freudloses Lächeln.

»Ich hab nachgedacht«, sagte er. »Vielleicht geht es trotz allem.«

Bei dieser Ankündigung hätte sie erleichtert sein sollen, doch das Gegenteil war der Fall. Sie hatte schlagartig eine Heidenangst.

»Ja?«, fragte sie.

Er nickte.

»Ja«, sagte er. »Ja. Wart ein paar Tage, dann wirst du es sehen.«

Den restlichen Abend sagte er nichts mehr, und mit seinem Schweigen wuchs bei ihr die Angst. Malins Herz hämmerte so heftig, dass es schmerzte.

Nach ihrem Gespräch standen zwei Dinge fest.

Zum einen hatte Dan den Bezug zur Wirklichkeit verloren.

Und zum anderen war Malin überzeugt, dass er zu einer Gefahr für sich selbst und für seine Familie geworden war.

DIE ABENDSONNE STREICHELTE den Asphalt. Fredrika Bergman hatte sich auf den Nachhauseweg gemacht – weg von der Arbeit, weg von jenem unbehaglichen wie unbegreiflichen Brief, den Alex bekommen hatte, weg von einer Ermittlung, aus der sie nicht schlau wurde. Unterwegs sah sie lauter Menschen, die sich beeilten, rauszukommen und noch etwas aus dem schönen Wetter zu machen. Eine gute Antwort auf die Frage, was typisch schwedisch sei, dachte Fredrika: einen so großen Teil des Jahres in dunkler Kälte zu leben, dass die wenigen Sommertage fast schon mehr Ängste als Glück hervorriefen.

Was wäre, wenn ich sie nicht hinreichend nutzte?

Wann bekäme ich die nächste Chance?

Als sie die Torsgatan überquert hatte und gerade am Vasaparken vorbeilief, rief Spencer an. Er wollte sich in einer Gartenwirtschaft am Odenplan mit ihr treffen – und ebenfalls etwas aus dem Wetter machen. Natürlich zog es ihn in die Sonne hinaus.

Es gab so vieles, was er noch einmal tun wollte.

So vieles, was er kein weiteres Mal erleben würde.

Fredrikas Brust brannte wie Feuer, als sie einatmete.

»Sollen wir uns nicht irgendwo in Wassernähe treffen?«, fragte sie und bemühte sich um eine stete Stimme. »Der Odenplan ist nicht gerade idyllisch.«

»Am Wasser?«, fragte Spencer. »Egal, ich bin mit einem guten Essen und einem Glas Wein hochzufrieden.«

Fredrika ließ Spencer bestimmen. Es war sein letzter Sommer, er sollte seine Zeit darauf verwenden, was er sich wünschte und entschied.

Eilig wischte sie sich die Tränen aus dem Gesicht.

Noch mehr davon. Noch mehr Flüssigkeit. Wann hatte sie je im Sommer so viel geweint? Welchen Herbst hätte sie je so gefürchtet wie diesen, der nur noch wenige Wochen entfernt war? In ihren finstersten Stunden sah sie vor sich, wie ihr alles entglitt: wie die Kinder vom Jugendamt abgeholt würden und sie selbst vor Trauer zugrunde ginge. Es war, als würde sie erst auf den Grund sinken müssen, um sich dann wieder hocharbeiten zu können.

Die Kinder …

Um ihretwillen würde sie natürlich auch weiter einen Fuß vor den anderen setzen. Alles andere wäre unpassend, unverzeihlich, verwerflich.

»Was ist denn das Schlimmste?«, hatte ihre Mutter gefragt. »Was ist das Allerschlimmste an alledem, was ihr durchmacht?«

Fredrika hatte nicht einen Augenblick gezögert. »Die Gewissheit.«

Sie hasste – *hasste* – Menschen, die das Gegenteil behaupteten. Dass es sich doch irgendwie gut anfühlte, Bescheid zu wissen. Dass sich mit der finalen Prognose der Ärzte der Seelenfrieden einstellte – nach dem ihr vollkommen unverständlichen Prinzip: Ist doch besser, es zu wissen, als sich ewig Sorgen zu machen. So dachte nur der Glückliche, der nie hatte erleben müssen, wie der schlimmste Albtraum Wirklichkeit wurde.

Ich kann das nicht einfach hinnehmen, dachte sie. Nein, das kann ich nicht.

»Weine nicht, Fredrika«, sagte Spencer am Telefon.

Seine Stimme klang gedämpft, doch seine Geduld schien unerschöpflich zu sein. Ihre war es nicht.

Im Gegenteil.

Manchmal war sie einfach am Ende.

Ich.

Akzeptiere.

Das.

Nicht.

Sie hielt inne und machte ihrer Verzweiflung Luft. »Wie zum Teufel kann das alles sein?«, schrie sie so laut, dass die Leute auf dem Gehweg sich nach ihr umdrehten. *Wie kannst du mich verlassen, verdammt noch mal?* Ich begreife es nicht!

Die Tränen drohten sie zu ersticken. Sie weinte um alles, was nie sein würde, um alles, was sie nicht geschafft hatten, um die Kinder, die noch so klein waren, und ihre eigene pechschwarze Zukunft.

»Weißt du, wie sich das anfühlt?«, flüsterte sie ins Handy. »Es fühlt sich an, als würde ich gleichzeitig mit dir sterben.«

Sie hörte Spencer im Hörer atmen und bekam ein schrecklich schlechtes Gewissen.

Im Reich der Trauer war es für sie beide zu eng. Zu zweit hatten sie dort nicht genug Platz.

»Bis nachher«, sagte Spencer mit erstickter Stimme und legte auf.

Fredrika weinte den kompletten Weg bis zum Restaurant. Als sie dort ankam, saß Spencer bereits an einem Bistrotisch. Magerer als vor Ausbruch der Krankheit, aber das würde auch nur jemand bemerken, der ihn schon länger kannte. Aus der Entfernung sah er gesund und stark aus.

Er hob die Hand zum Gruß, als er sie entdeckte.

Sie winkte zurück.

Am Tisch angekommen, küsste sie ihn auf den Mund und ließ sich auf einem freien Stuhl nieder. Spencer eröffnete das Gespräch wie so oft mit seinem Lieblingssatz: »Harter Tag heute?«

»Wie immer«, erwiderte Fredrika.

Sie hatte die Ereignisse des Tages bereits von ihrer mentalen Festplatte getilgt. Übrig geblieben war nur mehr die zeitlich limitierte Beziehung zu jenem Mann, den sie im Grunde ihr gesamtes Erwachsenenleben lang geliebt hatte.

»Ich will, dass wir umdenken«, sagte sie. »Ich will, dass wir aufhören zu arbeiten und stattdessen mehr zusammen sind.«

Spencer schüttelte den Kopf.

»Das würde uns vor Trauer wahnsinnig machen«, entgegnete er. »Das geht nicht, und ich will auch nicht, dass du meine letzte Zeit so in Erinnerung behältst.«

»Aber wenn es *meine* Erinnerungen sind, um die es hier geht, dann hab ich doch wohl ein Recht darauf zu entscheiden, wie sie aussehen sollen, oder?«, hielt Fredrika entgegen.

»Entschuldige, ich habe mich ungeschickt ausgedrückt. Es geht hier nicht ausschließlich um deine Erinnerungen, sondern auch darum, dass ich den Gedanken nicht ertragen kann, dass buchstäblich alles, was ich diesen Sommer mache, zum letzten Mal geschieht.«

Er seufzte.

Fredrika schluckte. »Es gibt doch Alternativen. Es muss nicht so kommen, wie du es entschieden hast.«

Er zuckte zusammen. »Hast du den Verstand verloren? Was redest du denn da? Soll ich ernsthaft einen Tod wählen, der die verdammte Hölle sein wird? Willst du mich zwingen zu erleben, wie ich eine Körperfunktion nach der anderen einbüße? Nie im Leben, Fredrika. Das haben wir schon besprochen und entschieden.«

Das hatten sie wirklich. Und natürlich verstand sie, warum er so dachte. Dass alles, was seine Person ausmachte, in seinem Kopf saß und es deshalb undenkbar wäre, dass er sich von der Krankheit ganz langsam entmündigen ließe.

»Ich hab dir ein Glas Rotwein bestellt«, sagte Spencer.

»Perfekt«, erwiderte Fredrika.

»Bourgogne«, fügte Spencer hinzu. »Der gleiche, den wir vor ein paar Wochen bei den Erlandssons getrunken haben. Schwer und füllig. Weißt du noch?«

»Ich erinnere mich, ja.«

Er nahm ihre Hand und küsste sie.

»Der macht es leichter«, sagte er und beugte sich über den Tisch. »Dass du dich erinnerst.«

Wieder brach Fredrika in Tränen aus. Spencer nahm sie fest in die Arme und drückte sie an sich. Der Sterbende musste die Gesunde trösten. Ihm blieb nur mehr zu sagen: »Ist doch zum Kotzen, dass es so enden muss.«

DER BRIEF WOG exakt zweiunddreißig Gramm. Fast nichts. Und doch hatte Alex Recht den Verdacht, dass dies den ganzen Unterschied ausmachte. Er betrachtete die Kopie, die er von der Arbeit mit heimgenommen hatte. Die kurzen Zeilen – dass es etwas wiedergutzumachen gebe. Irgendetwas, was Alex getan hatte.

Diana war erschüttert gewesen, als er nach Hause gekommen war. Ihr war klar, dass der Brief wichtig war, aber sie befürchtete obendrein, dass er gefährlich sein könnte.

»Wenn wir bedroht werden, dann muss ich es wissen«, hatte sie gesagt.

Alex hatte sie beruhigt. Es liege keine Bedrohung vor, und sie wüssten beim besten Willen nicht, warum dieser Brief an ihn gerichtet gewesen sei. Diana war jetzt schon vor einer Weile losgezogen, um sich mit einer Freundin zu treffen. Sie hatte resigniert ausgesehen. Fast als glaubte sie ihm nicht.

Jetzt war er allein und saß hinter seinem Schreibtisch. Er hatte die Techniker angerufen und erfahren, dass weder auf dem Brief selbst noch auf dem Umschlag Fingerabdrücke gefunden worden waren. Keine Spur vom Absender. Das war zu erwarten gewesen, und doch war es eine Enttäuschung. Ein paar Kollegen hatten diskret die Nachbarschaft befragt, doch niemand wollte gesehen haben, wie hier ein Brief persönlich vorbeigebracht worden war.

Alex dachte kurz darüber nach, Fredrika anzurufen. Sie hatten noch gar nicht richtig über den Brief gesprochen, nicht einmal ansatzweise. Wie immer hatte die träge Berlin ihnen dazwischengefunkt. Hatte Panik geschürt und sich wichtiggemacht und so getan, als verstünde sie, was gerade passierte. Als gäbe es zu einem so frühen Zeitpunkt überhaupt schon etwas zu verstehen.

Wieder streckte er sich nach seinem Handy aus, zögerte dann aber. Er musste auch noch über andere Dinge nachdenken. Über den Anruf von Noah Johansson und über dessen verschwundenen Bruder. Alex hatte so seine Zweifel, dass eine ganze Familie aus ihrem Zuhause hatte entführt und an einen geheimen Ort gebracht werden können, ohne dass irgendjemand misstrauisch geworden wäre. So etwas war doch nicht möglich. Nicht mal nachdem er die Geschichte von dem Patienten gehört hatte, der sich und seine Familie umgebracht hatte. Abgesehen von einer Freundin der Schwägerin sei Noah der Einzige, hatte er ihm erzählt, der geargwöhnt habe, dass da etwas nicht stimmte. Und ausgerechnet das war für Alex ein untrügliches Zeichen dafür, dass Noah sich da etwas einbildete.

Außerdem, dachte er, wenn sie entführt worden wären, wären sie inzwischen ganz gewiss nicht mehr am Leben.

Es war nicht ganz leicht, diesen Gedanken in Worte zu fassen – aber so war es nun mal. Und in dem Fall wäre es auch höchst fraglich, ob sie die Leichen der Vermissten je finden würden.

Sein Telefon klingelte. Er nahm es vom Schreibtisch und versuchte, darüber hinwegzusehen, dass seine Finger sich steif anfühlten und schmerzten. Von seinem Vater wusste er über Rheumatismus Bescheid; der hatte ihm mehr darüber vermittelt, als Alex je hätte wissen wollen. Und Alex selbst litt auch nicht unter rheumatischen Beschwerden. Das hatte er für sich entschieden – und so sollte es dann auch sein.

Dann fiel sein Blick auf den Namen im Display.

Peder Rydh.

Seine erste Reaktion war freudige Überraschung. Er hatte lange mit Peder zusammengearbeitet – und er vermisste ihn seit jenem Tag, als Peder gezwungen gewesen war, die Polizei zu verlassen. Seine zweite Reaktion war: Ärger. Denn ebenso lange, wie Peder weg war, kämpfte er jetzt darum, ihn wieder in sein Team zurückholen zu dürfen. Erst waren die Aussichten düster gewesen; dann ein wenig heller. Peder hatte eine Stelle als Sicherheitschef innegehabt – just zu dem Zeitpunkt, als in der Salomongemeinde mehrere Todesschüsse abgefeuert worden waren. Doch dann hatte es schlagartig wieder stockfinster ausgesehen. Denn Peder hatte es sich anders überlegt. Er hatte nicht zur Polizei zurückgewollt. Ihm hatte es auf der anderen Seite gefallen.

Dann konnte er genauso gut auch dableiben.

»Ja, Alex hier«, meldete er sich, als er ranging. So wie die Dinge lagen, mochte er Peder noch immer. Er wollte nur zu gern dessen Stimme hören und erfahren, wie es ihm ging, ob er gut drauf war.

»Hallo, hier ist Peder.«

»Ja, hallo.«

Dieses verdammte Grinsen, das sich unwillkürlich in sein Gesicht schlich, wenn er mit Peder redete.

»Hallo«, sagte Peder wieder. »Eigentlich wollte ich nur mal checken, wie es so geht. Lange her.«

Ein Jahr, überschlug Alex, ein geschlagenes Jahr lang hatten sie nichts mehr voneinander gehört. Damals war es auch Peder gewesen, der sich gemeldet hatte. Sein Ärger schlug um in ein schlechtes Gewissen.

»Wie geht es dir?«, fragte Alex.

Peder antwortete kurz angebunden, schien nicht daran interessiert zu sein, sein Leben vor Alex auszubreiten. Er erzählte lediglich, dass seine Söhne größer geworden seien und nicht mehr so viel Fürsorge brauchten wie früher, als sie noch klein gewesen waren.

»Du weißt das noch, oder?«, fragte Peder. »Als sie Babys waren – und alles war scheiße?«

Alex erinnerte sich besser, als ihm lieb gewesen wäre. Wie er Peder hatte beiseitenehmen und ihm erklären müssen, wie man sich Kolleginnen gegenüber verhielt und wie nicht. Wie er Peder zu einen Kurs zum Thema Gleichberechtigung hatte verdonnern müssen – etwas, was nach Alex' fester Überzeugung weder Männer noch Frauen in einem Vorlesungssaal lernen konnten, aber das hatte auf einem anderen Blatt gestanden. Die Personalchefin selbst hatte den Kurs verordnet, also …

Alex setzte sich gerade auf.

»Hast du gehört, was passiert ist? Berlin ist jetzt Chefin.«

»Für …?«

»Unter anderem für mich. Seit der Umstrukturierung ist es der reinste Mist – Berlin leitet jetzt ein Dezernat, das so groß ist wie ein Kontinent.«

Peder lachte so laut, dass er anfing zu husten. »Ach, du Scheiße.«

»Ganz genau. Es ist so verdammt schlimm, dass es mir sogar gelungen ist, Fredrika mit in eine Kneipe zu zerren und mich mit ihr zu betrinken.«

»Das kann ja wohl nicht wahr sein!«

»So wahr wie die Tatsache, dass Berlin jetzt Chefin ist. Du hättest Fredrika sehen sollen! Es steht ihr total, betrunken zu sein – oder, na ja, du weißt, was ich meine.«

Und das tat Peder.

Sie plauderten weiter über dieses und jenes Ereignis aus dem vergangenen Jahr. Peder selbst hatte den Job gewechselt.

»Ich war ja schon lange bei der Salomongemeinde gewesen«, erklärte er. »Hatte einen Zeitvertrag, der Mal ums Mal verlängert wurde. Das war auch gut so. Aber jetzt arbeite ich bei einer privaten Sicherheitsfirma, das größeren Unternehmen bei den Backgroundchecks von Bewerbern hilft.«

»Etwa wie ein Agent?«, hakte Alex nach.

»Ein bisschen, ja.« Peder lachte. »Nur viel bequemer und sehr gut bezahlt.«

Jetzt musste auch Alex lachen. Es passte zu Peder, dass er selbst die langweiligsten Geheimnisse seiner Zeitgenossen aufzuspüren vermochte. Wenn er wollte, konnte er sowohl diskret als auch höchst effizient zu Werke gehen. Aber er war auch rastlos. Warum wohl hatte er der Salomongemeinde den Rücken gekehrt? So viele Jahre war er doch gar nicht dort gewesen.

»War es dir dort zu langweilig?«, fragte er, als die Rede erneut auf die Gemeinde kam.

Peder zögerte mit der Antwort. »Ach, es war mehr … Also … Ich brauchte mal wieder etwas Neues. Im vorigen Sommer hatte ich irgendwie das Gefühl, dass ich auf der Stelle treten würde. Es war an der Zeit. Und als ich mich mal entschieden hatte, ging alles ganz schnell.«

Es war an der Zeit.

So dachte man, wenn man jung war. In Alex' Fall lautete der Paradesatz: »Dafür ist es jetzt zu spät.« Es war zu spät, noch eine andere Laufbahn einzuschlagen, zu spät, noch etwas Neues aus seinem Leben zu machen.

Alex' Blick blieb an dem kleinen gerahmten Foto auf seinem Schreibtisch hängen: er selbst mit den Kindern. Diana war nicht mit darauf. Lena auch nicht.

Alex berührte das Foto, erinnerte sich wieder an das Gespräch mit Noah. Er versuchte, sich vorzustellen, wie er und die Kinder auf ähnliche Weise verschwinden würden – und niemand würde sie vermissen.

Unmöglich.

Nach kurzem Zögern gab er sich einen Ruck. »Peder, darf ich an dir mal eine Geschichte ausprobieren?«

Peder verstummte. »Eine Geschichte?«

»Ja, ist mir heute erzählt worden. Das Problem ist: Ich weiß noch nicht recht, was ich damit anfangen soll …« Die

Worte sprudelten nur so aus ihm heraus. Er schilderte, wie Noah ihn angerufen, wie verzweifelt er geklungen, was ihn belastet hatte. »Die Sache ist die – ich kann ihn nicht einfach als Idioten abtun. Das geht einfach nicht. Der Mann denkt sich das nicht aus.«

»Willst du, dass ich ihn für dich durchleuchte?«, fragte Peder zögerlich.

»Nein, nein – deshalb hab ich dir das nicht erzählt. Ich wollte einfach nur wissen, was du davon hältst … ob du glaubst, das hier könnte etwas sein, was man verfolgen sollte.«

Peder schwieg einen Moment. »Wenn die Kollegen sich das bereits angesehen und einen Haken drangesetzt haben, dann wüsste ich nicht, was du da noch verfolgen willst.«

Eigentlich hätte Alex erleichtert sein müssen, aber das war nicht der Fall. »Ich weiß nicht …«

»Was weißt du nicht?«, hakte Peder nach.

»Ob Noah nicht doch recht haben könnte.«

Er hörte, wie Peder in eine Tastatur eintippte. »Kann ich dir etwas anvertrauen? Es muss aber unter uns bleiben.«

Alex zögerte mit der Antwort. »Doch, natürlich«, sagte er dann.

»Bevor ich diese Arbeit hier angenommen habe, war ich eine Zeit lang bei einem Sicherheitsunternehmen, das für kleinere Firmen gearbeitet und sie mit Alarmanlagen und dergleichen ausgestattet hat.«

Alex seufzte. »Du hast nach deinem Ausstieg bei der Gemeinde noch einen anderen Job gehabt?« Er wusste, dass er wie ein schlecht gelaunter Vater oder Vormund klang, aber er konnte nicht anders.

»Willst du hören, was ich zu sagen habe, oder nicht?« Peder klang jetzt fast einen Hauch zu hitzig.

Alex wollte nicht riskieren, dass Peder auflegte. Gleichzeitig gefiel ihm nicht, was sich da abzeichnete. Peder war ein sensibler, zeitweilig schwer geprüfter Mensch, und solange sein Leben auf gerader Strecke verlief, funktionierte er ausgezeichnet. Trotzdem war er in all den Jahren, die Alex ihn jetzt schon kannte, immer jemand gewesen, der mit Karacho den Straßengraben ansteuerte.

»Okay«, sagte Alex, obwohl er sich nicht wohlfühlte mit der Richtung, die das Gespräch einzuschlagen drohte. »Ich will dir ja keine Vorträge halten. Dafür bist du zu alt. Also ... Bevor du gelandet bist, wo du jetzt arbeitest, warst du bei einem anderen Sicherheitsunternehmen ...«

»Ja, aber was ist denn daran so merkwürdig? Manchmal läuft es eben nicht so, wie man es sich denkt.«

Alex unterdrückte einen neuerlichen Seufzer. Genau das war Peders Schwäche: Er hatte immer für alles eine Erklärung, eine Ausflucht, wenn etwas nicht so lief, wie er es wollte. Außerdem störte ihn etwas an Peders Stimme; er klang defensiv – und noch irgendwie anders ... Wenn sie einander nicht so gut gekannt hätten, hätte Alex es fast als bedrohlich empfunden.

Aber warum sollte er mich bedrohen?

»Jetzt erzähl schon«, sagte Alex und bemühte sich, freundlich zu klingen. »Erzähl mir, was du über Noah weißt.«

»Er hat mal Kontakt zu uns aufgenommen«, sagte Peder. »Das muss Anfang letzten Herbstes gewesen sein, als ich gerade dort angefangen hatte. Er glaubte, er würde verfolgt.«

»Was?«

»Ja, ganz genau, so ungefähr hab ich mich auch ausgedrückt: ›Was?‹ Ich hab ihm Alarmanlagen und so vorgeschlagen, außerdem müsse er bei der Polizei Anzeige erstatten, wenn er verfolgt oder bedroht werde. Aber das wollte er nicht, und ich hab nie begriffen, warum. Um ehrlich zu sein – ich glaube, er hat fantasiert. Er kam mir labil vor, hat wirres Zeug geredet.«

Labil, wirres Zeug.

Das war nun eine Beschreibung, die Alex' Einschätzung diametral entgegenlief.

Aber sie kam nicht unwillkommen. Wenn Peder richtiglag, dann erklärte das einiges. Alex hätte Noah nicht näher einschätzen können; die wenigen Begegnungen, die sie gehabt hatten, ließen keine Schlüsse auf seine Glaubwürdigkeit zu.

Sein Blick wanderte zum Fenster. Wenn er wollte, dann könnte er rausgehen und einen der letzten warmen, sonnigen Sommerabende des Jahres genießen. Doch er hatte weder Lust dazu noch Gesellschaft. Am Ende würde er also doch lieber drinnen bleiben.

»Könnte es nicht so sein, dass diejenigen, die Noah bedroht hatten, jetzt seinen Bruder entführt haben, um irgendein Ziel zu erreichen?«, mutmaßte er.

»In diesem Fall wäre ich mir ziemlich sicher, dass er es erzählt hätte«, meinte Peder. »Oder er hätte bei der Polizei vehementer um Hilfe gebeten. Aber ... Alex, noch mal – ich glaube, er hat sich das ausgedacht. Er ist ein Schwätzer.«

Alex spürte, wie sich Erleichterung in ihm breitmachte. Bestimmt hatte Peder recht.

»Weißt du etwas über Noahs aktuelle Situation?«, fragte er. »Ich meine – sicherheitsmäßig?«

Peder ließ sich mit der Antwort Zeit. Dann sagte er mit gesenkter Stimme: »Nein.«

In der Haustür drehte sich ein Schlüssel im Schloss. Diana war heimgekommen. Alex wurde unwillkürlich warm ums Herz, als wäre sie tagelang fort gewesen und nicht nur ein paar Stunden.

»Ich muss jetzt auflegen«, sagte Alex und stand auf. »Gibt's noch etwas, was ich wissen sollte?«

Peder zögerte erneut. Draußen in der Diele hörte Alex, wie Diana sich die Schuhe auszog und irgendetwas auf den Boden stellte. Womöglich eine Tüte mit Büchern. Mehr

Bücher war so ziemlich das Letzte, was sie brauchten, auch wenn Diana natürlich laut protestieren würde, wenn er das sagte. Bücher seien nichts, was man *brauche*, sondern die *Voraussetzung* für jedes rationale Leben auf Erden.

Und zu lieben hieß, Kompromisse zu schließen, schoss es Alex durch den Kopf. Jeden Tag wieder.

Peder schwieg immer noch, und Alex setzte sich. Zum Teufel mit Dianas Büchern, Peder hatte noch mehr auf dem Herzen.

»Ich bin kürzlich rein zufällig an Noahs Bestattungsinstitut vorbeigefahren«, sagte er leise. »Ich weiß nicht, ob … Verdammt, vielleicht sollte ich das gar nicht erzählen. Wie leicht liest man in alles Mögliche viel zu viel hinein. Ich hab doch gerade erwähnt, dass er ein Schwätzer ist – aber das muss nicht bedeuten, dass er mit allem falschliegt oder übertreibt.«

Alex beugte sich gespannt über den Schreibtisch, spürte ganz bewusst die harte Tischplatte unter den Ellbogen.

»Jetzt sag schon«, forderte er Peder auf. »Was willst du mir erzählen?«

Er konnte Peders Zweifel regelrecht hören. Und mit dem Zweifel kam die Reue.

Erzähl es nicht. Ich will eigentlich gar nicht hören, was du zu sagen hast.

Aber es war zu spät.

»Ich hab da einen Mann gesehen, der die Tür hinter sich zudonnerte, als er rausging«, sagte Peder. »Dann ist der Mann wieder reingerannt. Die Front ist verglast, man kann von der Straße aus also alles sehen. Ich hab an der Bordsteinkante angehalten und zugesehen, wie der Mann auf Noah zumarschiert ist und ihn am Kragen gepackt hat.«

»Okay …«

Noah betrieb ein Bestattungsinstitut. Der Tod weckte starke Gefühle, das war nichts Neues.

»Er hat Noah nach hinten gestoßen«, fuhr Peder fort. »Gegen die Wand – und zwar so fest, dass er sich heftig den Kopf angestoßen hat. Wäre der Typ nicht sofort wieder gegangen, hätte ich wohl die Polizei gerufen. Stattdessen bin ich so lange stehen geblieben, bis ich mir sicher war, dass es Noah gut ging. Dann bin ich weitergefahren.«

Alex war von Peders Ausführungen nicht sonderlich beeindruckt; ihm war nicht klar, worauf er hinauswollte.

Ohne jede Vorwarnung fuhr Peder fort: »Alex, der Mann war Spencer.«

»Wie bitte?«

»Es war Fredrikas Mann, Spencer. Der Mann, der so aufgebracht war.«

»KANNST DU WIRKLICH nicht hierbleiben?«

Lovisa Wankel saß in ihre Decke eingewickelt nackt auf ihrem Bett, während ihr Freund sich anzog.

Er schüttelte verkniffen den Kopf. »Ist besser, wenn ich zu Hause schlafe. Ich muss morgen früh schon um fünf Uhr aufstehen.«

Lovisa musste sofort wieder an die Nachricht denken, die sie bekommen hatte – das Buch, das ihr jemand auf den Gepäckträger geklemmt hatte. Und an den Schatten hinter der Bushaltestelle.

»Macht doch nichts«, sagte sie betont leichtherzig. »Ich stehe gern früh mit dir auf.«

Grinsend zog er sich die Hose an. »Tust du nicht.«

Sie schlang die Decke enger um sich.

Verdammt, ich will nicht allein sein.

Jetzt waren Pullover und Socken dran. »Aber wir sehen uns morgen Abend, oder?«

Er klang besorgt, hatte wohl bemerkt, wie schweigsam sie plötzlich war.

»Doch, klar«, erwiderte sie.

Sie brachte ihn noch zur Tür und gab ihm einen Abschiedskuss, nachdem er sich die Schuhe angezogen hatte.

»Wann kommst du von der Arbeit?«, wollte er wissen. »Ich dachte mir, ich könnte schon so gegen vier Uhr hier sein.«

»Da bin ich noch nicht zu Hause«, erklärte sie. »Hier, nimm den Zweitschlüssel, schließ dir einfach selbst auf.«

»Okay«, sagte er und schob den Ersatzschlüssel in die Gesäßtasche.

Er gab ihr noch einen Kuss und verschwand dann ins Treppenhaus. Lovisa schob die Tür zu und schloss hinter ihm ab.

Dann lief sie auf Zehenspitzen zurück ins Schlafzimmer und griff zu ihrem Rucksack. Das Buch steckte im Außenfach.

Ich mache alles wieder gut.

Von dem Verfasser hatte sie noch nie gehört, und sie hätte auch nicht gewusst, dass ein solches Buch überhaupt existierte. Hintendrauf stand kein Rückseitentext und auch sonst kein Hinweis, wovon das Buch handelte. Die Seiten waren vergilbt; es war in den Vierzigerjahren gedruckt worden.

Lovisa erschauderte. Sie wollte dieses Buch nicht in ihrer Wohnung haben. Also schob sie es in den Rucksack zurück und setzte sich wieder aufs Bett.

Im nächsten Moment hörte sie den Schlüssel im Schloss. Erleichtert eilte sie zurück in die Diele.

Er ist zurückgekommen. Er hat gesehen, dass ich nicht wollte, dass er geht.

Dann war das Gefühl der Erleichterung wie weggefegt.

Dieses Geräusch stimmte nicht. Das war kein Schlüssel, der dort den Schließkolben bearbeitete.

Verzweifelt sah Lovisa sich nach einer Fluchtmöglichkeit um.

Wohin soll ich bloß …

Die Tür schlug auf, und auf der Schwelle stand der Mann, den sie zuvor nur als Schatten gesehen hatte. Langsam – ganz offenkundig in der Gewissheit, dass Lovisa nirgendshin fliehen konnte – schob er die Tür zu und schloss hinter sich ab.

Wieder sah sie den Artikel vor sich, den sie geschickt bekommen hatte.

»Tja«, sagte er jetzt. »Dann werden wir beide jetzt mal was wiedergutmachen.«

Vernehmung des Zeugen ALEX RECHT, 06.09.2016 Anwesend: Vernehmungsleiter 1 (V1), Vernehmungsleiter 2 (V2), Kriminalkommissar Alex Recht (Recht)

V1: Haben Sie Fredrika erzählt, was Sie über Spencer erfahren hatten?
Recht: Nein, zu Anfang wäre das viel zu vage gewesen. Wir würden später noch darüber sprechen können, sofern es da denn überhaupt noch einen Grund dazu gäbe.
V2: Okay, dann lassen wir das fürs Erste. Sie haben also weiter am Mordfall Benke gearbeitet. Was ist als Nächstes passiert?
(Schweigen)
Recht: Viel zu wenig.
V1: Mal im Ernst …
(Schweigen)
Recht: Es gab mehr Tote. Und mehr Briefe.
V1: Gab es zu dem Zeitpunkt irgendwelche Tatverdächtigen?
Recht: Nein.
V1: Aber das änderte sich bald, nicht wahr?
Recht: Es gibt keine Ermittlung, in der nicht irgendwann gewisse Vermutungen angestellt würden.
V2: War es nicht irgendwie vorhersehbar, dass noch mehr Briefe auftauchen würden?
(Schweigen)
Recht: Für mich nicht. Ebenso wenig für die Kollegen.

Mittwoch

EIN RASENTENNISPLATZ. DAS war so bescheuert, dass man am liebsten tot umfallen wollte. Das hatte Gustavs Vater mal gesagt, als er vom neuesten Zusatzjob seines Sohnes gehört hatte – die neuen Tennisplätze draußen in Saltsjöbaden zu mähen.

»Das ist doch kompletter Wahnsinn«, hatte Gustavs Vater gesagt. »Jetzt tun wir schon so wie die Briten. Dermaßen konservativ, dass wir lieber zulassen, dass die Tennisspieler sich die Beine brechen, als ihnen einen modernen Platz zum Spielen zu bauen.«

Gustav hatte keine Ahnung von Tennis und britischen Traditionen (und sein Vater garantiert ebenso wenig), aber er wusste, wie man Geld verdiente, und das schon seit er zwölf Jahre alt gewesen war. Und er hatte auch nie eine Möglichkeit ausgelassen. Babysitter, Hundesitter, Katzensitter, Weihnachtszeitungen verkaufen, für die alte Agnes auf der anderen Straßenseite zum Supermarkt gehen. Gustav liebte es, Geld zu verdienen. Je mehr, umso näher kam er seinem Ziel: mit achtzehn den Motorradführerschein zu machen. Seine Eltern hätten ihm den nämlich nie finanziert, das hatten sie gleich beim ersten Mal, als er das Thema angesprochen hatte, deutlich gemacht. Da war Gustav zehn Jahre alt gewesen.

Der Aufsitzmäher stand geschützt in der Garage. Er sprang gleich beim ersten Versuch an und rollte folgsam und artig aus seinem Versteck. Es war ein strahlender Sommertag, und Gustav fand es fantastisch. Vor allem war endlich mal das Wetter so schön, dass man das Gras überhaupt mähen konnte!

Gustav hatte ein neues Mädel am Start und überdies zusätzliche Jobs: Sven vom ICA-Supermarkt ein paar hundert

Meter von Gustavs Elternhaus entfernt hatte ihm einen Extrajob an der Kasse angeboten, den Gustav dankend angenommen hatte. Es war ganz wunderbar, Sommerferien zu haben. Herrlich, wenn alles so gut lief.

Er fuhr auf den Tennisplatz raus. Das Gras hier war anders als auf einem normalen Rasen. Es wuchs dichter, und es stand nirgends Unkraut. Er würde es fast lächerlich kurz schneiden müssen – und er mähte genau so, wie es ihm gezeigt worden war. Schnurgerade Reihen, steile Kehren. Die Sonne blendete ihn, und er wünschte sich, er hätte daran gedacht, seine Sonnenbrille mitzunehmen.

Er kniff die Augen zusammen und hielt sich die Hand an die Stirn. Mit der anderen umklammerte er das Lenkrad.

Womöglich übersah er deshalb die hellen Klumpen, die aus dem Gras ragten – weil er in der Sonne nicht richtig sehen konnte. Er spürte, wie sich der Rasenmäher zur Seite neigte, als er darüberholperte und dann geradeaus weiterfuhr. Verdammt, hatten da Steine auf dem Platz gelegen? Das wäre definitiv Sabotage.

Er hielt den Mäher an und drehte sich um. Im Gras hinter ihm entdeckte er vier rote Flecken.

Gustav runzelte die Stirn. Was war das?

Er schaltete den Mäher komplett aus und lief auf die roten Flecken zu. Doch auch als er näher kam, wurde nichts davon deutlicher. Das Rot war einfach nur klebrig, körnig, verschmiert und mit etwas anderem, etwas Weiß-Beigefarbenem vermischt.

Gustav erstarrte.

Weiß, beigefarben … und fleischig.

Zehn Zentimeter vor seinem Fuß lag ein Daumen.

»ICH GLAUB, ICH hab es mir anders überlegt«, sagte Spencer.

Fredrika stand im Bad und wünschte sich, er hätte es nicht gesagt. Dass er es sich anders überlegt hatte. Als hätte er für so etwas Zeit.

Sie ließ das Mascarabürstchen fallen und stürzte ins Schlafzimmer. Spencer saß mit einer unverknoteten Krawatte um den Hals auf der Bettkante.

Fredrika hockte sich vor ihn. »Willst du, dass ich dir helfe?«

Spencer antwortete nicht. Trotzdem begann Fredrika, für ihn einen Krawattenknoten zu binden.

»Ich will, dass die Kinder schon zum Wochenende nach Hause kommen«, fuhr er fort.

»Dann rufe ich Mama an und bitte sie und Papa, die beiden herzufahren.«

»Wir könnten sie auch holen.«

»Kein Problem, sie kommen sicher gern in die Stadt. Und wenn sie die Kinder herfahren, verbringen sie noch ein bisschen mehr Zeit mit ihnen.«

»Sie werden eine Menge Zeit mit ihren Enkeln verbringen, wenn ich erst mal weg bin«, sagte Spencer.

Fredrika konnte nicht antworten, geschweige denn darüber nachgrübeln, was er damit andeuten wollte – denn auf dem Nachttisch klingelte ihr Handy. Spencer streckte sich danach aus und drückte es ihr in die Hand.

Sie zog den Krawattenknoten zusammen und ging ran, während Spencer das Schlafzimmer verließ.

»Fredrika? Ja?«

»Alex hier. Du musst herkommen.«

»Wohin?«

Sie stand auf. Unter ihr schwankte der Fußboden. Es sei nichts, worüber sie sich Sorgen machen müsse, hatte der Psychologe gemeint, mit dem sie gesprochen hatte. Der Schwindel sei nur ein Ausdruck für den ganzen Stress, dem sie seit Monaten ausgesetzt war.

»Saltsjöbaden.«

Seine Stimme. So scharf, so angespannt.

»Was ist passiert?«

»Das kann ich dir nicht am Telefon erzählen«, sagte Alex. »Komm her. Ich schicke dir die Adresse per SMS.«

Sie schüttelte den Kopf.

»Was ist passiert?«, fragte sie wieder. »Irgendwas musst du doch sagen können.« Und dann konnte sie sich nicht mehr beherrschen, sondern fragte: »Wer ist gestorben?«

Im Hörer knisterte es. Wo immer Alex stand, blies der Wind.

»Lovisa Wankel.«

Der Name sagte Fredrika nichts. Und wie sollte das funktionieren? Sie hatten doch schon einen Mordfall zu lösen, würden unmöglich noch einen übernehmen können – sofern dieser nicht mit dem ersten zu tun hätte.

Ihr Herz schlug unwillkürlich schneller.

»Sag nicht, dass sie auch vor dem Kamin erschossen wurde«, sagte sie leise.

Alex antwortete mit schneidender Stimme: »Komm einfach her, Fredrika. Das hier ist zu krank, als dass ich es irgendwie einordnen könnte.«

Alex wartete noch immer auf sie, als sie das Auto auf dem angewiesenen Parkplatz abstellte. Er rauchte – und Fredrika wollte ihren Augen nicht trauen. Sie schlug die Autotür zu und lief auf ihn zu. »Was machst du denn?«

»Sündigen«, sagte Alex. »Die Erste seit dreißig Jahren.«

Er warf die Zigarette auf den Boden und marschierte los.

»Sag jetzt nicht ›das Schlimmste, was wir je gesehen haben‹. Wir wissen beide, dass das nicht sein kann«, rief Fredrika ihm nach.

Alex verzog keine Miene.

Die Sonne brannte auf sie herab – ausgerechnet heute. Fredrika spürte, wie sich ihre dunklen Haare aufheizten.

»Wer hat sie gefunden?«, fragte sie.

»Ein junger Typ, der sich um den Rasen kümmert. Ivan befragt ihn später, er liegt vorübergehend im Krankenhaus.«

»Verletzt?«

»Schock.«

Fredrika wusste noch gut, wie alt sie selbst gewesen war, als sie zum ersten Mal einen Toten gesehen hatte. Neun Jahre – es war ihr Onkel gewesen, der während eines Familienessens gestorben war. Sie erinnerte sich noch an die Aufregung, das Chaos – so viele Erwachsene, die alle gleichzeitig die Fassung verloren. Das hatte sie weit mehr erschreckt als der Tod selbst.

Sie steuerten einen Tennisplatz an. Fredrikas Blick wanderte über die leeren Tribünen. Dann über den verwaisten Rasen.

»Haben sie sie schon weggebracht?«, fragte sie.

»Nein«, brummte Alex. »Sie liegt immer noch hier.«

Konzentriert ließ Fredrika den Blick über die grüne Fläche schweifen. Ihre Kollegen hatten ein Areal inmitten des Rasens abgesperrt, aber eine Leiche war nicht zu sehen.

»Komm«, forderte Alex sie auf. »Ich hab ihnen gesagt, sie sollen sie nicht wegbringen, ehe du da bist.«

Sein Atem roch nach Zigarettenrauch.

Die Erste in dreißig Jahren.

Das Unbehagen wuchs mit jedem Schritt. Was war denn so schrecklich, dass Alex nach drei Jahrzehnten wieder zu rauchen angefangen hatte?

»Was sagst du dazu?«, fragte Alex, als sie nur mehr ein paar Meter von der Toten entfernt standen.

Fredrika rang nach Atem, brachte es urplötzlich nicht mehr fertig, die Luft hinauszulassen. Sie glaubte bereits, sich übergeben zu müssen, hätte am liebsten kehrtgemacht und wäre wieder nach Hause gefahren. Dann ging sie fassungslos in die Hocke.

»Bist du okay?«, fragte Alex.

»Nein«, flüsterte sie.

Jemand hatte Lovisa Wankel unter dem glänzenden Rasen des Tennisplatzes begraben. Nur die Hände und Teile der Füße ragten aus dem Boden. Hände und Teile der Füße, denen die scharfen Schneideblätter des Rasenmähers übel zugesetzt hatten.

»Ihr Kopf … ihr Gesicht …«

Es war eine Frage, auf die sie jetzt keine falsche Antwort erhalten durfte. Die sie sich nicht einmal selbst beantworten wollte, indem sie hinsah.

»Unter der Erde, sind also unversehrt«, erwiderte Alex. »Wir haben bloß den Boden um ihre Schultern und den Kopf herum aufgestemmt, um eine Vorstellung davon zu bekommen, um wen es sich handelt.«

Fredrika fuhr sich mit den Händen über die Knie. Der Einfallsreichtum mancher Menschen konnte einen doch immer wieder in Erstaunen versetzen. Aber im Grunde war es nicht weiter verwunderlich. Warum sollte ein Wesen, das kompetent genug war, um zum Mond zu fliegen, nicht auch eine Million grässliche Methoden ersinnen können, um einen Mitmenschen zu ermorden? Zu erniedrigen?

»Wie ist sie gestorben?«, fragte Fredrika.

»Das wissen wir noch nicht«, sagte eine Stimme hinter Alex und Fredrika.

Die Rechtsmedizinerin stand einen knappen Meter entfernt und tippte auf ihr Handy ein. Ihre Stimme war so rau, dass die meisten argwöhnten, sie rauche wie ein Schlot. Tatsächlich hatte Renata vor mehr als zwanzig Jahren im Rachenraum Krebs gehabt. Fredrika wusste das nur, weil Alex es ihr mal verraten hatte. Renata selbst sprach nicht oft über ihr Privatleben.

Genau wie ich, dachte Fredrika.

Genau wie ich.

»Ich kann es erst besser beurteilen, wenn ich sie mir näher angesehen habe. So wie sie jetzt daliegt, kann ich überhaupt nichts sagen.«

Alex nickte zustimmend. »Ich wollte nur, dass Fredrika sie noch mal sieht, bevor ihr sie mitnehmt.«

Jetzt nickte Renata.

»Wissen wir schon, wie lange sie hier gelegen hat?«, fragte Fredrika.

»Wahrscheinlich ist sie irgendwann im Lauf der vergangenen Nacht hier vergraben worden. Der Tennisplatz war bis gestern neun Uhr abends noch in Betrieb.«

Fredrika stand auf.

»Kann ich jetzt mit der Arbeit anfangen?«, fragte Renata.

Alex und Fredrika wichen augenblicklich zurück. Niemand wollte Renata Rashid im Weg stehen.

Fredrika starrte immer noch auf die Tote und ihr Grab hinab »Hat der Rasenmähertyp nicht gesehen, was da aus dem Gras ragte?«

»Offenbar nicht«, erwiderte Alex.

»Aber wie lag denn das Gras, als ihr kamt?«

»Das war richtig unheimlich«, sagte Alex. »Es war alles mit äußerster Präzision gemacht … Der Rasen sah komplett unberührt aus – keinerlei Anzeichen für Erdarbeiten.«

»Aber wie ist es ihm dann gelungen …«, fragte Fredrika, »… oder ihnen?«

»Das müssen wir rauskriegen«, meinte Alex. »Der Rasen ist relativ frisch gelegt worden. Womöglich ist es nicht mal schwer, ihn einfach abzuheben und zu ersetzen oder ihn einfach zurückzudrücken.«

Fredrika hatte keine Ahnung von Rasen- und Gartenpflege. Spencer wäre früher am liebsten in ein Haus mit Garten gezogen, aber Fredrika hatte ihm so energisch Einhalt geboten, als hätte er einen Umzug nach Ulan-Bator vorgeschlagen.

»Warum sollten wir sie ausgerechnet hier finden?«, überlegte Fredrika. »Das Arrangement hat etwas Rituelles.«

Da konnte Alex ihr nicht widersprechen. Lovisa Wankel lag wie gekreuzigt im Boden, direkt über der Mittellinie des Tennisplatzes. Das Netz war abgenommen worden, um das Rasenmähen zu erleichtern; wäre es noch da, dann wäre es schnurgerade über ihre Hüfte verlaufen.

»Gab es um diesen Tennisplatz nicht irgendwie Ärger?«, fragte Alex.

»Nicht dass ich wüsste«, meinte Fredrika.

»Doch, da war etwas – das weiß ich genau«, beharrte er.

Renata pfiff durch die Zähne. Sie und einer der Techniker hatten soeben Lovisa Wankel angehoben und auf den Bauch gedreht. An ihrem Hinterkopf klaffte eine riesige Wunde.

»Womöglich ist es wirklich so einfach«, murmelte sie.

»Du meinst, sie wurde erschlagen?«, hakte Alex nach.

»Ja.«

»Wir spekulieren jetzt lieber nicht weiter«, wandte Alex ein. »Sag einfach Bescheid, sobald du etwas weißt.«

Fredrika und er waren bereits auf dem Rückweg zum Parkplatz, als Renata ihnen nachrief: »Das werdet ihr euch ansehen wollen.«

Sie machten erneut kehrt. Renata hielt ihnen Lovisa Wankels linkes Handgelenk hin, sodass sie die Unterseite sehen konnten. In der schmutzigen Haut waren Spuren einer Tätowierung zu sehen, die Fredrika nicht deuten konnte. Punkte und Striche und ein paar vereinzelte Buchstaben und Ziffern. Vorsichtig pflückte Renata Erdkrümel vom Handgelenk.

»Aha«, sagte Alex. »Sie war tätowiert.«

Renata kniff die Lippen zusammen. »Erkennt ihr das nicht?«

Fredrika sah näher hin. »Wenn ich das Bild – oder wie man es denn nun nennen soll – in anderem Zusammenhang gesehen hätte, hätte ich auf eine chemische Formel getippt.«

Renata seufzte ungeduldig. »Es *ist* eine chemische Formel.«

Fredrika und Alex sahen einander verblüfft an.

»Sie steht für Kokain«, erklärte Renata.

»Wie bitte?«, entschlüpfte es Alex. »Sie hat sich die Formel für Kokain auf …«

»Genau das hat sie«, fiel Renata ihm ins Wort. »Sieht sogar ziemlich frisch aus. Und dann lag unter ihrem Kopf noch das hier …«

Sie hielt eine rot bemalte Maske hoch.

Alex runzelte die Stirn, während in Fredrikas Hirn Assoziationen zu okkulten Bewegungen explodierten. Am meisten indes beschäftigte sie die Frage, warum sie selbst hier vor Ort war – warum betraf dieser Mord ausgerechnet sie?

Wir schaffen es nicht.

»Alex, warum sind wir hier?«, fragte sie.

Er antwortete nicht.

»Made in Haiti«, entzifferte Renata.

Fredrika streifte sich einen Latexhandschuh über und griff nach der Maske. Haiti? Dort wurden Voodoo- und Zombiemythen lebendig. *Was zum Teufel ging hier vor?*

»Jetzt sag schon«, wandte sie sich erneut an Alex. »Warum sind wir hier?«

Während Renata irgendetwas holen ging, reichte Alex ihr eine Plastiktüte, die ein weißes Blatt Papier enthielt. »Deswegen.«

Auf dem Papier stand:

Jetzt tue ich es schon wieder. Mache etwas wieder gut.

UND SO WÜRDEN sie im Nachhinein die Geschichte vom seltsamen Tod des Bauunternehmers Malcolm Benke und von allem, was darauf folgte, erzählen:

Es begann mit dem Ehering der Tochter an seinem kleinen Finger.

Es ging weiter mit einem Opfer, das in ein so flaches Grab gelegt wurde, dass Hände und Füße nicht von Erde bedeckt waren.

Und nicht einmal, als der Mörder so freundlich war, uns Briefe zu schicken, wagten wir, unseren Täter etwas anderes als einen gewöhnlichen Mörder zu nennen.

Sie suchten sich ein abgeschiedenes Besprechungszimmer und machten die Tür hinter sich zu. Das Zimmer roch sofort nach dem Curry, das Fredrika ihnen vom Thai-Stand auf der gegenüberliegenden Straßenseite besorgt hatte. Alex Recht versuchte, das Fenster zu öffnen, aber es ging nicht.

»Funktioniert denn die Klimaanlage?«, fragte Fredrika.

»Deshalb sitzen wir hier und nicht in der Löwengrube«, erwiderte Alex. »Weil sie hier angeblich funktioniert, aber dort nicht.«

Natürlich war es wieder diese grässliche Berlin gewesen, die dafür gesorgt hatte, dass die Löwengrube nicht als Besprechungszimmer genutzt werden durfte, solange die Temperaturen dort so niedrig waren. Alex verstand das Problem nicht. Wenn es zu kalt war, konnten die Leute sich doch was anziehen. Aber wenn es zu warm war – wie in diesem neuen Raum –, dann war dem schwerer beizukommen. Kollektive Nacktheit lockte schließlich die allerwenigsten.

»Jetzt setz dich endlich«, sagte Fredrika und zog den Stuhl neben sich unter dem Besprechungstisch heraus. »Wir haben

Essen, und wir haben Zeit zum Reden. So gut ist es nicht immer um uns bestellt.«

Sie zwinkerte ihm zu und war einen Moment lang wieder ihr altes, normales Ich. Erleichtert setzte Alex sich und tat sich Essen auf. Hühnchen-Curry und Reis war einfach das Beste, was es gab.

»Die Maske«, sagte Fredrika.

»Das Kokain«, fügte Alex hinzu.

»Ob Malcolm Benke gekokst hat?«, fragte Fredrika. »Oder hat er mit Drogen gehandelt?«

»Ich merke schon, du versuchst, eine Verbindung zwischen den beiden Mordfällen herzustellen. Aber ich fürchte, dass diese Verbindung nicht wirklich auf der Hand liegt.«

Fredrika legte das Besteck beiseite. »Alex, wir werden wahnsinnig viel zu tun kriegen.«

»Ich weiß. Berlin hat davon gesprochen, vielleicht zu Anfang jemand anders an dem Lovisa-Mord arbeiten zu lassen. Dann können wir uns gegenseitig ins Bild setzen und das Ganze zusammenwerfen, sobald wir sehen, wo sich die Ermittlungen überschneiden. Ich glaube, das könnte gut funktionieren.«

Wenn Berlin bis dahin nicht Alex die ganze Sache wegnähme. Sie war ausgeflippt, als sie von der neuen Nachricht gehört hatte. Sie hatte an der Pinnwand vom Tennisplatz gehangen, sodass jeder sie sehen konnte. Im Grunde kein Problem, weil nur wenige die kryptischen Sätze verstanden hatten – aber es war unmissverständlich gewesen, an wen sich der Absender gerichtet hatte. Oben auf dem Papier hatte »Alex« gestanden, und welcher andere Alex sollte schon gemeint sein als Alex Recht.

»Schaffen Sie das?«, hatte Berlin gefragt. »Ganz im Ernst – schaffen Sie es, bei einer Ermittlung nicht aus dem Tritt zu kommen, die aus irgendeinem Grund gegen Sie gerichtet zu sein scheint?«

Und Alex hatte getan, was er schon so oft getan hatte: Er hatte gelogen. Hatte gesagt, dass er die Aufgabe natürlich locker meistern werde. *Locker.* Immerhin sei er inzwischen die meiste Zeit im Leben Polizist gewesen und wisse, wie man einen kühlen Kopf bewahrte.

Doch die Wahrheit war, dass er keine Ahnung hatte, ob er es schaffen würde – und zwar aus einem einfachen Grund: Er kannte genauso wenig wie alle anderen den Beweggrund für diese Zettel. Er hatte den Auftrag bekommen, sämtliche Personen aufzulisten, denen er im Dienst oder privat begegnet war und von denen er glaubte, dass sie solche Briefe schreiben könnten.

Bisher stand nicht ein einziger Name auf dieser Liste.

Solche Leute kenne ich nicht.

»Stören sie dich?«, fragte Fredrika. »Die Briefe, stressen die dich?«

Niemand sonst hätte eine solche Frage stellen und auf eine aufrichtige Antwort vertrauen können.

»Es wäre fahrlässig, wenn ich jetzt behauptete, ich würde mich nicht darum scheren«, erwiderte Alex.

Er vermied es, sie anzusehen, wollte nicht weiter darüber diskutieren. Fredrika schluckte es, ohne Einspruch zu erheben.

»In zwei Stunden treffen wir Bernhard Benke«, sagte sie. »Bis gestern hätte ich ihn als Verdächtigen eingestuft; inzwischen weiß ich es nicht mehr. Nicht, solange keine unübersehbare Verbindung zwischen Wankel und Benke auftaucht.«

»Das sehe ich auch so«, sagte Alex.

Bernhard hatte sich zur Tatzeit erwiesenermaßen in Wien aufgehalten, aber das war noch lange keine Garantie dafür, dass er nicht in die Sache verwickelt war. Doch Alex glaubte nicht daran – nicht nachdem sie Lovisas Leiche gefunden hatten. Erniedrigt und im Boden verscharrt.

Wie kommt man nur auf solch eine Idee?

Schweigend nahmen sie ihr Mittagessen ein. Er hatte immer noch kein Wort über Noah Johanssons Anruf verlauten lassen, geschweige denn über sein Gespräch mit Peder. Dabei fühlte er sich wie ein verdammter Verräter, der Fredrika hinterging. Obwohl er das eigentlich nicht tat oder zumindest nicht vorhatte. Es war schließlich nicht seine Schuld, dass Peder ihn angerufen und aus dem Nähkästchen geplaudert hatte. Mal ganz abgesehen davon hätte Alex gar nicht gewusst, was er mit der Information anfangen oder ob er überhaupt etwas tun sollte. Was hatte Peder denn eigentlich gesagt? Nicht mehr, als dass er einen aufgebrachten Spencer in Noahs Bestattungsinstitut beobachtet hatte – und das war nicht allzu viel, worauf man bauen konnte. Er durfte nur nicht vergessen, zu den Kollegen Kontakt aufzunehmen, die Noahs Anzeige aufgenommen hatten; gleichzeitig wusste er, dass dies kein Fall sein würde, dem er besondere Prioritäten einräumen sollte. Er war nicht wichtig. Lag nicht in seiner Verantwortung.

Trotzdem: Warum hatte Peder unbedingt Spencer erwähnen müssen?

Und was zum Teufel hatte Spencer in einem Bestattungsinstitut zu suchen?

»Der Ring an Malcolms Finger«, hob Fredrika an, »der Ehering seiner Tochter … Daran bleibe ich immer wieder hängen, wenn ich versuche zu verstehen, was da passiert sein soll. Eins ist doch klar: Wäre der Ring nicht gewesen, hätten wir womöglich nicht einmal angefangen, uns für den Mord an Beata zu interessieren.«

Das war eine gute Überlegung. Alex blieb ein Bissen Curry im Hals stecken, und er hustete so heftig, dass Fredrika ihm auf den Rücken klopfen musste. Das letzte Mal hatte sie das getan, als sie zusammen in der Kneipe gesessen und sich betrunken hatten – nur dass sie da nicht geklopft, sondern ihm eher über den Rücken gestreichelt und gesagt hatte, dass sie ihn gernhatte.

»Nein«, sagte Alex. »Ich fürchte, da hätten wir die Verbindung zu Beatas Mord nicht erkannt.«

»Wenn du Verbindung sagst, was meinst du damit?«

Alex sah erstaunt auf. »Damit meine ich natürlich, dass Vater und Tochter auf ein und dieselbe Weise umgebracht wurden, nur eben höchstwahrscheinlich von verschiedenen Tätern. Beata wurde von ihrem Ex ermordet, ihr Vater von jemand anderem.«

»Genau«, erwiderte Fredrika gedehnt.

»Genau?«

Fredrika stocherte in ihrem Essen herum.

»Das hier ist mehr als eine Ermittlung, Alex«, sagte sie leise. »Das hier ist ein Drama. Mit einem Mörder, der richtig verstanden, aber nicht aufgehalten werden will. Deshalb bekam Malcolm den Ring an die Hand – wir sollten die Spur nicht übersehen. Wäre der Ring nicht gewesen, hätten wir unendlich Zeit darauf verwandt, einen Kunden oder Partner zu finden, mit dem er irgendeine Rechnung offen hatte. Oder jemand anderen, den wir für ausreichend wütend gehalten hätten, um ihm ein Loch in die Brust zu pusten.«

Alex ließ ihre Ausführung einsickern; sie verhakte sich in seinem Hirn und wuchs an zu einer Erkenntnis, die ihn belastete.

Ein Mörder, der richtig verstanden werden will.

Ein Mörder mit einer Mission?

Wie viele Opfer würden sie dann noch zu sehen bekommen?

Fredrikas Worte ließen ihn erschaudern.

»Ich frage mich nur, warum der erste Brief kam, als Malcolm Benke schon tot und die Ermittlung in vollem Gang war. Warum ist er nicht wie der andere Brief am Tatort gefunden worden?«, fragte Alex.

Fredrika hackte mit der Gabel in die klein geschnittenen

Hühnchenstreifen ein, als wollte sie das Tier ein zweites Mal erlegen.

»Ich hab gestern doch gesagt, wir sollten uns Malcolm Benkes Haus noch mal ansehen«, sagte sie. »Ich will in dieser Hinsicht nicht klein beigeben. Ich weiß, dass ich die Formulierung ›alles wiedergutmachen‹ noch woanders gesehen habe. Womöglich kam der Brief an dich aus genau dem Grund – weil wir eine Spur, die im Haus gelegt wurde, nicht übersehen sollen. Dann hat der Mörder entschieden, beim zweiten Mal weniger subtil vorzugehen, und deshalb den Brief an die Pinnwand gehängt.«

Alex' Handy klingelte. Er ging verärgert ran.

»Ja?«

»Hello? Alex?«

Es dauerte einen Moment, ehe Alex die Stimme von Linda Sullivan wiedererkannte.

»Ja«, antwortete er auf Englisch. »Ich bin dran.«

»Ich wollte Ihnen nur erzählen, dass ich mich erkundigt habe, was mit Beata Benkes Ehering geschehen sein könnte«, sagte sie, ohne dass sie ihre Aufregung hätte verbergen können.

Alex war schlagartig hellwach. Fredrika ließ ihr Besteck sinken.

»Sie hat ihn nicht getragen, als sie gestorben ist«, führte Linda weiter aus. »Aber an ihrem Finger war deutlich zu sehen, wo der Ring gesessen hatte. Sie wissen ja, wie weiß die Haut manchmal wird, wenn man einen Ring immer trägt. Als wir sie in ihrem Sessel fanden, hatte sie ihn nicht angesteckt. Wir haben nicht darauf reagiert, fanden es nicht weiter ungewöhnlich. Aber wenn Sie nun sagen, dass ihr Vater ihn am kleinen Finger hatte, wäre natürlich interessant zu wissen, wer den Ring in all den Jahren gehabt oder wer ihn damals mitgenommen haben könnte.«

»Ohne Frage«, sagte Alex. »Ohne Frage.«

Er hatte von Anfang an gespürt, dass der Ring wichtig war und ihnen etwas über den Täter mitteilen konnte.

»Mir kommt da ein Gedanke«, sagte er. »Was macht Beatas Ehemann heute?«

»Glauben Sie, er könnte seinen Schwiegervater umgebracht haben?«, fragte Linda skeptisch.

»Ich glaube gar nichts. Ich will nur ausschließen, dass es der Fall sein könnte«, erklärte Alex.

»Ich weiß nicht, was er heute macht«, sagte Linda. »Aber das finde ich heraus und melde mich.«

»Erzähl«, sagte Fredrika, als die beiden aufgelegt hatten, und Alex setzte sie ins Bild.

»Ich glaube nicht, dass Beatas Ex mit der Sache zu tun hat«, sagte sie schließlich. »Und ihr Bruder wie gesagt auch nicht. Nicht nach dem, was wir heute gesehen haben.«

»Das glaube ich auch nicht«, meinte Alex. »Trotzdem müssen wir jeden Stein umdrehen und sehen, was darunter zum Vorschein kommt.«

Was zum Vorschein kommt. Was möglicherweise erklären könnte, warum ein Mörder einen älteren Mann und eine jüngere Frau umbrachte, die einander allem Anschein nach nicht gekannt hatten. Und wie ein Ehering von London nach Stockholm hatte wandern können.

»Wann schaffen wir es, noch mal zu Benkes Haus in Nacka rauszufahren?«, fragte er.

Fredrika schob ihre Lunchbox von sich weg. »Wie wäre es mit jetzt?«

Alex wischte sich den Mund ab und legte die Papierserviette beiseite. »Gib mir zehn Minuten, ich muss erst noch schnell etwas anderes erledigen.«

Fredrika fragte nicht, was er in diesen zehn Minuten erledigen wollte. Alex zog sich in sein Arbeitszimmer zurück. Noahs Anzeige zu finden war kein Problem. Er kniff die Augen zusammen und suchte nach weiteren Hinweisen in der Datenbank. Ein Kriminalinspektor namens Stig Mattsson hatte ein Log eingerichtet und notiert, dass er mehrmals mit Noah gesprochen habe. Aus Mattssons Notizen sprachen Frust und die pure Herablassung. In der letzten Notiz hatte er hinterlegt, Noah müsse sowohl geisteskrank sein als auch Halluzinationen haben. »Will trotzdem mit keinem Traumaberater reden«, hatte Mattsson geschrieben.

Alex seufzte. Allmählich dämmerte ihm, warum Noah von der Polizei nichts gehalten hatte. Er suchte weiter und fand den abschlägigen Beschluss zur Voruntersuchung. Die bisherige Sachlage berechtige nicht zu der Annahme, dass ein Verbrechen vorliege, folglich gebe es auch nichts, womit man sich weiter beschäftigen müsse.

Warum sitze ich dann hier und glaube, dass sie sich irren?, dachte Alex.

Denn genau dieses Gefühl hatte er, während er las, was seine Kollegen zusammengetragen hatten. Sie hatten sich mit ein paar wenigen Kontakten mit Dan Johansson via E-Mail und Telefon begnügt, hatten diese als Indizien dafür herangezogen, dass er nicht gegen seinen Willen entführt worden war.

Alex sah auf die Uhr. Seine zehn Minuten neigten sich ihrem Ende zu. Eilig rief er Stig Mattsson an.

»Was zum Teufel … Ist er jetzt auch schon hinter Ihnen her?«, fluchte Mattsson, als Alex sein Anliegen vorbrachte.

»Ganz und gar nicht«, erwiderte Alex. »Ich möchte nur wissen, wer außer Ihnen noch an der Ermittlung beteiligt war.«

Nachdem er Mattssons Notizen gelesen hatte, hätte er gern gehört, dass noch mehr Kollegen sich mit der Sache beschäftigt und den Beschluss, die Ermittlungen einzustellen, mitgetragen hatten.

»Wir waren natürlich mehrere«, sagte Mattsson. »Außerdem hab ich einen Kommissar aus Ihrem Dezernat konsultiert.«

»Aus meinem Dezernat?«, echote Alex.

»Er hat zum Jahreswechsel ein Weilchen bei uns gearbeitet, ist jetzt aber wieder zurück im Haus. Er hat mir immer einen ungeheuer kompetenten Eindruck gemacht, deshalb habe ich mich auch an ihn gewandt. Und er war ebenfalls sehr klar in seiner Meinung: nämlich dass wir die Ermittlungen einstellen sollten.«

»Wer sollte das gewesen sein?«, fragte Alex.

»Torbjörn Ross.«

VENDELA WACHTE AUF, weil das Telefon klingelte. Eine Freundin wollte sich ein Buch ausleihen und fragte, ob sie vorbeikommen könne. Vendela streckte sich im Bett aus und wünschte sich, sie hätte nicht so lange gearbeitet und wäre stattdessen ein wenig früher aufgewacht. Dann wieder – der Geruch. Dieser verdammte Gestank, der im Haus hing.

Verrottender Kot. So roch es.

»Ich könnte Brötchen mitbringen«, sagte ihre Freundin. »Vielleicht vom Bäcker bei dir an der Ecke?«

Vendela liebte ihren Morgenkaffee, und den Nachmittagskaffee liebte sie auch. Sie liebte Kaffee generell. Aber dieser Geruch – der verschlug ihr selbst darauf den Appetit.

»Ich trink gern mit dir Kaffee«, sagte Vendela, »aber nicht bei mir zu Hause. Wenn du dir das Buch holen kommst, dann verstehst du auch, was ich meine.«

Die Freundin kam kurze Zeit später. Sowie Vendela die Tür aufzog, stand sie mit zu einer Grimasse verzogenem Gesicht im Treppenhaus.

»Entschuldige«, sagte sie, »aber was stinkt denn hier so?«

Vendela gab einen theatralischen Seufzer von sich. Im nächsten Moment fing ihr Herz heftig an zu schlagen, als ihr ein spontaner Gedanke kam. War das nicht der gleiche Geruch, der ihnen entgegengeschlagen war, als ihre Großmutter tagelang nicht ans Telefon gegangen war und Vendela und ihre Mutter sich schließlich mit einem Ersatzschlüssel Zutritt zu deren Wohnung verschafft hatten?

Oma?

Die Oma schläft, mein Liebes.

»Ich hab gehofft, du hilfst mir, genau das herauszufinden«, sagte Vendela. Sie zog sich Hausschuhe an und trat hinaus ins Treppenhaus. »Ich glaube, es kommt von oben.«

Dann eilte sie die Treppe hinauf. Die Freundin folgte ihr, durch den Geruch sichtlich irritiert.

»Igitt!«, rief sie angewidert, als sie im fünften Stock ankamen.

»Es kommt von hier, oder nicht?«, versicherte sich Vendela.

»Yes.«

Vendela klingelte erneut an sämtlichen Türen. Und endlich machte jemand auf – eine junge Frau, die Vendela noch nie gesehen hatte. Trotzdem fragte sie nicht weiter nach. Nur weil sie von zu Hause aus arbeitete, hatte sie nicht das Recht, ihre Nachbarn auszuspionieren.

»Entschuldigen Sie, aber ich komme wegen des Geruchs …«

»Hören Sie bloß auf!«, sagte die junge Frau. »Mein Freund und ich haben gestern die ganze Wohnung durchsucht, aber wir haben nichts gefunden, was diesen Gestank erklären könnte.«

Klar, was sie damit sagen wollte: Von ihr kam es nicht – genauso wenig wie von Vendela.

»Ich hab schon die Hausverwaltung angerufen, aber die scheinen da auch nicht weiterhelfen zu können. Sie hätten keine Schlüssel zu unseren Wohnungen und dürften dort auch nicht einfach so ein und aus gehen. Was ja auch gut ist.«

Vendelas Freundin beteiligte sich nicht an dem Gespräch, sondern lief auf der Etage von Tür zu Tür. Vier Eingänge, vier mögliche Geruchsquellen.

»Hier«, sagte sie entschieden. »Der Geruch kommt von hier.«

»Bist du dir sicher?«, fragte Vendela.

»Garantiert.«

Vendela und die junge Frau sahen einander an. Auf dem Klingelschild stand Henry Lindgren.

MALIN UND DIE Kinder saßen am Küchentisch. Sie war überzeugt davon, dass die Kinder Routinen brauchten, und hatte sich überlegt, dass sie eine Art Sommerschule einführen sollten. Dan war noch nicht wieder aufgetaucht. Malin wusste, dass er in der Nacht Kopfschmerzen gehabt und schlecht geschlafen hatte. Das war nichts Ungewöhnliches, Dan hatte immer schon Migräneanfälle gehabt, aber er hatte sie nie ohne Schmerzmittel ertragen müssen. In ihr kochte die Angst hoch, wenn sie nur daran dachte, was ihre Situation mit ihm machte ... Vielleicht waren es gar nicht die Kinder, die am meisten unter der Isolation litten, sondern Dan?

Sie mussten aufpassen, dass er sie nicht alle mit in die Tiefe riss. Wenn es überhaupt möglich war zu entkommen.

Wir haben doch keine Möglichkeit, uns zu schützen.

»Ich kapier das nicht ...«

Resigniert warf ihr Sohn den Stift beiseite und ließ den Kopf über seinem Mathebuch hängen.

Malin holte tief Luft. Sie durfte die Geduld nicht verlieren. Nicht schon vor dem Mittagessen. Sonst würde der Tag noch schlechter werden.

»Wir probieren es einfach noch mal«, sagte sie. »Guck mal, wie ich es mache.«

Schule mitten im Sommer. Nur um Zeit totzuschlagen.

Die Kinder fanden es furchtbar, ihre Freunde nicht treffen zu können und nur einander zu haben, und Malin spielte auch nicht gern die Lehrerin, ließ sich aber von ihrem Eifer antreiben, ihrem gemeinsamen Alltag eine neue Struktur zu geben. Dem Terror ein Gegengewicht entgegenzusetzen.

Die Kinder und Dan taten ihr gleichermaßen leid. Vor allem jetzt, da die Sonne schien. Im Haus wurde es immer heißer.

Malin hatte bereits unzählige Male versucht zu verstehen, was da gerade mit ihnen geschah. Sie musste an die Handys denken, die sie hatten abgeben müssen, an die E-Mails, die sie gezwungen worden waren zu schreiben. Ein paar kurze Zeilen an Freunde und Angehörige, die sich im Zusammenhang mit dem Umzug nach Australien gemeldet hatten. Dann weitere E-Mails, um ihre Verpflichtungen in Sydney abzusagen. Sie hatten sich nicht getraut zu protestieren, sondern einfach getan wie geheißen. Es war ganz furchtbar, dass der Mann ihre Handys mitgenommen hatte und nun all ihre Kontakte kannte. Ganz gleich wer sich noch meldete – der Mann würde adäquat darauf reagieren. Er würde eigene E-Mails, eigene SMS verschicken. Niemand von ihnen wusste, wie lange es dauern würde, bis noch mehr Leute außer Noah – *denn der hatte doch bestimmt gemerkt, dass da etwas faul war?* – reagieren und Alarm schlagen würden. Ursprünglich war ihr Plan gewesen, ein Jahr in Australien zu leben, und nur wenige hatten angekündigt, sie vielleicht dort besuchen zu wollen.

Ein Jahr …

Sie würden ein ganzes Jahr verschwunden bleiben können, ehe auch den Letzten klar wurde, dass sie sich gar nicht dort aufhielten.

Das schaffen wir nicht, dachte Malin.

Und dann: *Was soll mit uns in diesem Jahr passieren?*

Es machte ihr Angst, dass der Mann sie schon einige Zeit, ehe er zur Tat geschritten war, ins Visier genommen haben musste. Er hatte ihre Australienpläne gekannt, hatte genau gewusst, wann sie hatten abreisen wollen. Im Grunde nicht weiter seltsam – sie hatten auf Facebook darüber berichtet und in aller Ausführlichkeit ihre Pläne dargelegt, und die Kinder hatten noch fleißiger in den sozialen Medien von der anstehenden Reise erzählt. Wer sich mit den Plänen der Familie hätte vertraut machen wollen, hätte nur ein Handy oder einen Computer gebraucht.

Was machen wir denn, wenn uns niemand vermisst?

Malin fürchtete sich so sehr, dass sie fast in Tränen ausbrach. Die Freunde der Kinder würden natürlich merken, dass Hedvig und Max vom Radar verschwunden waren, würden aber kaum irgendwelche Suchaktionen einleiten können. Verdammt, warum stand sie ihrem Vater nicht näher? Verdammt, warum gab es nur so wenige, die überhaupt die Möglichkeit hatten zu kapieren, dass hier etwas nicht stimmte. Noah würde es merken. Aber wer würde ihm Glauben schenken?

»Mama, wann dürfen wir nach Hause?«

Die Frage kam von ihrer Tochter – zum zweiten Mal in viel zu kurzer Zeit.

»Ich weiß es immer noch nicht«, antwortete Malin.

Dan machte ein Stockwerk höher irgendeinen Krach, und sie zuckte zusammen. Insgeheim wollte sie am liebsten jeden seiner Schritte überwachen, wollte sehen, was genau er vorhatte. Malin war sich sicher, dass er in die Finsternis abgetaucht war, wo sie ihn nur mehr schwer erreichen konnte. Dan hatte erzählt, dass er eine neue Idee habe, er meinte, einen Weg entdeckt zu haben, wie sie aus dem Haus würden fliehen können.

Ich will nichts davon wissen. Ich will nur leben.

Niemand wird uns finden, dachte Malin und spürte, wie ihr Herz sich vor Angst zusammenkrampfte.

»Ich hol mal ein bisschen Obst«, sagte sie und stand auf.

Ihre Beine wollten sie kaum tragen, als sie zur Spüle ging. Die Apfelsine würden sie sich teilen müssen; sie wusste schließlich nicht, ob und wann sie mehr Obst bekommen würden.

Wir werden hier sterben, dachte sie. Womöglich heute

noch, vielleicht auch erst morgen. Und niemand wird es erfahren.

Sie zog die Küchenschublade auf und wollte sich ein Messer nehmen. Verblüfft starrte sie in die Schublade hinab, in der vor Kurzem noch zwei große Messer gelegen hatten. Ein Brotmesser und ein Fleischmesser. Beide fehlten.

Malin schob die Schublade wieder zu und zog eine andere auf. Dort lag ein kleines Obstmesser.

»Habt ihr die Messer in der Hand gehabt?«, fragte sie die Kinder.

Sie musste sich schwer beherrschen, damit ihre Stimme nicht zitterte.

Beide schüttelten den Kopf.

»Ihr könnt es mir ruhig sagen«, meinte Malin. »Ich bin nicht böse, nur weil ihr sie woanders hingeräumt habt.«

Jetzt wurde Hedvig sauer. »Aber wir haben deine blöden Messer nicht angefasst!«

»Okay«, erwiderte Malin leise.

Ihre Kehle zog sich zusammen, die Augen brannten. Dann musste Dan sich die Messer genommen haben. Panik flammte in ihr auf wie ein Feuer.

Was wollte er mit den Messern?

DIE TAPETE IM Büro war an mehreren Stellen lose, und die Fußleisten waren fleckig, wo die Farbe abgeblättert war. Früher hatte das Noah Johansson noch gestört; inzwischen bemerkte er es nicht einmal mehr. Er saß am Schreibtisch und starrte angespannt in den schimmernden Bildschirm seines Computers. Er hätte nicht sagen können, wie lange er schon dort saß; er fühlte sich wie in Trance.

Noah hatte viele Macken, aber dumm war er nicht. Er hatte genau gehört, wie Alex Recht geklungen hatte, als er ihn zurückgerufen hatte; wie zögerlich er gewesen war. Noahs Geschichte hatte nicht gereicht. Er würde sich etwas ausdenken müssen, um Alex dazu zu bringen, die Suche nach Dan und seiner Familie aufzunehmen. Und genau an dieser Stelle steckte er fest. Was würde er noch tun können?

Eine einzige Sache.

Eine weitere E-Mail an Dan schicken.

Bisher hatte Noah sorgfältig vermieden, in den E-Mails, die er an seinen Bruder geschickt hatte, die Polizei zu erwähnen. Schließlich war er überzeugt davon, dass jemand anders sich der Kontakte von Dan bemächtigt hatte, und da diese Person offenkundig Böses im Sinn hatte, war er zuletzt lieber vorsichtig gewesen und hatte seine Bemühungen nicht mal erwähnt. Der oder die Täter durften nicht erfahren, dass er ihnen auf den Fersen war. Was ja eigentlich auch nicht der Fall war. Die Polizei hatte schließlich nichts unternommen. Aber nicht einmal das hatte Noah verraten wollen.

Bis heute.

In seiner jüngsten E-Mail hatte er nun geschrieben, dass er aus Sorge Anzeige erstattet habe und nun eine Ermittlung in Gang kommen werde. Noah hoffte, dass seine scharfe

Formulierung ihren derzeitigen Status quo beenden – oder zumindest Bewegung in die Sache bringen würde. Die Person, die Dans E-Mails kontrollierte, würde darauf reagieren müssen, sobald klar wäre, dass Noah die Polizei eingeschaltet hatte. Er hatte nichts ausgelassen, sondern in lebhaften Schilderungen sämtliche Maßnahmen geschildert, die die Ordnungsmacht in seiner Vorstellung ergriffen hatte, um sich Klarheit in der Frage zu verschaffen, wohin Dan mitsamt Familie verschwunden war. Sicherheitshalber hatte er auch die Botschaft in Canberra erwähnt, obwohl er von dort rein gar nichts mehr gehört hatte. Zusammengefasst las es sich so: *Jetzt suchen also sowohl die Polizei als auch die Diplomatie nach dir und deiner Familie. Bleibt stark, Hilfe naht!*

Er selbst war zufrieden mit seinen Formulierungen gewesen, mit den schlicht aneinandergereihten Sätzen. Dann hatte er Tina angerufen und ihr die E-Mail am Telefon vorgelesen. Sie hatte ihm aufmerksam zugehört, und es hatte ihr gefallen, was er geschrieben hatte. Tina war ein Geschenk des Himmels. Mit ihr an seiner Seite fühlte Noah sich stark, weil es ihr genau wie ihm ging: Sie war außer sich vor Sorge und überzeugt davon, dass etwas Schreckliches passiert sein musste. Nur manchmal hatte sie kurz Zweifel.

»Was, wenn wir uns das alles nur einbilden?«, hatte sie gefragt. »Wenn sie gar nicht verschwunden sind? Es gibt immerhin die mikroskopisch kleine Chance, dass es doch wahr sein könnte. Dann wäre Dan superwütend, wenn er die E-Mail liest.«

Diesen Gedanken hatte Noah auch gehabt.

»Finde ich nicht weiter schlimm«, hatte er geantwortet. »Wenn es tatsächlich so wäre, dass es Dan und Malin gut geht und sie einfach nur nicht ganz normal von sich hören lassen, dann hätten sie sich das selbst zuzuschreiben. Ich will einfach nur sicherstellen, dass es ihnen gut geht.«

Sobald er auch nur an das Gespräch mit Tina zurückdachte, war er drauf und dran, in Tränen auszubrechen. Dass es Dan und seiner Familie gut ging, war ein Ding der Unmöglichkeit. Jene sparsamen Nachrichten waren doch kein Zeichen dafür, dass Dan sauer auf Noah war, nur weil der ihr Australienabenteuer nicht unterstützt hatte. So dachte Dan nicht.

Wenn es nur noch nicht zu spät war!

Und genau das war die Frage, die am meisten an Noah zehrte: Was, wenn die Zeit bereits abgelaufen wäre? Denn wo versteckte man eine komplette Familie über einen so langen Zeitraum? Und warum sollte man sie irgendwo einkerkern und am Leben lassen? Wäre es nicht viel logischer, wenn sie tot wären?

Das Blut rauschte in Noahs Adern, die Panik drohte ihn zu übermannen. Er musste jetzt einen kühlen Kopf bewahren, die Hoffnung hochhalten. Die E-Mail, die er verschickt hatte, würde irgendeine Reaktion heraufbeschwören, die dann ein für alle Mal deutlich machte, dass da etwas nicht stimmte. Damit hätte er endlich etwas in der Hand, was er Alex würde zeigen können.

Hilfe naht, dachte Noah. Hilfe naht.

DIE LUFT IN Malcolm Benkes Haus war stickig und so schwer einzuatmen, als hinge Rauch in den Räumen – gerade so viel, dass man es spürte, allerdings so wenig, dass man ihn nicht sah. Fredrika Bergman hielt in der Diele inne. Was war nur in sie gefahren, zu Benkes Haus zurückzukehren und Sherlock Holmes zu spielen? Oder, noch schlimmer, keineswegs zu spielen, sondern das Ganze tatsächlich ernst zu nehmen?

Alex war dicht hinter ihr.

»Geh schon rein«, sagte er, »dann können wir das wenigstens abhaken.«

Sein Atem roch nach Curry, und einen kleinen Moment lang stellte sich Fredrika vor, wie es wäre, ihn zu küssen. Nicht dass sie es gewollt oder Lust dazu gehabt hätte – eher aus Neugier. Damals, als sie sich gemeinsam betrunken hatten, unmittelbar nachdem sie erfahren hatten, wer ihre neue Chefin werden sollte, hatte sie das Gleiche gedacht. Aber da war sie auch angetrunken gewesen; jetzt hatte sie keine Entschuldigung vorzuweisen.

Man wird ja wohl nicht von Trauer scharf, oder?

Sie ging weiter, betrat das Wohnzimmer, wo sie Benke gefunden hatten. Die Techniker hatten ihre Arbeit beendet: Sie hatten ihre Sachen gepackt und waren abgezogen. Die Spuren ihrer Arbeit waren indes noch immer zu sehen. Sohn Bernhard würde der Erste von Benkes Angehörigen sein, der das Haus so zu Gesicht bekäme.

Wenn ich an seiner Stelle wäre, dachte Fredrika, wenn ich in Wien wohnen würde und nach Hause käme, um mein Elternhaus in diesem Zustand vorzufinden – überall verstreute Sachen, diese ganze Unordnung –, und mittendrin der Sessel, in dem mein Vater erschossen aufgefunden wurde … Ich glaube, ich würde das nicht verkraften.

Sie war bekannt für ihre Sorgfalt und ihren Sinn für Details. Ihr Blick wanderte mit der Präzision eines Laserstrahls über Wände, Decke und Fußboden. Doch die Worte, nach denen sie Ausschau hielt, waren nirgends zu sehen. *Warum galt hier nicht mal zur Abwechslung das Gesetz des geringsten Widerstands?* Wie um die Situation weniger peinlich zu machen, begann Fredrika mit beispielloser Energie zu suchen: unter den Sofas, hinter den Bildern, unter den Teppichen. Überall dort, wo sie die entscheidenden Worte nie und nimmer gelesen haben konnte – die Worte, die Benkes Ermordung mit der von Wankel verknüpften.

Alex betrat nun ebenfalls das Wohnzimmer.

»Hast du in der Diele was gefunden?«, fragte Fredrika.

»Ich weiß ja nicht, wonach ich suche«, entgegnete Alex.

Das haben wir gemeinsam.

Es sagte es, ohne vorwurfsvoll oder herablassend zu klingen. Wenn er Fredrikas Idee für völlig abwegig gehalten hätte, wäre er nicht mitgekommen und hätte obendrein dafür gesorgt, dass sie auch nicht allein in Benkes Haus zurückkehrte.

Alex stellte sich ans Fenster, schob die Hände in die Hosentaschen und wartete darauf, dass sie fertig würde. Sie ahnte, dass er eine Veränderung an ihr bemerkt hatte und spürte, dass etwas an ihr zehrte. Doch sie vermochte nicht in Worte zu fassen, was ihr bevorstand – die Reise in die Schweiz, der begleitete Selbstmord, ein Professor, der über seinen eigenen Tod bewusst würde entscheiden wollen.

Sie drehte eine eilige Runde durch das restliche Haus.

»Ich gebe mich geschlagen«, sagte sie, als sie ins Wohnzimmer zurückkehrte. »Ich muss mich getäuscht haben. Hier ist nichts.«

Alex zuckte mit den Schultern und drehte sich um.

»Täuschen oder nicht – wir hätten es nicht beurteilen können, wenn wir uns der Sache nicht angenommen hätten.«

Fredrika lächelte ihm dankbar zu.

Im selben Moment fiel ihr Blick auf das Buch, das auf dem Tisch neben dem Sessel lag.

Der Buchrücken.

Als sie den Titel las, fühlte es sich an, als würde ihr der Boden unter den Füßen weggezogen.

»Da!« Sie zeigte auf das Buch.

»Bin ich ein verdammter Adler, oder was?«, entgegnete Alex. »Es ist mindestens fünfzehn Jahre her, dass ich auf diese Entfernung irgendwas lesen konnte …«

Fredrika las ihm den Titel laut vor, und er beugte sich über das Buch.

Ich mache alles wieder gut.

ALS SIE INS Haus zurückkehrten, erreichten Alex zwei Nachrichten. Die erste war, dass Margareta Berlin entschieden hatte, wer die teils separate Ermittlung im Fall Lovisa Wankel leiten werde – und zwar niemand Geringerer als Kriminalkommissar Torbjörn Ross. Die andere war, dass derselbe Torbjörn Ross nun Alex und Fredrika sprechen wollte.

Ross, dieser verdammte Blutegel. Der in den Korridoren um Alex herumschlich. Der empfohlen hatte, die Ermittlung im Fall von Noahs verschwundenem Bruder einzustellen.

Alex fehlten die Worte. Verblüfft sah er Fredrika an, als Berlin ihres Weges gegangen war.

»Ross? Verdammt, ist die jetzt vollkommen durchgeknallt?«

Das hatte Berlin offenbar noch gehört, denn sie machte ruck, zuck auf dem Absatz kehrt. »Gibt es irgendein Problem mit Torbjörn als Ermittlungsleiter?«

Alex lachte bloß trocken. »Machen Sie Witze?«

»Ich dachte, er sei als ungeeignet für derlei Aufgaben eingestuft worden«, ging Fredrika dazwischen.

Berlin verschränkte die Arme vor der Brust. Es sah kurios aus: Ihre Arme schienen zu kurz zu sein, die Brüste zu groß.

»Weil?«

»Weil er sich mehr als unpassend gegenüber Thea Aldrin verhalten hat«, erklärte Fredrika.

Alex vermied es – wie Fredrika im Übrigen auch –, Thea Aldrins Namen zu nennen, den der alten Kinderbuchautorin, deren Bücher für so viele Menschen schlimme Folgen gehabt hatten, unter anderem für Peder Rydh. Sein Bruder war ermordet worden, und Peder hatte im Affekt den Täter erschossen und damit seiner Karriere bei der Polizei selbst ein Ende gesetzt.

Und was war mit ihrer derzeitigen Ermittlung?, fragte Alex sich jetzt. Benke in seinem Sessel, Lovisa in der Erde … Unter gewissen Umständen waren Menschen eben imstande, das Leben anderer auszulöschen.

Trifft das auch auf mich zu?, fragte er sich. Könnte ich auch jemanden ermorden?

Ich würde nur zu gern glauben, dass die Antwort Nein lautet …

»Das ist lange her«, entgegnete Berlin. »Außerdem hat Ross sich für eben diese Ermittlung interessiert.«

»Ach, hat er das?«, fragte Alex.

»Ja, hat er. Und zwar aus *guten Gründen*. Er besitzt *eingehendes* Wissen über Lovisa Wankels Background.«

Fredrika seufzte und setzte sich auf einen der Besucherstühle in Alex' Arbeitszimmer.

»Das sind ja mal gute Neuigkeiten«, sagte sie. »Und um was für einen Background soll es dabei gehen?«

Berlin ging über Fredrikas ironischen Tonfall geflissentlich hinweg.

»Lovisa stand vor einigen Jahren wegen eines Verstoßes gegen das Betäubungsmittelgesetz vor Gericht«, erklärte Berlin. »Zwar nicht in Schweden, aber auf Haiti, glaube ich. Allerdings war die schwedische Polizei am Rande involviert, Torbjörn war damals für den Kontakt zuständig.«

Alex hatte sofort aufgemerkt – genau wie Fredrika. Die Tätowierung auf Lovisas Handgelenk – die chemische Formel, die weder Alex noch Fredrika erkannt hatte.

»Kokain«, sagte Alex.

»Genau. Konkret war sie damals verdächtigt worden, als Kurier zwischen Skandinavien, Zentralamerika oder vielmehr der Karibik fungiert zu haben. Am Ende wurde sie freigesprochen und durfte nach Hause zurückkehren. Seither hat sie nichts mehr mit der Polizei zu tun gehabt.«

Alex dachte an Malcolm Benke, dann wieder an Lovisa. *Was verband diese beiden?*

»Kannte Lovisa vielleicht Malcolm Benkes Tochter?«, fragte Fredrika, die offenbar eine ganz ähnliche Frage beschäftigte.

»Das müssen Sie schon Torbjörn fragen«, erwiderte Berlin und marschierte ohne ein weiteres Wort davon.

Diesmal warteten sie, bis Berlin außer Hörweite war.

»Das hier ist so verdammt bescheuert, dass es seinesgleichen sucht«, sagte Fredrika. »Unfassbar, dass Ross einen derartigen Fall übertragen bekommt.«

Alex konnte ihr nur zustimmen. »Trotzdem müssen wir dafür sorgen, dass die Zusammenarbeit funktioniert, sonst fährt alles vor die Wand, noch bevor wir überhaupt angefangen haben.«

Dann der nächste Gedanke: *Ich lade ihn nicht zu einer einzigen Besprechung ein.*

»Da könnte durchaus noch mehr passieren«, sagte Fredrika. »Ich mag gar nicht daran denken, was los ist, wenn die Presse davon Wind bekommt, dass Lovisa Wankel wahrscheinlich von ein und derselben Person ermordet wurde, die auch schon Benke auf dem Gewissen hat.«

Noch ein Grund zur Sorge. Diese skrupellosen Journalisten, die keine Chance verstreichen ließen, jede polizeiliche Untersuchung zu torpedieren. Berlin hatte schwere Geschütze aufgefahren, um sicherzustellen, dass niemand von den Nachrichten erfuhr, die Alex bekommen hatte. Es wäre verheerend für ihre weitere Arbeit, wenn das durchsickerte. Die Frage war nur, wie lange es klappte.

»Das Buch, das wir gefunden haben«, hob Alex an.

Fredrika angelte es aus der Handtasche. Sie hatten so viele Regeln wie möglich befolgt und es nicht ohne Latexhandschuhe angefasst. Das Buch steckte inzwischen in einer Asservatentüte. Ein grünes Buch ohne Motiv auf dem Umschlag.

»Ich frage Spencer nach dem Autor«, sagte Fredrika. »Morgan Sander – nie von ihm gehört.«

Auch Alex kannte ihn nicht. Sie hatten versucht, den Namen zu googeln, aber keinen Treffer erzielt.

»Und dann müssen wir entscheiden, was wir damit machen«, sagte Alex.

»Wir überlassen es der Technik«, schlug Fredrika vor, »und morgen briefen wir Berlin und den Rest des Ermittlerteams, aber erst wenn ich Zeit gehabt habe, etwas über den Autor herauszufinden.«

Alex war einverstanden.

»Dieser verdammte Titel, *Ich mache alles wieder gut …*«, sagte er. »Das gefällt mir nicht. Und ich kapier es einfach nicht – die gleiche Formulierung wie in den Nachrichten an mich.«

Fredrika war blass geworden. »Ich kapier es auch nicht.«

Im nächsten Augenblick klingelte Alex' Handy. Es war Torbjörn Ross, und Alex verzog das Gesicht.

»Lass uns später reden«, sagte er ins Telefon. »Fredrika und ich sind gleich bei einer Befragung.«

»Falls es den Mord an Lovisa Wankel betrifft, will ich dabei sein«, erwiderte Ross.

»Tut es nicht, es geht um den Mord an Benke.«

Ross hielt kurz inne. »Sprecht ihr mit seinem Sohn?«

»Ja.«

»Ich war mir so sicher«, hörte er Ross murmeln, und Alex presste sich das Handy ans Ohr.

Du warst dir sicher?

»Wovon redest du?«, fragte er.

»Ich war mir sicher, dass der Sohn es getan hatte«, sagte Ross. »Aber das stimmt offenbar nicht. Er hat null Verbindungen zu Wankel.«

»Sehen wir genauso«, sagte Alex und beeilte sich, das Gespräch zu beenden.

»Gehen wir, Benkes Sohn wartet«, sagte Fredrika im selben Moment, da er das Handy weglegte.

Jeder in seine eigenen Gedanken versunken, steuerten sie die Fahrstühle an. Alex vermochte das Unbehagen, das ihn bei dem Telefonat mit Ross beschlichen hatte, nicht abzuschütteln; er war sich sicher gewesen, Benkes Sohn hätte seinen eigenen Vater erschossen? *So sicher …*

Wie zum Teufel war das möglich? Und warum klang es so, als hätte Torbjörn Ross diesen Verdacht schon gehabt, lange bevor Fredrika und Alex zum selben Schluss gekommen waren?

IRGENDWANN NACH VIER Uhr beschloss Vendela, nach Henry Lindgren zu suchen. Die Hausverwaltung war endlich aus ihrem Dornröschenschlaf aufgewacht und wollte sich kümmern – aber wozu sollte das führen? Sie klingelten an Henrys Tür und riefen ihn an, aber er war nicht zu erreichen. Zwei Vertreter der Hausverwaltung standen eine Weile herum und zuckten mit den Schultern. Einer von ihnen hatte Henry vor ein paar Tagen mit einer Reisetasche das Haus verlassen sehen und meinte, er sei verreist.

Vendela glaubte das nicht. Sie war so wütend. Alles musste man selbst machen. Also rief sie ihren Neffen an, der ein guter Problemlöser war. Vor allem war er im Gegensatz zu Vendela gut darin, gewisse Dinge herauszufinden. Sie hatte getan, was sie konnte, um an die Namen von Henry Lindgrens Angehörigen zu kommen – leider ohne Erfolg.

»Was genau willst du wissen?«, fragte ihr Neffe.

»Ob Henry Kinder hat, die vielleicht wissen könnten, wo er sich derzeit aufhält.«

Sie bekam feuchte Hände, als sie ihr Anliegen vortrug. Ihr Verdacht war mittlerweile fast in Gewissheit umgeschlagen.

Denn was stinkt so?

Nur der Tod.

Wenige Minuten später rief ihr Neffe sie zurück.

»Keine Kinder, aber eine Exfrau. Verdammt, hättest du das nicht selbst herausfinden können?«

»Na, offenbar nicht«, maulte Vendela.

Der Neffe diktierte ihr die Telefonnummer von Henrys Exfrau und wünschte Vendela noch viel Glück.

Acht lange Klingeltöne. Dann meldete sich eine heisere Stimme. »Vera?«

Vendela räusperte sich und ließ vor Aufregung fast das Handy fallen. »Ja, hallo … Tag … Ich heiße Vendela Nilsson.«

Meine Güte, so drückten sich doch sonst nur kleine Kinder aus!

Die Frau wartete geduldig darauf, was als Nächstes käme. Vendela setzte sich aufs Sofa, schob eine Zeitung beiseite und schnippte ein Blütenblatt von einem Sofakissen.

»Das hier ist mir ein bisschen unangenehm«, fuhr Vendela fort, »aber ich hab einfach nicht gewusst, wen ich sonst hätte anrufen sollen. Es geht um Henry, Ihren … Ja, Ihren Exmann. Wir sind Nachbarn, er und ich, oder … Wir wohnen im selben Treppenhaus.«

»Ist etwas passiert?«

Ihre Reaktion kam so schnell, und in der Stimme klang so viel Besorgnis mit, dass Vendela geradezu erleichtert war. So würde diese Frau nicht klingen, wenn sie Henrys Namen nicht mehr hätte ertragen können.

Vendela räusperte sich wieder, wusste nicht, wie sie weitermachen sollte.

»Nein«, sagte sie schließlich, »oder … Ich weiß nicht. Wir können ihn nicht erreichen. Es geht um eine Sache hier im Haus, derentwegen wir ihn sprechen müssten.«

Es fühlte sich gut an, »wir« sagen zu können statt »ich«. Stärker, glaubwürdiger. So würde die Exfrau nicht glauben, Vendela wäre irgend so ein anstrengender Mensch ohne eigenes Privatleben und Interessen.

»Verstehe«, sagte Vera jetzt etwas ruhiger. »Haben Sie es denn schon auf dem Handy probiert?«

»Mehrmals«, sagte Vendela. »Jemand von der Hausverwaltung meinte, er hätte ihn vor ein paar Tagen mit einer Reisetasche weggehen sehen. Ich dachte, Sie wüssten vielleicht, wohin er gefahren ist.«

»Wenn das eine geplante Reise gewesen wäre, dann wüsste

ich darüber ganz sicher Bescheid. Henry und ich haben nach wie vor ein gutes Verhältnis. Wir treffen uns regelmäßig – etwa einmal die Woche. Das letzte Mal war am Donnerstag voriger Woche. Da hat er mit keiner Silbe erwähnt, dass er verreisen wollte.«

»Sie haben nicht zufällig einen Schlüssel zu seiner Wohnung?«, fragte Vendela.

»Doch, aber den gebe ich natürlich nicht an Fremde weiter.«

Vendela kratzte sich die Wange. Jetzt konnte sie es nicht länger hinauszögern.

»Es geht um … was ich gerade erwähnt hab«, stammelte sie, »dieses Problem in unserem Haus … Wir glauben, es könnte von Henrys Wohnung ausgehen.«

»Was soll das denn bitte für ein Problem sein?«

Vendela zögerte mit der Antwort. »Es riecht ganz fürchterlich.«

Sie hatte so leise gesprochen, dass sie fast nicht zu hören gewesen war; trotzdem hatte Henrys Exfrau es mitbekommen. Und sie hatte auch gehört, was Vendela ganz bewusst nicht ausgesprochen hatte.

Es riecht ganz fürchterlich.

Ich hab den Verdacht, dass Henry gestorben sein könnte.

»Ich komme, so schnell ich kann«, sagte Vera.

HIER WÜRDEN SIE nicht weit kommen, das war Alex Recht im selben Moment klar, als er Bernhard Benkes kühle Hand in seiner eigenen spürte. *Bernhard.* Das war aber auch ein furchtbarer Name. Hatte er sich den bei seinem Umzug nach Wien selbst gegeben? Und noch viel wichtiger: *Hatte er Lovisa Wankel gekannt?*

Fredrika schien das Treffen mit dem trauernden Sohn fast schon unterhaltsam zu finden. Kaum dass sie ihn gesehen hatte, fing sie an zu kichern, ihre Wangen wurden rot, und sosehr sie sich auch bemühte, war ihr deutlich anzusehen, dass sie sich das Lachen verkneifen musste. Alex konnte es ihr nicht verübeln. Bernhard sah aus, als käme er direkt von einer Einspielung von *The Sound of Music.* Außerdem roch er nach Zimt. Alex verzieh es ihm – weil er Fredrika zum Lachen gebracht hatte. Und das war in letzter Zeit niemandem sonst gelungen.

Alex leitete die Befragung ein, indem er sein Beileid darüber ausdrückte, dass Malcolm Benke unter so schrecklichen Umständen gestorben war. Ein wenig litt die Ernsthaftigkeit seiner Worte an Fredrikas erheiterter Miene.

»Sie sind gestern in Stockholm eingetroffen, nicht wahr?«, fragte Alex.

»Ich konnte nicht schneller kommen«, murmelte Bernhard. »Ich arbeite als Käsehändler in der Wiener Innenstadt, hab einen eigenen Laden und nur eine Handvoll Angestellte.«

Auch noch Käsehändler.

Alex sah, wie Fredrikas Mundwinkel zuckten, und wandte den Blick ab. Wenn sie sich nicht zusammennähme, würde auch er selbst anfangen zu lachen.

»Käse ist ja immer gut«, sagte Alex, ohne zu wissen, warum.

»Entschuldigen Sie bitte«, sagte Fredrika und stand so jäh auf, dass fast ihr Stuhl hintüberfiel. »Ich muss schnell …«

Sie verschwand aus dem Vernehmungsraum.

Bernhard sah zu, wie sich die Tür hinter ihr schloss.

»Geht es ihr nicht gut?«

»Doch, doch«, erwiderte Alex. »Sie muss bloß kurz etwas erledigen.«

Der Vernehmungsraum wirkte wie ein Würfel: Wände und Decke flossen in verschiedenen Nuancen von Weiß ineinander, sodass das Auge sie kaum mehr unterscheiden konnte. Bernhards grüne Kleidung – Jackett und Hose – leuchtete vor dem hellen Hintergrund.

»Wie würden Sie die Beziehung zu Ihrem Vater beschreiben?«, fragte Alex.

»Im Prinzip nicht existent.«

Alex sah auf. »Bitte erklären Sie mir das genauer.«

»Ich weiß gar nicht, was ich noch sagen soll. Wir haben ein paarmal jährlich miteinander telefoniert, das war's. Ich hab ihn zu Weihnachten oder zu seinen Geburtstagen nie besucht und auch die Geschenke oder Umschläge nie geöffnet, die von ihm zu meinen Geburtstagen kamen. Wann immer ich in Schweden bin, treffe ich ausschließlich meine Mutter.«

So weit, so klar.

»Seit wann war Ihre Beziehung so angespannt?«, fragte Alex.

»Schon lange.«

»Könnten Sie es genauer festmachen?«

»Mindestens zehn Jahre.«

Du bist wie alle anderen, dachte Alex. Einer, der nicht alles sagt, der entscheidende Dinge verschweigt.

»Mindestens zehn Jahre? Dann nehm ich mal an, dass es ein Vorkommnis in Ihrer Kindheit war … Gab es da ein bestimmtes Ereignis, das Sie beide entzweit hat?«

Bernhard hüstelte und griff nach einem Wasserglas.

»Na ja«, sagte er. »Wie auch immer man es ausdrücken will … Es war eher so, dass wir uns in einer gewissen Sache uneinig waren. Und zwar eklatant.«

Die Tür ging wieder auf, und Fredrika kam herein.

Ehe sie sich setzte, nickte sie Alex zu. *Jetzt hab ich aufgehört zu lachen.*

»Und was war diese *gewisse Sache*?«

»Meine Schwester Beata hatte während ihrer Ehe enorme Probleme. Ihr Mann war, um es deutlich zu sagen, ein Schwein und hat keine Chance ausgelassen, sie zu erniedrigen und kleinzumachen. Beata hat in dieser Hinsicht Ungeheuerliches einstecken müssen, und zwar in mehrfacher Hinsicht. Mein Vater und ich waren unterschiedlicher Ansicht, was wir als Familie tun müssten und sollten, um ihr zu helfen.«

Alex senkte den Blick und griff sich einen Stift.

»Was meinten Sie persönlich – was hätten Sie tun sollen?«, mischte Fredrika sich wieder ein.

»Ich? Ich hätte gewollt, dass wir so viel wie nur möglich tun. Alles. Das hatte Beata nicht verdient – *niemand* verdient so was. Mein Vater war im Grunde der gleichen Meinung, nur war er nicht bereit, aufs Ganze zu gehen, und das wollte ich nicht einfach hinnehmen. Damals nicht und definitiv nicht … hinterher. Als sie dann fort und alles zu spät war.«

Alex legte den Stift wieder weg. »Was meinen Sie damit, dass Ihr Vater nicht aufs Ganze gehen wollte?«

Bernhards Miene wirkte jetzt versteinert und kalt. »Das spielt jetzt ja wohl keine Rolle mehr.«

»Doch«, entgegnete Fredrika. »Für uns tut es das.«

Bernhard schüttelte sacht den Kopf.

»Ich hab in dieser Sache nichts mehr hinzuzufügen«, sagte er. »Papa war feige, und ich hätte härter sein wollen als … Mehr war es nicht.«

»Was meinen Sie: Warum wollte Ihr Vater nicht ebenso hart sein wie Sie?«, hakte Alex nach.

Bernhard hob beide Hände. »Er hatte Angst, nehme ich an. Dachte mehr an sich selbst und an seinen Ruf als an sein eigenes Kind.«

Inzwischen war Fredrika weit von jedem Lachanfall entfernt. »Wenn Sie das sagen, dann klingt es für mich so, als hätten Sie kriminelle Maßnahmen erwogen, um Ihrer Schwester zu helfen. War das so?«

Bernhard verschränkte die Hände und legte sie auf seinen Schoß. »Selbstverständlich nicht.«

Was zu erwarten war, dachte Alex.

Bernhard verstand trotz seines Zorns den Ernst der Lage. Er war klug genug, der Polizei gegenüber nicht zuzugeben, dass er seinen Schwager am liebsten hätte totschlagen wollen.

Fredrika versuchte es auf sanftere Weise.

»Es spielt ja auch keine Rolle mehr, was Sie damals dachten«, sagte sie. »Soweit wir wissen, erfreut sich Ihr Schwager heute guter Gesundheit, und er hat auch niemanden von Ihnen wegen Nötigung angezeigt. Das Einzige, was uns hier derzeit interessiert, ist der Konflikt, den Sie mit Ihrem Vater hatten.«

Und ob du ihn ermordet hast, fügte Alex im Stillen hinzu.

Zu seinem großen Erstaunen hörte er Bernhard exakt das sagen: »Sie haben vergessen, das Offenkundige zu erwähnen – nämlich ob ich ihn getötet habe oder umbringen ließ. Die Antwort darauf lautet Nein. Ich habe nicht einmal im Entferntesten darüber nachgedacht. Er hätte von mir aus einsam verrotten können – das wäre die verdientere Strafe gewesen als so ein plötzlicher Tod.«

Er wirkte dennoch zufrieden. Zufrieden damit, dass sein Vater einsam und dessen Leben leer gewesen war.

Alex hatte ein mulmiges Gefühl dabei. All diese verletzten Familien, diese Kinder und Eltern, die einander nicht ausstehen konnten … Der Zufall konnte unbarmherzig sein, indem er Menschen zusammenwürfelte, die dann dazu verdammt waren, einander als engste Angehörige zu bezeichnen.

»Wissen Sie, was nach dem Tod Ihrer Schwester mit ihrem Ehering passiert ist?«, fragte Fredrika unvermittelt.

Bernhard war sichtlich erstaunt. »Nein, keine Ahnung.«

»Hatte sie ihn regelmäßig getragen?«, hakte Fredrika nach.

»Ja«, antwortete Bernhard. »Ihr Mann ist in schöner Regelmäßigkeit ausgeflippt, wenn sie ihn nicht am Finger hatte.«

Fredrika und Alex wechselten einen raschen Blick.

»Sagt Ihnen der Name Lovisa Wankel etwas?«, wollte Alex wissen.

»Nein«, antwortete Bernhard.

Alex klappte einen Aktendeckel auf, den er mitgebracht hatte, und schob das Bild zu ihm hinüber, das sie zu Hause bei Malcolm gefunden hatten.

»Haben Sie das hier schon mal gesehen?«, erkundigte er sich.

Bernhard verzog verächtlich das Gesicht. »Ja, ist allerdings schon lange her.«

»Das Bild gehörte also Ihrem Vater?«, fragte Alex. »Er hat es nicht von jemand anderem bekommen?«

»Nein, nein, das gehörte ihm«, sagte Bernhard.

»Wo bewahrte er es auf?«, hakte Fredrika nach.

»Keine Ahnung. Als er es mir zeigte, da lag es in der Zinndose, die immer auf dem Teewagen stand.«

Alex erinnerte sich vage an eine Metallschachtel auf dem Teewagen. Also hatte Malcolm das Bild hervorgekramt, ehe er gestorben war, um es sich anzusehen oder um es jemandem zu zeigen. Vielleicht seinem Mörder.

»Das Bild scheint Ihnen nicht zu behagen«, bemerkte Fredrika.

»Nein, tut es auch nicht. Dieser lächerliche Versuch von

Papa, die Sache in Ordnung zu bringen – seine schwächlichen Versuche, Beata zu helfen … Das war alles so verdammt armselig. Vor allem weil ich glaube, er hat das alles eher unternommen, um die Beziehung zu mir zu kitten, als Beatas Lage zu verbessern.«

Alex legte das Bild beiseite. »Sind Sie der Meinung, dass Ihr Vater am Tod Ihrer Schwester eine Mitschuld trägt?«

»Ich bin der Meinung, dass er sie hätte retten können«, gab Bernhard angespannt zurück. »Aber Schuld an ihrem Tod hat einzig und allein ihr Mann.«

Bernhard nahm das Foto zur Hand, um es erneut zu betrachten. Seine Manschettenknöpfe blitzten im grellen Licht im Vernehmungsraum.

»Ich verstehe ehrlich gesagt nicht, was Sie ausgerechnet mit diesem Bild hier wollen«, sagte er nach einer Weile. »Papas Ich-hab-getan-was-ich-konnte-Foto. Das Pflaster auf seinen Wunden – aber kaum auf denen von Beata. Ich hab ihn gebeten, es Mama nicht zu zeigen, das würde sie nur verletzen.«

Alex schwieg. Er glaubte zu ahnen, warum das Bild für Malcolm Benke so wichtig gewesen war. Und warum Karin es nicht gekannt hatte.

Fredrika rutschte auf ihrem Stuhl hin und her.

»War Beata auch enttäuscht von Ihrem Vater?«, fragte sie.

Bernhard sah auf. »Nein.«

»Sie fand also, dass Sie und der Rest der Familie alles getan hätten, um ihr zu helfen?«

»Beata hat nicht daran geglaubt, dass man ihr überhaupt hätte helfen können – das war der entscheidende Unterschied.«

Dann – so schnell, dass sie ihn nicht mehr aufhalten konnten – riss er das Foto entzwei.

»Sind wir dann fertig?«

WIE OFT HATTE sie jetzt schon versucht, mit ihm zu sprechen? Fünf Mal. Oder zehn. So oft, dass Max am Ende angefangen hatte zu weinen. Irgendwann hatte Malin aufgegeben. Und Dan war ihr entglitten. Ohne ein Wort darüber, wo die Messer waren.

Und er schwieg nicht nur, was die Messer anging. Dan hatte überhaupt aufgehört zu sprechen. Stundenlang saß er da und starrte einfach nur aus dem Fenster.

»Ich will, dass Papa wieder so wird wie immer«, sagte Max und weinte sich an Malins Schulter aus, wenn sie ihn tröstete.

Was war für Max wohl »wie immer«? Sie selbst hatte schon vergessen – oder verdrängt –, wie sie gelebt und sich verhalten hatten, als die Freiheit noch selbstverständlich für sie gewesen war und sie so gelebt hatten wie alle anderen.

Wir haben viel gestritten, dachte Malin.

Das war letztlich einer der Gründe gewesen, warum sie angefangen hatten, über Australien zu reden und darüber, mal eine Weile dort zu leben. Sie mussten noch mal neu anfangen, alle Routinen über Bord werfen, um neue zu entwickeln. Letzteres war ihnen ausgezeichnet gelungen, stellte Malin müde fest. Ihre alten Routinen hatten sich tatsächlich verflüchtigt.

Wie sie das alles jetzt vermisste.

Am ganzen Leib angespannt saß Max auf ihrem Schoß.

»Ist Papa gefährlich?«, flüsterte er.

Statt ihm zu antworten, strich sie ihm nur übers Haar.

»Sag«, flüsterte Max. »Ist er gefährlich?«

Malin holte tief Luft. »Ich glaube, es geht Papa nicht gut.« Sie hatte es so leise gesagt, dass niemand sonst es hatte hören können.

»Kann da nicht ein Arzt kommen?«, fragte Max.

»So funktioniert das nicht«, entgegnete Malin.

Sie musste sich zusammenreißen, sich einen Plan zurechtlegen. Aber vor allem musste sie die Messer finden. Sie hatte keine Ahnung, wo er sie versteckt hatte. Überall hatte sie gesucht, und Hedvig hatte ihr geholfen. Und die ganze Zeit über hatte Dan sie mit belustigtem Blick beobachtet. Die Messer waren weg. Nirgends zu finden.

Malin trug Max ins Wohnzimmer und setzte ihn neben Hedvig aufs Sofa. Sie musste weitersuchen. Das hier war einfach nur lächerlich. Wo versteckte man Sachen in einem Haus, das man nicht verlassen konnte?

Hedvig wollte aufstehen, als Malin ins Zimmer kam.

»Nein, bleib hier«, sagte Malin. »Leiste Max Gesellschaft.«

Max schmiegte sich in die ausgestreckten Arme seiner Schwester. Dann saßen sie zusammengekauert da – beide gleichermaßen ängstlich.

Malin spürte, wie ihr die Tränen kamen, und wandte sich ab.

Die Messer.

Sie musste die Messer finden.

FÜR VIELE WAR der Tod ein Zustand, ein Gegenentwurf zu allem, was sie lebendig nannten. Noah dachte da anders. Für ihn war der Tod eine Funktion, ein Mechanismus: Es war der Tod, der das Leben als endlich definierte, und darin lag etwas Gutes. Kein vernünftiger Mensch wollte ewig leben. Probleme gab es nur, wenn der Tod sich zu früh ankündigte. Zu früh gemessen an allem, was die Menschen erwarteten, zu früh im Hinblick auf alles, was die Menschen noch nicht hatten erleben dürfen.

Noah hatte sich immer schon ausgemalt, dass er – genau wie sein Großvater – einmal ein sehr alter Mann werden würde. Alt und vital bis zuletzt. Am physischen Alter konnte man natürlich nichts ändern, aber das mentale vermochte man durchaus zu steuern, solange es nur nicht an Wille und Kraft fehlte.

Dan und seine Kinder hatten in Noahs Zukunftsvision eine wichtige Rolle gespielt. Noah hatte nie etwas gegen Malin gehabt, aber er vermisste sie nicht, wenn sie nicht da war. Es war ihnen beiden nicht gelungen, eine engere Beziehung zueinander aufzubauen; sie waren bei gegenseitigem Respekt füreinander verblieben. Das genügte in der Regel – schließlich musste man nicht alle lieben oder von allen geliebt werden.

Die Zeit wollte einfach nicht verstreichen, und das bereitete ihm Schwierigkeiten. Er hatte noch immer keine Antwort auf seine E-Mail bekommen und auch nichts von Alex gehört. Er war verzweifelt.

Was würde aus ihm werden, wenn Dan tot wäre?

Dieser Gedanke schmerzte so sehr, dass ihm die Tränen kamen. Es durfte einfach nicht sein – *durfte nicht sein* –, dass

Dan bereits all diese langen Wochen tot war, ohne dass Noah davon erfahren hätte. Die Sorge trieb ihn zurück an den Computer, wo er hoffte, eine Antwort auf seine E-Mail an Dan bekommen zu haben. Aber nichts – keine neuen Mails im Eingang. Weil er aber schon mal dabei war, warf er auch gleich einen Blick auf sein Handy, doch auch Alex hatte sich nicht mehr gemeldet.

Ich werde noch wahnsinnig, dachte Noah. Ich muss hier raus.

Im Terminkalender waren keine Kundenbesuche mehr verzeichnet, und die Wahrscheinlichkeit, dass ein potenzieller Neukunde spontan hier auftauchte, war überaus gering.

Also fuhr er den Computer runter und schob das Handy in die Hosentasche. Das Hemd klebte am Rücken, der Stress trieb ihm den Schweiß aus allen Poren.

Im nächsten Moment ging mit einem Klingeln die Tür vorn auf und fiel wieder ins Schloss.

Eilig verließ Noah das Büro. Die Schlüssel hatte er schon in der Hand. Sein Gehirn lief auf Hochtouren. Wer immer gekommen war, würde kehrtmachen und später wiederkommen müssen.

»Ich hab leider für heute geschlossen«, sagte er und steuerte den Verkaufsraum an. »Aber wenn Sie vielleicht …«

Er verstummte, als er sah, wer es war.

Erst wusste er nicht, wo er den Mann einordnen sollte. Dann fiel es ihm wieder ein. Sein Herzschlag beschleunigte sich.

»Hallo«, sagte er und hoffte, nicht zu froh, nicht zu erleichtert zu klingen.

Dieser Mann hatte Dan mal geholfen. War er deshalb hier? Um Dan erneut zu helfen?

Langsam lief der Mann auf Noah zu. Obwohl es Sommer war, trug er eine Lederjacke und hatte die Hand in der Tasche.

Wenn Noah nur nicht so fertig mit den Nerven gewesen wäre. Wenn er sich nur auf seine Geistesgegenwart hätte verlassen können. Dann hätte er die Gefahr vielleicht erkannt, ehe sie zur Tatsache wurde. Doch dazu kam es nicht mehr.

»Womit kann ich dienen?«, fragte Noah. »Geht es um Dan?«

Der Mann zog die Hand aus der Tasche.

Und richtete einen Revolver auf ihn.

Einen Revolver?

Noah blinzelte. Bisher kannte er Waffen nur aus Filmen und war irgendwie überzeugt gewesen, niemals in der Realität damit konfrontiert zu werden.

»Was wollen Sie?«, flüsterte er.

Die Waffe zitterte in der Hand des Mannes, doch seine Stimme war fest.

»Ich mache etwas wieder gut«, sagte er. »Und du wirst mir dabei helfen. Ist das klar? Du wirst mir helfen. Indem du die Schnauze hältst.«

Dann nötigte er Noah zurück ins Büro. Unwillkürlich musste Noah wieder daran denken, dass der Tod nicht mehr war als eine Funktion, die das Leben beendete, und dass er ganz grässlich verzweifelt wäre, wenn seine Zeit heute bereits zu Ende wäre.

SIE VERSAMMELTEN SICH wieder in der Löwengrube, einerseits weil die von allen Besprechungszimmern am nächsten lag, hauptsächlich aber, weil sich Margareta Berlin ärgern würde, wenn sie ihren Zettel an der Tür ignorierten, auf dem die Chefin explizit darauf hingewiesen hatte, dass der Raum nicht benutzt werden dürfe, solange die Klimaanlage nicht repariert sei.

Fredrika Bergman leitete die Besprechung ein, indem sie die Klimaanlage ausschaltete, woraufhin die Temperatur im Raum fast augenblicklich von zu kalt in zu warm umschlug. Draußen brannte die Sonne, verwöhnte das Kronobergsviertel und gab ihr Bestes, um das hässliche Polizeirevier in helles Licht zu kleiden. Doch die Welt wurde nicht schöner, nur weil gutes Wetter war, das wusste Fredrika schon seit ihrer Kindheit.

Torbjörn Ross hatte darauf bestanden, dass sie sich zusammensetzten. Fredrika versuchte, sich nicht anmerken zu lassen, wie unangenehm sie das alles fand.

»Ich dachte, es sei gut, wenn wir uns mal treffen und erste Erkenntnisse austauschen«, sagte Ross.

Wie immer hatte er Gummistiefel an den Füßen, bestimmt würde er nach der Arbeit zum Angeln gehen. Oder er war in der Mittagspause beim Angeln gewesen. Es gab an Ross ziemlich viel, was merkwürdig war.

»Die meisten Notizen hab ich im Rechner«, murmelte Alex.

Er klang abweisender, als es wohl seine Absicht gewesen war. Und es war auch typisch für ihn zu behaupten, ihr Ermittlungsmaterial befinde sich »im Rechner«. Seit Fredrika bei der Polizei angefangen hatte, war das IT-System zwar stetig weiterentwickelt worden, trotzdem hinkten sie hinterher. »Im Rechner« befand sich recht wenig.

»Ich hielte trotzdem einiges davon, wenn wir uns mal besprechen würden«, entgegnete Ross.

Das ging vielen Leuten so, aber ausgerechnet an diesem Tag wäre Fredrika gern früher als sonst nach Hause gegangen. Spencer hatte sich gemeldet und zum Abendessen Grillfleisch in Aussicht gestellt.

»Du grillst aber doch wohl nicht auf dem Balkon, oder?«, hatte Fredrika gefragt, weil sie nur zu gut wusste, was ihre Nachbarn davon halten würden.

»Ich grille, wo ich will, verdammt noch mal«, hatte Spencer zurückgegeben.

Bei der Erinnerung daran hätte sie gleichzeitig lachen und losschreien wollen. Es würde so grässlich wenig übrig bleiben, was sie eines Tages den Kindern würde erzählen können.

Liebe Kinder, wisst ihr eigentlich, wie gern euer Vater auf dem Balkon gegrillt hat?

»Gleich mal zu der Maske, die mit Lovisa Wankel begraben wurde«, hob Ross an. »Ich hab Wankels Eltern ein Bild davon gezeigt. Eigentlich wollten wir die Öffentlichkeit so wenig wie möglich daran teilhaben lassen, aber die Eltern haben die Maske sofort wiedererkannt. Ihre Tochter hat sie aus der Karibik mitgebracht.«

»Wo sie als Drogenkurier angeklagt wurde«, warf Alex ein.

»Ja«, bestätigte Ross. »Sie hat erzählt, die Maske sei das Geschenk ihres Freundes gewesen, der damals dortgeblieben ist. Deshalb habe sie sie aufgehoben.«

Ein Mann, der seiner Geliebten eine Maske schenkte. Die sie dann aufhob. Nachdem sie in eine Drogenermittlung hineingezogen worden war.

Was hab ich eigentlich in meinen Jugendjahren gemacht?, fragte sich Fredrika.

Sie wusste die Antwort, noch ehe die Geisterstimme sie ihr ins Ohr flüsterte: *Du warst nie wie die anderen. Du warst immer nur mit Spencer zusammen – und hast wie verrückt gearbeitet.*

»Warum ist der Freund in der Karibik geblieben?«, erkundigte sich Alex.

»Er ist dort ebenfalls wegen eines Drogendeliktes angeklagt und auch verurteilt worden«, sagte Ross. »Sitzt im Gefängnis und verrottet dort wohl – sofern er überhaupt noch lebt. Lovisa und er haben offenbar seit einigen Jahren keinen Kontakt mehr gehabt. Ist aber auch egal. Interessant ist eigentlich nur, wie Lovisas Mörder an die Maske gekommen sein kann. Und natürlich warum er die Frau getötet hat.«

»Und wie ihr Tod mit dem von Malcolm Benke zusammenhängt«, ergänzte Alex.

»Was der Hauptgrund ist, warum wir hier sitzen«, bestätigte Ross. »Wenn ich Berlin richtig verstanden habe, ist eure Arbeitshypothese, dass Benke von jemandem ermordet wurde, der seiner Tochter nahestand?«

Alex verzog das Gesicht. »Es ist noch zu früh, um derlei Behauptungen aufzustellen – aber ja, wir haben festgestellt, dass er auf ein und dieselbe Weise getötet wurde wie seine Tochter. Und als er tot aufgefunden wurde, hatte er ihren Ehering am Finger.«

»Und du glaubst, das reicht nicht aus, um eine Hypothese zu formulieren?«, blaffte Ross.

»Nein«, sagte Alex entschieden. »Erst recht nicht mehr jetzt, da wir es überdies auch noch mit dem Fall Wankel zu tun haben.«

Fredrika wollte das Gespräch in eine andere Richtung lenken. »Lovisa und Beata Benke waren doch in etwa gleichaltrig, oder?«

»Beata war zwei Jahre älter«, sagte Ross.

»Sind sie vielleicht auf ein und dieselbe Schule gegangen oder in denselben Reitverein oder so was in der Art?«, erkundigte sich Alex.

»Nicht, soweit wir wissen«, meinte Ross. »Rein standesmäßig waren die Mädchen sich ebenbürtig – beide hatten reiche Eltern –, aber allein schon geografisch dürften sie einander in ihrer Jugend nicht näher gekommen sein. Das heißt natürlich nicht, dass sie einander nicht doch kennengelernt hätten, aber wir haben noch keine Verbindungen finden können. Lovisas Eltern kannten auch den Namen Beata Benke nicht.«

Fredrika machte es sich auf ihrem Stuhl so bequem wie nur möglich und ließ den Blick über ihre Notizen schweifen. Notizen, die niemals in einem Rechner landen würden. Sie würde die Polizei nie wieder als altmodisch beschimpfen, solange sie selbst immer noch Mitschriften auf Papier anfertigte.

»Beata ist direkt nach dem Abitur nach London gezogen«, sagte sie. »Sie hat bis zu ihrem Tod dort gelebt. Lovisa ist in der Karibik in Drogengeschäfte verwickelt worden …«

Sie sah zu Ross, um Letzteres bestätigt zu bekommen.

Er wand sich. »Die Beweise reichten damals nicht für eine Verurteilung aus – trotzdem … Ich hab alles durchforstet, was man nur hätte finden können. Sie war ganz sicher nicht unschuldig – aber die drohende Gefängnisstrafe hat sie natürlich geschreckt. Also hat sie den Scheiß bleiben lassen, so schnell sie konnte.«

»Weißt du das sicher, oder mutmaßt du da gerade nur?«, fragte Alex.

»Wir haben sie nach ihrer Rückkehr jahrelang unter Beobachtung gehabt. Sie war nicht gerade die Allergewiefteste, und es fiel ihr schwer, den Ball auch nur einigermaßen flach zu halten. Solche Leute kann man ziemlich gut im Blick behalten.«

Mein Gott, was für ein langweiliger Mann. Steif. Arrogant. An tiefer gehenden Beweggründen vollkommen uninteressiert.

»Wir müssen die Überschneidung zwischen unseren beiden Ermittlungen finden«, fuhr Ross fort, der ganz offenkundig nicht länger darüber reden wollte, welches Leben Lovisa gelebt hatte.

Fredrika musste daran denken, was Alex erzählt hatte, als sie auf dem Weg zu ihrem Gespräch mit Bernhard Benke gewesen waren: dass Ross einer Vermutung Ausdruck verliehen habe, wie Benke gestorben war und wer ihn ermordet haben könnte. Ein erstaunlich früher Zeitpunkt, um Vermutungen anzustellen.

Sollten wir ihn darauf ansprechen?, dachte Fredrika.

Ein diskretes Klopfen an der Tür, und einer der Polizeiassistenten steckte den Kopf herein.

»Entschuldigt die Störung, aber ich hab hier ein Gespräch von einer gewissen Linda Sullivan aus London. Sie möchte mit einem von euch reden, Alex oder Fredrika.«

»Ich komme«, sagte Fredrika.

Sowie sie das Besprechungszimmer verlassen hatte, atmete sie auf, weil sie von Ross wegkam. Draußen hatte sich die Sonne hinter ein paar Wolken verkrochen. Mit ein wenig Glück würde es anfangen zu regnen, noch bevor Spencer sich daranmachte, den Grill anzufeuern.

Sie setzte sich an ihren Schreibtisch. »Hier Fredrika Bergman …«

»Linda Sullivan aus London. Ich hab was Neues zu Beata Benkes Mann.«

Fredrika hielt den Atem an. »Okay …«

Im Telefon knisterte es. »Er ist tot.«

»Wie bitte?«

»Er ist tot, und zwar schon seit einigen Wochen. Er

wohnte inzwischen in Manchester – das wusste ich zuvor leider nicht. Aber wie auch immer – ich hab mit den Kollegen dort Kontakt aufgenommen und genauere Informationen eingeholt. Er ist bei einem Raubüberfall ums Leben gekommen, mitten in der Nacht. Keine Zeugen.«

Fredrikas Mund wurde ganz trocken. »Was ist ihm entwendet worden?«

»Ich wusste, dass Sie fragen würden«, sagte Linda, und Fredrika konnte deren Aufregung regelrecht spüren. »Seine Freundin hat ihn im Leichenschauhaus identifiziert und konnte der Polizei auch sagen, was ihrer Meinung nach fehlte – und zwar die Brieftasche sowie eine Halskette. Und jetzt raten Sie mal, was das für eine Halskette war.«

»Keine Ahnung.«

»Die Freundin, die seit über einem Jahr mit ihm zusammen war, hat ausgesagt, er habe immer eine dünne Goldkette um den Hals getragen, an der ein goldener Ring hing.«

»Ein goldener Ring«, flüsterte Fredrika.

»Genau«, bestätigte Linda. »Ein goldener Ring mit einem Diamanten. Viel zu klein, als dass es sein eigener hätte sein können. Er hat wohl immer behauptet, der Ring habe seiner Mutter gehört. Er habe ihn als Erinnerung an sie aufgehoben. Aber das stimmt sicher nicht.«

»Nein, ganz gewiss nicht«, pflichtete Fredrika ihr bei.

Sobald sie das Gespräch beendet hatte, eilte Fredrika mit langen Schritten ins Besprechungszimmer zurück.

Weder Alex noch Ross waren noch da, doch dann hörte sie in ihrem Rücken Alex' Stimme.

»Die Besprechung ist beendet. Ross hat auch einen Anruf erhalten.«

»Etwas Wichtiges?«, fragte Fredrika. »Denn ich kann mit richtig interessanten Neuigkeiten aus London aufwarten.«

Doch Alex schien ihr nicht zuzuhören.

»Renata Rashid hat sich gemeldet«, sagte er. »Es ging um

die Tätowierung auf Lovisa Wankels Handgelenk. Wankels Eltern haben wohl laut aufgeschrien, als sie die sahen – die könne nicht echt sein, Lovisa hätte sich so etwas nie freiwillig tätowieren lassen.«

Fredrika konnte sich noch gut daran erinnern, wie Renata Rashid erwähnt hatte, dass die Tätowierung wohl frisch gewesen sei.

Aber wie frisch?

»Renata meint, sie sei erst ein paar Stunden vor ihrem Tod gemacht worden«, sagte Alex, als hätte er ihre Gedanken gelesen.

»Der Mörder hat sie tätowiert«, schlussfolgerte Fredrika.

»Genau«, sagte Alex. »Und weißt du, wer noch so eine Tätowierung hat? Lovisas Ex. Der wegen Drogenhandels im Knast gelandet ist. Ihre Eltern haben das Motiv sofort wiedererkannt und wussten, dass ihre Tochter niemals so etwas hätte haben wollen.«

»Am Ende hat sie es doch bekommen«, sagte Fredrika. »Genau wie Benke den Ehering seiner Tochter.«

Alex schüttelte den Kopf. »Was zum Teufel übersehen wir hier die ganze Zeit?«

»Wir übersehen gar nichts«, sagte Fredrika gedehnt. »Wir sollten uns allerdings fragen, worauf der Mörder uns hinweisen will. Was will er uns sagen?«

Im nächsten Moment kam Berlin angestürmt.

»Alex, haben Sie in den letzten Tagen Kontakt mit einem gewissen Noah Johansson gehabt, einem Bestatter?«

Fredrika sah, wie Alex erst blass wurde, dann rot. Ihr selbst drohten die Knie wegzusacken, und ihr Herz schien stillzustehen. Noah Johansson – der sollte sich nach Spencers Tod um alles Praktische kümmern.

»Wieso?«, fragte Alex.

»Hier stelle ich die Fragen«, erwiderte Berlin. »Raus mit der Sprache.«

»Was ist passiert?«, rief Fredrika. »Ist ihm etwas zugestoßen?«

Verblüfft starrten Berlin und Alex sie an.

»Er ist tot«, sagte Berlin nach einer Weile. »Er wurde vor knapp einer Stunde ermordet.«

DIE WOHNUNG STANK nach Kot und Fäulnis. Als sich der erste Schock gelegt hatte, konnte Vendela an nichts anderes mehr denken, als dass sie selbst nie auf eine so erniedrigende Weise gefunden werden wollte.

»Oh Henry«, flüsterte seine Exfrau und sank an seiner Seite auf die Knie.

Vera hatte die Tür aufgeschlossen, und im selben Moment war ihnen ein derart grässlicher Verwesungsgestank entgegengeschlagen, dass sie erst einmal zurückgewichen waren. Henry lag – gar nicht zu übersehen – einen knappen Meter von der Tür entfernt. Beide Frauen pressten sich die Hand vor Mund und Nase, als sie die Wohnung betraten. Nein, nicht betraten – sie stürzten förmlich hinein. Die Hoffnung starb schließlich zuletzt. Und obwohl sie beide sofort begriffen hatten, dass Henry tot war, wollten sie es nicht sofort akzeptieren … erst als sie nah genug neben ihm standen und seinen leeren Blick und die aschfahle Haut sahen.

Vendela wich unwillkürlich zurück. Der Tod hatte Henry gewissermaßen unkenntlich gemacht.

»Ich rufe die Polizei«, flüsterte sie.

Als würde irgendetwas zerbersten, wenn sie mit normal lauter Stimme spräche.

Im Treppenhaus wählte sie den Notruf.

In ihrem Rücken hörte sie Vera weinen.

»Ich hab dir doch gesagt, du sollst dich um dein Herz kümmern«, schluchzte sie. »Ich hab es dir doch gesagt, Henry.«

Auch Vendela brach in Tränen aus. Der Polizist in der Notrufzentrale, der ihren Anruf entgegennahm, hörte geduldig zu und versprach, sofort einen Notarzt und die Streife vorbeizuschicken.

Stellen Sie sicher, dass nicht noch mehr Leute die Wohnung betreten«, sagte er noch. »Sofern es sich um einen Tatort handelt, könnten ansonsten Spuren verunreinigt werden.«

»Tatort?«, echote Vendela.

Daran hatte sie noch gar nicht gedacht. Dass Henry einem Verbrechen zum Opfer gefallen sein könnte. In einer Wohnung, deren Tür verriegelt gewesen war.

»Wenn jemand zu Hause stirbt, versucht die Polizei zuallererst, ein Verbrechen auszuschließen«, erklärte der Polizist, und das beruhigte Vendela.

Natürlich musste die Polizei eine Gewalttat ausschließen. Selbstverständlich.

Sie setzte sich auf die Treppe und wartete.

Niemand versuchte, die Wohnung zu betreten, niemand wollte erfahren, warum der Gestank im Treppenhaus mit einem Mal noch viel unerträglicher geworden war.

Vendela schämte sich, aber vor allem wollte sie jetzt, dass jemand käme und Henry mitnähme, ihn wegholte – damit der Gestank verschwände, damit alles wieder so würde wie immer.

Langsam wandte sie den Kopf und sah zu Henry, der mit den Füßen zur Tür auf dem Rücken lag. Er hatte Schuhe mit dicken Sohlen an, unter denen ein getrocknetes Blatt klebte.

Der Tod hatte ihn heimgesucht, als er gerade erst nach Hause gekommen war. Oder vielleicht war er auch auf dem Weg nach draußen gewesen.

Er musste ihn überrascht haben, dachte Vendela.

DAS HANDY HATTE noch in der Hand des Toten gelegen. Die Polizisten, die zuerst am Tatort angekommen waren, argwöhnten, dass er genau so gestorben war – mit dem Handy in der Hand und dem Schrecken im Blick. Eine Frau, die am Bestattungsinstitut vorbeigelaufen war, hatte gehört, wie drinnen jemand um Hilfe gerufen hatte. Nur ein Mal – aber das hatte genügt. Sie war sofort losgerannt, hatte ein Taxi angehalten und vom Rücksitz aus die Polizei angerufen, während das Auto davongefahren war.

Mittels des Telefons in der Hand des Toten war Alex Rechts Name aufs Tapet gekommen. Alex war einer der Letzten gewesen, mit denen Noah Kontakt gehabt hatte; das war noch vor Ort festgestellt worden. Alex setzte Berlin knapp – sehr knapp – über seine Verbindung zu dem Toten ins Bild. Später, sobald er mehr wüsste, würde er auch gern mehr erzählen, und vor allem würde er bei der Gelegenheit auch über Ross sprechen.

»Halten Sie sich von Johanssons Bestattungsinstitut fern«, sagte Berlin, ehe sie auseinandergingen. »Sie haben dort nichts zu suchen.«

Trotzdem war er eine Viertelstunde später auf dem Weg dorthin. Er hatte das Haus verlassen, ohne mit Fredrika oder sonst jemandem zu reden. Fredrika hatte noch versucht, ihn anzurufen, aber er hatte den Anruf weggedrückt. Er wusste genau, dass sie sich fragte, was dort wohl passiert war, und dass sie ihm außerdem würde berichten wollen, was sie von ihrer Londoner Kollegin erfahren hatte. Aber das musste jetzt warten.

Denn erst muss ich noch etwas anderes erledigen.

Alex' Kehle fühlte sich an wie zusammengeschnürt, als er

vor Noahs Haus parkte. Sein Hirn mochte imstande sein zu verdrängen, doch sein Herz erinnerte sich noch an alles.

Die Gedanken verflüchtigten sich erst, als sein Blick auf die Polizeiabsperrung und die Kollegen fiel, die dort ein und aus gingen. Alex hatte hier nichts zu suchen, aber das wusste außer ihm keiner. Also näherte er sich entschlossenen Schrittes der Eingangstür, zückte seine Dienstmarke und wurde eingelassen.

Im ersten Raum, den er betrat, war alles wie immer. Alex erkannte die Tapeten an den Wänden wieder, das helle Eichenparkett, die Sessel in der Ecke … Hier war von irgendwelchen Tumulten keine Spur.

»Da drinnen«, sagte eine uniformierte Kollegin, die neben Alex auftauchte, und zeigte auf eine Tür zur Rechten.

Alex folgte ihr in ein kleines Büro. Unwillkürlich zuckte er zurück, als er Noah Johansson entdeckte. Er lag am Boden, und unter seinem Kopf hatte sich eine riesige Blutlache gebildet.

»Die Kopfverletzung hat er sich wahrscheinlich bei einem Sturz zugezogen«, sagte seine Kollegin. »Aber das muss natürlich die Rechtsmedizin untersuchen.«

Erst da bemerkte Alex das Blut an der Schreibtischkante.

Pfui Teufel.

Er sah sich um, ließ den Blick über das Chaos schweifen. Überall Papier, überall verdammte Unordnung … Zwei Aktenschränke standen offen. Sie waren gähnend leer. Das hier sah vollkommen anders aus als die beiden anderen Tatorte, die Alex jüngst aufgesucht hatte. Hier war der Mörder auf der Suche nach etwas gewesen, was er um jeden Preis hatte finden wollen.

»Könnte der Täter gestört worden sein?«, fragte Alex. »Vielleicht war Noah Johansson ja schon gegangen, ist noch mal zurückgekommen und hat hier jemanden überrascht, der drauf und dran war, sein Büro zu durchsuchen.«

»Möglich«, sagte die Kollegin. Sie kratzte sich an der Stirn, hing ihren Überlegungen nach.

Alex wusste nicht, was er noch tun sollte, wonach er suchte, und wenn er ganz ehrlich war, wusste er auch nicht, warum er sofort zum Auto gestürzt und hierhergefahren war.

Er murmelte der Kollegin zu, er müsse ins Haus zurück, und hoffte, dass sie jetzt nicht aufwachte und anfinge zu fragen, warum er dann überhaupt hergekommen sei. Doch sie nickte bloß, lächelte und sagte so etwas wie: »Danke, dass Sie gekommen sind.« Alex lief zur Tür, wollte nichts sehnlicher, als aus diesem klaustrophobisch engen Büro rauszukommen. Irgendwer würde umgehend klären müssen, was Noah zugestoßen war. Und irgendwer würde mit frischem Blick den Australienaufenthalt von Noahs Bruder in Augenschein nehmen müssen.

Noch auf der Schwelle hielt er inne.

Hinter einem der Bücherregale steckte ein weißes Stück Papier.

Alex' Puls beschleunigte sich.

Dieser komplette verdammte Raum war voller Papiere und Unterlagen; warum sollte er sich also um ein Blatt Papier scheren, das allem Anschein nach davongeflattert und hinter einem Bücherregal stecken geblieben war?

Ohne darüber nachzudenken, zupfte er das Papier heraus. Oder besser gesagt: die Papiere. Es waren mehrere. In der Mitte gefaltet. Seine Hände zitterten, als er sie auffaltete.

Noch auf dem Weg nach draußen studierte er sie. Sein Puls beruhigte sich wieder. Was er in Händen hielt, war ganz offenbar ein Brief, den jemand als letzten Gruß an einen Angehörigen geschrieben hatte.

Geliebte,
nun ist eine Weile vergangen, seit wir den schlimmsten aller Bescheide erhalten haben …

Alex errötete vor Scham. Was tat er da? Konnten die Menschen nicht mal in ihren privatesten Angelegenheiten in Ruhe gelassen werden?

Er hielt inne, wollte ins Büro zurückgehen und der Kollegin den Brief überreichen – nach dem Motto »Gucken Sie mal, das hab ich gerade gefunden« –, als er fast abwesend zur letzten Seite vorblätterte und sah, wie der Brief zu Ende ging.

Ich versuche, Verantwortung zu übernehmen, obwohl so viele Jahre vergangen sind … oder wie ein Schriftsteller einmal gesagt hat: Ich mache alles wieder gut.
Ich fürchte allerdings, dass ich es nicht schaffen werde.
Ich liebe Dich über alles.

Schlagartig dröhnte ihm der Puls in den Ohren.

Wie ein Schriftsteller einmal gesagt hat.

Ich mache alles wieder gut.

Ich fürchte allerdings, dass ich es nicht schaffen werde.

Aber ich kann es, dachte Alex. Ich kann es.

Dann las er den Brief von Anfang bis Ende.

Einen solchen Brief konnte er nicht für sich behalten – das war Alex sofort klar. Deshalb nahm er ihn in einer Asservatentüte mit zurück ins Haus. Nicht regelkonform, nicht rountinekonform – und definitiv nicht konform mit Berlins ausdrücklicher Anordnung. Einen Moment lang erwog er, sie gar nicht darüber zu informieren, was er getan hatte, doch dann verwarf er den Gedanken wieder. Man kam an ihr nicht vorbei, so war es einfach.

»Ich habe Ihnen doch gesagt«, fuhr sie ihn sofort an, »dass Sie bei Johansson nichts zu suchen haben. Nichts, Alex, *nichts.* Und als Allererstes fahren Sie zum Tatort …«

Alex zuckte bloß mit den Schultern, wohl wissend, dass er sich wie ein bockiges Kind verhielt.

»Ich hab eine Entdeckung gemacht, die wichtig sein könnte«, sagte er.

Er zeigte Berlin den Brief. Dann erzählte er ihr von dem Buch, das sie in Malcolm Benkes Haus gefunden hatten. Als Berlin daraufhin schier in die Luft ging, war ihm klar, dass er gleich mehrere Fehler gemacht hatte.

»Und das haben Sie mir vorenthalten? Das ist ja vollkommen absurd!«

Alex vermochte nicht zu antworten, und ihm wäre auch nichts eingefallen, was sich noch hinzuzufügen gelohnt hätte. Natürlich hatten sie nicht vorgehabt, sich ewig über das Buch auszuschweigen – sie hatten einfach mehr Material zusammentragen wollen, ehe sie den anderen davon berichtet hätten. Vor allem weil Berlin den neuerlichen Besuch in Benkes Haus für sinnlos erachtet hatte – woran sie Alex jetzt ebenfalls erinnerte.

Am Ende einigten sie sich darauf, dass sie sich uneins waren und die Ermittlung jetzt Hauptsache war.

»Keine weiteren Geheimnisse mehr«, sagte Berlin.

Es war eine Warnung, das hatte Alex verstanden.

Jetzt musste also alles raus. Nichts durfte unversucht bleiben.

Sowie er im Auto saß, rief er Peder an.

Peder, der zwei Mal binnen einem Jahr den Job gewechselt hatte. Der Alex am Telefon fast bedrohlich angeblafft hatte. Wenn er nur nicht wieder den Boden unter den Füßen verloren hatte.

Darum muss sich jemand anders kümmern.

Alex hatte zu viel Akutes auf der Agenda, als dass er sich auch noch um die Krisen eines Exkollegen kümmern könnte.

Ein Klingeln nach dem anderen verhallte in der Leitung.

Peder ging nicht ran. Alex hinterließ eine kurze Nachricht auf dessen Mailbox, berichtete knapp, was geschehen war, und bat Peder um einen Rückruf. Doch als der Abend kam, hatte er immer noch nicht zurückgerufen.

DAS GRILLGUT DUFTETE herrlich. Von den Nachbarn war kein Mucks zu hören.

»Entweder sind sie nicht zu Hause, oder sie haben keine Kraft mehr, sich über den Grillrauch zu beschweren«, stellte Fredrika fest.

Spencer kredenzte ihr ein Glas Rotwein. Wieder Wein. Davon konnten sie nicht genug kriegen – nicht in diesem Sommer.

»Oder sie wollen mit schwer kranken Menschen nicht streiten«, entgegnete er.

Empört stellte Fredrika ihr Weinglas beiseite.

»Hast du unseren *Nachbarn* erzählt, dass du krank bist?«

Spencer grinste sie an. »Bist du verrückt? Natürlich nicht! Das war ein Witz. Darum wirst du dich im Nachhinein kümmern müssen.«

Im Nachhinein. Wenn es Spencer nicht mehr gäbe.

Er hatte Krebs und ist gestorben.

Nein! Wie schrecklich! Das muss aber schnell gegangen sein – wir haben nicht mal bemerkt, dass er krank war.

Wahnsinnig schnell. Am Ende hat er sich in einer Klinik in der Schweiz das Leben genommen.

Fredrika musste kichern. Galgenhumor war wirklich ein Segen.

»War das irgendwie lustig?«, fragte Spencer.

»Eigentlich nicht«, erwiderte Fredrika.

Sie nahm einen Schluck Wein, wollte nicht länger darüber nachdenken, ob es gut war, jeden Tag zu trinken. Darin lag doch der Unterschied – wenn man so lebte, als wäre jeder Tag der letzte.

Sie konnte indes nicht aufhören, darüber nachzudenken,

was sie gehört hatte, bevor sie nach Hause gegangen war. Dass Noah Johansson tot war. Ermordet. Alex hatte gesehen, wie sie reagiert hatte, und das war nicht gut. Sie wollte ihm nicht von ihrer Beziehung zu dem Ermordeten erzählen.

»Woran denkst du?«, fragte Spencer.

Sie schluckte mehrmals, wusste nicht, ob sie ihn ins Bild setzen sollte. Andererseits hatte sie keinen Grund, es zu verschweigen. Es würde ohnehin jeder einzelne von Johanssons Kunden erfahren, dass es ihn nicht mehr gab. Sie hatte keine Ahnung, wie das dann praktisch vor sich gehen sollte – den Bestatter zu wechseln. Aber das hieß nicht, dass man so etwas nicht in Erfahrung bringen konnte.

»Noah Johansson ist tot«, sagte sie.

Spencer erstarrte mitten in einer Bewegung. »Was sagst du da?«

»Ich habe es gerade erst vor einer Stunde erfahren.«

»Wie hast du … oder … Ich meine …«

Fredrika holte tief Luft. »Spencer, er ist ermordet worden.«

»Um Himmels willen!« Unwillkürlich sprang er auf, setzte sich dann aber gleich wieder. »Warum?«

»Wir wissen es noch nicht.«

»Und was passiert jetzt? Mit Leuten wie uns?«

»Das weiß ich auch nicht, Liebling.« Sie streckte eine Hand aus und strich ihm über den Arm. »Alles okay?«

Er zuckte mit den Schultern.

»Das ist so verdammt makaber«, sagte er. »Ich meine, ich kannte Noah ja nicht wirklich und er mich auch nicht. Trotzdem war er einer derjenigen, die extrem viel von mir wussten. Zum Beispiel, wie ich sterben will.« Er nahm ein paar zu große Schlucke. »Da werde ich jetzt wohl jemand anderen finden müssen.« Und dann: »Und jetzt essen wir.«

Spencer servierte neue Kartoffeln und Sauce béarnaise zum Fleisch.

»Bist du heute früher heimgekommen, oder wie hast du das alles geschafft?«, fragte Fredrika. Keiner von beiden mochte mehr über den Bestatter sprechen.

Spencer verzog das Gesicht. »Heute Vormittag saß ich in einer ziemlich sinnlosen Besprechung, daher hatte ich am Nachmittag schon nach ein paar Stunden die Nase voll.«

»Verstehe«, sagte Fredrika. »Übrigens bräuchte ich mal deine Hilfe.«

Sie nahm ihre Tasche zur Hand – einen gelben Stoffrucksack, den die Kinder nur »Mamas Arbeitstasche« nannten. Spencer hatte eine andere Bezeichnung dafür. Er nannte sie »Mamas Teenagertasche«.

»Hier«, sagte Fredrika und zog ein Blatt Papier aus dem Außenfach.

»Was ist das?« Spencer legte das Besteck beiseite.

»Die Farbkopie eines Buchumschlags.«

»Du hast einen grünen Buchumschlag kopiert?«

»Nicht nur das. Der Titel steht ganz unten.«

Spencer sah genauer hin. »Das ist doch verrückt …«

Fredrika war erstaunt. »Du kennst das Buch?«

»Ja und nein«, sagte Spencer. »Ich hab es nie gelesen, aber ich kenne sowohl den Schriftsteller als auch den Titel.«

»Erzähl«, forderte Fredrika ihn auf.

Spencer lächelte leicht schief. Das zweite Lächeln an einem Abend.

Wenn das so weitergeht, muss ich heute vielleicht nicht weinen.

»Eine Studentin, die ich im Sommersemester betreut habe, hat ihre Masterarbeit darüber geschrieben, wie sich die Auffassung vom Autor zum Selfpublishing in den letzten hundert Jahren verändert hat. Heute ist es ja normal, dass Menschen, die ihr Manuskript nicht in etablierten Verlagen unterbringen, es eigenhändig publizieren, aber vor ein paar Jahrzehnten war das noch nicht so. Was nicht weiter erstaunlich ist.

Das Internet und der technische Fortschritt haben das möglich gemacht. Als Morgan Sander – so heißt der Autor – sein Buch verlegt hat, war das noch sehr viel ungewöhnlicher.«

Fredrika vertrieb eine Wespe, die ihr zu nahe gekommen war.

»Morgan Sander hat also im Selbstverlag publiziert?«, hakte sie nach.

»Genau«, sagte Spencer. »Es kann tausend Gründe geben, warum ein Manuskript nicht veröffentlicht wird, aber meistens liegt es doch daran, dass der Text nicht gut genug ist. In Sanders Fall war das ein wenig anders. Der Mann konnte offensichtlich schreiben, aber nicht recht auf den Punkt bringen, was er eigentlich sagen wollte. Er hat auch nur dieses eine Buch veröffentlicht – ich glaube, das war irgendwann gegen Ende der Vierzigerjahre –, und als es nicht die Aufmerksamkeit erhielt, die er sich erhofft hatte, hörte er auf zu schreiben. Er starb wenige Jahre später.«

Fredrika drehte ihr Weinglas hin und her.

»Woher weißt du das alles?«, fragte sie. »Also – warum er vom Verlag abgelehnt wurde und so?«

»Die Studentin, die ich betreut habe, hat mehrere Verlage besucht und Fragen zu verschiedenen Autoren gestellt, die man dort abgelehnt hatte. In ein paar Verlagen war Sander so etwas wie eine Legende. Sogar die jüngeren Lektoren kannten seine Geschichte.«

»Weißt du, wovon das Buch handelt?«, fragte Fredrika.

Spencer schüttelte den Kopf. »Nein, aber mir gefällt der Titel. *Ich mache alles wieder gut.* Ohne viel Herumreden, eine schön direkte Aussage.«

Ein kühler Wind ließ Fredrika erschaudern. Ganz gleich ob die Sonne schien – der schwedische Sommer war so unberechenbar wie immer.

»Wie findet man einen Schriftsteller wie Morgan Sander?«, fragte Fredrika.

Spencer aß weiter. »Wie meinst du das?«

»Ich meine es genau, wie ich es gesagt habe. Wer hat sein Buch gekauft? Oder anders: Wenn man es nicht zu Hause stehen hat – wie könnte man dann darauf stoßen? Wie viele Exemplare davon sind gedruckt worden, wie leicht zugänglich ist es?«

Spencer kaute und schluckte. »Meine Studentin hat das Buch in der Kungliga Biblioteket gefunden, und zwar so verdammt tief unten im Keller, wie es überhaupt geht. Sander selbst hatte dafür gesorgt, dass es in die Bibliothek gelangte, damit es nicht in Vergessenheit geriet. Von seinem Buch wurden damals weniger als hundert Exemplare gedruckt. Ich würde mal annehmen, dass ein Großteil davon mit der Zeit weggeworfen wurde, sobald die Leute ihre Bücherregale ausgemistet haben. Aber eine Handvoll davon findet man sicher nach wie vor antiquarisch.«

Fredrika dämmerte, dass sie den Täter wohl kaum über das Buch würden aufspüren können. Womöglich hatte er das Exemplar zufällig im Regal der Großmutter gefunden oder in irgendeinem Antiquariat im nördlichen Norrland ... Sie würden es nie erfahren.

»Warum interessierst du dich für Morgan Sander?«, fragte Spencer.

»Er taucht in einer unserer Ermittlungen auf«, erklärte Fredrika.

Sie aßen schweigend weiter. Fredrika trank mal Wein, mal Wasser. Sie konnte nicht anders – aber es störte sie, dass die Polizei nach jemandem fahndete, der von einem Schriftsteller besessen zu sein schien, den kaum ein Mensch kannte.

Trotzdem – Spencer hatte ihn gekannt.

Vernehmung des Zeugen ALEX RECHT, 06.09.2016
Anwesend: Vernehmungsleiter 1 (V1), Vernehmungsleiter 2 (V2), Kriminalkommissar Alex Recht (Recht)

V1: Das klingt, als hätten sich die Todesfälle gehäuft, und zwar in einem Wahnsinnstempo.
Recht: So war es auch.
V2: Und es scheint, als wären Sie nach allem, was passiert war, trotzdem nicht recht in die Gänge gekommen.
Recht: Wie bitte?
V2: Na ja, man sollte doch meinen, wenn ein Mensch nach dem anderen stirbt, dass die Polizei Vollgas gibt. Aber so war es offenbar nicht.
Recht: Sie irren sich. Und zwar kolossal. Wir brauchten lediglich Zeit, um zu verstehen, ob und – wenn ja – wie diese Fälle zusammenhingen.
(Schweigen)
V1: Kommen wir noch mal auf Spencer Lagergren zu sprechen.
Recht: Der war nie Teil der Ermittlungen.
V2: Nein, aber er war einer der wenigen, die Sanders Buch kannten.
(Schweigen)
V2: Sie sollten auf unsere Fragen antworten.
Recht: Entschuldigung, ich habe keine konkrete Frage gehört.
V1: Okay, dann formuliere ich es anders: Hat es Sie nicht gestört, dass Spencer sowohl den Buchtitel als auch Morgan Sander kannte?
Recht: Es gab eine plausible Erklärung dafür. Von der hatte Fredrika mich in Kenntnis gesetzt.

V1: Das heißt, Sie waren kein bisschen beunruhigt?
(Schweigen)
Recht: Zu jenem Zeitpunkt nicht.
V2: Aber später?
Recht: Später war ich sehr beunruhigt.

Donnerstag

DIE STILLE SCHIEN eine Ewigkeit zu währen. Dan weigerte sich konsequent, mit Malin zu sprechen. Stumm beobachtete er sie, während sie suchte und immer weiter suchte. Doch die Messer waren und blieben verschwunden. Und Malins Panik wuchs zusehends an.

Als die frühe Morgensonne in ihr Schlafzimmer fiel, lag sie bereits wach im Bett. Wann genau ging die Sonne im Sommer auf? Um vier Uhr? Sie wusste nur, dass sie hochgradig wachsam sein müsste – sonst würden sie und die Kinder sterben.

Sie sah zu Dan. Er lag auf der Seite und hatte ihr den Rücken zugewandt. Sie glaubte nicht, dass er schlief, und das machte ihr Angst. Wenn er ebenfalls wach war, welche Gedanken gingen ihm dann durch den Kopf? Hoffentlich andere als ihr.

Vor Durst fühlte sich ihr Hals wie zugeschnürt an, sodass sie kaum mehr atmen konnte. Das Glas auf dem Nachttisch war leer. Wenn sie Wasser wollte, würde sie das Bett verlassen müssen.

Und ihm damit zeigen, dass ich wach bin.

Malin spürte, wie die Müdigkeit wieder angekrochen kam. Wie lange würde sie es schaffen, wach zu bleiben? Wie viele Tage? Wie viele Nächte? Früher oder später würde sie schlafen müssen. Andererseits war es vielleicht auch egal, ob sie bei Bewusstsein war oder nicht; wenn Dan mit einem Messer in der Hand auf sie zukäme, würde ihn ohnehin niemand aufhalten können.

Aber ich werde es weiß Gott versuchen.

Vorsichtig schlüpfte Malin unter der Decke hervor. Dass es im Haus immer heißer wurde, je schöner das Wetter draußen war, war unerträglich. Immer wieder hatte sie sich gefragt, was für ein Haus das hier eigentlich war – wie konnte es einen solchen Ort geben? Und zu welchem Zweck war das hier mal erbaut worden?

Mit Fenstern, die man nicht zerschlagen konnte?

Mit Türen, die man nicht aufbrechen konnte?

Alles, was nötig war, um dieses Haus theoretisch zu einem Zuhause zu machen, war vorhanden: fließend Wasser, ein großzügiges Bad, eine voll ausgestattete Küche. So ein Gebäude konnte doch nicht im luftleeren Raum existieren – dieses Haus war etwas Besonderes. Und es existierte in der Realität.

Genau wie der Mann, der sie dorthin verschleppt hatte und sie in unregelmäßigen Abständen mit Lebensmitteln versorgte.

Malin konnte sich nicht erinnern, ihn je zuvor gesehen zu haben. Dan hatte das Gleiche gesagt; er wusste nicht, wer der Mann war oder wofür er sie bestrafte. Und doch hatte der Mann ihnen genau das gesagt, wann immer sie versucht hatten, mit ihm zu reden.

»Du«, hatte er gesagt und auf Dan gezeigt, »du weißt genau, warum ihr hier seid und wie das hier enden wird.«

Doch Dan hatte nur den Kopf geschüttelt.

Er hatte keine Ahnung, wovon der Mann redete und welches Ende ihr Aufenthalt nehmen mochte. Malin ebenso wenig. Doch eine Woche nach der anderen war vergangen, und es fühlte sich an, als wären sie schon seit Ewigkeiten hier eingekerkert. Es war einfach schrecklich.

Schrecklich, schrecklich, schrecklich.

Wieder sah sie verstohlen zu Dan, starrte seinen Rücken an.

Vielleicht wusste er ja doch, wie dieses Drama ausgehen würde. Womöglich hatte er deshalb die Messer versteckt.

Malin zwang sich, sämtliche Alternativen im Kopf durchzugehen, die ihr noch blieben. Es waren nicht viele, und keine davon war sonderlich angenehm. Wenn sie ernsthaft glaubte – und das tat sie –, dass Dan imstande sein könnte, ihr und den Kindern etwas anzutun, dann blieben nur mehr zwei Möglichkeiten: Entweder tat sie ihr Bestes, um weiter zu überwachen, was Dan unternahm. Oder sie kam ihm zuvor.

Malin erschauderte.

Was würde es bedeuten, wenn sie sich tatsächlich dafür entschied, ihm zuvorzukommen? Würde sie ihn töten müssen? Oder gäbe es einen Ort, wo sie ihn einsperren könnte? Auf Gnade wartend. Auf Hilfe hoffend.

Die niemals kommen würde.

Der Mann hatte eindeutig auf Dan gezeigt und klargemacht, dass er der Grund dafür war, weshalb sie alle bestraft wurden. Was würde passieren, wenn Dan verschwinden, wenn er sterben würde? Würde der Mann dann Malin und den Kindern trotzdem etwas antun wollen?

Oder würden wir nach Hause zurückkehren?

Sie schloss für einen kurzen Moment die Augen.

Sie verabscheute diesen Mann, der sie in diese Hölle genötigt hatte.

Sie verabscheute sein Schweigen, seinen Zorn und seine verdammte Waffe.

Aber am allermeisten verabscheute sie die Macht, die er über sie hatte.

Die Macht über Leben und Tod. *Ihr* Leben und *ihren* Tod.

UM KURZ NACH acht Uhr betrat Alex Recht sein Arbeitszimmer. Er war nach einer schlaflosen Nacht müde und fühlte sich wie gerädert. Er setzte sich an seinen Schreibtisch und informierte das übrige Ermittlerteam, dass sie sich um neun Uhr in der Löwengrube zu einer Besprechung treffen würden. Kurz darauf tauchte Fredrika auf: nicht annähernd so fertig wie an den vorangegangenen Tagen, aber auch nicht vollends entspannt. Eine sonderbare Anspannung lag wie ein dünner Schleier über ihrer gesamten Erscheinung.

Sie schob die Tür hinter sich zu, als sie in sein Arbeitszimmer trat.

Was ist mit dir passiert?, fragte sich Alex im Stillen.

Er konnte immer noch vor sich sehen, wie schockiert und bestürzt sie reagiert hatte, als sie die Nachricht von Noah Johanssons Ermordung ereilt hatte.

Wie um auf seinen Gedanken zu reagieren, fragte sie: »Gibt's Neuigkeiten von dem Bestatter? Von dem Mord, den Berlin gestern erwähnt hat?«

Alex schob einen Papierstapel beiseite, der in Wahrheit genauso gut hätte liegen blieben können. »Wieso fragst du?«

»Ich … Ich dachte nur, es könnte wichtig sein«, meinte Fredrika, »weil Berlin damit so angestürzt kam …«

»Wieso wichtig?«, fragte Alex. »Kanntest du ihn?«

Er klang barscher als beabsichtigt, und Fredrika reagierte sofort entsprechend: »Was ist denn los mit dir?«

Er schob mit ein wenig zu viel Wucht seine Schreibtischschublade zu. »Was ist mit *dir* los? Ich sehe doch, dass etwas passiert ist – dass schon seit Monaten etwas nicht stimmt.«

Mit einem Mal bekam er Angst, wie er sie lediglich aus

Kindertagen kannte: Warum war ihm nie der Gedanke gekommen, Spencer könnte das Bestattungsinstitut für seine Frau besucht haben? So wie er es selbst auch getan hatte. Lena hatte vor ihrem Tod alles in die Wege leiten wollen, und so hatten sie beide auch Noah kennengelernt, als sie noch am Leben gewesen war. Nur ein einziges Mal war Alex allein bei ihm gewesen – da hatte Lena zu Hause bleiben müssen.

»Entschuldige«, sagte er mit heiserer Stimme. »Ich wollte nicht so mit der Tür ins Haus fallen. Du musst nicht darauf antworten, wenn dir nicht danach ist. Ich …«

»Alles gut«, sagte Fredrika.

Es war nicht die Wahrheit, das war deutlich zu sehen. Ihre ganze Erscheinung strahlte Trauer aus … oder war es Furcht?

Erzähl, dachte er. Erzähl es mir.

Im nächsten Moment wurde die Tür aufgerissen. Margareta Berlin.

»Aha, hier ist also alles wie immer«, stellte sie fest. »Sie zwei schließen sich mit Ihren kleinen Geheimnissen ein.«

Das war mehr, als Alex in diesem Augenblick verkraften konnte. Er fuhr von seinem Stuhl hoch und stürmte auf die verblüffte Frau zu. Dabei brüllte er so laut, dass er selbst fast mehr erschrak als sie: »Raus mit Ihnen! Raus hier, Sie grässliche Person!«

Die Tür flog Berlin fast ins Gesicht, als er sie zuknallte.

Wann war es ihm je so gut gegangen? Er konnte sich nicht erinnern.

»Verdammte Idiotin«, murmelte er und drehte sich um.

»Du hast ja total durchgedreht«, sagte Fredrika leise. Dann explodierte sie vor Lachen.

Alex lachte auch, aber eher, weil er das jetzt brauchte, als dass ihm aus tiefstem Herzen danach gewesen wäre. Er wusste schließlich immer noch nicht, was mit Fredrika los war.

»Sag Bescheid, wenn ich etwas für dich tun kann«, sagte er.

»Danke«, flüsterte sie.

Als sie sich in der Löwengrube niedergelassen hatten, sah Alex draußen auf dem Flur Margareta Berlin vorbeirauschen. Sie würdigte ihn keines Blickes, kommentierte aber auch nicht, dass sie sich in der Löwengrube befanden, obwohl sie doch erst tags zuvor die Order ausgegeben hatte, der Raum dürfe nicht mehr benutzt werden. Ross war nicht eingeladen; ihn würden sie später auf den neuesten Stand bringen.

Alex eröffnete die Besprechung.

»Wo stehen wir?«, fragte er. »Fredrika, erzähl du uns als Erstes, was du gestern aus London erfahren hast.«

Fredrika berichtete, was Linda Sullivan ihr erzählt hatte. Beata Benkes Mann war ebenfalls ermordet worden, und jetzt wussten sie auch, wer Beatas Ring all die Zeit in seinem Besitz gehabt hatte.

»Glauben wir ernsthaft, dass dieser Mann bei einem beliebigen Raubüberfall ums Leben gekommen ist?«, fragte Ivan, als sie fertig war.

Der eifrige Ivan. War schon ein bisschen weniger eifrig geworden. Das machte Alex traurig.

»Nein«, erwiderte er. »Das glauben wir nicht. Ich zumindest nicht.«

»Ich auch nicht«, ergänzte Fredrika, und Ivans Miene hellte sich auf. »Der Mörder wusste genau, wonach er gesucht hat. Ich bin mir allerdings nicht sicher, ob derjenige, der den Ring gestohlen hat, Beatas Ex wirklich töten wollte oder ob das sozusagen im Eifer des Gefechts passiert ist.«

Alex versuchte, eine Chronologie der Ereignisse zu erstellen. »Wann ist Beatas Mann gestorben?«

»Im Juni«, erwiderte Fredrika.

»Im Juni«, echote Alex gedehnt.

Ein unangenehmer Gedanke nahm in seinem Kopf Gestalt an: Der Mörder, nach dem sie fahndeten, hatte seine Taten schon Monate im Voraus geplant.

»Das erklärt aber immer noch nicht, warum auch Lovisa Wankel sterben musste«, wandte Ivan ein.

Da hatte er vollkommen recht. Und ebenso wenig wussten sie, ob der Mord an Noah Johansson mit den beiden anderen in Verbindung stand. Wäre da nicht der Brief, den Alex gefunden hatte … der sich sozusagen hinter einem Bücherregal versteckt hatte.

Konnte man die Formulierung in dem Brief als Zufall abtun?

Das glaubte er nicht.

Er glaubte, dass der Mörder ihn geschrieben hatte.

Aber wie, um alles in der Welt, war er auf Noah gekommen?

Er räusperte sich, wusste nicht, wie er sich ausdrücken sollte.

»Wolltest du etwas sagen?«, fragte Fredrika und sah ihn an. »Sonst mache ich mit dem Buch weiter, das wir zu Hause bei Malcolm Benke gefunden haben.«

Alex nickte, und Fredrika fuhr mit ihrem Bericht fort. Sie hatte mit Spencer gesprochen, ihrem Ehemann und Literaturprofessor, und konnte nun mit Details aufwarten, von denen Alex bis dahin keine Ahnung gehabt hatte.

»Es gibt nur wenige Exemplare des Buchs«, erklärte sie.

»Könnte genau dieser Umstand uns helfen, den Täter ausfindig zu machen?«, fragte Alex.

»Ich fürchte, nein«, entgegnete Fredrika.

»Na ja, wir könnten die Stockholmer Antiquariate kontaktieren«, wandte Ivan ein, »und dort nachfragen, ob sie schon mal von dem Buch gehört haben oder ob jemand ausdrücklich danach gefragt hat.«

Alex sah Fredrika an.

»Gute Idee«, sagte sie.

Ivan machte sich eine Notiz.

»Die Mordwaffe«, ergriff Alex wieder das Wort. »Wir brauchen mehr Informationen darüber.«

Eine der Technikerinnen drückte den Rücken durch. Wäre sie eine Katze gewesen, hätte sie jetzt geschnurrt. »Und du kannst Gift darauf nehmen, dass wir die haben. Ich war so frei, ebenfalls in London Erkundigungen einzuholen. Ich wollte nichts sagen, ehe wir uns hundertprozentig sicher wären, aber das sind wir jetzt.«

»Sicher in welcher Hinsicht?«, hakte Fredrika nach, die offenbar keine Lust hatte, langen Ausführungen zu lauschen.

Leicht gekränkt erwiderte die Technikerin: »Sicher, dass Malcolm Benke mit derselben Art Waffe ermordet wurde wie seine Tochter. Mit einem Colt .45.«

Im Zimmer war leises Gemurmel zu hören.

»Dieselbe Art?«, sagte Alex langsam. »Aber nicht dieselbe Waffe?«

»Nein.«

Alex versuchte zu verstehen, was er soeben gehört hatte. Benkes Mörder hatte alle Mühe darauf verwendet, den Mord exakt so zu inszenieren wie den an Beata.

»Danke«, sagte er. »Das ist eine sehr wichtige Information. Jetzt zu etwas anderem. Gestern wurde ein Bestatter namens Noah Johansson ermordet. Es gibt gewisse Gründe anzunehmen, dass der Mord mit den anderen im Zusammenhang steht.«

Es wurde mucksmäuschenstill.

Alex ahnte, dass er seine Kollegen mit dieser unversehens hervorgebrachten Information eiskalt erwischt hatte.

»Was? Noch ein Mord?«, flüsterte jemand.

»Ja«, erwiderte Alex mit verbissener Miene. »Noch ein Mord.«

Dann erzählte er von dem Brief. Er verschwieg, wie er an den Brief gekommen war, berichtete aber von dessen Inhalt und was er für die Ermittlung bedeuten könnte.

»Darf ich den Brief mal sehen?«, fragte Fredrika.

Sie war blass geworden und schien angesichts der neuen Entwicklung erschüttert zu sein.

»Natürlich«, sagte Alex.

»Die Verbindung zu dem Bestatter sehe ich ehrlich gesagt noch nicht«, warf Ivan ein.

»Das geht uns allen so«, entgegnete Alex.

»Nein, mal im Ernst …«

»Es *ist* mein Ernst.«

»Hat er, also der Mörder, denn eine Nachricht an Sie hinterlassen?«

Die Frage brachte Alex aus der Fassung. Fredrika und die anderen sahen ihn neugierig an.

»Nein«, antwortete er. »Zumindest haben wir bisher noch keine gefunden. Aber ich glaube, es wird auch keine geben.«

Das Letzte war ihm einfach so rausgerutscht.

Noah Johanssons Ermordung war etwas anderes …

Dieser Mord war aus anderen Beweggründen erfolgt als die Morde an Benke und Wankel, da war sich Alex ganz sicher. Allerdings war er sich mindestens ebenso sicher, dass der Mörder derselbe war. Unterschiedliche Motive, derselbe Täter …

»Und wir haben immer noch nichts gefunden, was Malcolm Benke und Lovisa Wankel verbindet, oder?«, hakte Ivan nach.

Torbjörn Ross.

»Nein«, sagte Alex nichtsdestoweniger.

»Keine gemeinsamen Interessen oder Bekannte?«

Torbjörn Ross.

»Nicht, soweit wir wissen.«

Wie wahnsinnig ist Ross wirklich?

Nicht *so* wahnsinnig. Das war in aller Kürze das einzig Wichtige.

Als hätte er gespürt, dass Alex an ihn gedacht hatte, klopfte er an die Tür, und alle wandten sich um, als Torbjörn Ross die Löwengrube betrat. Er sah sich misstrauisch um. Dass er zu dieser Besprechung nicht eingeladen worden war, ärgerte ihn sichtlich.

»Wir haben gerade Lovisa Wankels Freund befragt«, teilte er dem Team mit. »Könntest du mal mitkommen, Alex, und eine Sache checken?«

»Ich bin mitten in einer Besprechung«, entgegnete Alex. »Ich komme, sobald …«

»Du kommst jetzt sofort mit«, blaffte Ross ihn an. »Befehl von Berlin.«

Alex lachte trocken. »Sag ihr herzliche Grüße. Ich komme, sobald ich Zeit dafür habe.«

Alex war weder Ross noch Berlin disziplinarisch untergeordnet, und das vergaßen die beiden besser mal nicht.

WIE KONNTE EIN so kurzer Text so viel verändern?, fragte sich Fredrika Bergman, als sie den Brief las, den Alex in Noahs Bestattungsinstitut gefunden hatte. Eine drei Seiten lange Liebeserklärung, die ein schreckliches Geständnis enthielt: Jemand hatte eine Frau überfahren und sich dann, ohne Hilfe zu rufen, vom Unfallort entfernt. Er war nicht mal ausgestiegen, um nachzusehen, ob er für das Unfallopfer etwas hätte tun können.

Fredrika spürte, wie ihr Deo allmählich versagte und der Schweiß nur so rann.

Denn in dem Brief gab es eine Handvoll Formulierungen, derentwegen sie die Blätter am liebsten angezündet hätte. Vereinzelte Sätze und Phrasen, die auf sie wirkten, als wären sie mit glühender Lava geschrieben worden.

Es ist unbegreiflich – ich kann es nicht fassen –, dass ich hier sitze und schreibe und gleichzeitig weiß, dass meine Zeit bemessen ist.

Nein, mein Lieber, dachte Fredrika. Das kann man wirklich nicht begreifen.

Sie war sich sicher zu wissen, wer den Brief geschrieben hatte. Immer wieder versuchte sie, einen Grund zu finden, warum sie daran Zweifel haben sollte, aber es gab keinen, und sie würde auch keinen erfinden können. Sieben Mal las sie den Brief, dann gab sie auf. Kein Zweifel. Nicht der geringste.

Spencer.

Den Brief hatte Spencer geschrieben.

Spencer wusste, dass er sterben würde, und genau deshalb hatte er einen Abschiedsbrief an jemanden geschrieben, den er »Geliebte« nannte. Sofern er nicht noch mehr Überraschungen für sie in petto hätte, nahm Fredrika an, dass er sich mit dem Brief an sie richtete – aber ganz sicher war sie nicht. Nicht mehr.

Weißt Du noch, als unsere Tochter gerade zur Welt gekommen war und ich immer noch mit den Verletzungen zu kämpfen hatte, die ich mir bei dem Autounfall zugezogen hatte?

Natürlich erinnerte sie sich noch daran.

Ein einziges Mal war ich unaufmerksam. Ein einziges Mal. Doch das genügte, um das Leben eines Menschen zu zerstören.

Hier ließ sie ihr Gedächtnis im Stich. Von welchem einzigen Mal redete er da?

Ich setzte mich ins Auto, um nach Uppsala zu fahren und meinen Chef anlässlich eines Geschäftsessens zu treffen, das später am Abend stattfinden sollte.

Uppsala. Immer wieder Uppsala. Fredrika hatte zwar gern dort studiert, hatte aber nie dortbleiben wollen. Darin war sie mit Spencer immer uneins gewesen. Er wäre nur allzu gern in Uppsala wohnen geblieben, um nicht pendeln zu müssen. Doch diese Diskussion hatte Fredrika für sich entschieden. Nur … um welchen Preis?

Jetzt bist Du wahrscheinlich zutiefst schockiert. Gewiss wirfst Du mir Feigheit vor, fragst Dich, was zum Teufel ich mir dabei gedacht habe. Ich habe an mich gedacht. So muss die kurze Antwort wohl lauten. Und an Dich und unsere Tochter und später auch an unseren Sohn.

Verdammter Egoist.

Ja, Spencer, dachte sie. Ja, ich mache dir Vorwürfe.

Und so blieb es bis vor einigen Monaten.

Als du erfahren hast, dass du sterben würdest, ergänzte Fredrika.

Deshalb will ich Dir sagen, dass ich anders bin als andere. Ich versuche, Verantwortung zu übernehmen, obwohl so viele Jahre vergangen sind ... oder wie ein Schriftsteller einmal gesagt hat: Ich mache alles wieder gut.

Hier blieb Fredrika jedes Mal wieder fast das Herz stehen.

Ich mache alles wieder gut.

Ich mache alles wieder gut.

Ich mache alles wieder gut ...

Grundsätzlich einfach nur Worte, die er sich von einem Schriftsteller geliehen hatte; aber das spielte im Grunde keine Rolle. Manche Sachen durften einfach nicht wahr sein. So einfach war das. Dass Spencer sterben würde, war eine solche Sache. Dass er von Schuld getrieben zu einem Serienmörder geworden sein könnte, war eine andere. Denn das war ja wohl gemeint mit *Folgen des Unglücks geradezurücken*, oder? Dass er sich an Menschen verging, von denen er aus dem einen oder anderen Grund glaubte, sie verdienten ihr Leben nicht.

Aber das kann doch nicht stimmen!

Auf keinen Fall.

Panik rollte in Wellen über ihren Körper hinweg.

Das ist doch total krank.

Aber das war er schließlich auch.

Nur war er wirklich so krank, dass es ihn den Verstand kostete?

Hatte der Tumor ihn zu einem Psychopathen gemacht?

»Verdammt!«, rief Fredrika und schleuderte den Brief beiseite.

Die drei Blätter segelten höhnisch lautlos zu Boden.

Eilig klaubte sie sie wieder zusammen – nicht dass jemand ihren Ausbruch mit angehört hatte und im nächsten Moment in ihr Zimmer stürmte.

Sie musste sich zusammenreißen, musste schleunigst versuchen, wieder klar zu denken.

Aber wie sollte das gehen?

Im besten Fall war sie mit einem Mann verheiratet, der einen Mitmenschen totgefahren hatte. Im schlimmsten Fall hatte ihn dieses Unglück in den schlimmsten aller Mörder verwandelt.

Fredrikas Hände zitterten, als sie den Brief wieder vor sich hielt. Wer außer ihr könnte ahnen, dass Spencer ihn verfasst hatte? Erneut überflog sie den Text, suchte nach verräterischen Details. Klar war, dass es sich bei dem Briefeschreiber um einen Mann handelte, der zwei Kinder hatte, in einen Autounfall verwickelt gewesen war und beruflich in Uppsala zu tun gehabt hatte.

Nicht gut. Ganz und gar nicht gut.

Dann beruhigte sie sich halbwegs wieder. Sie hatte bei der Arbeit niemandem erzählt, dass Spencer sterben würde und dass Noah Johansson sein Bestatter hätte sein sollen. Allerdings war es nur eine Frage der Zeit, bis das herauskommen würde. Denn natürlich würden sie Noahs Kundenregister durchforsten und dort auf Spencers Namen stoßen.

Sie atmete schwer durch.

Der Brief war mitnichten ein Beweis dafür, dass Spencer der Mörder war. Das meiste sprach sogar dagegen. Es gab keinen plausiblen Grund anzunehmen, dass Spencer eine Frau überfahren hatte und dann, um die Tat zu vertuschen, eine Menge unschuldiger Menschen umbringen sollte, von denen sie zudem sicher war, dass er sie gar nicht kannte.

Sie stützte den Kopf auf beide Hände und versuchte, ihre Gedanken wieder unter Kontrolle zu kriegen, die wie Wildpferde in verschiedene Richtungen davonzugaloppieren drohten. Sie hatte keine Ahnung, was sie fühlen und was sie denken sollte. Es gab eine winzig kleine Chance, dass jemand anders als Spencer den Brief geschrieben hatte, dass der Mann, mit dem sie verheiratet war, nie im Leben eine Frau überfahren hatte … doch insgeheim kannte sie die Wahrheit. Es war nur zu wahrscheinlich, dass er der Verfasser des Briefes war und dass sie ihn hätte erhalten sollen, wenn er tot wäre.

Ich mache alles wieder gut.

Wenn diese Wörter nicht gewesen wären. Vor allem in Kombination damit, was ein Stück weiter vorn in dem Brief stand.

Ich habe versucht, die Folgen des Unglücks geradezurücken. Zumindest soweit das möglich ist. Ich fürchte, dass es in diesem Zuge unvermeidlich war, Spuren zu hinterlassen.

»Was zum Teufel hast du getan, Spencer?«, flüsterte sie. »Und wem hast du es angetan?«

ES WÜRDE WOCHEN dauern, bis der widerliche Geruch sich verzogen hätte; das teilte ihr die Reinigungsfirma mit, die von der Hausverwaltung engagiert worden war, um das »Problem« zu beseitigen. Denn offensichtlich genügte es nicht, nur die Quelle des Geruchs loszuwerden.

Vendela hatte nicht mehr als ein paar Stunden geschlafen und war stattdessen in albtraumhafte Gedanken versunken gewesen: Wieder und wieder hatte sie vor sich gesehen, wie sie Henry Lindgren gefunden hatten – und wie schmerzhaft es gewesen war zuzusehen, wie seine Exfrau reagierte. Warum hatten die beiden sich überhaupt getrennt? Ihre Beziehung schien bis zuletzt von Liebe gekennzeichnet gewesen zu sein. Dass es aber auch nie genug war …

Rastlos lief Vendela in ihrer Wohnung auf und ab. An Tagen wie diesen wünschte sie sich nichts sehnlicher als ein Büro außer Haus. Sie musste raus, weg von diesem Haus, einen Spaziergang machen. Egal was – nur um die Gedanken an Henry loszuwerden.

Im selben Augenblick klingelte es an der Tür. Auf Zehenspitzen lief Vendela hinaus auf den Flur. Sich so unsicher zu fühlen behagte ihr nicht. Wenngleich die Polizisten nicht sonderlich aufgeregt gewirkt hatten und davon ausgingen, dass Henry eines natürlichen Todes gestorben war – er war gestorben, und allein das war der Punkt. Vendela hasste den Tod.

Henrys Exfrau Vera stand draußen im Treppenhaus.

Vendela hätte sie fast umarmt, als wäre Vera eine Freundin, die sie lange nicht gesehen hatte, konnte sich aber gerade noch beherrschen.

»Ich wollte eigentlich hoch und bei Henry die Blumen

gießen … aber ich möchte nicht allein raufgehen«, sagte Vera. »Würden Sie mitkommen?«

Vendela wäre lieber nicht noch mal in Henrys Wohnung zurückgekehrt, aber sie mochte der älteren Dame den Wunsch auch nicht abschlagen. Es gab zwar keinen Grund mehr, warum sie dort die Blumen gießen sollte, schließlich war Henry nicht einfach verreist und würde bald wiederkommen …

»Aber natürlich komme ich mit«, sagte Vendela. »Nur … wäre es nicht besser, wenn Sie die Blumen mitnähmen? Ich meine, sonst bleiben sie ja dort stehen …«

Sie wusste nicht, wie sie den Satz zu Ende bringen sollte.

Vera nestelte an ihrem Schlüsselbund. »Ich weiß ehrlich gesagt nicht, wie es jetzt weitergeht … ob ich aus der Wohnung etwas mitnehmen oder ob ich sie überhaupt betreten darf. Wir waren immerhin nicht mehr verheiratet. Auf dem Papier bin ich nichts mehr – allerhöchstens noch eine Freundin.«

Vendela hielt inne. Würden sie Schwierigkeiten bekommen, wenn sie die Wohnung beträten, ohne zuvor um Erlaubnis zu bitten? Aber wen fragte man in einem solchen Fall? Es konnte ja wohl kaum Sinn der Sache sein, dass man die Polizei mit solchen Dingen belästigte.

»Kommen Sie«, sagte sie. »Natürlich müssen die Blumen ein bisschen Wasser kriegen.«

Wortlos liefen sie nach oben, auf immer dadurch verbunden, dass sie dort einen Mann in seinem Zuhause tot aufgefunden hatten.

»Und ich hatte ihm noch gesagt, er soll zum Arzt gehen«, klagte Vera, als sie die Wohnungstür aufschloss. »Ich hab es immer wieder gesagt, aber er hat nicht auf mich gehört.«

Ihre Hände zitterten, und ihre Stimme klang tränenerstickt.

Ohne etwas zu erwidern, legte Vendela ihr eine Hand auf den Arm.

Obwohl über Nacht die Fenster offen gestanden hatten, war der Gestank in der Wohnung nach wie vor unerträglich.

»Pfui Teufel«, wisperte Vendela.

»Ja, es ist grässlich«, sagte die Frau, mit der Henry einst sein Leben geteilt hatte. »Ich hole nur schnell die Gießkanne.«

Sie eilte in die Küche, füllte die Gießkanne mit Wasser und wollte sich gerade zu den Pflanzen auf dem Fensterbrett umdrehen, als sie mitten in der Bewegung erstarrte.

»Was ist?«, fragte Vendela, die sich Sorgen machte, dass es der Frau vielleicht doch zu viel würde. Sie folgte ihr in die Küche.

Vera starrte auf einen Zettel, der an Henrys Kühlschrank klebte.

»Der Zettel«, sagte sie und zeigte darauf. »Wo kommt der her?«

»Woher soll ich das wissen?«

Vendela war nie in Henrys Wohnung gewesen und wusste nicht, was hierhergehörte und was nicht. Das Letzte, worüber sie nachgedacht hätte, wären irgendwelche Notizzettel an seinem Kühlschrank gewesen.

Vera kniff die Augen zusammen.

»Ich war vor etwa einer Woche hier«, erklärte sie, »und hab mit Henry draußen auf dem Balkon Kaffee getrunken. Da war der Zettel noch nicht da.«

Vendela zuckte mit den Schultern. »Dann hat er ihn wohl erst später dort hingehängt.«

»Mädchen, können Sie denn nicht lesen?« Vera klang überraschend verärgert. »Wie käme er denn auf so eine Idee? Henry kannte niemanden namens Alex, das kann ich Ihnen versichern.«

Resigniert wandte Vendela sich zu dem Zettel um. »Und was wollen Sie jetzt machen?«

»Ich rufe die Polizei und erzähle es ihnen«, antwortete Vera.

Vendela war skeptisch, ließ es aber dabei bewenden. Die Polizei hätte sicher Mittel und Wege, derart verwirrte Menschen abzuwimmeln.

»Ich rufe dort an, sobald ich zu Hause bin«, sagte Vera entschieden und wandte sich dann den Blumen zu.

Vendela überflog erneut die kurzen Zeilen auf dem Zettel, konnte sich aber nicht vorstellen, dass die Polizei sich darum scheren würde.

Vera war anderer Ansicht.

»Irgendwas ist mit diesem Alex«, beharrte sie. »Ich will wissen, wer das ist.«

Vendela war sich nicht sicher, was sie darauf erwidern sollte. »Vielleicht ist es tatsächlich am besten, die Polizei anzurufen.« Nicht dass die alte Frau noch eine Dummheit beging.

»Auf jeden Fall. Und dann wollen wir doch mal sehen, ob sie zuhören.«

WOMÖGLICH MÜSSTE SIE Trauer empfinden, doch Tina Antonsson fühlte nichts als Angst und Schrecken. Sie hatte so lange gewartet, geglaubt und gehofft, dass jemand anders schneller wäre, aber obwohl ein Tag nach dem anderen verstrichen war, war die ersehnte Schlagzeile doch nie erschienen.

Familie verschwunden – wer hat sie gesehen?

Tina wurde das Gefühl nicht los, dass irgendetwas nicht gestimmt hatte, als sie zuletzt mit Malin telefoniert hatte. Und es sah Malin auch nicht ähnlich, nicht wie versprochen zurückzurufen. Tina hatte ihr sowohl SMS als auch E-Mails geschickt. Auf Antwort gewartet. Und keine erhalten.

Da stimmte etwas nicht.

Tina hatte sich nicht mehr zu helfen gewusst. Sie hatte die Polizei angerufen, dann aber wieder aufgelegt. Immerhin war sie keine Angehörige, es hätte doch jemand anders besser wissen müssen, was zu tun wäre. Das Problem war nur, dass Malin und sie nicht viele gemeinsame Freunde hatten und vor allem keine gemeinsamen Bekannten, denen Malin nahegestanden hätte. Tina hatte mit ihrem Problem allein dagestanden. Am Ende hatte sie sich dazu durchgerungen, Noah aufzusuchen, den sie zuvor erst zwei Mal gesehen hatte. Und ihre Begegnung war gleichermaßen wunderbar wie schlimm gewesen: wunderbar, weil er ihre Sorge geteilt hatte, und schlimm, weil es jetzt kein Zurück mehr gab. Malin und Dan schwebten in Gefahr, und nur zwei Menschen auf der ganzen Welt hatten das begriffen: Tina und Noah.

Und jetzt war Tina allein übrig geblieben.

Dass Noah ermordet worden war, hatte sie am Abend zuvor erfahren. Seither war sie wie gelähmt. Die Zeitungen hatten seinen Namen zwar nicht genannt, aber Tina war trotzdem klar, dass er der Tote sein musste.

Die Polizei.

Sie musste die Polizei anrufen.

Noah hatte einen Namen erwähnt, er hatte ihr erzählt, dass es da einen Polizisten gebe, der ihnen womöglich würde helfen können, ein gewisser Alex Recht. Der Name war so ungewöhnlich, dass Tina ihn sich leicht hatte merken können.

Alex Recht würde ihr zuhören, wenn sie ihm erzählte, was ihrer Meinung nach passiert war.

Noah hat versucht, seinen Bruder zu finden. Jetzt ist er tot, und ich frage mich, wie lange ich selbst noch am Leben bin.

Sie setzte sich aufs Sofa, wählte die Nummer der Polizei und bat darum, Alex Recht zu sprechen. Ihre Wohnung war mit einem Doppelschloss gesichert, und sämtliche Fenster waren verriegelt. Tina hatte sich freigenommen und auch nicht vor, wieder zur Arbeit zu gehen, ehe ihr Leben wieder in normalen Bahnen verliefe.

Falls das je wieder der Fall sein würde.

Eine junge Frau nahm ihr Gespräch entgegen.

»Ich würde gern mit Alex Recht sprechen«, teilte Tina ihr mit.

»Und Ihr Name ist …?«

»Tina Antonsson. Sagen Sie ihm, dass es um den Mord an Noah Johansson geht und dass es eilig ist.«

Es dauerte eine Ewigkeit. Dann erfuhr sie, dass Alex Recht nicht zu erreichen war.

»Sie können stattdessen mit einem anderen Kollegen sprechen, er …«

»Ich möchte lieber mit Alex Recht persönlich sprechen«, fiel sie der Frau ins Wort.

»Und wir bei der Polizei möchten wirklich gern wissen, was Sie zu unserer Ermittlung beitragen können«, erhielt sie zur Antwort. »Ich verbinde Sie jetzt mit einem Kollegen.«

Tina gab klein bei.

Dann war eine Männerstimme in der Leitung. Der Polizist stellte sich nicht namentlich vor, sagte bloß Hallo und wartete darauf, dass sie irgendwie loslegte. Als das nicht passierte, sagte er: »Sie rufen wegen des Mordes an Noah Johansson an …«

»Ich weiß, warum er gestorben ist«, sagte Tina. »Er ist von derselben Person ermordet worden, die auch die Familie seines Bruders entführt hat.«

Der Polizist zögerte kurz. »Noahs Bruder lebt mittlerweile in Australien und ist wohlauf. Ihm und seiner Familie geht es ausgezeichnet.«

»Aber …«

»Sie haben erwähnt, Sie könnten etwas zu der Mordermittlung beitragen?«

»Das hier *ist* ein Beitrag. Ich war diese Woche bei Noah, weil ich mir Sorgen um Malin und Dan mache. Noah war genauso besorgt. Und jetzt ist er tot.«

Eine Weile herrschte Schweigen in der Leitung, und das genügte Tina, um eine Entscheidung zu fällen.

»Machen Sie doch, was Sie wollen. Ich gebe jedenfalls nicht auf, bis ich sie gefunden habe.«

Dann legte sie auf. Ihr Herz schlug wie wild. Als sie aufsprang, schlug sie sich das Knie am Couchtisch an.

Hier in ihrer Wohnung konnte sie nicht länger bleiben, sie musste raus.

Und sie wusste auch genau, wohin sie gehen würde.

»BERLIN MEINT, ICH soll dir das zeigen«, sagte Torbjörn Ross. »Aber beeil dich, ich muss gleich noch etwas erledigen.«

Er klang schlecht gelaunt und nicht annähernd so selbstsicher wie zuvor, als er versucht hatte, Alex im Befehlston aus der Sitzung zu holen. Vielleicht wollte er ihm aber in Wahrheit auch gar nicht zeigen, was er entdeckt hatte, sondern es für sich behalten.

Schweigend betrachtete Alex das grüne Buch, das Ross ihm hinhielt. *Ich mache alles wieder gut* von Morgan Sander.

»Das gleiche Buch haben wir bei Malcolm Benke gefunden«, murmelte er.

»Ich weiß«, erwiderte Ross. »Könnte das nicht ein Hinweis sein?«

Er klang abwartend, sodass Alex sich fragte, was er wohl noch für Geheimnisse hatte.

»Wir wissen es noch nicht«, antwortete Alex zögerlich.

Er war sich nicht sicher, welche Fragen er seinem Kollegen stellen durfte, und noch weniger, was er ihm erzählen sollte.

Du bist doch wohl hoffentlich nicht der Täter, oder, Ross? Aber du bist anscheinend der Einzige, der sämtliche Beteiligten kannte.

Alex hustete, und seine Augen juckten in der trockenen Luft.

»Ich hab da über was nachgedacht«, hob er dann an. »Du hast erwähnt, du wärst dir sicher gewesen, dass Malcolm Benke von seinem Sohn ermordet worden ist.«

»Hab ich das gesagt?«

Alex sah auf. »Ja, hast du. Und ich frage mich, wie du dir da so sicher sein konntest.«

Ross schüttelte den Kopf. »Das musst du falsch verstanden haben. Ich hab überhaupt nichts in der Richtung gedacht.«

Alex wartete darauf, dass Ross es sich vielleicht noch anders überlegte, aber das tat er nicht. Stattdessen angelte er sein Handy aus der Tasche.

»Na dann, bis später«, sagte Alex, legte das Buch beiseite und wandte sich wieder zum Gehen. Er wollte nicht mit Ross allein sein. Er würde sofort Fredrika aufsuchen, um wieder mit einem vernünftigen Menschen reden zu können.

»Du bist immer so verdammt von dir selbst überzeugt.«

Alex hielt inne. »Wie bitte?«

Ross sah von seinem Handy auf. »Du und deine verbrannten Hände – ich kapier einfach nicht, wie du so aufgeblasen sein kannst. Und ich verstehe auch nicht, wie du es aushältst, jeden Tag an dein Scheitern erinnert zu werden.« Er nickte hinab auf Alex' vernarbte Hände.

Alex konnte nicht fassen, dass er soeben etwas derart Groteskes gehört hatte.

Krank, dachte er. Das hier ist einfach nur krank.

Dein Scheitern … jeden Tag.

Als hätte Ross ihren Fall damals besser gelöst.

»Warte kurz«, sagte Ross unvermittelt und wedelte mit dem Handy. »Ich hab eben eine Nachricht von den Kollegen in Haiti erhalten.«

»Haiti?«

Alex zögerte, wollte eigentlich keine Sekunde länger bleiben.

»Hab gestern schon von ihnen gehört, aber sie dann gebeten, ein paar Sachen erneut zu checken.«

Alex sah ihn verständnislos an. »Und worum soll es dabei gehen?«

»Um Lovisa Wankels Freund, der sie in diesen Drogenscheiß mit reingezogen hatte. Anscheinend hat sie von ihrem Mörder das gleiche Tattoo verpasst bekommen wie er – und da bestünde ja durchaus die Möglichkeit, dass dieser Freund etwas damit zu tun haben könnte. Nicht sonderlich wahrscheinlich, aber ich wollte es zumindest wasserdicht ausschließen können. Immerhin muss der Täter doch von dem Tattoo gewusst haben.«

Der Täter. Der du sein könntest, Ross.

»Stimmt«, pflichtete Alex ihm abwartend bei. »Das hab ich mir auch schon gedacht – dass wir einen Täter suchen, der einiges über seine Opfer weiß, zwischen denen wir allerdings noch immer keine Verbindung erkennen können.«

Ross ging nicht weiter darauf ein.

»Also hab ich Kontakt zum Drogendezernat in Port-au-Prince aufgenommen. Vielleicht würde ich ja mit ihrer Hilfe Lovisas Ex im Gefängnis sprechen können. In diesem Zusammenhang hab ich erfahren, was passiert war. Der Typ ist gestorben.«

»Das ist doch nichts Ungewöhnliches«, meinte Alex. »In den Gefängnissen dort geht es knochenhart zu.«

Ross warf Alex einen herablassenden Blick zu. »Glaubst du, ich wüsste das nicht? Nichts Ungewöhnliches, sagst du – aber da täuschst du dich. Der Junge ist nämlich nicht im Knast gestorben, es war ihm tatsächlich gelungen, von dort zu türmen, nachdem er schon eine Weile bedroht worden war. Er schuldete einigen Drogenbossen richtig viel Geld und hat über seinen Anwalt besonderen Schutz beantragen lassen. Den bekam er natürlich nicht.«

Alex wartete ab. Die Geschichte würde wahrscheinlich noch diverse Wendungen nehmen, ehe Ross zum Punkt käme – eine Befürchtung, die der Kollege augenblicklich bestätigte.

»Er ist allerdings nicht weit gekommen, bis sie ihn gekriegt haben«, fuhr er fort. »Was genau passiert ist, wissen wir nicht, aber noch am Tag seines Ausbruchs haben sie seine Leiche gefunden – und sie war übel zugerichtet.«

»Okay … Dann wissen wir ja, dass er mit dem Mord an Lovisa nichts zu tun haben kann.«

»Für die Schulden, die er hätte begleichen müssen, war er nicht allein verantwortlich«, wandte Ross ein. »Sondern Lovisa gleichermaßen.«

Alex unterdrückte ein Seufzen. »Und jetzt glaubst du, dass die karibische Drogenmafia hierhergereist ist, um sie zu ermorden?«

»Nein, aber ich glaube, dass sie unseren Täter inspiriert haben könnte, als er sich überlegt hat, wie sein Opfer wohl sterben sollte. Wie auch immer das vor sich gegangen ist.«

Er hielt das Handy hoch, sodass Alex das Display sehen konnte.

»Schau genau hin, aber beeil dich«, sagte Ross, »ich muss nämlich allmählich los.«

Alex blinzelte und machte einen Schritt näher auf Ross zu, um besser sehen zu können.

Dann wich er jäh zurück.

»Sie haben ihn auf einem Tennisplatz gefunden, der einem Mann gehört, der wiederum behauptet, nicht das Geringste mit dem Mord zu tun zu haben«, erklärte Ross.

Alex versuchte, das Bild abzuschütteln, das er soeben gesehen hatte.

Es war das Bild eines Menschen, der so oberflächlich begraben worden war, dass Hände und Füße aus dem Boden ragten. Im Hintergrund konnte man einen Rasenmäher erkennen, auf dem rote Flecken prangten.

DASS DIE WICHTIGSTEN Entscheidungen immer unter Druck getroffen werden mussten. Fredrika Bergman würde sich schleunigst entscheiden müssen, wie sie mit alledem umgehen sollte, was sie zu wissen glaubte. Dass der Brief, den Alex gefunden hatte, von Spencer verfasst worden war. Dass es die winzig kleine Möglichkeit gab, dass Spencer der Täter sein könnte, nach dem sie fahndeten. Letztlich war es keine schwere Entscheidung: Sie würde kein Wort sagen, jedenfalls nicht solange sie nicht mehr in Erfahrung gebracht und die Sache verifiziert hätte. Der Einsatz wäre zu groß, die Konsequenzen für Spencer wären zu gravierend.

Er stirbt ja doch bald.

Und am Wochenende würden die Kinder nach Hause kommen.

Allein bei dem Gedanken fühlte sie sich zutiefst erschöpft. Wenn Spencer der Mörder wäre, wenn dies auch nur im Entferntesten möglich wäre, müsste sie dann nicht die Kinder und sich selbst in Sicherheit bringen?

Aber er ist es nicht. Ich weiß, dass er es nicht ist.

Auch wenn er gerade in jeglicher Hinsicht Dinge bereinigt …

Es klopfte an der Tür, und sie zuckte heftig zusammen. »Ja?«

Alex steckte den Kopf herein. »Und ich dachte, du seist schon gegangen.«

»Wohin hätte ich denn gehen sollen?«

»Das hab ich mich auch gefragt. Hast du nicht gesagt, du wolltest in der Löwengrube warten? Mit dem Brief …«

Mit einem Mal sah er müde aus.

»Setz dich«, forderte sie ihn auf.

»Ich weiß schon nicht mehr, was ich rede«, sagte er, ließ sich ihr gegenüber auf einen Stuhl sinken und seufzte.

»Was wollte Ross?«, fragte Fredrika, die lieber nicht mehr über den Brief reden wollte.

Alex zückte den Ausdruck eines Fotos, das Fredrika erst mal gar nichts sagte.

»Siehst du das?«, fragte Alex.

»Nein …«

Erst allmählich ging ihr auf, was sie vor sich sah.

»Lovisa Wankels Freund«, erklärte Alex. »Er ist aus dem Gefängnis ausgebrochen und von Drogenbossen ermordet worden, denen er Geld schuldete.«

Fredrika schob den Ausdruck von sich weg. »Pfui Teufel.«

»Es kommt noch mehr«, sagte Alex. »Ross hat mir erzählt, dass sie zu Hause bei Lovisa ein Buch von Morgen Sander gefunden hätten. Ihrem Freund zufolge hatte es jemand auf ihren Fahrradgepäckträger geklemmt.«

Fredrika spürte, wie das Adrenalin durch ihre Adern rauschte.

Ihr erster Gedanke: *Ein Rächer.*

Sie hatten es mit einem Rächer zu tun. Der seine Opfer auf ein und dieselbe Weise sterben ließ wie andere Menschen, mit denen sie eine Schuld verband. Ein Täter, der Bücher und Briefe hinterließ, um den Ermittlern eine Botschaft zu hinterlassen.

Zwei Tote. Drei, wenn man Noah mitzählte. Wie viele würden es noch werden?

»Was zum Teufel geht hier vor?«

»Es geht wirklich über meinen Verstand«, gestand Alex ein. »Eigentlich ist offensichtlich, auf welche Weise der Täter vorgeht – trotzdem kann ich keine Schlüsse daraus ziehen.«

»Er bestraft sie«, murmelte Fredrika.

»Aber warum ausgerechnet sie?«, gab Alex zurück. »Wenn man es richtig bedenkt, dann hätte es doch in Beata Benkes

Umgebung noch eine Vielzahl anderer Menschen gegeben, die er hätte bestrafen können.«

Fredrika fiel dazu nichts weiter ein.

»Was ist mit den Nachrichten, die er dir hinterlassen hat?«, fragte sie nach einer Weile.

»Ich kapier sie nicht«, gestand Alex, »ich hab keinen Schimmer, was ich mit dem ganzen Mist zu tun haben soll.« Es störte ihn außerordentlich, dass derart brutale Morde mit ihm persönlich in Verbindung stehen sollten.

Du müsstest doch wissen, wer den Brief geschrieben hat, den du bei Noah gefunden hast ... und dann würdest du auch sehen, dass ich Angst habe.

»Du ... Es gibt da etwas, was ich dir noch nicht erzählt habe«, hob Alex erneut an.

Sie erstarrte. »Okay ...«

Alex wich ihrem Blick aus. Offenbar wusste er nicht, wie er anfangen sollte.

»Es ist wegen Noah«, sagte er, »dem Bestatter.«

Fredrika umklammerte die Armlehne ihres Stuhls. Hatte Alex vergessen, dass er ihr im Zusammenhang mit Lenas Krankheit von Noah erzählt hatte? Er hatte ihn in den höchsten Tönen gelobt. Ihn als einen als Bestatter verkleideten Helden des Alltags gepriesen. Das hatte Fredrika im Gedächtnis behalten, und nur deshalb hatten sie und Spencer sich an Noah gewandt.

»Er hat mich angerufen«, sagte Alex, »und zwar wegen seines Bruders. Er meinte, sein Bruder und dessen Familie seien verschwunden oder vielmehr entführt worden.«

Fredrika entspannte sich ein wenig. »Und warum hat er ausgerechnet dich deswegen angerufen?«

»Er kannte wohl keinen anderen Polizisten. Er hat sich damals, als Lena gestorben ist, um alles Praktische gekümmert.«

»Ich weiß noch, dass du ihn da mal erwähnt hast«, sagte

Fredrika. Fast wäre sie in Tränen ausgebrochen, weil sie so angespannt war.

Alex seufzte. »Weißt du, man glaubt ja immer, dass es mit den Jahren leichter würde – und irgendwie wird es das auch. Aber als er mich angerufen hat … Verdammt. Da waren die Erinnerungen sofort wieder lebendig.«

»Das kann ich mir vorstellen«, flüsterte Fredrika.

Alex schwieg einen Moment, musste sich erst sammeln.

»Der Bruder«, sagte er schließlich. »Ich hab bei den Kollegen wegen der Anzeige nachgefragt, die Noah erstattet hat, und ich habe kein gutes Gefühl bei der Sache …«

Fredrika ahnte, dass gleich noch mehr kommen würde.

»Rate mal«, fuhr er prompt fort, »wer den Beschluss gefasst hat, die Ermittlungen einzustellen.«

»Keine Ahnung.«

»Torbjörn Ross.«

Fredrika starrte ihn an.

»So hab ich auch ausgesehen, als ich es erfahren habe.«

»Ross«, sagte Fredrika. »Schon wieder.«

»Schon wieder«, echote Alex.

Fredrikas Puls raste. Torbjörn Ross … und Spencer?

Unmöglich.

»Was, glaubst du, steckt dahinter?«, hakte Fredrika nach.

»Was glaubst du selbst?«

Sie lächelte, dass die Haut über ihren Wangen spannte, und ließ ihr Lächeln ersterben.

Wenn der Brief zur Sprache kommen sollte, dann müsste Alex sie schon selbst darauf ansprechen.

»Du weißt mehr als ich über das Verschwinden von Noahs Bruder«, sagte sie nach einer Weile. »Was meinst du – könnte es mit den Morden im Zusammenhang stehen?«

Alex machte eine resignierte Geste.

»Ich weiß es nicht«, gestand er. »Wir wissen nicht mal, ob Noahs Bruder wirklich verschwunden ist.«

»Es kann doch nicht so schwer sein, das herauszufinden«, wandte Fredrika ein. »Wo soll man denn eine ganze Familie verstecken?«

»Sag du es mir«, meinte Alex und berichtete in ein paar kurzen Sätzen, was er bislang darüber in Erfahrung gebracht hatte.

Fredrika spürte, wie die Sorge von ihr Besitz ergriff. Ein Vater und eine Mutter, ein Sohn und eine Tochter ... einfach weg. Verschwunden. Und niemand suchte nach ihnen.

»Wir müssen diesbezüglich Ermittlungen einleiten«, stellte sie fest, als Alex fertig war.

»Versuchen können wir es«, erwiderte Alex, »aber du hast es ja gerade gehört: Die Polizei hatte Kontakt zu dem Bruder.«

Fredrika schüttelte den Kopf.

»Vergiss es«, sagte sie. »In dieser Frage bin ich auf Noahs Seite. Natürlich kennt – oder kannte – er seinen eigenen Bruder besser als jeder andere. Ich würde genauso reagieren wie er – vor allem wenn die Polizei ernsthaft bloß ein Telefonat zum Maßstab nimmt, das sie angeblich mit dem Bruder geführt hat, der daraufhin mitten in der Nacht zu einem Geschäftstermin musste ... als Psychologe?! Wissen die überhaupt, wie die Stimme des Bruders klingt?«

Sie musste sich beherrschen und ihre Begeisterung dämpfen, die sie für diesen Fall an den Tag legte ...

Der sie von Spencer wegführte.

»Du hast gefragt, was ich glaube«, sagte Alex nach kurzem Zögern. »Aber da ging es dir nicht um Noahs verschwundenen Bruder, sondern um Ross, nicht wahr?«

Fredrika spielte mit ihrer Halskette – einem Geschenk von Spencer und den Kindern. »Ja, ich meinte ihn. Dass er so überzeugt davon war, dass Malcolm Benke von seinem Sohn ermordet worden wäre ... Warum eigentlich?«

»Ich hab versucht, es aus ihm herauszukitzeln«, meinte

Alex, »aber er hatte dafür keine vernünftige Erklärung. Stattdessen hat er tatsächlich so getan, als hätte er es nie gesagt.«

»Vielleicht fühlte er sich in die Enge getrieben«, mutmaßte Fredrika.

»In die Enge getrieben?«

»Er muss immerhin eine Erklärung dafür vorbringen, warum er in einer Ermittlung nach der anderen auftaucht. Da kann es schon sein, dass er sich bedeckt hält, selbst wenn er wirklich nichts damit zu tun hat.«

»Aber das ist es doch, was wir wissen wollen«, sagte Alex. »Hat er denn etwas damit zu tun oder nicht?«

Fredrika bekam eine Gänsehaut.

»Und wir haben ihn für verrückt gehalten ...«, sagte sie leise.

»Manchmal weiß man einfach nicht, wie recht man hat«, erwiderte Alex.

Diesmal lächelten sie beide.

Alex stand auf. »Trotzdem will ich noch mal betonen, dass wir es nicht wissen – also, ob wir wirklich recht haben oder nicht.«

Fredrika biss sich auf die Lippe, damit ihr nichts entschlüpfte. Sie musste wieder daran denken, wie Alex das Gespräch eingeleitet hatte. Er hatte ihr etwas gestehen wollen. Dann hatte er von Noahs verschwundenem Bruder berichtet. Warum hatte er eigentlich nicht schon viel früher davon erzählt?

Als hätte er ihre Gedanken gelesen, sagte Alex: »Ach, noch was: Ich hab mit Peder Rydh gesprochen. Er hat mich angerufen.«

»Okay ...« Fredrika war hörbar erstaunt, dass jetzt ausgerechnet Peders Name gefallen war.

»Ich ... Das klingt vielleicht verrückt ... aber ich hatte kurz zuvor mit Noah gesprochen, und da brauchte ich jemanden, an dem ich Noahs Geschichte ausprobieren konnte.«

»Du hast mit Peder darüber gesprochen?«

»Ja, und da hat er mir etwas erzählt, was Noah selbst vergessen hatte zu erwähnen …«

Fassungslos lauschte Fredrika Alex' Ausführungen. »Noah wurde bedroht?«

»Offenbar«, sagte Alex. »Peder meinte allerdings, das sei … überbewertet. Oder aller Wahrscheinlichkeit nach übertrieben. Sofern denn überhaupt etwas dran war.«

»Was …«

»Peder meinte, Noah sei unausgeglichen gewesen – einer, der viel erzählt, wenn der Tag lang ist. Womöglich sollten wir das im Hinterkopf behalten, wenn wir der Sache mit seinem Bruder auf den Grund gehen.«

»Aber er kann sich das alles doch nicht eingebildet haben«, wandte Fredrika ein. »Und jetzt ist er nicht mehr am Leben.«

»Ich weiß, es ist alles so verdammt chaotisch. Aber wie auch immer: Noah hat mir gegenüber mit keiner Silbe erwähnt, dass er selbst bedroht worden wäre. Allerdings meinte er, sein Bruder dürfte von einem früheren Klienten bedroht worden sein – von einem Familienvater, dem es dreckig ging, der Dans Hilfe suchte und dann am Ende erst seine Familie und dann sich selbst umbrachte.«

»Aber wer wäre da denn noch übrig, um Rache zu üben?«, fragte Fredrika.

»Ich habe keine Ahnung.«

»Haben die Johanssons eigentlich noch weitere Angehörige?«, erkundigte sich Fredrika. »Warum hat eigentlich nur Noah mit der Polizei Kontakt aufgenommen, als der Bruder verschwunden ist?«

»Die Eltern sind tot«, erklärte Alex. »Aber Noah hat am Telefon erwähnt, dass eine enge Freundin seiner Schwägerin sich ebenfalls Sorgen um die Familie macht. Ich hab mir ihren Namen aufgeschrieben – Tina Antonsson.«

»Klingt so, als sollten wir mal mit ihr reden«, meinte Fredrika.

»Hm. Sind wir denn der Ansicht, dass es unsere Aufgabe ist …«

Fredrika sah das Chaos schon vor sich. Wie Alex und sie versuchen würden, Verantwortung für diese Sache zu übernehmen – was ziemlich sicher damit enden würde, dass sie Hunderten anderen auf den Schlips traten. Aber die Frage war doch eigentlich, ob sie die Zeit dafür hatten – sie glaubte nicht.

»Wie geht es ihm eigentlich?«, fragte sie. »Peder? Alles okay bei ihm?«

»Ich weiß nicht«, antwortete Alex zögerlich. »Er hatte etwas … Unausgeglichenes an sich.«

Fredrika verdrehte die Augen. »Mal wieder eine Ehekrise?«

Alex lachte. »Möglich. Aber auf jeden Fall waren wohl auch jüngst erst berufliche Krisen dabei. Verdammt, kann der nicht einfach mal erwachsen werden und sich zusammenreißen?«

Im selben Moment klopfte es an der Tür, und Ivan steckte den Kopf herein.

»Habt ihr eure Telefone abgestellt?«, fragte er. »Es klingelt gerade gefühlt aus zehn Richtungen.«

Alex und Fredrika sahen auf ihre Handys, die beide auf lautlos gestellt waren. Diverse verpasste Anrufe.

»Aus Israel«, stellte Fredrika fest.

»Und von Renata Rashid«, ergänzte Alex. »Die hat mir überdies eine SMS geschickt.« Mit verkniffener Miene überflog er die Nachricht.

»Was schreibt sie?«, wollte Fredrika wissen.

Alex schluckte schwer, konnte den Blick nicht vom Display abwenden.

»Alex?«

In Fredrika flammte Panik auf.

Zum Teufel, keine weiteren Überraschungen bitte!

»Ich muss sie sofort zurückrufen.«

Fredrika stand ebenfalls auf, wollte unbedingt wissen, was los war. »Worum geht es?«

Alex sah auf seine Hände hinab und strich über das verhärtete Narbengewebe. »Ich weiß es noch nicht.« Dann, als er schon fast draußen war, drehte er sich noch einmal um und fragte: »Was sollen wir mit Peder machen?«

Fredrika zuckte mit den Schultern. »Bestimmt ruft er bald zurück.«

Alex seufzte. »Hoffentlich. Wir brauchen ihn nämlich.«

SEIN HANDY KLINGELTE, als Peder Rydh gerade in nördlicher Richtung auf die E4 auffuhr. Er warf einen flüchtigen Blick aufs Display, um zu sehen, wer der Anrufer war. Alex. Er drückte das Gespräch weg. Er wollte lieber nicht an die Nachricht erinnert werden, die sein früherer Kollege ihm am Vorabend auf seinem Anrufbeantworter hinterlassen hatte.

Fünf mickrige Sekunden später klingelte das Telefon erneut.

»Verdammt«, fluchte Peder.

Es passierte einfach zu viel gleichzeitig.

Eben hatte die Schule der Kinder angerufen – Eddie hatte Fieber bekommen. Er würde ihn umgehend abholen müssen. Vor ein paar Jahren, als Ylva depressiv geworden war, hatte Peder zu ihr gesagt, er fühle sich wie der alleinerziehende Vater der Zwillingsjungs. Damals hatte er ja keine Ahnung gehabt, wovon er gesprochen hatte.

Als das Telefon hartnäckig weiterklingelte, ging er kurz ran. »Peder?«

»Hast du Zeit zu reden?«

Es war Jussi, der gut einhundert Kilo schwere Superstratege, Gründer und Chef der Sicherheitsfirma, für die Peder gearbeitet hatte, kurz nachdem er die Salomongemeinde verlassen und bevor er seinen aktuellen Job angetreten hatte. Eine Zeit in seinem Leben, an die er lieber nicht zurückdenken wollte. Und noch weniger wollte er daran denken, wie Alex reagiert hatte, als der von Peders überstürztem Jobwechsel gehört hatte. Für Alex gab es immer nur Richtig und Falsch, nie etwas dazwischen.

Das war bei Peder anders.

»Mehr oder weniger«, sagte er zu Jussi. »Wenn du dich kurzfasst …«

»Selbstverständlich«, versprach Jussi. »Alles wie immer?«

Peder heftete den Blick auf die Straße vor sich. »Ja.«

»Tut mir leid.«

»Es ist, wie es ist.«

Jussi hustete. Das tat er immer, wenn ihm nichts Besseres einfiel. Das »Tut mir leid« hätte er sich verdammt noch mal sparen können, fand Peder. Es hatte falsch geklungen. Jussi hatte damals schon nichts begriffen und tat es heute ebenso wenig. Und das war auch der Grund, warum er Peder verurteilte.

»Du, ich ruf wegen eines ehemaligen Klienten an, um den ich mir Sorgen mache«, meinte Jussi.

Was für ein unsensibler Übergang. Peder tat so, als hätte er es nicht bemerkt.

Jussi meldete sich regelmäßig bei ihm, allerdings nie, um einfach zu plaudern, sondern ausschließlich im beruflichen Zusammenhang. So war es auch diesmal.

»Was für ein Klient soll das sein?«, hakte Peder nach.

»Einer, um den du dich damals gekümmert hast«, sagte Jussi. »Johansson, einer deiner letzten Fälle. Weißt du noch? Der einen Bruder hatte, der …«

»Ich erinnere mich«, erwiderte Peder knapp. Die Richtung, die das Gespräch einschlug, machte ihn nervös.

»Es schien erst, als hätte sich für ihn alles gut entwickelt«, fuhr Jussi fort. »Oder … Na ja, du weißt schon. Er hat unsere Dienste gekündigt und nur die weniger ausgefeilte Alarmanlage behalten. Und die Geheimnummer.«

Peder drückte leicht aufs Gaspedal und wechselte auf die Überholspur.

»So war es«, murmelte er.

»Ich melde mich ja immer mal bei früheren Kunden, um die Lage zu checken. Johansson kann ich nicht erreichen.«

Ein neuerlicher Tritt aufs Gaspedal, ein neuerlicher Überholvorgang. Er blieb auf der linken Spur, fuhr inzwischen einhundertvierzig.

»Gib ihm noch ein paar Tage«, meinte Peder.

»Hast du in letzter Zeit mal Zeitung gelesen?«, fragte Jussi. »Dieser Bestatter, der erschossen wurde? Die haben den Namen zwar nicht genannt, aber ich hab die Befürchtung, dass …«

»Verstehe«, sagte Peder.

»Was meinst du, sollen wir in dieser Sache etwas unternehmen?«

Peder wechselte die Spur und hätte um Haaresbreite einen Unfall verursacht.

»Wir warten«, sagte er knapp.

»Und worauf zum Teufel?«

»Wir warten fürs Erste darauf, dass sie den Namen veröffentlichen.«

Jussi dachte über Peders Vorschlag nach. »Okay. Aber dann müssen wir Kontakt zur Polizei aufnehmen und denen erzählen, was wir wissen.«

»Im Grunde wissen wir ohnehin nicht viel«, sagte Peder.

»Jetzt hör aber auf«, entgegnete Jussi. »Du warst doch Polizist, du weißt, wie man mit solchen Sachen umgehen sollte.«

»Man sollte diskret mit ihnen umgehen«, erwiderte Peder. »Das versprechen wir unseren Klienten, und daran sollten wir uns auch nach Abschluss des Auftrags halten.«

Jussi war besorgniserregend schweigsam.

»Bist du noch dran?«

»Sagen wir es mal so«, hob Jussi erneut an. »Wenn der Name ans Tageslicht kommt, ruf ich die Polizei an. Könnte sein, dass wir, ohne es zu wissen, auf wichtigen Hinweisen sitzen.«

Peder legte auf. Und trat das Gaspedal durch.

DAS SCHLOSS KLEMMTE, als sie versuchte, den Schlüssel herumzudrehen, gerade so, als wollte es sie nicht einlassen. Tina packte den Schlüssel so fest, dass ihre Knöchel weiß wurden. Sie musste auf der Stelle in dieses Haus …

Sie hatte lange gezögert, weil sie befürchtet hatte, sie sei dazu nicht berechtigt. Wenn man einem Freund einen Ersatzschlüssel zu seinem Haus überließ, dann erwartete man, dass dieser Freund das Vertrauen nicht missbrauchte.

»Ich möchte, dass du einen hast«, hatte Malin gesagt, als sie Tina den Schlüssel gegeben hatte. »Wenn wir uns mal aussperren oder … du weißt schon. Wenn wir auf Achse sind. Wenn da was passiert, dann will ich, dass es jemanden gibt, der ins Haus kommt.«

Noah hatte ebenfalls einen Schlüssel gehabt. Sonst niemand. Und jetzt war Noah tot.

Als Tina erfahren hatte, dass Noah ermordet worden war, hatte sie einen Entschluss gefasst: Sie würde zu Malin nach Hause fahren, nachsehen, wie es dort aussähe und ob ihr womöglich etwas auffallen würde, was die Polizei und Noah übersehen haben mochten. Wenn die Polizei überhaupt jemals dort gewesen war – was sie nicht glaubte.

Der Mann, mit dem sie gesprochen hatte, meinte, der Mord an Noah ändere hinsichtlich Malins und Dans Verschwinden rein gar nichts an der Überzeugung der Behörden – und das war für Tina unbegreiflich. Und zutiefst beunruhigend.

Bin ich als Nächstes dran zu sterben?

Die Frage ließ ihr keine Ruhe, machte sie schier paranoid.

Die verdammte Tür musste jetzt endlich aufgehen, sonst würde sie unverrichteter Dinge wieder gehen müssen. Sie traute sich nicht, auf der Eingangstreppe stehen zu bleiben, sichtbar für die komplette Nachbarschaft an der Tür herumzunesteln …

Endlich gab das Schloss nach. Tina stöhnte vor Erleichterung auf. Sie schlüpfte ins Haus und zog die Tür hinter sich zu, schloss ab und zog an der Klinke, um sicherzustellen, dass die Tür nicht versehentlich wieder aufging. Dann packte die Panik sie erneut.

Keiner wusste, wo sie war.

In den kommenden Tagen, vielleicht Wochen und Monaten würde hier niemand vorbeischauen.

Was, wenn ihr etwas zustieße, während sie sich hier in Malins Haus befand? Wenn sie überfallen würde?

Sie sah keine andere Lösung, als dass die Tür verschlossen bleiben und sie sich beeilen müsste. Sie würde keine Minute länger als notwendig bleiben.

Ihre Hände waren schweißnass, als sie durch den Flur zur Küche lief. In der Spüle und auch auf dem Küchentisch war das Geschirr weggeräumt worden. War das Noah gewesen? Oder hatte es hier schon die ganze Zeit so ausgesehen?

Tina warf einen Blick in die Spülmaschine. Ein paar Gläser, zwei Tassen, vier Teller. Eine Handvoll Besteck. Tina erschauderte. Es sah tatsächlich so aus, als wäre die Familie morgens wie immer aufgestanden, hätte noch schnell gefrühstückt und dann einfach die Tür hinter sich zugezogen, um nicht wiederzukommen.

Das gleiche Gefühl verfolgte sie auch durch die anderen Zimmer des Hauses: ins Kinderzimmer, ins Wohnzimmer, in den Keller, in Malins und Dans Schlafzimmer. Selbst in der Waschküche schien alles in Ordnung zu sein – allerdings nicht auf eine Art und Weise, die sie davon überzeugt hätte, dass hier niemand mehr wohnte. Denn wer zog für ein Jahr nach Australien und ließ Klamotten im Trockner liegen?

Auch Noah hatte nach seinem Besuch hier im Haus seines Bruders das Gefühl gehabt, dass etwas faul war.

»Irgendwie sah es chaotisch aus und doch wieder nicht«, hatte er gesagt.

Erst jetzt dämmerte Tina, was er damit gemeint hatte.

Sie lief zurück ins Kinderzimmer. Schuldgefühle und die Angst, einen Fehler gemacht zu haben, trieben sie an. Es gab immer noch eine – wenn auch geringe – Chance, dass die Familie sich wirklich in Australien aufhielt. Welchen Eindruck würde es in diesem Fall machen, wenn sie in deren Zuhause herumschlich?

Sie schob diese Gedanken beiseite. Sie selbst war sich im Klaren darüber, warum sie hier war und weshalb sie erst jetzt gekommen war. Das musste als Erklärung genügen.

Sie machte die Kleiderschränke in den Zimmern der Kinder auf. Sie waren voller Klamotten, genau wie die Regale voll waren mit Spielsachen und Büchern und sämtlichen anderen Dingen, die Kinder gemeinhin besaßen. Ob etwas fehlte oder herausgenommen worden war, hätte sie nicht sagen können.

In Hedvigs Zimmer lagen zwei Bücher auf dem Nachttisch. Tina nahm vorsichtig das oberste in die Hand. Hedvig hatte ein Eselsohr in eine Seite geknickt. Es war ihr unangenehm, in den Sachen von Malins Tochter herumzuwühlen; sie wusste, dass Hedvig für eine Zwölfjährige ungewöhnlich viel Wert auf Privatsphäre legte. Trotzdem wog Tina das Buch in der Hand.

Hinterher hätte sie nicht mehr sagen können, was sie dazu bewogen hatte; doch sie schlug es auf der Seite mit dem Eselsohr auf – eine Eingebung, der sie einfach hatte nachgeben müssen. Ihr Blick fiel sofort auf die hellgrauen Buchstaben, in denen jemand mit Bleistift am Kopf der Seite etwas notiert hatte.

Er hat Gummistiefel an!

Tina starrte noch immer auf den kurzen Satz hinab, als sie draußen ein Auto vorfahren hörte.

Sie sah aus dem Fenster. Draußen hatte an der Bordsteinkante ein brauner Saab geparkt. Die Fahrertür ging auf, und ein älterer Mann stieg aus. Er sah zum Haus herüber, direkt zu Tina, zumindest fühlte es sich so an. Instinktiv sprang sie zur Seite und ließ das Buch auf den Boden fallen.

Sie traute sich nicht mal mehr, durchs Fenster hinauszuspähen, um zu sehen, wohin der Mann gegangen war. Allerdings war jetzt klar, dass sie unter allen Umständen aus dem Haus verschwinden müsste. Sie umklammerte das Handy in der Jackentasche. Der Pulli klebte an ihrem Rücken, ihr war heiß, und sie war aufs Äußerste angespannt.

Kurzerhand beschloss sie, auf anderem Wege hinauszugelangen, als sie hereingekommen war, um dem Mann nicht direkt in die Arme zu laufen.

Wer war er? Und was machte er hier?

Tina kämpfte noch immer mit dem Schloss in der Hintertür, als sie hörte, wie sich jemand an der Vordertür zu schaffen machte. Sie musste hier raus und sich möglichst sein Kennzeichen aufschreiben …

Damit ich weiß, wer außer mir noch einen Schlüssel hat.

Tina seufzte erleichtert auf, als ihr frische Luft entgegenschlug. Sie schob die Tür vorsichtig hinter sich zu, eilte die Treppe hinunter und schlich an der Hauswand entlang. Ihr Herz hämmerte wie wild. Wenn sie um die Hausecke spähte, würde sie sehen, ob der Mann hineingegangen war oder noch immer auf der Treppe stand …

Schweiß stand ihr auf der Stirn, als sie sich vorsichtig nach vorn lehnte. *Wenn er nur nicht mehr da wäre, wenn er nur nicht …*

Unvermittelt schrie sie auf. Er stand keinen halben Meter entfernt vor ihr.

Wie war er dort hingekommen?

Er lächelte sie kühl an.

»Entschuldigen Sie«, sagte er. »Ich wollte Sie nicht erschrecken.«

Sie rang nach Atem. »Kein Problem …« Ihre Stimme trug kaum.

Sowie sie zurückwich, machte er ein paar Schritte hinter ihr her.

»Wohnen Sie hier?«, fragte er.

Sie schüttelte den Kopf, wich weiter zurück.

»Was hatten Sie dann dort im Haus zu suchen?«

Tina wusste nicht, was sie antworten sollte. Sie stand mitten in einem Wohngebiet, doch es war nirgends auch nur ein Mensch zu sehen. Wie war es möglich, dass man mitten am Tag in eine solche Lage kam?

Der Mann kniff die Augen zusammen. Mit einem Blick auf ihn war klar, dass er ihr überlegen wäre und irgendwie auch das Recht hätte, Fragen zu stellen, auf die sie antworten musste.

»Sind Sie von der Polizei?«, fragte sie verunsichert.

Sie klang fast hysterisch, aber zumindest hatte sie diesmal vorgebracht, was sie hatte sagen wollen.

Erst antwortete er nicht.

»Ja«, sagte er nach einer Weile. »Und ich glaube, wir sollten uns unterhalten.«

Erst da erkannte sie seine Stimme wieder. Es war der Polizist, mit dem sie telefoniert hatte. Der sie abgewimmelt hatte. Und jetzt stand er in Malins und Dans Auffahrt und stellte ihr Fragen.

Ihre Schultern sackten nach unten.

»Irgendwas stimmt hier nicht«, sagte sie. »Ich weiß, dass Malin und Dan nicht in Australien sind.«

Der Polizist bedachte sie mit einem abschätzigen Blick. »Ich schlage vor, dass Sie erst mal mit aufs Revier kommen, dann können wir eine ordentliche Zeugenaussage von Ihnen aufnehmen.«

Tina schluckte. »Okay.«

Er drehte sich um, marschierte auf sein Auto zu, und Tina lief ihm nach. Ihr eigener Wagen stand ein Stück vor seinem.

»Ich fahre selbst«, sagte sie.

Er schüttelte den Kopf. »Sie fahren bei mir mit, auf meinem Rücksitz.«

Tina hatte noch nie zuvor mit der Polizei zu tun gehabt und kannte deren Routinen nicht. Aber genau wie sie wusste, dass mit Malins und Dans Verschwinden etwas nicht stimmte, ahnte sie auch, dass an dieser Begegnung hier etwas merkwürdig war.

Sie traute sich nicht mal, einfach auf dem Gehweg an dem Saab vorbeizulaufen. Stattdessen trat sie auf die Straße und steuerte ihr Auto an.

Der Polizist stellte sich ihr in den Weg. »Haben Sie nicht gehört, was ich gesagt habe? Sie fahren mit mir. Sonst muss ich um Verstärkung bitten und dafür sorgen, dass Sie in Gewahrsam kommen.«

Tina zitterte inzwischen am ganzen Leib.

»In Ordnung«, erwiderte sie. »Machen Sie das.«

Bei ihrer Antwort geriet er für einen Moment außer Fassung. Offenbar hatte er etwas anderes erwartet.

Tina ergriff die Chance beim Schopf und versuchte, an ihm vorbeizulaufen. Einen durchdachten Plan hatte sie nicht, wollte einfach nur in ihr Auto springen und die Tür von innen verriegeln. Doch der Mann war auf der Hut gewesen: Er packte sie am Arm, als sie gerade loslaufen wollte, und riss mit der freien Hand die hintere Tür seines Saabs auf.

»Rein mit Ihnen, verdammt noch mal«, zischte er. Sein Atem roch schwach nach Tabak.

»Was machen Sie denn da?«

Die Stimme war von der Seite gekommen – ein paar Meter weiter hatte ein Radfahrer angehalten. Der Griff um Tinas Arm lockerte sich.

»Nichts«, sagte er. »Nur ein Missverständnis.«

Missverständnis?

Tina warf dem Radler einen hilfesuchenden Blick zu und bat ihn wortlos zu bleiben, bis sie in Sicherheit wäre.

»Ich nehme mein eigenes Auto«, hörte sie sich selbst sagen.

Gleichzeitig warf sie beiläufig einen Blick auf den Rücksitz des Saabs.

Dort lagen eine fusselige Decke und eine Zeitung – und noch etwas, was dazu führte, dass ihr Herz für einen Schlag aussetzte.

Ein Paar grüne Gummistiefel.

ZEHN MINUTEN. LÄNGER wäre nicht nötig. Nach einer ewig andauernden schlaflosen Nacht und einem Vormittag voller Streitereien mit den Kindern war Malin so weit, dass sie am liebsten aus dem Fenster gesprungen wäre. Wenn man bloß eins hätte öffnen können.

Stattdessen beschloss sie, duschen zu gehen. Zehn Minuten. So lange würde sie die Kinder allein lassen können. Sie hatten inzwischen aufgehört, sich zu streiten, saßen vor dem Fernseher und sahen sich einen Film an. An Schulunterricht war nicht länger zu denken. Keiner von ihnen hatte mehr die Geduld dazu, am allerwenigsten Malin. Nicht solange all ihre Energie dafür draufging, sie alle am Leben zu erhalten. Sich selbst und die Kinder. Und Dan.

Seit er zwei Stunden nach ihnen aus dem Bett gekrochen war, hatte er keinen Mucks von sich gegeben. Malin unternahm mittlerweile auch keinen Versuch mehr, ihn zum Reden zu bringen. Sie wollte nicht noch einmal nach den Messern fragen. Hauptsächlich weil es keinen Sinn hatte, aber auch weil sie sich nicht traute.

Weil ich nicht hören will, welche düsteren Gedanken er hat.

Malin warf einen Blick ins Wohnzimmer. »Ich gehe eben rauf und dusche.«

Die Kinder antworteten nicht.

»Ruft mich, wenn irgendwas ist«, legte sie nach.

»Ja, ja«, kam es von Hedvig.

Dan war oben. Das war gut, so würde sie, wenn sie die Badezimmertür aufließe, hören können, was er tat.

Fünf Minuten. Sie könnte auch in fünf Minuten mit der Dusche fertig sein. Oder sollte sie sich doch lieber mit einer Katzenwäsche begnügen?

Auf der Schwelle zum Bad zögerte sie. Von hier aus konnte sie Dan sehen – er saß im Schlafzimmersessel und starrte aus dem Fenster.

Er wirkte entspannt, fand Malin, und um die Mundwinkel schien fast ein Lächeln zu spielen.

Das machte ihr Angst.

Und genau das war es auch, was sie letztlich dazu bewog, eine Entscheidung zu treffen. Sie würde nicht länger auf Sparflamme laufen, so würde sie nie einen klaren Gedanken fassen. Sie würde es auch nicht schaffen, weiterhin Tag um Tag wach zu bleiben – ausgeschlossen. Sie spürte schon jetzt, wie die Nervosität zusehends an ihren Kräften zehrte. Ihre Haare waren strähnig, und sie roch nach Schweiß. Außerdem hatte sie nicht mehr darauf geachtet, richtig zu essen, hatte seit Tagen kein ordentliches Frühstück mehr zu sich genommen.

So geht das nicht.

Sie riss sich regelrecht die Kleider vom Leib und ließ sie auf den Fußboden fallen. Sofern Dan sie gesehen haben sollte, reagierte er nicht.

Die harten Duschstrahlen trafen sie direkt ins Gesicht und erweckten sie wieder zum Leben.

Drei Minuten.

Sie würde keine zehn brauchen, nicht mal fünf.

Dann schaltete sie schon nach einer Minute die Dusche wieder ab und eilte aus der Kabine, um sich zu vergewissern, dass Dan noch am Fenster saß.

Sie kehrte in die Dusche zurück und stellte sich erneut unter den harten Wasserstrahl. Sie seifte sich ein, schamponierte sich die kurzen Locken und spülte sie aus. Eine Dusche wie ein Soldat bei der Armee. Ohne auch nur einen Gedanken daran zu verschwenden, sich abzutrocknen, kontrollierte Malin, ob Dan sich gerührt hatte. Hatte er nicht.

Ihr Herz schlug heftig.

Das hier geht so nicht.

Auf dem Fußboden stand Wasser, und Malin fröstelte, als sie sich abtrocknete. Eilig strich sie sich Deo unter die Achseln, zog Unterwäsche, Shirt und Hose an. Hängte das Handtuch auf und verließ das Badezimmer.

Und stellte fest, dass Dan nicht mehr in seinem Sessel saß.

»NOCH MEHR TOTE«, echote Alex Recht, nachdem er die Rechtsmedizinerin Renata Rashid zurückgerufen hatte.

»Ja leider«, bestätigte Renata.

»Sicher, dass es wieder mit mir zu tun hat? Denn wenn nicht …«

»Ein Mann in den Siebzigern. Ich bin mir nicht sicher, ob es mit dir zu tun hat, aber ich hab einem Kollegen gegenüber erwähnt, was mir bei der Obduktion aufgefallen war, und er meinte daraufhin, ich solle dich anrufen.«

Alex lehnte sich auf seinem Schreibtischstuhl zurück. Er hatte die Tür hinter sich geschlossen. Eine neue Angewohnheit, die er sich erst in den vergangenen Tagen angeeignet hatte – neuerdings arbeiteten Fredrika und er hinter verschlossenen Türen, ob nun zusammen oder jeder für sich allein.

Und wir schleichen nur noch herum. Genau wie Berlin es behauptet hat. Das ist verdammt ungeschickt.

»Ich hab tausend andere Sachen, über die ich nachdenken muss«, sagte Alex, »aber wenn ich irgendwie behilflich sein kann – raus mit der Sprache.«

Renata war eine zentrale Person in Alex' Berufsalltag. Sonst versuchte er immer, ihr alle Zeit einzuräumen, die sie benötigte.

»Danke«, sagte Renata. »Es geht also um einen älteren Mann: geschieden, lebte allein in der Stadtmitte. Die Nachbarn hatten sich schon seit Tagen über Gestank im Haus beschwert und irgendwann wohl Verdacht geschöpft, die Quelle des Gestanks könnte die Wohnung des besagten Mannes sein. Wie sich herausstellte, hatten sie recht – und ich würde mal sagen, dass er da bereits vier bis sechs Tage gelegen hatte.«

Alex verzog das Gesicht und fragte sich, worauf sie wohl hinauswollte.

»Die Todesursache war nicht schwer zu ermitteln«, fuhr Renata fort. »Zumindest nicht nachdem ich wusste, wonach ich suchen musste. Er war zum einen misshandelt worden – allerdings hatten diese Verletzungen nicht unmittelbar zu seinem Tod geführt. Er hatte zudem schon seit längerer Zeit Herzprobleme, und ich hab schon befürchtet, ein Schlag gegen den Hals könnte bei ihm einen Herzinfarkt nach sich gezogen haben.«

Sie holte tief Luft. Alex konnte sich nicht daran erinnern, wann sie je zuvor eine so lange, umständliche Erklärung von sich gegeben hätte.

»Aber das Herz war es auch nicht«, argwöhnte er.

»Nein«, bestätigte Renata Rashid. »Als ich ihn umgedreht habe, hab ich im oberen Nacken eine Einstichstelle entdeckt.«

Alex klappte seinen Computer auf.

»Okay«, sagte er, um ihr zu signalisieren, dass er ihr zuhörte.

»Jemand hatte ihm eine Spritze gesetzt«, führte Renata aus.

»Seltsame Stelle«, bemerkte Alex und überflog gleichzeitig die Schlagzeilen der Online-Zeitungen.

Die Journalisten hatten sich regelrecht überschlagen. Kein Wunder – nachdem in den vergangenen Tagen in Stockholm ungewöhnlich viel Blut geflossen war.

Und ich habe keine Ahnung, wie ich dem Ganzen ein Ende setzen soll.

»Sehr seltsam«, pflichtete Renata ihm bei. »Und zwar so seltsam, dass es für mich fast schon einen rituellen Eindruck erweckt hat.«

Alex horchte auf.

Rituell?

»Ist in seiner Nähe eine Art Nachricht gefunden worden?«, wollte er wissen.

»Eine Nachricht?«

»Ein Zettel oder dergleichen? Oder ein Buch vielleicht?«

Ihm war klar, wie rätselhaft die Fragen für Renata klingen mussten.

»Nein«, erwiderte sie, »nein, keine Nachricht und auch kein Buch.«

Alex ließ seinen Gedanken wieder freien Lauf. Wenn es eine Nachricht an ihn gegeben hätte, dann wäre das den Kollegen, die an den Leichenfundort gerufen worden waren, sicherlich aufgefallen. Oder nicht? Berlin hatte ein Kontaktverbot zur Presse verhängt, damit die Vorgehensweise des Mörders nicht nach außen durchsickerte.

Muss das nachprüfen, dachte Alex.

»Wie auch immer«, fuhr Renata fort, die ein wenig verärgert klang, weil er sie unterbrochen hatte. »Fällt dir denn beim Stichwort ›Spritze im Nacken‹ gar nichts ein?«

»Nein«, sagte Alex.

Ihm fiel wirklich nichts ein.

»Auch nicht, wenn ich dir jetzt erzähle, dass der Mann, der gestorben ist, einen stark erhöhten Insulinspiegel hatte?«

Leise schlug der Alarm in Alex' Hinterkopf an. Zum zweiten Mal binnen kürzester Zeit fiel sein Blick auf seine Hände. Die verbrannt waren, weil er vor Jahren einmal versucht hatte, ein Kind zu retten – ein Kind, das sonst das gleiche Schicksal ereilt hätte wie zwei weitere Kinder zuvor – die durch eine Überdosis Insulin ermordet worden waren. In einem der Fälle – in dem das Opfer ein Baby gewesen war – war die tödliche Injektion direkt in die Fontanelle erfolgt. Das andere Kind war zu alt dafür gewesen und hatte die Spritze stattdessen …

… in den Nacken bekommen.

Alex' Mund war schlagartig staubtrocken, und er wünschte sich, er hätte etwas zu trinken in Reichweite.

Dann ermahnte er sich selbst zur Konzentration.

Kurz gesagt, war Insulin die perfekte Mordwaffe. Dass die Injektion in ihrem Fall in den Nacken erfolgt war, mochte reiner Zufall sein und nur Eingeweihte an jenes frühere Verbrechen erinnern.

»Vor ein paar Jahren – inzwischen sind es fast zehn – haben wir mal einen Mörder gejagt, der seine Opfer auf genau diese Weise getötet hat«, führte er heiser aus. »Damals waren sämtliche Opfer Kinder ... kleine Kinder.«

»Das hat der Kollege erzählt«, sagte Renata. »Er war damals der zuständige Rechtsmediziner. Und ganz ehrlich, das hier muss ja nicht bedeuten, dass die Verbrechen zusammenhängen.«

Gott bewahre ...

»Danke, dass du angerufen hast«, sagte Alex. »Ich schicke jemanden, der sich das ansehen soll. Selbst schaffe ich es nicht.«

»Ich schreibe unterdessen den Bericht fertig«, sagte Renata, »dann kannst du auf die entsprechenden Informationen zugreifen.«

»Danke«, sagte Alex noch einmal.

»Es ist wohl gerade ziemlich viel los«, meinte Renata noch.

»Das kann man wohl sagen.«

Das Letzte, was sie jetzt brauchten, war ein weiterer Mord. Den würde jemand anders übernehmen müssen, denn Alex' Kapazitäten waren erschöpft.

Trotzdem musste er noch eine letzte Frage stellen: »Wie hieß denn der Mann? Das Opfer?«

»Henry Lindgren.«

Alex strich sich übers Kinn, spürte, wie die Bartstoppeln über seine Fingerkuppen kratzten. Diana mochte es nicht, wenn er sich nicht regelmäßig rasierte.

»Sagt mir spontan nichts«, murmelte Alex.

Dann beendeten sie das Gespräch.

Alex blieb mit dem Telefon in der Hand sitzen und dachte darüber nach, was er soeben erfahren hatte. *Henry Lindgren.* Der Nachname sagte ihm rein gar nichts, doch der Vorname irritierte ihn – und mehr als das: Streng genommen hatte er Renata angelogen. Der Name war ihm nicht gänzlich unbekannt, er konnte sich nur nicht mehr daran erinnern, in welchem Zusammenhang er ihn schon einmal gehört hatte.

Aber das musste jetzt warten. Er musste sich um Dringenderes kümmern.

Um den Mord an Malcolm Benke.

Den Mord an Lovisa Wankel.

Den Mord an Noah Johansson.

Seine Unterhaltung mit Fredrika war vorzeitig zu Ende gewesen; an ihren Überlegungen zu dem Brief, den sie bei Noah Johansson gefunden hatten, hatte sie ihn nicht teilhaben lassen. Im Nachhinein war er froh, nicht auch noch erwähnt zu haben, was Peder ihm über Spencer erzählt hatte. Aber *der Brief* ... Was hielt sie davon? Wenn der nicht wäre, gäbe es keinerlei offenkundige Verbindung zwischen Johanssons Ermordung und den beiden anderen. Trotzdem kam es ihm vor wie eine falsche Fährte – denn mit Ausnahme der Formulierung »Ich mache alles wieder gut« und der Referenz an einen unbekannten Schriftsteller war an dem Brief rein gar nichts auffällig. Was war hier Zufall, und worauf mussten sie sich konzentrieren? Alex wusste es nicht.

Der Mann, der den Brief geschrieben hatte – und Alex war sich sicher, dass es sich dabei um einen Mann handelte –, hatte einige wenige Dinge über sich selbst offenbart.

Er war ein Sterbender.

Er hatte Kinder.

Er hatte einen Autounfall gehabt.

Und er arbeitete in Uppsala.

Und er wusste, wer Sander war, kannte den Schriftsteller.

Alex verzog das Gesicht. Vom allerobersten Punkt abgesehen hätte es sich glatt um Spencer Lagergren handeln können.

Aber Schluss damit. Für derlei Gewäsch hatte er keine Zeit. Sie mussten sich über die Relevanz des Briefes klar werden und darüber, wer der Verfasser sein mochte. Alex hatte ihn inzwischen drei Mal genau gelesen, und jedes Mal wieder liefen ihm eiskalte Schauder über den Rücken. Es war mehr oder weniger ein Geständnis: Der Mann gab zu, dass er eine junge Frau überfahren und sie anschließend ihrem Schicksal überlassen hatte. Wann das gewesen war, stand nicht da. Die Tochter, die er erwähnte, mochte ebenso gut fünf wie dreißig Jahre alt sein – das war unmöglich zu sagen.

Sicher wussten sie einzig und allein, dass der Mann sich aus freien Stücken entschieden hatte, von der Tat zu erzählen.

Er hatte einen Fehler gemacht.

Und wollte gewisse Dinge im Nachhinein wieder zurechtrücken.

Ist er das?, fragte sich Alex. Ist das der Mörder, den wir suchen? Ein sterbender Mann, der das Leben einer jungen Frau zerstört hatte? Und dafür Sühne tat …

Torbjörn Ross.

Aber der war doch auch nicht sterbenskrank, oder doch?

Grundsätzlich war so etwas für Außenstehende nicht leicht zu erkennen. Alex wusste noch genau, wie gesund ihm Lena an jenem Tag vorgekommen war, als sie erfahren hatten, dass sie in weniger als einem Jahr tot wäre.

Alex beschloss, Tina Antonsson anzurufen – die Frau, von der Noah Johansson erzählt hatte. Jemand mit einem so ungewöhnlichen Namen sollte doch zu finden sein.

Und damit hatte er recht. Tina Antonsson wohnte in Spånga und hatte sowohl einen Festnetzanschluss als auch ein Vertragshandy. Er entschied sich für die Mobilnummer. Sie ging nach dem vierten Klingeln ran.

»Ja?«

»Spreche ich mit Tina Antonsson?«

Er hörte, wie sie am anderen Ende schwer atmete. »Wer ist denn da?«

Die Gegenfrage erstaunte ihn. »Ich heiße Alex Recht. Ich kannte Noah Johansson.«

Sie schluchzte ins Telefon.

»Ich bin so froh, dass Sie anrufen«, sagte sie mit erstickter Stimme.

Alex nahm an, dass sie weinte, weil Noah gestorben war, und bekundete ihr gegenüber erst mal sein Beileid. Doch damit schien Tina nicht geholfen zu sein.

»Entschuldigen Sie, dass ich mich so aufführe«, sagte sie. »Aber ich hatte eine solche Angst …«

»Angst?« Es war ihm einfach so rausgerutscht, und er bereute zutiefst, ausgerechnet dieses Wort wiederholt zu haben.

»Ich glaube, ich bin jetzt in Sicherheit. Ich werd Ihnen jetzt nicht erzählen, wo ich bin … *noch* nicht … Noah hat zwar erwähnt, ich könne Ihnen vertrauen, aber ich … Ich weiß nicht mehr, was ich jetzt tun soll.«

Alex bemühte sich um einen beruhigenden Tonfall. »Jetzt mal von vorn. Verstecken Sie sich irgendwo?«

Erst schwieg sie.

»Ja«, sagte sie dann.

»Entschuldigen Sie, wenn ich Ihnen jetzt ein wenig unsensibel vorkomme – aber warum?«

Neuerliches Schweigen.

»Ich verstehe, dass Sie Angst haben, seit Sie erfahren mussten, dass Noah ermordet wurde«, fuhr Alex sanft fort. »Noah hat mir erzählt, dass auch Sie sich um seinen Bruder und dessen Familie Sorgen gemacht haben und dass Sie ebenfalls glauben, es könnte ihnen etwas zugestoßen sein.«

»Ich *weiß*, dass ihnen etwas zugestoßen ist. Erzählen Sie mir ja nicht, dass ich mir Dinge einbilde.«

»Dass Sie sich Dinge einbilden, habe ich nie behauptet«, entgegnete Alex. »Ich habe selbst meine Zweifel, ob sich Noahs Bruder wirklich in Australien befindet.«

Im Telefon knackste es.

»Fangen wir noch mal ganz vorn an«, schlug Alex erneut vor. »Sie wissen mehr als ich. Erzählen Sie mir doch bitte zuallererst mal – warum verstecken Sie sich?«

»Hört hier gerade noch jemand anders mit?«, fragte Tina.

Alex reagierte fast ungehalten. »Nein, natürlich nicht. Hier werden keine Telefone abgehört.«

»Das meine ich nicht«, erwiderte Tina. »Ich meine – sind Sie allein, oder kann jemand hören, was Sie sagen?«

»Ich bin allein in meinem Büro, und die Tür ist verschlossen«, erklärte Alex.

Allmählich strapazierte sie seine Geduld. Welchen vernünftigen Grund mochte Tina Antonsson haben, sich dermaßen zu fürchten?

»Können wir uns treffen?«, fragte Tina. »Sodass ich Ihren Ausweis sehen kann?«

Alex griff sich an die Stirn.

Was zum Teufel war denn bitte hier los?

Das schaffe ich nicht, dachte er. Das schaffe ich wirklich nicht auch noch.

»Ich hab zurzeit ziemlich viel um die Ohren. Nennen Sie mir einen Ort, an dem wir uns treffen können, aber es darf für mich nicht weiter als eine halbe Stunde mit dem Auto weg sein.«

Tina dachte fieberhaft nach. »Wir könnten uns an der Q8-Tankstelle in Johanneshov treffen. In einer halben Stunde.«

»Das ist gut«, erwiderte Alex. »Da sind Sie jetzt? Am Globen?«

»Wo ich gerade bin, spielt keine Rolle«, sagte Tina. Dann legte sie auf.

»ICH WAR MIR nicht sicher, ob ich anrufen sollte. Dann hab ich es einfach gemacht«, sagte Mikael Lundell.

Fredrika Bergman murmelte fast schon an sich selbst gerichtet in den Hörer, dass es nicht immer leicht sei zu entscheiden, was richtig war.

»Seit wir zuletzt miteinander gesprochen haben, hab ich die ganze Zeit über eine Sache nachdenken müssen«, fuhr Mikael fort.

Fredrika war in höchstem Maße angespannt. Es fiel ihr schwerer, mit den Unsicherheiten anderer umzugehen, als mit ihren eigenen.

»Erzählen Sie«, brachte sie schließlich hervor.

Mikael ließ sich von ihrer mangelnden Geduld spürbar verunsichern. »Worüber ich nachdenke ... hat weniger mit all dem zu tun, was in London geschehen ist ... sondern vielmehr mit Ihrer Rolle bei der Polizei ... wie Sie arbeiten und wie Sie organisiert sind.«

Fredrika hätte laut loslachen wollen, riss sich dann aber zusammen. Wie sie organisiert waren? Meinte er das ernst?

»Das klingt lächerlich, das ist mir klar«, sagte Mikael.

»Ach was«, beeilte sich Fredrika zu sagen. »Die Behörde ist erst kürzlich komplett neu strukturiert worden. Aber ich nehme mal an, dass es nicht das ist, worüber Sie nachdenken. Können Sie vielleicht etwas genauer werden?«

»Als wir zuletzt Kontakt hatten«, nahm er den Faden wieder auf, »haben Sie erwähnt, die Polizei in Schweden habe nicht gewusst, was Beata in London zugestoßen war.«

Fredrika wand sich. »Ehrlich gesagt weiß ich nicht über sämtliche Schritte Bescheid, die einzuhalten sind, wenn ein schwedischer Staatsbürger im Ausland ermordet wird«, sagte sie. »Aber sofern in Schweden keine Anzeige erstattet wird, dann …«

»Das meinte ich nicht«, unterbrach Mikael sie. »Ich hatte eher den Eindruck, Sie hätten unzählige Fragen gehabt, die einer Ihrer Kollegen viel leichter hätte beantworten können.«

Fredrika hielt mitten in der Bewegung inne. »Ich glaube, ich verstehe nicht ganz, was Sie meinen …«

»Malcolm Benke hatte regelmäßigen Kontakt zu einem Ihrer Kollegen vor Ort, der ihm hin und wieder einen guten Rat gab, wie er sich hinsichtlich der Situation seiner Tochter verhalten sollte. Ein Polizist … und der Bekannte eines Bekannten oder so.« Als Fredrika nichts darauf erwiderte, fuhr er fort: »Zumindest hat er das mal erwähnt.«

»Erinnern Sie sich noch, wie dieser Polizist hieß?«, erkundigte sich Fredrika. »Hat Malcolm je dessen Namen erwähnt?«

»Aber sicher«, sagte Mikael. »Er hieß Torbjörn Ross.«

Als Fredrika sich auf die Suche nach Alex machte, war er nirgends zu finden. Ivan hatte ihn kurz zuvor zum Fahrstuhl gehen sehen. Fredrika rief ihn auf dem Handy an.

»Wo bist du gerade?«, fragte sie, als er ranging.

»Muss was erledigen.«

Ihr wurden die Knie weich. Bitte nicht noch mehr Heimlichtuerei.

Es gibt noch einen zusätzlichen Grund, warum du mir erst heute von Noah Johanssons verschwundenem Bruder erzählt hast.

»Alex, sag mir, wohin du fährst.«

Sie hörte, wie ein Automotor ansprang.

»Ich treffe mich gleich mit jemandem, der sich nicht traut, mir gewisse Dinge am Telefon zu erzählen.«

»Und wer sollte das sein?«

Der Motor heulte auf, Alex war auf dem Weg aus der Tiefgarage.

»Tina Antonsson«, sagte er nach kurzem Zögern.

»*Jetzt?*«

»Ja.«

Fredrika wollte schon einwenden, dass sie tausend andere Dinge zu tun hätten. Sie mussten dringend über Ross sprechen. Das war jetzt das Wichtigste – vielleicht sogar das einzig Wichtige.

Denn wenn Ross unser Mörder ist, dann muss ich gegenüber Spencer endlich nicht mehr misstrauisch sein.

Sie lief in die Löwengrube und zog die Tür hinter sich zu. Dort war es kälter denn je.

»Ich weiß jetzt, wie Ross auf die Idee kam, dass Bernhard Benke seinen Vater ermordet haben könnte«, sagte sie. »Er kannte Malcolm und wurde von ihm in schöner Regelmäßigkeit davon in Kenntnis gesetzt, was in London vor sich ging.«

»Wie bitte? Woher weißt du das?«

»Von Mikael Lundell.«

Fredrika zog sich ihr Jackett enger um den Leib.

»Alex, wir müssen das offenlegen«, sagte sie.

»Du meinst unseren Verdacht gegenüber Ross?«

»Ja.«

»Und wie sollen wir das machen? Erzähl mir nicht, dass du mal eben leichthin sämtliche Verdachtsmomente gegen ihn zusammenstellen und wasserdicht vorbringen könntest. Seien wir realistisch: Das wird eine verdammt unangenehme Geschichte.«

So unangenehm, dass keiner von ihnen unumwunden aussprach, was er wirklich dachte.

Fredrika holte tief Luft. »Ich glaube trotzdem, dass er in der Sache mit drinsteckt.«

»Ich auch.«

»Sein Name taucht in sämtlichen Teilermittlungen auf, weil er zu sämtlichen Opfern Kontakt gehabt hat.«

»Genau.«

»Uns fehlen bloß die technischen Beweise«, fuhr Fredrika fort.

»Und ein Motiv«, fügte Alex hinzu. »Wenn Ross all diese Menschen ermordet haben sollte – was treibt ihn dazu an?«

»Die Vorgehensweise sagt uns doch schon einiges. Malcolm ist auf ein und dieselbe Weise ermordet worden wie seine Tochter, Lovisa Wankel wiederum auf die gleiche Art wie ihr Freund. Liegt das Motiv da nicht auf der Hand? Rache?«

»So weit sind wir einer Meinung«, erwiderte Alex, »aber warum sollte ausgerechnet Torbjörn Ross hier Rache üben wollen? Und was hab *ich* mit alledem zu tun?«

Fredrika musste erneut an den Brief denken, den Alex bei Noah Johansson gefunden hatte – das Bekenntnis einer Straftat und die Andeutungen, dass jemand Vorkehrungen getroffen habe, um alte Sünden zu sühnen.

Tränen schossen ihr in die Augen.

Lass es um Himmels willen nicht Spencer sein …

»Vielleicht sind es ja auch zwei«, mutmaßte Fredrika. Der Gedanke war ihr aus dem Nichts gekommen.

»Zwei Täter?«

»Es muss doch eine Erklärung dafür geben, dass Ross' Name überall auftaucht«, erklärte Fredrika. »Wenn es zwei wären, dann wäre es nicht mehr ganz so unbegreiflich.«

Insgeheim war sie mit dieser Hypothese selbst nicht zufrieden, und zwar aus mehreren Gründen.

»Alex, wie viele könnten es noch werden?«, fragte sie leise – genau diese Frage drohte sie von innen aufzufressen.

»Wie viele was?«, hakte Alex nach.

»Opfer. Wie viele müssen noch sterben?«

»Auf diese Frage kann ich dir keine Antwort geben. Wir

müssen diesen Wahnsinn einfach stoppen, so schnell es geht. Etwas anderes kommt nicht infrage.«

Etwas anderes kam nicht infrage.

Wie wahr – und wie schwer.

»Ich muss jetzt auflegen«, sagte Alex.

Fredrika sah aus dem Fenster. Am Himmel schoben sich dunkle Wolken zusammen. Möglicherweise würde der Sommer jetzt wie so oft in Schweden sein altes Spielchen spielen: Er machte noch auf der Schwelle kehrt und kam nicht mehr wieder.

»Ich hab kein gutes Gefühl dabei, wenn du allein zu solchen Treffen fährst«, sagte Fredrika.

»Nein, optimal ist es nicht«, gab Alex zu. »Aber es hat sich nun mal so ergeben.«

»Ich bin hier, falls du Hilfe brauchst.«

»Danke.«

Sie waren drauf und dran, das Gespräch zu beenden, als Alex noch etwas einfiel: »Ach übrigens, sagt dir der Name Henry Lindgren etwas?«

Fredrika dachte kurz nach. Sie hatte den Namen schon mal gehört, hätte aber nicht sagen können, in welchem Zusammenhang.

»Soll ich ihn mal durch die Datenbank jagen?«, fragte sie. »Der Name kommt mir ganz vage bekannt vor.«

»Geht mir genauso«, sagte Alex. »Ja, schau doch mal, was du finden kannst. Die Kollegen haben das sicher auch schon gemacht, aber vielleicht haben sie irgendeine Verbindung übersehen, die er zu unseren Ermittlungen haben könnte.«

Fredrika schluckte. »Wie meinst du das? Verbindung zu unseren Ermittlungen?«

»Ein gewisser Henry Lindgren wird tot aufgefunden – ermordet mittels einer Überdosis Insulin, die ihm in den Nacken injiziert worden ist.«

Fredrika wäre fast der Hörer aus der Hand gefallen.

»Mein Gott«, flüsterte sie.

»Du erinnerst dich also noch an den Fall«, meinte Alex.

»Wie könnte ich den vergessen. Aber …«

»Ich muss jetzt wirklich auflegen«, unterbrach Alex sie. Dann war er weg.

Als Fredrika die Löwengrube gerade verlassen wollte, kam Torbjörn Ross über den Flur auf sie zu.

»Hat Alex dir erzählt, was wir zu Hause bei Lovisa gefunden haben?«, fragte er.

Fredrika nickte.

Ross hatte Turnschuhe an den Füßen und ein Paar Gummistiefel in der Hand. Er sah Fredrika unverwandt an.

»Die Schlinge zieht sich zusammen«, sagte er. »Bald haben wir den Kerl.«

VON DER SOMMERHÜTTE ihrer Großmutter in Högmora zur Tankstelle, die Tina Alex als Treffpunkt vorgeschlagen hatte, war es lediglich ein Katzensprung. Das alte Sommerhaus hatte sich wie ein sicherer Rückzugsort angefühlt. Dort würde sie sich verstecken können. Wie immer war es ordentlich abgeschlossen, als sie dort ankam. Ihre Großmutter selbst war seit Langem tot, und Tinas Eltern hatten kein Interesse an dem Haus, hatten es ohnehin nur um Tinas willen behalten.

»Irgendwann gründest du vielleicht eine eigene Familie«, hatte ihre Mutter einmal gesagt, »und da wäre es doch bestimmt nett, ein kleines Sommerhaus zu besitzen.«

Dieser eine Satz hatte so viele Fehler enthalten, dass Tina ihn nicht einmal hatte kommentieren wollen.

Als ihre Großmutter gestorben war, war sie bereits fünfunddreißig gewesen und längst kein Teenager mehr. Trotzdem – das Sommerhäuschen war auch ohne eigene Familie nett. Wobei nett wohl das falsche Wort war. Dies hier war der Ort, an dem Tina Kraft und Energie tankte.

Und sich jetzt sogar in Sicherheit brachte.

Sofern sie sich nicht täuschte. Möglicherweise wäre es auch für einen Außenstehenden leicht, sich auszurechnen, wohin sie verschwunden war.

So wollte ich meine freien Tage nicht verbringen, dachte Tina. Eigentlich hatte sie vorgehabt, später im Jahr Urlaub zu nehmen und dann Malin zu besuchen. Aber daraus würde nun ja offenbar nichts.

Jetzt saß sie im Auto und fühlte sich einfach nur kraft- und mutlos. Die Unsicherheit drohte sie zu ersticken, raubte ihr die Luft zum Atmen.

Sie wog ihre Entscheidungen noch einmal ab. Hätte sie sich von Noah fernhalten sollen, hätte sie begreifen müssen, dass es gefährlich wäre, nach Malin und Dan zu fragen? Die Antwort war eigentlich unerheblich, denn seit Malins Verschwinden war Tinas Leben so viel ärmer geworden. Niemand vermochte die Leere auszufüllen, die ihre Freundin bei ihr hinterlassen hatte; niemand würde sie je ersetzen können. Außerdem gab es in diesem Zusammenhang einfach kein Richtig oder Falsch. Man ließ Freunde, wahre Freunde, schlichtweg nicht im Stich. Man hörte nicht auf, nach ihnen zu suchen, sobald man zu der Überzeugung gelangt war, dass sie allem Anschein nach unter Gewaltandrohung entführt worden waren.

Wenn sie nur nicht tot sind!

Dann sterbe ich auch.

Tina parkte vor der Tankstelle. Ein einzelner Mann stand neben einer Zapfsäule und betankte seinen Wagen. Ansonsten war niemand zu sehen.

Tina hatte im Netz ein Bild von Alex aufgerufen, um eine ungefähre Vorstellung davon zu haben, wie er aussah. Sie schlenderte ein Stück von ihrem Auto weg und sah immer wieder über die Schulter, um sicherzustellen, dass sie nicht verfolgt wurde. Dass der Mann mit den Gummistiefeln nicht hinter ihr hergefahren war.

Ein Auto hielt ein paar Meter entfernt, und der hochgewachsene grauhaarige Fahrer stieg aus. Er sah in ihre Richtung und zog fragend eine Augenbraue nach oben.

Sie nickte.

Konnte nicht aufhören, an den Mann mit den Gummistiefeln zu denken.

Wie sollte sie wissen, ob dieser Alex vertrauenswürdig war? Vielleicht hatte sich Noah getäuscht, vielleicht war in Wahrheit ja Alex die Wurzel allen Übels.

Wenn er es war, der Noah verraten hat, dann bin ich erledigt.

»Tina?«, fragte Alex.

Sie nickte wieder.

Er zückte seinen Dienstausweis und hielt ihn ihr hin. Gleichzeitig sah er zu dem Mann an der Zapfsäule hinüber.

»Kennen Sie den?«, fragte er.

»Nein«, sagte Tina und gab ihm den Ausweis zurück.

Sie warteten noch, bis der Mann bezahlt hatte und davongefahren war.

»Warum mussten wir uns ausgerechnet hier treffen?«, fragte Alex.

»Weil es sich nach einem guten Ort angefühlt hat«, erwiderte sie. Eine vernünftigere Antwort fiel ihr nicht ein.

»Sie sehen erschöpft aus«, sagte Alex. »Sollen wir uns ins Auto setzen und reden?«

Sie wich einen Schritt von ihm zurück. »Nein danke.«

»Okay«, sagte er. »Wir tun nichts, was Sie nicht wollen oder was sich für Sie nicht gut anfühlt.« Er fragte sich, wovor sie eine solche Angst hatte.

»Ich war heute in Malins und Dans Haus«, sagte sie.

»Das sind Noahs Schwägerin und sein Bruder?«

»Genau. Ich hab einen Ersatzschlüssel, hatte ihn bisher aber nie benutzt. Oder doch … allerdings nie, ohne dass Malin und Dan mich darum gebeten hätten.«

»Zum Beispiel um sich um Post oder Blumen zu kümmern, wenn sie verreist waren?«, mutmaßte Alex mit einem Lächeln.

»Ganz richtig. Diesmal bin ich allerdings ungebeten hineingegangen. Noah hat mir nämlich erzählt, die Polizei habe ihm nicht richtig zuhören wollen, und ich dachte, vielleicht würde ich einen Hinweis darauf finden, was mit Dan und Malin passiert ist.«

Es hatte angefangen zu nieseln, und Alex schielte zu seinem Wagen.

»Wie wäre es«, schlug er vor, »wenn Sie vorn auf dem Fahrersitz Platz nehmen? Ob Sie die Tür offen lassen oder nicht, entscheiden Sie selbst. Ich setze mich hinten auf die rechte Seite. Wäre das eine Idee?«

Sie wünschte sich inständig, sie wäre wieder klein – ein kleines Mädchen –, müsste derlei Entscheidungen nicht treffen und über Richtig und Falsch nachdenken.

»Okay«, flüsterte sie schließlich, »das wäre gut.«

Sie wartete, bis er auf der Rückbank Platz genommen hatte, ehe sie sich selbst hinters Steuer setzte. Die Tür ließ sie angelehnt.

»In Ordnung«, sagte Alex. »Ich wüsste gern, was Sie selbst glauben, was Malin, Dan und ihren Kinder zugestoßen sein könnte.«

Sie rieb die Hände aneinander.

Was glaubte sie?

Das in ein paar wenigen Sätzen zusammenzufassen fiel ihr unendlich schwer.

»Ich glaube auf jeden Fall, dass da etwas nicht stimmt«, hob sie an.

»Sie glauben nicht, dass die Familie in Australien ist?«

»Nein. Aber … Ich kann mir beim besten Willen nicht vorstellen, was da passiert sein könnte … wo sie stattdessen sein könnten.«

Alex summte kurz vor sich hin. »Nehmen wir einfach mal an, sie wären in Australien«, sagte er gedehnt, »und würden es aus gewissen Gründen, die Sie und ich nicht nachvollziehen können, für notwendig erachten, sich so bedeckt zu halten, wie sie es gerade tun. Was könnte ein solches Verhalten erklären?«

Sie dachte kurz nach.

»Nichts«, sagte sie dann. »Überhaupt nichts.«

»Und es kann nicht sein, dass sie vor irgendetwas Reißaus genommen haben?«, fragte Alex.

Sie drehte sich abrupt zu ihm um. »Sie meinen, dass sie geflüchtet sind?«

»Ich spekuliere bloß«, erklärte Alex. »Ich glaube Ihnen aufs Wort, dass mit diesem Australien-Umzug etwas nicht mit rechten Dingen zugeht, nur müssen wir herausfinden, was genau da nicht stimmt.«

Tina ließ sich in den weichen Sitz zurücksinken und sah Alex weiter unverwandt an. Schweigend erwiderte er ihren Blick.

»Dan hat einen schwierigen Job«, sagte sie. »Er ist Psychologe, und es ist durchaus schon passiert, dass manche Fälle böse ausgegangen sind.«

»Denken Sie da an etwas Bestimmtes?«, hakte Alex nach.

Es hatte so geklungen, als kennte er die Antwort auf diese Frage bereits.

Noah, dachte Tina. Das hat Noah ihm schon erzählt.

»Vor einem knappen Jahr hatte Dan einen schwer kranken Patienten«, erklärte Tina, »aber vielleicht haben Sie davon schon gehört.«

»Spielt keine Rolle«, erwiderte Alex. »Erzählen Sie mir davon.«

»Ich hätte ihn schlichtweg verrückt genannt, aber Dan meinte, so dürfe man über psychisch kranke Menschen nicht reden. Er ist über einen Betriebsarzt überwiesen worden und brauchte wohl Hilfe nach einem Burn-out. Wenn ich mich recht erinnere, hat Dan im Handumdrehen festgestellt, dass dieser Mann noch ein viel größeres Problem hatte. Er hat sogar versucht, ihn einzuweisen, weil er ihn als gefährlich einschätzte. Richtig angehört wurde er erst, als es bereits zu spät war … Eines Morgens schlug die Schule Alarm, weil die Kinder nicht zum Unterricht erschienen und beide Eltern nicht zu erreichen waren. Da hatte der Mann erst die komplette Familie und dann sich selbst erschossen.«

Alex rutschte unruhig auf dem Rücksitz hin und her.

»Schreckliche Geschichte«, sagte er. »Hatte er Dan in irgendeiner Weise bedroht?«

Tina erschauderte. »Genau so war es … und Dan hatte daraufhin ihre letzte Sitzung abgesagt, weil der Mann ihn nicht mehr in Ruhe lassen wollte.«

»Was genau hat er getan?«

»Er kam mitten in der Nacht zu Dan und Malin nach Hause, stand urplötzlich auf der Treppe und brüllte und hämmerte gegen die Tür. Außerdem hatte er Droh-Mails und SMS geschickt und geschrieben, dass er Dan etwas antun würde, wenn er ihn nicht schleunigst heilte.«

»Hat Dan ihn angezeigt?«

»Malin wollte das, aber Dans Chef hatte da andere Vorstellungen. Dans Arbeitgeber arbeitet mit einer Security-Firma zusammen, die wohl in derlei Fällen einspringt.«

»Eine Security-Firma?«, hakte er sofort nach. »Wissen Sie, wie die heißt?«

»Ich glaube, Solid Security.«

»Haben die ihren Sitz im Ausland?«

»Nein, hier in Schweden, nehme ich an.«

»Natürlich«, brummte Alex. »Heutzutage muss ja alles einen englischen Namen haben.«

Es war das erste Mal während ihres Gesprächs, dass er Tina alt vorkam. *Alles muss einen englischen Namen haben.* Warum denn nicht?

»Sie müssen der Familie nahegestanden haben«, fuhr Alex fort. »Und Sie scheinen von allen, die wir bislang befragt haben, am meisten von ihnen zu wissen.«

Seine Worte machten Tina traurig.

»Haben Sie denn im Haus irgendetwas gefunden?«, erkundigte er sich dann.

Erst wusste sie nicht, was er meinte; ihr Gehirn schien zeitverzögert zu arbeiten.

»Sie haben erwähnt, dass Sie mit einem Ersatzschlüssel bei ihnen zu Hause gewesen sind«, führte er aus. »Worauf sind Sie gestoßen?«

Auf einen Polizisten. In Gummistiefeln.

»Erst ist mir nichts weiter aufgefallen, was wirklich überzeugend gewesen wäre … aber dann bin ich doch auf etwas gestoßen«, sagte sie. »Malins Tochter Hedvig liest unglaublich viel, und auf ihrem Nachttisch lag ein Buch, in das sie einen Hinweis notiert hatte.«

Eilig schilderte sie, was sie in Hedvigs Buch entdeckt hatte – und was dann passiert war. Einzig dass der Mann, der sie in sein Auto hatte zerren wollen, behauptet hatte, er sei Polizist, und dass sie seine Stimme wiedererkannt hatte, ließ sie unerwähnt.

Denn vielleicht habe ich mich da auch vertan.

»Ich hab die Gummistiefel gesehen, als ich an der offenen Autotür vorbeiging«, sagte sie. »Ich hatte solche Angst! Wenn dieser Radfahrer nicht gekommen wäre, wäre ich ganz sicher nicht mit heiler Haut davongekommen.«

Erst als sie wieder Luft holte, fiel ihr auf, wie schweigsam Alex geworden war. Er saß stumm auf dem Rücksitz, sein Gesichtsausdruck düster und verschlossen.

»Wohin hat er Sie angeblich fahren wollen?«, hakte er nach einer Weile nach.

Sie zögerte kurz.

Ich weiß nicht mehr, wem ich vertrauen kann.

»Zur Polizei«, flüsterte sie. »Er meinte, ich müsse mit aufs Revier kommen, um eine Aussage zu machen. Allerdings habe ich ihm nicht geglaubt. Oder … ich hatte ihm geglaubt, dass er Polizist war, aber …«

Alex wartete geduldig darauf, dass sie weitersprach. Er mahlte mit den Kiefern, als würde er auf etwas herumkauen.

»Aber ich hab ihm nicht vertraut«, fuhr Tina fort. »Er kam mir irgendwie gefährlich vor, als hätte er nichts Gutes im Sinn.«

»Wissen Sie noch, wie er hieß?«

»Nein, keine Ahnung.«

Der Regen trommelte auf die Windschutzscheibe, und es war windig geworden. Tina traute sich immer noch nicht, die Tür zuzuziehen, sodass kalte Luft ins Auto wehte.

»Aber er hatte Gummistiefel im Wagen«, stellte Alex fest. »Und das fanden Sie unangenehm, weil Sie im Buch von Malins Tochter eine Notiz über einen Mann mit Gummistiefeln gefunden hatten.«

Tina sank auf dem Fahrersitz in sich zusammen. »Ich weiß nicht, was diese Notiz zu bedeuten hatte«, flüsterte sie. »Vielleicht liege ich ja vollkommen falsch, ich stehe einfach wahnsinnig unter Strom.«

Alex antwortete nicht. Er hatte sein Handy gezückt und scrollte übers Display.

»Ist das hier der Mann, der versucht hat, Sie in sein Auto zu zerren?«

Als sie auf das Display starrte, spürte sie, wie ihr Blutdruck in die Höhe schoss.

»Das ist er«, stammelte sie. »Ja, das ist er.«

Alex schob die Autotür auf und stieg aus. Automatisch tat sie es ihm gleich und trat hinaus in den Regen.

»Ist er Polizist? Der Mann auf dem Bild?«, fragte sie. »Wirklich?«

Alex rief eine Nummer auf dem Handy auf. »Ja«, sagte er verbissen. »Er ist Polizist … aber nicht mehr lange.«

WOHIN WAR ER verschwunden? Malin drehte eine Runde nach der anderen und wurde mit jedem Schritt nervöser.

»Dan?« Ihre Stimme brach, und die Kinder waren sofort hellhörig.

»Mama, was ist los?«

Max klammerte sich an sie, während die Tochter sie stumm anstarrte.

»Ich suche Papa«, antwortete Malin und unternahm den erfolglosen Versuch zu lächeln. »Habt ihr ihn gesehen?«

»Nein«, sagte der Sohn.

»Aber wir haben gehört, wie er die Treppe runterkam«, sagte die Tochter.

Malin sah sie an.

»Ihr habt gehört, wie er die Treppe runterkam, aber ihr wisst nicht, wohin er gegangen ist?«

Erst antworteten die Kinder nicht.

»Das ist schon mal passiert«, sagte Hedvig nach einer Weile. »Dass er irgendwie erst da war und dann plötzlich nicht mehr.«

Malin spürte, wie ihre Handflächen schweißfeucht wurden. Was redeten die Kinder denn da?

Hier kann man doch nirgendshin?

»Kommt, wir gehen ihn zusammen suchen«, forderte Malin die beiden auf. »Vielleicht versteckt er sich, um sich mit uns ein kleines Späßchen zu erlauben.«

Max' Miene hellte sich auf, während sich in Hedvigs Gesicht nur mehr Furcht abzeichnete.

»Mama ...«

»Es ist alles gut«, sagte Malin eilig und strich der Tochter über den Arm. »Alles ist gut.«

Aber es funktionierte nicht; Hedvig war mittlerweile zu groß für derlei Notlügen der Mutter.

Malin schüttelte ihre Haare aus. Nachdem sie lediglich kurz mit dem Handtuch darübergestrichen hatte, waren sie immer noch nass und verstrubbelt.

Weil ich mich beeilt habe, wie ich nur konnte, und es trotzdem nicht gereicht hat.

Malin griff nach Max' Hand.

»Jetzt suchen wir Papa«, sagte sie.

Es war einfach nur lächerlich. Es klang, als gäbe es hier tausend Orte, wo er sich versteckt haben könnte. Aber so war es nicht. Die Küche, das Wohnzimmer, der Flur, die kleine Toilette gleich neben der Haustür ... Mehr gab es nicht im Erdgeschoss.

»Dan? Hör endlich auf mit dem Blödsinn, die Kinder haben schon Angst.«

Ihr Ruf blieb unbeantwortet.

Hedvig zog die Toilettentür auf.

»Da haben wir doch schon gesucht«, wies Max sie zurecht.

»Ich sehe trotzdem noch mal nach«, gab Hedvig zurück.

Sie klang angespannt, und ihre Stimme war tränenerstickt, obwohl sie nicht weinte.

»Mal was ganz anderes«, versuchte Malin, die Situation aufzulockern – doch es war schon zu spät. Max ließ sich schwer auf den Boden fallen.

»Ich will das nicht mehr! Ich will nach Hause!«

Dann weinte er heftiger los als jemals zuvor.

Malin hockte sich neben ihn und versuchte, ihn in die Arme zu nehmen.

»Ein bisschen müssen wir noch aushalten«, redete sie beruhigend auf ihn ein.

»Was soll das heißen – ein bisschen noch?«, hakte Hedvig sofort nach. »Wie lange, Mama? Wie lange?«

Mit einem Mal glaubte Malin, eine kaum merkliche Bewegung am Rand ihres Gesichtsfelds zu sehen. Die Schranktüren … Hatten die sich bewegt?

Unmöglich. So unmöglich, dass sie nicht einmal erwogen hatte, sie aufzuziehen.

Der Garderobenschrank war zwar einen Meter breit, aber nur zwei gute Handbreit tief. Als sie hier angekommen waren, hatten sie ihre Jacken dort hineingehängt und seither nicht ein einziges Mal mehr hineingeschaut.

Sie kamen ja ohnehin nicht raus.

Malin starrte die Schranktüren an und wartete darauf, dass sie sich erneut bewegen würden. Nichts.

»Mama?«

Mama, Mama, Mama.

»Hedvig, nimm deinen Bruder mit nach oben«, sagte sie leise.

Wenn er in dem Schrank wäre (und er *war* in dem Schrank), dann wäre es doch im Grunde egal, ob sie ihre Stimme senkte – er würde sie trotzdem hören.

»Warum …«

»Mach jetzt sofort, was ich sage. Geht in euer Zimmer, macht die Tür hinter euch zu und schiebt eins der Betten davor. Dann setzt ihr euch auf das Bett und kommt nicht mehr raus, ehe ich euch rufe. Verstanden?«

Verstanden?

Papa sitzt dort im Schrank. Er ist verrückt geworden.

Und das ist für uns lebensgefährlich.

Sie starrte Hedvig unverwandt in die Augen, hätte sie am liebsten geschüttelt und sie angeschrien, sie müsse jetzt augenblicklich aufhören, ein Kind zu sein, sie müsse jetzt sofort erwachsen sein und sich um ihren Bruder kümmern.

Anscheinend dämmerte Hedvig, wie ernst es war, denn sie tat wie geheißen, packte ihren Bruder und zog ihn auf die Füße.

»Komm.«

Er heulte vor Protest laut auf. »Aber ich will nicht mehr hier seiiiin!«

Malin sprang auf, kam ins Straucheln, fiel rückwärts zu Boden, als die Schranktüren aufschlugen und Dan mit einem großen Messer in der Hand herausstürzte.

»Ich auch nicht«, sagte er. »Ich will auch nicht mehr hier sein.«

NICHTS WAR HEIKLER, als einen Kollegen eines Verbrechens zu verdächtigen. Und doch passierte es ab und zu. Sie saßen in der Löwengrube: Alex, Fredrika und Margareta Berlin. Alex hatte auf diesem Treffpunkt bestanden, und Berlin war widerwillig darauf eingegangen. Fredrika saß neben ihm. Er hatte bei allem, wovon das Gespräch handelte, ihre volle Rückendeckung.

»Sie verstehen gleich, warum wir uns hierher zurückgezogen haben, sobald ich Ihnen erzählt habe, was vorgefallen ist«, hatte Alex zu ihr gesagt, als er die Tür zur Löwengrube aufgezogen hatte.

Tatsächlich verstand sie es nur zu gut.

Sie atmete schwer, sah Alex schweigsam an, während sie ihm hoch konzentriert zuhörte.

Sie ist enttäuscht, schoss es Alex durch den Kopf. Mehr als wir anderen. Weil sie Ross mag.

»Ich kann nicht glauben, dass das wahr sein soll«, sagte Berlin, als Alex mit seinen Ausführungen fertig war und verstummte. »Wo ist diese Frau, die Torbjörn identifiziert hat?«

»Sie meinen Tina?«, hakte Alex nach. »Sie ist in Sicherheit.«

»Und was bedeutet das?«

»Dass sie Stockholm verlassen hat«, erklärte er.

»Sie ist bei einer Freundin, die sie seit mehr als einem Jahr nicht mehr gesehen hat«, fügte Fredrika hinzu.

Alex hatte als Allerersten Fredrika angerufen und ihre spontane Reaktion darauf hören wollen, was er in Erfahrung gebracht hatte.

»Jetzt holen wir ihn uns«, hatte sie gesagt.

Alex war anderer Ansicht gewesen. Er wollte Ross lieber

beschatten lassen, sein Telefon abhören und sehen, ob er sie zu Noahs Bruder führen konnte. Denn wenn es überhaupt eine Chance gäbe, dass die Familie noch am Leben war, dann wollte Alex sie nicht ungenutzt verstreichen lassen.

»Er ermordet Menschen, um sie zu bestrafen«, führte Alex aus. »Malcolm Benke hat er hingerichtet, weil der seine Tochter nicht gerettet hatte. Lovisa Wankel, weil sie ihren Freund für ihre gemeinsamen Drogengeschäfte hat bezahlen lassen. Dan Johansson hat er sich wahrscheinlich ausgesucht, weil er seiner Ansicht nach einen seiner Klienten hat hängen lassen. Verdammt, diese Liste könnte unendlich lang sein! Möglicherweise hat Renata Rashid mittlerweile ein weiteres Opfer identifiziert, aber das wissen wir noch nicht sicher.«

»Ich verstehe seine Beweggründe trotzdem immer noch nicht«, wandte Fredrika ein. »Warum wollte er ausgerechnet diese Personen bestrafen? Und warum ausgerechnet jetzt? Beata Benke ist seit zehn Jahren tot – warum rächt er sie jetzt? Warum nicht schon vor zehn Jahren?«

Berlin verzog keine Miene.

»Seine Tochter«, sagte sie irgendwann so leise, dass Alex sich vorbeugen musste, um sie zu verstehen.

»Seine Tochter?«

»Sie ist vorigen Herbst gestorben.«

Alex wechselte einen raschen Blick mit Fredrika. »Wissen wir auch, wie sie gestorben ist?«

»Er hat bloß gesagt, sie sei gestorben.«

Fredrika sah nachdenklich aus. »Ich wusste gar nicht, dass Ross eine Tochter hatte …«

Das war auch für Alex neu, und noch weniger hatte er gewusst, dass sie nicht mehr am Leben war.

»Wie alt ist sie denn geworden?«, erkundigte sich Alex.

»Das weiß ich nicht«, erwiderte Berlin.

Fredrika trat an den Computer in der Ecke des Besprechungszimmers. Der Lüfter rauschte, als sie ihn hochfuhr. »Ich kann schnell im Einwohnermelderegister nachsehen.«

Berlin blieb reglos sitzen. Sie sah fast aus, als stünde sie unter Schock; das stand ihr noch weniger als ihre übliche mürrische Art.

»Wir müssen ihn sofort observieren lassen«, stellte Alex fest.

»Ich kümmere mich darum«, sagte Berlin und verließ mit gesenktem Kopf den Raum.

Zwei Minuten später hatte Fredrika die Personaldaten von Ross aufgerufen.

Er hatte zwei Söhne, aber keine Tochter. Und er hatte auch nie eine gehabt.

Weniger als eine Stunde nachdem Berlin die Order ausgegeben hatte, stand Ross unter Bewachung. Damit er keinen Verdacht schöpfte, durfte er weiter für die Ermittlung im Mordfall Lovisa Wankel zuständig sein. Es war inzwischen kurz vor sechzehn Uhr, bald würden die meisten Feierabend machen – nur Alex und Fredrika nicht. Die wollten sich stattdessen in die Löwengrube zurückziehen.

Fredrika rief kurz bei Spencer an. Alex begnügte sich damit, Diana eine SMS zu schicken: *Es wird spät. Ich melde mich. LG!*

Erneut musste Alex an die Nachrichten denken, die er bekommen hatte.

Ich tue, was du nicht schaffst.

Ich mache alles wieder gut.

Er hatte immer noch keinen Schimmer, worauf sich das bezog – was Ross ihm damit sagen wollte. Inzwischen war er nämlich überzeugt davon, dass Ross und niemand sonst die Nachrichten verfasst hatte. Nur warum, zum Teufel? Immerhin war es doch Ross selbst, nicht Alex gewesen, der Einblick in eine Ermittlung gehabt hatte, die letztlich zu den

Morden geführt hatte, mit denen die Polizei jetzt beschäftigt war. Ross und niemand sonst war es gewesen, der für Beata Benke in London irgendetwas hätte tun können – und der dafür hätte Sorge tragen müssen, dass Lovisa Wankel ihre gerechte Strafe bekommen hätte.

Wieso soll das alles jetzt mein Fehler gewesen sein?

Oder hatte er die Nachrichten vielleicht falsch interpretiert? Möglicherweise ging es gar nicht um diese besonderen Fälle, sondern eher um ein grundlegendes Aberkennen von Alex' Kompetenz als Polizist. Das würde einen Sinn ergeben, denn Ross und Alex waren in mehr als nur in einem Fall unterschiedlicher Meinung gewesen.

»Woran denkst du?«, fragte Fredrika.

»An diese Nachrichten …«

»An die musste ich auch gerade denken«, sagte sie.

»Irgendwie stimmen die nicht mit unserer Auffassung dessen überein, was hier vor sich geht.« Er dachte kurz nach. »Ich würde nur zu gern mehr über diese Tochter wissen, von der er behauptet, sie sei gestorben.«

»Es gibt sie aber nicht«, gab Fredrika zu bedenken. »Und es hat sie auch nie gegeben.«

Sie klang angespannt und gestresst, fast abwesend. Das irritierte Alex.

»Für Ross gibt es sie vielleicht«, sagte er. »Oder es gab sie …«

Fredrika schüttelte den Kopf. »Ich bin mir fast sicher, dass er irgendein traumatisches Erlebnis hatte, das seine Geschichte erklären könnte. Wir müssen herausfinden, was das gewesen sein kann. Das mit der Tochter glaube ich jedenfalls nicht.«

Der Computer in der Ecke ratterte, und die Lüftung lief weiter auf Hochtouren.

»Mach das Scheißding aus«, brummte Alex, und Fredrika trat an den Rechner.

»Ich will nur noch schnell eine Sache nachschlagen.«

Mit einer Effizienz, die nur ihre Generation an den Tag legte, hämmerte sie auf die Tasten ein, schrieb etwas – und wartete.

Und wurde blass.

»Oh verdammt«, flüsterte sie.

»Bitte nicht noch mehr«, flüsterte Alex.

»Henry Lindgren«, sagte Fredrika, »du hast mich doch gebeten, mal nach ihm zu suchen.«

Alex hielt die Luft an, wagte kaum mehr zu atmen.

»Ich weiß, wer er ist«, sagte sie. »Und du auch.«

HENRY LINDGREN WAR früher Zugchef im X2000 zwischen Göteborg und Stockholm gewesen. Eine junge Frau, Sara Sebastiansson, war aus dem Zug gestiegen, als er einen Augenblick in Flemingsberg gehalten hatte. Fredrika konnte sich nicht mehr daran erinnern, ob sie damals eine Zigarette rauchen oder nur schnell telefonieren wollte, jedenfalls hatte sie ihre Tochter Lilian allein im Zug zurückgelassen, weil die Kleine geschlafen hatte. Dann war der Zug ohne jede Vorwarnung losgefahren, und Sara war auf dem Bahnsteig zurückgeblieben, weil eine Frau, die vorgeblich Hilfe mit ihrem Hund gebraucht hatte, sie im entscheidenden Moment abgelenkt hatte. Henry Lindgren hatte sich auf Zuruf bereit erklärt, auf Lilian aufzupassen, bis sie in Stockholm ankämen. Und doch war das Unbegreifliche passiert: Als der Zug am Ziel ankam, war Lilian verschwunden. Tage später fand man sie: Sie war durch eine tödliche Insulininjektion in den Nacken ermordet worden.

Genau wie jetzt Henry Lindgren selbst.

Fredrika Bergman war erschütterter, als sie zugeben mochte.

Wahnsinn, dachte sie. Das hier ist der schiere Wahnsinn in seiner reinsten Form.

Bisher waren drei Menschen auf ein und dieselbe Weise ermordet worden wie andere, mit denen sie in Beziehung gestanden hatten oder denen sie verpflichtet gewesen wären.

Malcolm Benke seiner Tochter.

Lovisa Wankel ihrem Exfreund.

Und Henry Lindgren einem Kind, von dem irgendjemand offenbar der Ansicht war, dass er es im Stich gelassen hatte.

Dabei stimmte das gar nicht, dachte Fredrika mit aufkeimender Verzweiflung. Henry hätte doch niemals verhindern können, dass Lilian verschwand.

Jetzt ging es nur mehr darum, weiteren Morden zuvorzukommen. Jetzt ging es nur mehr um Torbjörn Ross. Und darum, Spencer reinzuwaschen, ehe er auf der Anklagebank landen konnte. Zumindest priorisierte Fredrika ihre Aufgaben in dieser Reihenfolge.

Dabei musste sie erstaunt feststellen, dass es noch einen weiteren roten Faden gab, der ihre unterschiedlichen Ermittlungsrichtungen zusammenhielt. Der Mörder selbst hatte sie fast schon mit der Nase darauf gestoßen: *Alex*. Selbst zu Hause bei Henry Lindgren war eine Botschaft an Alex aufgetaucht – in Form eines Zettels, den Henrys Exfrau am Kühlschrank gefunden hatte. Gerade erst vor wenigen Stunden war sie hier auf dem Revier gewesen und hatte ihn abgegeben. Kurz nach ihrem Treffen mit Margareta Berlin war er ihr ausgehändigt worden – und dann war alles so schnell gegangen, dass Fredrika sich hinterher kaum mehr an alle Details erinnern konnte.

Aber an den Zettel erinnerte sie sich noch.

Alex, kapierst du es jetzt? Ich mache alles wieder gut.

Fredrika brach die kurze Nachricht auf die zwei einzelnen Sätze herunter. Sie wollte nichts sehnlicher, als zu verstehen, was der Mörder ihnen mitteilen wollte.

Kapierst du es jetzt?

Das war die Frage, auf die der Mörder eine Antwort wollte.

Kapierst du es jetzt?

Jetzt?

Jetzt?

Fredrika konnte es nicht anders lesen, als dass der Schreiber dieser Nachricht davon ausging, dass Alex kürzlich erst von Henry Lindgrens Tod erfahren habe.

Jetzt, da du weißt, dass ausgerechnet Henry Lindgren tot ist, müsstest du es doch kapieren?

Ja, wollte sie schreien. Ja, wir haben es endlich kapiert!

Es kribbelte sie in den Fingern. Das Wörtchen »jetzt« war leicht irreführend, denn Henry Lindgren war von all ihren Opfern als Erster gestorben.

Trotzdem schien der Mörder davon überzeugt gewesen zu sein, dass Lindgren erst später aufgefunden würde, sprich: nach den anderen Toten. Von denen es durchaus noch mehr geben könnte. Noch hatten sie keine Ahnung, wo Noah Johanssons Bruder und dessen Familie sich aufhielten und was ihnen zugestoßen war. Sie wussten lediglich, dass Ross auch in dieser Sache seine Finger mit im Spiel hatte.

Kapierst du es jetzt?

In der Formulierung klang eine gewisse Frustration mit.

Ein Toter, zwei Tote, drei Tote. Und jetzt? Jetzt musst du es doch allmählich begreifen, Alex.

Fredrika schob die Nachricht beiseite und fuhr sich mit der Hand übers Haar. Immer nur darüber, damit ihr Zopf nicht durcheinandergeriet.

Was meinen Kontrollwahn angeht, bin ich komplett außer Kontrolle geraten.

Fredrika wünschte sich, Alex wäre hier, aber der verfolgte derzeit gemeinsam mit Berlin, was die Kollegen von der Observation über Torbjörn Ross herausfanden, während es Fredrikas Aufgabe war herauszufinden, warum Ross behauptet hatte, eine Tochter zu haben. Hatte es sie je gegeben, und, wenn ja, könnte ihr Tod dieses Chaos aus Gewalt und Tod ausgelöst haben?

Fredrika hatte einen bedeutenden Teil ihres Lebens der Musik gewidmet gehabt. Sie hatte immer schon ein außergewöhnlich gutes Gehör gehabt und jedes Musikstück auf der Geige spontan nachspielen können. Das war eine der Eigenschaften, die ihr auch in professioneller Hinsicht stets gute

Dienste geleistet hatten: Sie hörte, wenn jemand log oder einen Teil der Wahrheit für sich behielt, sie spürte, wenn irgendwo etwas nicht stimmte. Und genau dieses Gefühl beschlich sie, als sie jetzt mit den Nachforschungen zu Ross' toter Tochter begann.

Hier stimmt etwas nicht.

Sie versuchte, nicht darüber nachzudenken, dass sie gerade in der falschen Richtung unterwegs sein könnte; woher dieses Gefühl mit einem Mal kam, konnte sie ebenso wenig sagen. Ross war der Einzige, der mit der Gesamtheit der Fälle in Verbindung stand, und ihr wurde ganz anders, wenn sie in diesem Zusammenhang an Ross' Kommentar zu Alex' vernarbten Händen dachte.

Wie verdammt mies.

Es war doch nicht unsere Schuld, dass Lilian Sebastiansson sterben musste, dachte Fredrika, aber ebenso wenig war es die von Henry Lindgren gewesen.

Gleichzeitig empfand sie eine kuriose Dankbarkeit dafür, dass Ross diesen dummen Kommentar von sich gegeben hatte, denn ansonsten hätten sie ihn nie mit dem Mord an Henry Lindgren in Verbindung bringen können. Das war auch so immer noch schwer genug. Sie würden wasserdichte Beweise brauchen – doch die hatten sie nicht. Niemand hatte die. Etwas Vergleichbares hatte Fredrika noch nie erlebt. Ein Mörder, der an den Tatorten alles so sauber und gleichzeitig so wohlinszeniert hinterließ … Wieder und wieder musste sie daran denken. Nirgends auch nur ein einziger brauchbarer Beweis. Kein vernünftiger Staatsanwalt würde Ross angesichts dieser mangelhaften Indizienlage vor Gericht zitieren.

Fredrika sah auf die Uhr. Sie wollte nach Hause gehen.

Sie hatte alles durchwühlt, jede Datenbank gesichtet, aber keine Tochter gefunden. Sie würde wohl oder übel zu Ross' Familie Kontakt aufnehmen, sowohl zu der gegenwärtigen als auch zu seiner Exfrau. Aber noch musste das warten. Sie durften jetzt unter keinen Umständen Verdacht bei Ross erregen.

Die Frage war nur, wie sie dann weiterarbeiten sollten.

Sie würden herumtelefonieren müssen; und irgendjemand würde anfangen zu reden.

Fredrika ging erneut die Aufzeichnungen durch, die Alex nach seinem Treffen mit Tina Antonsson angefertigt hatte. Sie hatte ein Sicherheitsunternehmen erwähnt – Solid Security. Hatte erzählt, dass Noahs Bruder Dan sich dort hingewandt hatte, um sich vor einem Klienten zu schützen, der ihn bedroht hatte. Alex hatte sich bereits gefragt, ob es sich dabei um dasselbe Unternehmen handeln mochte, das Noah kontaktiert und von dem auch Peder erzählt hatte. Fast erleichtert beschloss Fredrika, statt auf der Suche nach einer Tochter, die es nicht gab, mit Ross' Angehörigen zu sprechen, stattdessen zuallererst dieses Sicherheitsunternehmen zu kontaktieren. Zumindest fürs Erste – schließlich mussten sie auch auf dieser Spur weiterkommen. Dass sich der Verdacht gegen Ross letztlich verdichtet hatte, war von Tina Antonssons Schilderungen angestoßen worden. Und die hatten mit niemand Geringerem als mit Noahs Bruder und dessen Schwägerin zu tun. So gesehen war Tina ihr Trumpf und zugleich ihre schwächste Karte.

Das behagte Fredrika nicht.

Im Handumdrehen hatte sie die Kontaktdaten von Solid Security herausgefunden: ein Unternehmen in schwedischem Besitz, das knapp fünfzehn Jahre zuvor in Stockholm gegründet worden und inzwischen landesweit tätig war. Soweit Fredrika es sehen konnte, war die Kundschaft zufrieden.

Doch noch während sie eine Onlinebewertung nach der anderen überflog, beschlich sie erneut ein grässliches Gefühl: Denn je mehr sie über das Unternehmen erfuhr, umso überzeugter war sie, dass sie schon einmal davon gehört hatte.

Spencer hatte es erwähnt.

Spencer.

Schon wieder.

Wir sollten uns eine Alarmanlage anschaffen. In der Stockholmer Innenstadt haben das inzwischen alle.

Sie sah ihn noch vor sich – hochgewachsen und in kerzengerader Haltung –, wie er sie zu überzeugen versucht hatte, dass eine Alarmanlage das Beste sei, was er seiner Familie derzeit bieten könne. Er hatte mit einer Broschüre gewedelt und behauptet, dass er sich sogar schon ein vertrauenswürdiges Unternehmen ausgesucht habe.

Mein Gott, das war doch nur eine Werbebroschüre. Was ist bloß los mit mir?

Reiner Zufall, etwas anderes war es nicht.

Erneut schob sie das Gefühl beiseite, dass mit der Ross-Spur etwas nicht stimmte – genau wie sie ignorierte, dass sich ihr Magen vor Angst zusammenzog. Dann rief sie kurzerhand den Kundendienst von Solid Security an und bat darum, mit der Geschäftsführung sprechen zu dürfen.

»Worum geht es denn, und wen darf ich dort ankündigen?«, fragte die Frau, die Fredrikas Anruf entgegennahm.

»Ich rufe von der Polizei an«, erklärte Fredrika. »Es geht um zwei Kunden, denen ziemlich übel mitgespielt worden ist.«

Das Gespräch endete auf vorhersehbare Weise. Der Sicherheitschef hatte sich nicht übers Telefon äußern wollen, sondern verlangte ein persönliches Treffen. Nachdem sich die Geschäftsräume draußen am Freihafen befanden, beschloss Fredrika, umgehend dorthin zu fahren. Anschließend würde sie auf direktem Wege nach Hause fahren können.

Nach Hause zu Spencer.

Der – mal komplett abgesehen von allem, was mit diesen Morden zu hatte –, jemand anders war, als sie immer gedacht hatte.

Wie konntest du eine junge Frau überfahren und dann einfach Fahrerflucht begehen?

Auf dem Weg nach draußen lief sie an Alex' Büro vorbei.

»Irgendwas Neues?«, fragte sie.

»Du zuerst«, sagte Alex. Seine Stimme klang angespannt, und sein Gesicht sah aus wie versteinert.

Sie erstattete knapp Bericht darüber, was sie herausgefunden hatte und wohin sie jetzt unterwegs war. Dass sie allein fuhr, verstieß gegen die Regeln, aber es war nicht mehr genug Zeit, um jetzt noch einen Kollegen zu mobilisieren.

»Danach fahre ich direkt nach Hause, wenn das okay ist«, sagte sie.

Er nickte. »Mach das. Und morgen suchen wir weiter nach dieser Tochter von Ross.«

»Du glaubst also, dass es sie gab?«, fragte Fredrika und gab sich nicht die geringste Mühe, ihre Zweifel zu verhehlen.

»Ich bin mir ganz sicher«, entgegnete Alex.

Fredrika wich leicht zurück. Insgeheim wollte sie über diese Angelegenheit gar nicht mehr reden.

»Bis morgen dann«, sagte sie noch. Dann lief sie eilig hinunter in die Tiefgarage und fuhr in Richtung Freihafen.

Sie stellte ihren Wagen auf dem Gästeparkplatz von Solid Security ab, warf die Autotür hinter sich zu und steuerte den Eingang an. Ein Mann etwa in ihrem Alter hieß sie willkommen und führte Fredrika in einen Raum ohne Fenster. Weiße Wände, graue Auslegeware – hier musste sich jemand mit ernsthaftem Interesse für stilvolle Einrichtung um die Farb- und Materialwahl gekümmert haben.

»Wenn ich Sie richtig verstanden habe, geht es um zwei unserer Klienten?«, sagte der Mann, der sich ihr als Jussi vorgestellt hatte.

Es gefiel Fredrika, dass er keine Zeit auf Small Talk verschwendete.

»Noah und Dan Johansson«, erwiderte Fredrika und reichte ihm ein Blatt Papier, auf das sie die Personennummern der beiden sowie die Namen der Unternehmen notiert hatte, für die sie gearbeitet hatten.

Jussi runzelte die Stirn.

»An Dan Johansson erinnere ich mich leider nur allzu gut«, sagte er. »Eine komplette Katastrophe. Also – nicht für uns, aber für den Mann, der ihn bedroht hatte. Wer ist der andere? Sein Bruder?«

»Wir gehen davon aus, dass auch Noah möglicherweise bedroht worden ist«, sagte Fredrika.

»Tja, wir hatten nur Dan als Kunden.«

Verdammt. Alex und sie wussten nicht sicher, in welchem Unternehmen Peder gearbeitet hatte, als Noah sein Kunde gewesen war. Weil Alex derjenige war, dem Peder sich anvertraut hatte, würde der ihn wohl noch einmal anrufen und um mehr Fakten bitten müssen, um zu erfahren, welche Security-Firma Noah damals beauftragt hatte. Und vor allem würden sie Peder daran erinnern, dass er sich bei der Polizei melden und dort zu Protokoll geben müsste, was er über den Bestatter wusste, der so brutal aus dem Leben gerissen worden war. Denn das hatte er offensichtlich noch nicht getan.

Warum eigentlich nicht?

Jussi beugte sich über den Tisch.

»In den Zeitungen stand kein Name«, sagte er, »aber war es dieser Bestatter, Noah Johansson, der gestern ermordet wurde?«

»Ja.«

»Wie gut, dass wir jetzt Kontakt haben«, fuhr Jussi fort. »Wir helfen Ihnen gern, sofern wir können. Das war von Anfang an meine Einstellung, als ich gehört habe, was Noah zugestoßen ist.«

Fredrika war sich nicht sicher, wie ihnen ein Security-Unternehmen helfen konnte, das nicht mit Noah, sondern mit

Dan zusammengearbeitet hatte. Aber sie wollte Jussi auch nicht vor den Kopf stoßen.

»Wie schätzten Sie die Bedrohungslage im Fall Dan Johansson damals ein?«, fragte sie.

»Da ist in kurzer Zeit eine Menge passiert«, hob Jussi an. »Als er Kontakt zu uns aufnahm, haben wir die Sache sofort als gefährlich eingestuft. Er brauchte umgehend Schutz, und den bekam er auch. Natürlich nicht von der Polizei, sondern von uns.«

»Es ist nicht ganz leicht, jemandem Schutz zu gewähren, wenn er nicht mal Anzeige erstattet«, erwiderte Fredrika und warf Jussi einen vielsagenden Blick zu.

Es war ihm peinlich.

»Gab es noch andere Personen – außer dem Mann, der dann diesen erweiterten Selbstmord beging –, die Dan Johansson bedroht hätten?«, hakte sie nach.

»Nicht dass wir wüssten.«

Fredrika fragte sich, wie sie weitermachen sollte, ohne vertrauliche Informationen preiszugeben.

»Wann hatten Sie zuletzt Kontakt zu Dan?«, fragte sie, weil sie ihm nicht verraten wollte, dass sie fürchteten, er könnte verschwunden sein.

»Rund um den Jahreswechsel«, antwortete Jussi. »Ich hab ihn gerade erst wegen dem, was seinem Bruder passiert ist, angerufen, hab ihn aber nicht erreicht.«

Er wurde unruhig.

»Es ist ihm doch wohl nicht auch etwas zugestoßen? Davor hatte ich am meisten Angst, als mir klar wurde, dass Noah ermordet worden war.«

Sie zögerte einen Moment. »Wir haben Grund zu der Annahme, dass Dan und seine Familie unfreiwillig verschwunden sind.«

Jussi war bestürzt. »Aber der Mann, der ihn verfolgt hat, ist doch tot?«

»Richtig. Wenn Dan also gegen seinen Willen entführt worden sein sollte – wobei wir nicht sicher wissen, ob das der Fall ist –, dann muss noch von anderer Seite eine Gefährdung gegen ihn vorgelegen haben. Wie hieß der Mann, der ihn damals bedroht hat? Das wäre für uns wirklich wichtig zu wissen.«

»Natürlich«, antwortete Jussi. »Er hieß Fredrik Mannerberg.«

Fredrika notierte sich den Namen, und Jussi versorgte sie darüber hinaus noch mit allerhand weiteren Informationen.

»Wirklich gut, dass wir jetzt in Kontakt stehen«, sagte er zum zweiten Mal. »Ich wollte mich eigentlich gestern schon melden, aber dann hab ich erst den früheren Angestellten gefragt, der für Dan zuständig war, und der war der Ansicht, wir sollten warten, bis Sie Noahs Namen herausgegeben hätten.«

»Möglicherweise eine kluge Idee«, sagte Fredrika. »Wie heißt der Mann? Ich meine, der Angestellte, der für Dan zuständig war? Hab ich es richtig verstanden, dass er nicht mehr hier arbeitet? Trotzdem könnte es für uns interessant sein zu hören, was er zu erzählen hat.«

»Natürlich«, erwiderte Jussi. »Er war übrigens früher selbst Polizist.«

Fredrika runzelte die Stirn. »Polizist?«

»Peder Rydh«, sagte Jussi. »Vielleicht kennen Sie sich ja sogar.«

Fredrika gab sich alle Mühe, keine verräterische Reaktion an den Tag zu legen.

»Rydh? Ja, wir haben eine Zeit lang im selben Team gearbeitet. Aber das ist jetzt schon mehrere Jahre her.«

Jussi reagierte mit spürbarem Interesse. »Und wie war er da?«

»Wie er war? Gut. Kompetent. Vielleicht ein wenig hitzköpfig, aber ansonsten ein hervorragender Mann.«

Jussi schien zu überlegen, was er darauf erwidern sollte.

»Ich konnte ihn damals nicht mehr behalten«, sagte er nach einer Weile.

Fredrika richtete sich gerade auf. Alex hatte bereits angedeutet, dass seinem Eindruck nach mit Peder etwas nicht stimmte.

»Er hatte einfach zu viele Probleme«, sagte Jussi. »Hier bei uns hat er im Spätsommer angefangen und schon im darauffolgenden April wieder aufgehört. Erst hab ich ihm geglaubt, als er erzählte, er habe die Salomongemeinde verlassen, weil er mal etwas Neues ausprobieren wollte. Aber das war anscheinend nicht die ganze Wahrheit. Er war rastlos, unruhig, ständig trieb ihn irgendetwas um. Und dann, als … seine Familie … Er … Sie wissen vielleicht, was passiert ist?«

Fredrika schüttelte langsam den Kopf.

»Nein«, sagte sie. »Erzählen Sie es mir.«

Jetzt schüttelte Jussi den Kopf. »Manche Dinge sollte man besser selbst erzählen. Es ginge zu weit, wenn ich jetzt über Peders Privatleben plauderte.«

Fredrika war insgeheim verärgert. Peders Familie, Peders Privatleben. War er denn wirklich noch immer nicht dieser lästigen Gewohnheit entwachsen, seine privaten Probleme mit zur Arbeit zu schleppen? Ließ er sich immer noch bei der Arbeit davon beeinträchtigen, wie es um seine Ehe und Elternschaft stand?

»Er kann mitunter unreif wirken«, sagte Fredrika. »Das hatten wir damals auch festgestellt.«

Jussi sah plötzlich wachsam aus. »Ich bin mir nicht sicher, ob es in unserem Fall mit einem Mangel an Reife zu tun hatte …« Dann verstummte er.

»Nur sicherheitshalber«, sagte sie, auch wenn sie das Treffen liebend gern an dieser Stelle beendet hätte, »Peder Rydh hat also nicht mit Noah Johansson gearbeitet, sondern ausschließlich mit Noahs Bruder Dan?«

»Exakt.« Als Fredrika nicht weitersprach, fuhr Jussi fort: »In Stockholm gibt es eine Menge Security-Unternehmen. Sie haben erwähnt, dass auch Noah Johansson bedroht worden sei – und das kann ja trotz allem stimmen.«

Aber das glaubte Fredrika nicht. Peder hatte bei Solid Security gearbeitet, und dort musste er auch angestellt gewesen sein, als er – wie er behauptete – Noah und nicht Dan als Klienten gehabt hatte. Konnte es sein, dass ihm seine Erinnerung einen Streich gespielt hatte? Nein, das glaubte Fredrika nicht.

Peder hatte gelogen.

Im selben Augenblick rief Alex auf ihrem Handy an, und sie warf Jussi einen entschuldigenden Blick zu.

»Die Kollegen aus der Observation haben Ross aus den Augen verloren. Wir wissen nicht mehr, wo er ist.«

WAS FÜR EIN verdammter Tag. Peder konnte sich nicht erinnern, wann er zuletzt einen so miesen Tag gehabt hatte. Er hatte rein gar nichts von alle dem fertig bekommen, was er sich vorgenommen hatte. Bei der Arbeit war es okay, wenn er fehlte, das war also alles kein Problem. Aber alles andere …

Verdammter Mist!

Sein Sohn hustete so durchdringend, dass Peder schon glaubte, die Lunge würde zerbersten. So konnte er nicht weitermachen, er brauchte eine Pause.

»Morgen darfst du mit Oma zu Hause bleiben.« Er strich dem Jungen über den Rücken.

»Musst du arbeiten?«

»Ja, ich muss jede Menge Sachen erledigen.«

Die Großmutter hatte ebenfalls viel zu tun gehabt, hatte in der letzten Zeit häufiger als Babysitter einspringen müssen.

Es klang so hohl, so dünn. Aber es wäre das Beste für den Jungen. Eines Tages, wenn er älter wäre, würde er verstehen, warum Peder so viel arbeiten musste, aber so weit war er jetzt noch nicht.

Peders Handy klingelte.

»Sieh ein bisschen fern, da muss ich kurz rangehen«, sagte er.

Der Sohn nickte.

»Und trink Wasser«, ermahnte Peder ihn und reichte ihm ein Glas. »Ich bin im Schlafzimmer, falls etwas sein sollte.«

Der bellende Husten verfolgte ihn bis ins Nachbarzimmer, wo er endlich den Anruf entgegennahm.

»Ja? Peder?«

»Schalom, hier ist Ed.«

Peder ließ sich auf der Bettkante nieder. Gerade meldete sich wirklich ein Chef nach dem anderen! Er pflegte nach wie vor eine gute Beziehung zur Salomongemeinde, wo er früher Sicherheitschef gewesen war, trotzdem stresste es ihn, wenn die sich meldeten.

Was willst du?

»Kannst du reden?«, fragte Ed.

»Ich bin bei meinem kranken Sohn zu Hause«, erwiderte Peder. »Aber klar, ein paar Minuten kann ich schon erübrigen.«

»Ist er das, den man im Hintergrund hört? Der Arme! Was für ein grässlicher Husten!«

»Ja, ist anstrengend …«

Die Uhr tickte, die Sekunden verstrichen.

Fass dich kurz, verdammt.

»Ich rufe wegen des Seligenhauses an.«

Peder war sofort hellhörig. »Ja?«

»Du hast uns doch empfohlen, diesen neuen Mieter reinzunehmen«, holte Ed aus. »Das mit ihm hat wirklich gut funktioniert, er hat pünktlich bezahlt, uns sind keine Klagen gekommen. Aber jetzt hat er beschlossen, den Vertrag zu kündigen. Ab Mitte September braucht er das Haus nicht mehr.«

Peder stellte sich hin. »Wie bitte?«

»Ja, wir waren auch erstaunt. Deshalb müssen wir jetzt jemand anderen finden. Denk drüber nach und sag Bescheid, wenn dir jemand einfällt.«

Die Adern an Peders Hals schwollen an.

»Natürlich«, sagte er gepresst.

Ein neuer Mieter für das Seligenhaus – das Haus, das Gott nicht nur vergessen, sondern von dem er sich aktiv abgewandt hatte.

»Wisst ihr eigentlich, wozu der das Haus gebraucht hat?«, fragte Peder und bemühte sich, unbefangen zu klingen.

»Wir waren drei Mal diskret dort – natürlich ohne reinzugehen. Wir haben keinerlei Abweichungen vom Vertrag bemerkt. Es wohnt eine Familie dort, genau wie er gesagt hat. Ein Paar mit zwei Kindern.«

Peder schluckte.

»Super«, sagte er. »Ist doch schön, Menschen in Not helfen zu können.«

»Wirklich wahr«, pflichtete Ed ihm bei. »Die Armen! Sie wären heute wahrscheinlich nicht mehr am Leben, wenn sie das Seligenhaus nicht hätten. Wie gut, dass es Menschen wie unseren Mieter gibt, die sich für andere einsetzen.«

Peder war natürlich aufgefallen, dass Ed den Namen des Mieters nicht genannt hatte. Immer vorsichtig, immer an der Grenze zur Paranoia. Aber genau das fand Peder gut. Er wollte ehrlich gestanden nicht mehr an den Mann denken müssen, der das Haus angemietet hatte – und erst recht nicht darüber grübeln, warum er den Vertrag jetzt gekündigt hatte.

»Gut, wenn es weiter nichts gibt, dann kümmere ich mich jetzt wieder um meinen Sohn«, sagte er.

»Wir hören voneinander!«

Kaum dass sie das Gespräch beendet hatten, rief Alex an. Zum dritten Mal an diesem Tag. Auch diesmal ging er nicht ran.

Ich weiß genau, was du willst.

Stattdessen klappte Peder seinen Laptop auf und rief eine Nachrichtenseite auf.

Die Schlagzeilen kochten schier über von den Morden, die Stockholm erschüttert hatten. Allerdings konnte er nirgends erkennen, dass schon ein Tatverdächtiger festgenommen worden wäre.

Wie lange das wohl so bleiben würde?

»ES IST IN Ordnung, wenn Sie jetzt nach Hause gehen, Alex.«

Es war kurz nach neunzehn Uhr. Berlin sah müde aus, hatte aber offensichtlich selbst nicht vor, ihren Arbeitsplatz zu verlassen. Das ehrte sie – ein guter Kapitän verließ das sinkende Schiff schließlich immer als Letzter.

Alex war erschöpft und frustriert.

»Ich begreife einfach nicht, warum wir ihn nicht ausfindig machen können«, sagte er.

»Weil er Polizist ist«, erwiderte Berlin trocken. »Er weiß, wie man unter dem Radar bleibt.«

»Aber weiß er, dass wir ihn verfolgen?«

»Ich glaube, das spielt keine Rolle mehr«, meinte Berlin. »Er weiß, wie leicht er gefasst werden könnte, deshalb war er vom ersten Augenblick an vorsichtig.«

Sie hatte aufgehört, die genau genommen immer noch obligatorischen Hinweise zu verwenden – »sofern er denn nun derjenige ist, den wir suchen«, oder: »Wir dürfen keine voreiligen Schlüsse ziehen und ihn nicht vorverurteilen.« Allem Anschein nach zweifelte auch sie nicht länger an Ross' Schuld.

Ivan kam auf sie zugesteuert. Seine Energie hatte deutlich nachgelassen; hauptsächlich schien an ihm zu zehren, dass nichts so schnell ging, wie er es sich erhofft hätte.

»Kein einziger Fingerabdruck zu Hause bei Henry Lindgren«, maulte er. »Kein Haar, kein noch so winziger Spritzer Speichel. Fucking nichts.«

Allmählich konnte Alex nicht länger still sitzen. Er musste aufstehen und sich bewegen.

»Das ist einfach nicht zu begreifen«, knurrte er. »Schlichtweg unbegreiflich ist das …«

Berlin setzte sich wieder. »Nicht sofern Torbjörn der Täter ist. Er weiß genau, wie man es anstellt, verstehen Sie?«

Natürlich verstand Alex.

»Aber die Staatsanwältin braucht Material«, fuhr sie fort. »Was genau haben wir derzeit – was können wir gegen Torbjörn Ross vorbringen?«

Alex hätte am liebsten auf die Wand eingedroschen.

»Nichts«, antwortete er. »Überhaupt nichts.«

»Er kannte alle Opfer«, sagte Ivan.

»Das genügt nicht«, gab Berlin zurück, griff nach ihrer Brille und wollte sie schon in die Stirn hinaufschieben, ließ es dann aber bleiben. »Was war denn nun mit seiner Tochter?«

»Die hat es nie gegeben«, antwortete Ivan.

»Fredrika wird sich das morgen alles noch einmal ganz genau ansehen«, erklärte Alex. »Wir haben uns noch nicht getraut, Ross' Ehefrau zu kontaktieren – aber die Exfrau könnten wir ansprechen.«

Berlin richtete den Blick auf die Tafel an der Wand.

»Am selben Morgen, als Malcolm Benke tot aufgefunden wurde, ist Ross auf eigene Initiative hingefahren«, murmelte sie.

»Wie bitte?«, fragte Alex.

»Ich kam gleichzeitig dort an und bat ihn, wieder hierher zurückzukehren. Sie und Fredrika sollten die Ermittlung leiten, nicht er.«

»Was wollte er dann dort?«

»Keine Ahnung«, sagte Berlin. »Er war allerdings empört, weil ich den Job jemand anderem gegeben hatte.«

»Das muss uns im Grunde nicht wirklich erstaunen«, wandte Alex ein, »denn inzwischen wissen wir ja, dass er Benke gekannt hatte.«

»Hätte er deshalb die Ermittlung leiten sollen?«, fragte Berlin.

»Natürlich nicht. Ich versuche nur zu verstehen, wie der Mann denkt.«

Wenn er denn dachte. Aber das musste er tun. Sonst wäre es ihm nie gelungen, so weit zu kommen.

Vier Tote.

Vier Vermisste.

Insgesamt acht Opfer.

Wenn es nicht noch mehr würden.

»Wie zum Teufel soll das alles enden?«, fragte Alex eher sich als die anderen, trotzdem erwiderte Berlin: »Wollen wir das wirklich wissen?«

Ivan raschelte mit einem Papier, das ganz unten in einem Stapel Unterlagen auf dem Tisch gelegen hatte. Er angelte die Kopie des Briefes hervor, den sie bei Noah Johansson gefunden hatten.

»Was halten wir eigentlich hiervon?«, erkundigte er sich.

Alex lehnte sich mit verschränkten Armen an die Wand. Der Ernst der Lage umschloss ihn wie dunkles Wasser.

»Was denken Sie, Ivan?«

»Ich denke, der Mörder hat ihn geschrieben.«

Das hatte Alex auch schon gedacht, sich mit dem Gedanken aber nicht recht anfreunden können. »Dann glauben Sie, dass ein und dieselbe Person einerseits diesen Brief und andererseits die Botschaften an mich verfasst hat?«

»Ja.«

»Und was hatte der Brief dann bei Johansson verloren?«

»Ich würde vermuten, es ist der Zusatz zu einem Testament, den jemand verfasst hat, der bald sterben wird. Und ich glaube überdies, der Mord an Johansson hängt mit der Tatsache zusammen, dass der diesen Brief aufbewahrt hat.«

»Sie meinen, der Brief war schon die ganze Zeit in Johanssons Besitz?«

»Genau. Er hatte ein ganzes Archiv mit Testamenten. Ich nehme an, der Brief könnte genauso gut ursprünglich dort gelegen haben. Als Sie ihn gefunden haben, war der Sicherheitsschrank immerhin aufgebrochen worden.«

Alex atmete tief ein und wieder aus. »Dann wäre der Mörder einer von Johanssons Kunden.«

»Genau«, sagte Ivan.

»Ross stirbt aber nicht«, warf Berlin ein.

»Das können wir nicht wissen«, entgegnete Alex.

»Wir wissen allerdings, dass Ross kein Kunde bei Johansson war«, warf Ivan ein.

Es wurde still im Raum.

»Ich hab das überprüft«, führte er leise aus. »Torbjörn Ross steht nicht in Johanssons Kundenregister.«

Alex biss sich auf die Lippe. Leichter Ärger stieg in ihm hoch. Ivan war nicht blöd – und flink war er obendrein.

»Wie weit zurück geht dieses Kundenregister?«, fragte er.

Ivan sah ihm fest in die Augen. »Mindestens zehn Jahre.«

Dann hatte Ivan ganz sicher auch Alex' und Lenas Namen gesehen.

Peinlich berührt wich Ivan seinem Blick aus.

Berlin hatte offenbar die Spannung nicht bemerkt, die sich zwischen ihnen aufgestaut hatte, und hakte ungeduldig nach: »Was wollen Sie damit sagen?«

»Ich habe die Fingerabdrücke auf dem Brief überprüft. Es gibt welche von Johansson und die einer weiteren Person. Wir sollten herausfinden, wer diese andere Person war. Denn Ross ist es nicht.«

»Und wie wollen Sie dabei vorgehen?«, fragte Alex.

»Ich will Zugang zu den Testamenten und dann davon Fingerabdrücke nehmen, die ich mit denen auf dem Brief abgleiche.«

Neuerliches Schweigen.

Alex wusste nicht, was er sagen sollte.

»Wo wurden die Testamente gleich wieder aufbewahrt?«, fragte er. »Sie haben einen Sicherheitsschrank erwähnt.«

»Genau. Jedes Testament steckt in einem eigenen Umschlag in Hängeregistern. Manche Umschläge sind versiegelt, andere nicht.«

»Und jetzt wollen Sie all diese Umschläge öffnen, um Fingerabdrücke von den Originalpapieren zu nehmen?«

»Ja.«

»Wir sollten uns klarmachen, wofür wir diese Informationen brauchen«, sagte Alex. »Immerhin wissen wir jetzt schon, dass wir den Brief höchstwahrscheinlich nicht mit Ross in Verbindung bringen können.«

»Aber wenn wir einen Treffer bei den Fingerabdrücken erzielen, können wir den Brief vielleicht als falsche Fährte beiseitelegen«, sagte Ivan. »Je nachdem, bei wem wir einen Treffer erzielen.«

Berlin schüttelte den Kopf.

»Gute Idee, aber das wird einen Aufstand geben«, sagte sie.

»Rein juristisch betrachtet …«, begann Ivan.

»Das klären wir besser mit der Staatsanwältin«, unterbrach ihn Alex.

»Ich habe inzwischen mit unserer Presseabteilung gesprochen«, fuhr Berlin fort. »Die werden von besorgten Bürgern schier überrollt, die mit Johansson zu tun hatten und jetzt Fragen stellen – von ausgefallenen Trauerfeiern bis hin zu unbezahlten Rechnungen.«

»Hatte Johansson keine Angestellten?«, fragte Alex.

»Doch, eine Assistentin«, sagte Ivan. »Aber die war in den letzten Tagen in Urlaub. Sie kommt erst heute Abend wieder.«

Berlin ging, um sich einen Kaffee zu holen. Auf der Schwelle blieb sie stehen und drehte sich noch einmal um.

»Beantragen Sie den Durchsuchungsbeschluss«, sagte sie entschieden. »Ich will die Testamente öffnen lassen. Ich will wissen, wer diesen Brief geschrieben hat.«

SPENCER LAGERGREN WAR früher ein großer Romantiker gewesen. Das war er im Grunde immer noch, aber die Kräfte ließen nach, und öfter, als er es wahrhaben wollte, tat ihm sein Kopf so weh, dass er Sterne sah.

Fredrika kam wieder einmal spät von der Arbeit, und ausnahmsweise hatte Spencer kein Essen vorbereitet. Gegen sieben hörte er sie kommen. Die Tür ging auf, ihre Handtasche krachte zu Boden. Dann hörte er einen der Kleiderbügel zu Boden gehen. Er trat auf den Flur hinaus. Fredrika klaubte gerade den Bügel vom Boden und hängte ihre Jacke auf. Sie hatte ihn garantiert kommen hören, sah aber nicht auf. Stattdessen beugte sie sich wieder vor, diesmal um sich die Schuhe auszuziehen.

Irgendetwas war passiert.

Weiß sie Bescheid?

Die Frage quälte ihn schon seit Monaten. Fredrika besaß eine hervorragende Intuition, und dumm war sie auch nicht. Trotzdem hatte sie nicht bemerkt, wie er tagelang über seine Diagnose gegrübelt hatte, ehe er ihr zu guter Letzt davon erzählt hatte. Nicht weil sie weniger als er verdient gehabt hätte zu erfahren, was geschehen war – sondern weil er zunächst die notwendigen Entscheidungen allein hatte treffen wollen. Es war natürlich ihr gutes Recht, an allem teilzuhaben, was ihr gemeinsames Leben betraf, doch sein Tod gehörte ihm allein.

»Aber ich darf doch hoffentlich mit in die Schweiz fahren, oder nicht?«, hatte sie gefragt.

»Natürlich«, war seine Antwort gewesen. »Das kann ich nicht ohne dich tun.«

Er spürte, wie es ihm den Hals zuschnürte, während er

darauf wartete, dass sie endlich aufstand. Es dauerte; sie kämpfte mit ihren Schuhen, mit ihrer Handtasche, mit dem Handy. Dann endlich sah sie zu ihm hoch und ihm direkt in die Augen.

Kein Zweifel.

Sie wusste Bescheid.

Verdammt, und wie sie Bescheid wusste.

Er zwang sich zu lächeln. »Alles in Ordnung? Ich hab den ganzen Tag nichts von dir gehört.«

Nun konnte sie zwischen zwei Alternativen wählen. Entweder erzählte sie ihm, was passiert war und warum sie sich nicht wie sonst bei ihm gemeldet hatte. Oder sie würde so tun müssen, als wäre alles wie immer. In diesem Fall würde sie ihm einen flüchtigen Kuss geben und in die Küche gehen und so etwas sagen wie: »Ich habe einen Wahnsinnshunger. Was gibt's zu essen?«

Sie stand eine Weile still vor ihm und antwortete nicht.

Dann gab sie ihm einen flüchtigen Kuss auf die Wange und ging in die Küche.

»Ich hab einen Bärenhunger. Was sollen wir essen?«

Ihre Stimme klang schrill, und ihr Blick wanderte wie ein Radar durchs Zimmer, als suchte sie nach dem nächstliegenden Fluchtweg.

Aber den gibt es nicht, weder für dich noch für mich, Geliebte.

»Ich könnte uns Spaghetti Vongole machen«, schlug sie vor. »Oder hast du an etwas anderes gedacht?«

Er machte einen Schritt auf sie zu. Sie wich zurück. Dann dämmerte ihr, was sie getan hatte, und sie ging wieder auf ihn zu – wenn auch nicht mehr als einen halben Schritt.

»Haben wir denn Muscheln da?«, fragte Spencer.

»Glaube nicht. Aber ich kann welche kaufen gehen, kein Problem.«

Kein Problem. Wenn sie nur wieder aus der Wohnung rauskäme.

Spencer spürte, wie sich ein Trauerschatten auf ihn herabsenkte, und setzte sich auf einen Küchenstuhl.

»Gibt es irgendetwas, worüber wir reden müssten?«, fragte er.

Fredrika presste den Mund zusammen. In ihrem Blick lag ein stummer Schrei.

Meine Güte, wie konnte es nur so weit kommen?

»Nein«, sagte sie. »Nein, gar nicht …«

Dann lief sie wieder aus der Küche, zog ihre Schuhe an, hängte sich die Tasche über die Schulter und verschwand aus der Wohnung.

Spencer blieb mit dem erdrückenden Gefühl zurück, dass seine Frau Angst vor ihm hatte. Doch ein einziger Gedanke überschattete selbst das: Wenn sie es bereits wüsste, wäre es dann nicht das Beste, es früher zu Ende zu bringen als ursprünglich geplant?

»ULLA PRÄSENTIERT HEUTE den Film, den sie über die kanadischen Ureinwohner gedreht hat«, sagte Diana. »Die Aufführung fängt in einer halben Stunde an. Wenn wir uns beeilen, schaffen wir es bis halb zehn.«

Alex nahm einen Schluck Wein. Wieder irgendwelche Künstler, die er unbedingt treffen sollte, und irgendwelche Unternehmungen, nach denen ihm nicht der Sinn stand.

»Du musst nicht mitgehen, wenn du nicht willst«, sagte Diana.

Hurra.

»Danke«, sagte Alex. »Das ist schön zu hören.«

Diana legte den Kopf schief. »Und was machst du in der Zwischenzeit? Am Strand liegen und ein Buch lesen?«

Alex wurde rot, und Diana brach in Gelächter aus.

»Mal im Ernst. Du findest es nicht schlimm, wenn ich allein dorthin gehe, oder?«, fragte sie mit einem Lächeln.

Dieses Lächeln, das war immer noch wunderbar.

»Nein, nein«, beteuerte Alex.

Es gab schließlich keinen Grund, warum Diana all diejenigen Dinge im Leben, an denen Alex uninteressiert war, aufgeben sollte.

»Noch Wein?«, fragte Alex und griff nach der Flasche.

»Nein danke, ich hab genug.« Sie schwieg eine Weile. »Hast du inzwischen herausgefunden, warum du diesen Brief bekommen hast?«

»Nein … oder besser gesagt: nur vielleicht. Ich glaube, wir nähern uns der Wahrheit, der Erklärung.«

»Das ist gut«, sagte sie.

»Mehr darf ich nicht erzählen«, sagte er »Im Grunde darf ich rein gar nichts erzählen.«

»Schon verstanden«, sagte sie.

»Okay«, erwiderte er.

Ein trauriger Dialog, doch es war kaum möglich, all dies netter auszudrücken.

Er stand auf und begann, den Esstisch abzuräumen. Unwillkürlich musste er an Berlins Entscheidung denken, die Öffnung sämtlicher Testamente zu beantragen. Und er dachte daran, dass Fredrika nach Ross' Tochter suchte. Sie wussten immer noch nicht, wohin Ross verschwunden war, und Alex hatte auch noch immer nicht die geringste Ahnung, wo Noahs Bruder und dessen Familie stecken mochten.

Als sein Telefon losklingelte, mischte sich Unruhe in all das Rätselraten.

Es war Ivan.

»Torbjörn Ross ist immer noch verschwunden«, teilte er ihm mit.

Damit hatte Alex nicht gerechnet. Inzwischen hätten sie Ross doch lokalisieren müssen. »Das ist nicht gut …«

Wir wollen schließlich wissen, worauf er die Nachtstunden verwendet.

»Ich nehme mal an, dass wir ihn trotzdem nicht zur Fahndung ausschreiben, oder?«

»Nein«, sagte Alex. »Dazu ist es noch zu früh.«

Zu früh.

Während unterdessen womöglich mehr Menschen ums Leben kamen.

Alex beendete das Gespräch mit dem Gefühl, inmitten eines Sturms zu stehen, der nicht vorhatte, sich alsbald zu legen. Ein unangenehmer Zustand.

TORBJÖRN ROSS FUHR viel zu schnell. Vorwärts, vorwärts, nur nicht nach hinten sehen. Immer wieder blinzelte er. Er war wesentlich müder, als er sich eingestehen wollte, und fühlte sich zusehends gejagt. Damit hatte er nicht gerechnet.

Ab und zu wanderte sein Blick zum Rückspiegel. Er hatte seine Beschatter abgeschüttelt.

Er war frei zu tun, was er wollte.

Wie immer.

Die Frage war nur, wie zur Hölle die ihm auf die Spur gekommen waren. Er hatte eine polizeiliche Ermittlung verhindert, indem er allen weisgemacht hatte, dass gar kein Verbrechen vorlag. Nur dieser Recht war mal wieder ausgeschert – dass der aber auch immer seinen eigenen Willen durchsetzen musste. Und dann auch noch Noah, der gemailt und damit gedroht hatte, zur Polizei zu gehen. Dieses Problem war auf eine Weise gelöst worden, die Ross zutiefst irritierte. Er hatte durchaus einen Verdacht, wer Noah getötet haben könnte, traute sich aber nicht, der Sache auf den Grund zu gehen, und das bereitete ihm Kopfzerbrechen. Er würde schneller arbeiten müssen und sein Projekt früher als geplant beenden.

Den Mietvertrag für das Haus hatte er quasi im Affekt gekündigt. Das war nicht gut – er hätte warten müssen, bis alles vorüber wäre.

Damit niemand unnötige Fragen stellte.

Andererseits gab es so eine Deadline. So etwas motivierte schließlich auch. Sein Handy lag ausgeschaltet auf dem Beifahrersitz, den Akku hatte er herausgenommen. Selbst die modernste Technik würde ihn so nicht aufspüren können.

Leider bedeutete das aber auch, dass seine Frau ihn nicht erreichen konnte, was ihm wiederum Sorgen bereitete. Sie neigte allzu sehr dazu, sich aufzuregen, und wenn er zu lange abgetaucht wäre, würde sie glatt die Polizei alarmieren, und das wäre in mehrfacher Hinsicht höchst unglücklich.

Vor einer knappen Viertelstunde war er von der Autobahn abgefahren. Jetzt fuhr er durch den Wald. Dass irgendjemand hier leben konnte …

Aber das kann man ja auch nicht – hier kann man bloß sterben.

Bald wäre er da. Die Nervosität und der Ärger trieben ihn an, schneller zu fahren, als angemessen gewesen wäre.

Aber ich muss es wissen.

Er hätte nicht gedacht, dass es so schnell gehen würde. Natürlich hatte er das Paar, zu dem er jetzt unterwegs war, einem anständigen Background-Check unterzogen und wusste, dass der Mann vor Jahren von einer schweren Depression heimgesucht worden war. Es bestand überhaupt kein Zweifel daran, dass er derjenige wäre, der zuerst in die Knie gehen würde. Und das war ja auch das Ziel: Der Mann sollte kaputtgehen. Er sollte begreifen, dass es keinen Ausweg aus der Hölle gäbe, in der er gefangen war, und er sollte begreifen, dass er erst sterben müsste, um Gnade zu empfangen. Und wenn er trotzdem weiter mit seiner Familie zusammen sein wollte, dann müsste er sie in die Ewigkeit mitnehmen.

Die Familie. Die Kinder. An die dachte Ross nicht allzu gern. Es war einfach ein notwendiges Übel – es hätte nicht funktioniert, wenn er sie verschont hätte. Dann wäre die Strafe schlicht und ergreifend zu gering ausgefallen.

Wachsam suchte er den Waldrand nach dem Weg ab, in den er einbiegen musste. Wobei die Bezeichnung »Weg« noch großzügig war. Wenn ihm dort jemand entgegenkäme, würde einer der Fahrer zurücksetzen müssen. Aber im

Grunde war das undenkbar. Wem sollte er dort schon begegnen – auf diesem Waldweg, von dem niemand wusste, dass es ihn überhaupt gab?

Zwei Kilometer: So lang war die Nabelschnur zwischen der Landstraße und dem, was er »Das Nichts« nannte. Zwei Kilometer Wald rund um ein wohlgehütetes Geheimnis. Ein Geheimnis, über das Ross nur zufällig gestolpert war. Dieser Ort, der gleichermaßen das Paradies und die Hölle sein konnte – je nachdem, zu welchem Zweck er gerade diente.

»Ich brauche dieses Haus, weil jemand dringend Schutz benötigt«, hatte er den Besitzern der Immobilie weisgemacht.

Sie hatten nicht viele Fragen gestellt. Nicht nachdem er ihnen erzählt hatte, dass er in ihrem Haus die Familie seiner Tochter sicher unterbringen wollte. Eine Lüge, die ihn nicht mehr beschwerte als die Luft, die er atmete. Außerdem hatte Ross verdammt gute Referenzen gehabt – und eine vertrauenswürdige Person, die seine Geschichte bestätigen konnte, sodass sich sämtliche Rückfragen erübrigt hatten. Ross wollte lieber nicht darüber nachdenken, was diese Referenz ihn noch kosten würde.

Noch habe ich Zeit.

Endlich erhaschte er den ersten Blick auf das Haus. Weiße Holzverkleidung, kleine Fenster. Hinter einem davon brannte Licht.

Ross parkte in der Auffahrt, stieg aus und warf die Autotür hinter sich ins Schloss. Diskretion war nicht nötig, er war allein hier draußen im Wald, da konnte er sich ganz sicher sein.

Als er sich dem Haus näherte, stieg sein Puls doch. Wie jedes Mal. Diese vollkommene Kontrolle über andere Menschen zu haben berauschte ihn immer wieder und verfehlte seine Wirkung ebenso wenig wie das Gefühl, dass er es diesem Scheißkerl auf so einzigartige Weise heimzahlen konnte.

»Du sollst leiden«, hatte er zu ihm gesagt, als er den Mann

und seine Familie in das Haus gebracht hatte. »Du sollst leiden, wie ich gelitten habe.«

Der Mann hatte protestiert, er würde Torbjörn doch überhaupt nicht kennen, und hatte nach dessen Beweggründen gefragt.

»Wir kennen uns doch nicht mal«, hatte er gejault, doch Torbjörn hatte nicht einmal hingehört. Der Mann konnte brüllen, so viel er wollte – Torbjörn wusste genau, was richtig war und was falsch. Und da war es kaum von Bedeutung, dass der Mann es nicht wusste. Nicht mehr.

Er blieb vor einem der Fenster stehen und spähte hinein. Das Wohnzimmer war verwaist. Der Fernseher lief zwar, aber es saß keins der Kinder davor. Wo zum Teufel waren sie?

Ross zog die Schlüssel aus der Tasche und steuerte die Haustür an. Erst den Code, das obere Schloss, dann das untere. Er zückte seine Waffe – die hatte er immer in der Hand, wenn er reinging. Ein einziges Mal hatten sie versucht, ihn zu überwältigen. Das war gleich zu Anfang gewesen, da hatten sie noch nicht kapiert, dass das Haus zu weiten Teilen videoüberwacht war.

»Ich sehe euch die ganze verdammte Zeit!«, hatte Torbjörn gebrüllt.

Allerdings war das nicht die ganze Wahrheit. Das Bad beispielsweise war nicht überwacht, ebenso wenig das große Schlafzimmer. Der Flur auch nicht – und das war ungünstig. Torbjörn hatte nämlich nur spitzgekriegt, was sie vorgehabt hatten, weil sie sich zu beiden Seiten der Küchentür postiert hatten. Um durch den Flur zu kommen, musste man die Küche durchqueren, das war also gar nicht blöd gewesen. Hätten sie sich stattdessen in die Diele gestellt, hätte er nicht mit ihnen rechnen können. Nur deshalb musste er die Waffe im Anschlag und seine Sinne geschärft haben.

Er war mehr oder weniger überstürzt zu dem Haus gefahren, weil er die Familie schon seit Stunden nicht mehr zu sehen bekommen hatte. Um die Überwachungsbänder zurückzuspulen und sich ältere Aufzeichnungen anzusehen, hatte er keine Zeit gehabt. Er hatte kurz zwischen den verschiedenen Kameras im Haus hin- und hergezappt, sie aber nirgends entdecken können. Das war für ihn Grund genug gewesen, hier rauszufahren, um nachzusehen, was da los war.

Er schob die Eingangstür auf.

»Hallo?«

Fast wäre er gestürzt, und für einen kurzen Moment stand seine Welt Kopf. *Was zum Teufel …* Er taumelte, kam dann aber wieder auf die Füße. Der Boden war glatt wie Schmierseife.

Er blinzelte, versuchte zu verarbeiten, was er da vor sich sah.

Alles rot.

Blut.

Überall.

Dann der Mann. Mit weit offenen Augen, die Kehle durchgeschnitten.

Torbjörn rang nach Luft.

Die Frau und die Kinder saßen zwei Meter von ihm entfernt mit dem Rücken zur Wand. Die Frau hielt ein blutiges Messer in der Hand. Ihre Hand zitterte.

»Wir wollen jetzt nach Hause«, winselte sie.

Vernehmung des Zeugen ALEX RECHT, 06.09.2016
Anwesend: Vernehmungsleiter 1 (V1), Vernehmungsleiter 2 (V2), Kriminalkommissar Alex Recht (Recht)

V1: Wann hat die Observation Ross' Spur wieder aufgenommen?
Recht: Spät. Am späten Abend.
V2: Trotzdem haben Sie ihn nicht festgenommen.
Recht: Wir hatten Grund zu der Annahme, dass wir mehr erreichen könnten, wenn wir ihn weiter überwachten.
V2: Aber er wusste doch bereits, dass er überwacht wurde. Und es war ihm schon einmal gelungen, Sie abzuschütteln, verdammt. Was sprach also dafür, dass es Ihnen beim zweiten Mal besser gelingen würde?
Recht: Wir wussten zu dem Zeitpunkt nicht, dass er seine Bewacher ganz bewusst abgeschüttelt hatte. Wir glaubten da noch, wir hätten ihn aus Fahrlässigkeit aus den Augen verloren. So etwas passiert leider immer mal wieder.
V1: Wir wissen, dass so etwas passiert. Aber in diesem Fall war es ganz besonders bedauernswert, nicht wahr?
(Schweigen)
V2: Wie die Geschichte sich weiterentwickelte, wissen wir ja, aber wir würden gern hören, wie Sie die Ereignisse bewerten. Es wurde Abend, und Ross stand wieder unter Beobachtung. Was passierte als Nächstes?
(Schweigen)
Recht: Es wurde alles einfach nur noch schlimmer. Alles … Und die Toten … Es wurden immer mehr.
V1: Wie ging es Bergman zu diesem Zeitpunkt?

Recht: Fredrika war bei der Arbeit wie immer: fokussiert und klarsichtig.
V2: Sie hatten also keine Ahnung, was ihr bevorstand?
(Schweigen)
Recht: Nein, und ich muss ehrlich sagen, dass ich nicht mal sicher bin, ob es ihr selbst so klar war.

Freitag

ES WAR SCHON nach Mitternacht, und Fredrika Bergman war immer noch nicht eingeschlafen. Spencer lag still neben ihr. An seiner Atmung hörte sie, dass auch er nicht schlief.

Er bewacht mich.

Sie strampelte sich aus der Decke und kroch aus dem Bett.

Spencer hob den Kopf leicht vom Kissen und sah ihr nach, sagte aber nichts.

In der Küche trank sie ein paar Schluck Wasser direkt aus dem Hahn. Ihr war heiß, und sie schwitzte. In den Nachrichten hatten sie Gewitter für die Nacht vorhergesagt. Der schwache Druck hinter ihrer Stirn hatte sich allmählich zu Kopfschmerzen ausgewachsen.

Sie füllte ein Glas mit Wasser und schlenderte langsam ins Wohnzimmer, wo sie sich aufs Sofa setzte und die Beine anzog. Sie fühlte sich unsicher. Spencer hatte ihre veränderte Stimmung bemerkt, aber nicht kommentiert, und das beunruhigte sie. Zu der Sorge kam die Wut.

Er hat eine Frau überfahren.

Er hat sie einfach auf der Straße liegen lassen, hat sich nicht darum geschert, ob sie noch lebte oder tot war.

Und jetzt im Nachhinein rückt er es wieder gerade?

Fredrika hatte nicht wenig Lust, rüberzugehen und ihm ein Kissen aufs Gesicht zu drücken. Manche Dinge durfte man in einer Ehe nicht verheimlichen. Verbrechen gehörten dazu. Vor allem wenn sie so ernst waren wie jenes, von dem Fredrika annahm, Spencer habe es begangen.

Sie nahm es an.

In diesem Zusammenhang ein schwieriger Ausdruck. Fredrika hatte die Sache inzwischen öfter, als sie hätte zählen können, für sich selbst rekapituliert: *Sie hatte einen Brief ge-*

lesen, in dem der Briefeschreiber ein Verbrechen gestand. Sie nahm an, dass Spencer den Brief geschrieben hatte – was wiederum bedeuten mochte, dass er der Mörder war, nach dem Fredrika und Alex fahndeten.

Dabei war er es wahrscheinlich gar nicht. Torbjörn Ross war der Mörder.

Warum also konnte sie ihren schrecklichen Verdacht nicht einfach beiseitewischen? Die Antwort lag auf der Hand: Sie hatten bislang immer noch nicht ausschließen können, dass der Briefeschreiber nichts mit den Morden zu tun hatte.

Ich muss mit Spencer darüber reden, dachte Fredrika. Ich muss ihn damit konfrontieren.

Ihre Trauer war genauso überwältigend wie ihre Wut. Wie hatte Spencer all diese Jahre verstreichen lassen können? Wieso hatte er ihr nie erzählt, was er getan hatte?

Weil ich es ihm nicht verziehen hätte.

Fredrika klappte ihren Laptop auf. Solange sie im selben Bett läge wie Spencer, würde sie kein Auge zumachen, da konnte sie genauso gut arbeiten. Mit ein wenig Glück würde sie darüber einschlafen und es dann auf die Arbeit schieben, sofern Spencer fragen sollte, warum sie nicht zurück ins Bett gekommen war.

Weil ich mich neben dir nicht mehr sicher fühle.

Sie klickte ihre Notizen von ihrem Treffen mit Solid Security auf. Peder Rydhs Falschaussage, von der sie lediglich durch Alex wussten, drückte wie ein Paar zu enger Schuhe. Warum hatte er behauptet, dass Noah bei Solid Security um Schutz angefragt hatte, während es in Wirklichkeit sein Bruder Dan gewesen war? Warum hatte Peder angedeutet, Noah sei unglaubwürdig gewesen? Und warum in aller Welt war er dort gekündigt worden?

Fredrika wollte nicht noch mehr Energie auf Peder verwenden. Sie musste über Noah nachdenken. Und über seinen verschwundenen Bruder. Gerade dieser Aspekt war besonders schwer zu verstehen. Die Polizei war zu dem Schluss gelangt, dass der Bruder nach Australien gezogen war. Demgegenüber hatte Noah behauptet, Dan sei mitsamt seiner Familie entführt worden. Und Fredrika hielt Noah für glaubwürdiger …

Nur wo versteckte man eine ganze Familie?

Und wie lange würde es dauern, bis davon auszugehen wäre, dass sie tot waren?

Eine schwierige, aber die alles entscheidende Frage. Konnten sie wirklich davon ausgehen, dass die Familie noch am Leben war? Nur weil irgendein Kollege angeblich mit Dan Johansson telefoniert hatte? Der diensthabende Polizist hatte ganz sicher nicht gewusst, wie Dans Stimme klang. Insofern konnte am anderen Ende der Leitung auch jeder andere gewesen sein.

Fredrika setzte sich auf dem Sofa zurecht. Wenn sie von der Annahme ausging, dass Dan und seine Familie entführt worden waren, aber noch lebten – wo steckten sie dann?

Ross war nicht der Typ, der seinen Keller zu einem Foltergefängnis umbaute. Außerdem dauerte es zu lange, ein solches Projekt in die Tat umzusetzen: einen Raum schalldicht zu isolieren, alles einzurichten … Berlin hatte erwähnt, Ross' Tochter sei erst im vorigen Herbst gestorben … und Dan war im Mai verschwunden.

Aber musste sie denn davon ausgehen, dass der Entführer der Familie eine Unmenge Zeit auf ein umfangreiches Bauprojekt verwandt hatte? Womöglich gab es ja irgendwo eine Lokalität, die für ein solches Unterfangen geeignet war.

Sie schüttelte den Kopf, versuchte, ihre Gedanken zu sortieren.

Was für eine Lokalität sollte das sein? Und wäre es sinnvoll, sich auf einen solchen besonderen Ort zu konzentrieren?

Ross könnte genauso gut irgendwelche zwielichtigen Hintermänner angeheuert haben. Vielleicht brauchte er ja auch gar keinen Bunker …

Sie hörte, wie Spencer aus dem Schlafzimmer und in Richtung Toilette schlich.

Es machte sie wahnsinnig, seinetwegen derart im Ungewissen zu sein.

Einen Moment später steckte er den Kopf ins Wohnzimmer. »Kommst du?«

Fredrika sah nicht einmal auf. »Ich muss noch ein bisschen arbeiten. Leg du dich ruhig schon hin.«

Die Wanduhr tickte, und doch schien die Zeit stillzustehen, während der Mann, den Fredrika so lange geliebt hatte, ihr den Rücken kehrte und ging.

DEN GRÖSSTEN TEIL der Nacht gewitterte es. Ein Blitz nach dem anderen erhellte das Zimmer, in dem Malin und die Kinder sich schlafen gelegt hatten. Sie, Hedvig und Max. Nur sie waren noch übrig. Dan war fort und würde auch nie mehr zurückkommen. Der Mann hatte ihn mitgenommen, als er davongefahren war.

»Ihr anderen bleibt hier«, hatte er befohlen.

Er war erschüttert gewesen, schockiert, ganz so als würde Dans Tod nicht in seine Planung passen.

Malin hatte sich nicht beherrschen können, sondern mit aller Kraft geschrien. »Nein!«, hatte sie gekreischt. »Nein, nein, nein! Du lässt uns nicht hier!«

Die Kinder hatten derart unter Schock gestanden, dass sie aufgehört hatten zu weinen. Doch Malin hatte sich nicht mehr zusammenreißen können. Sie war vor den Augen der Kinder zusammengebrochen, war auf dem Blut ausgerutscht und am Boden liegen geblieben, während der Mann Dans Leiche nach draußen geschleift hatte. Max und Hedvig hatten wie paralysiert mit dem Rücken zur Wand dagesessen und waren so lange sitzen geblieben, bis Malin schließlich die Kraft aufgebracht hatte, das Kommando wieder zu übernehmen.

Das Blut musste weggewischt, die Kinder mussten beruhigt werden. Erst Stunden später waren sie eingeschlafen.

Inzwischen war es sieben Uhr morgens, und Malin hatte zu wenig geschlafen. Mal wieder.

Vielleicht gewöhnt man sich ja daran, dachte sie. Man könnte auch einfach ganz aufhören zu schlafen.

Keines der Kinder regte sich, als sie aus dem Bett stieg. Völlig irrational bekam sie Panik, beugte sich über sie, um sich zu vergewissern, dass sie noch atmeten. Natürlich atmeten sie. Sie lebten. Und Malin auch. Das war das Einzige, was noch zählte.

Das Einzige, was zählte.

So würde sie in Zukunft denken müssen. Wenn sie nur am Leben blieben. Alles andere konnte man wieder geraderücken. Es gab für alles Psychologen und Mediziner, das wusste sie.

Sie ging zur Toilette, setzte sich auf den kühlen Plastiksitz. Immer wieder kreisten ihr dieselben Bilder durch den Kopf. Wie Dan aus dem Schrank gestürzt war, wie er gestorben war. Wie sie ihn getötet hatte.

Entweder er – oder die Kinder und ich.

Wie ein Waldbrand hatte der Wahnsinn in seinem Blick gelodert. Dann war alles ganz schnell gegangen, sie hatte nicht mal mehr darüber nachdenken können. Nicht nachdem sie sich auf ihn gestürzt hatte, das Messer zu fassen bekam und es gegen ihn richtete.

Es hatte keine Zeit zum Nachdenken gegeben. Im selben Moment, da er sich auf Malin hatte stürzen wollen, hatte sie ihm das Messer entwendet und es gegen ihn gerichtet. Und sie hatte gespürt, wie das Messer in Dans Hals eingedrungen war – ganz leicht, fast ohne jeden Widerstand –, und dann hatte sie zugesehen, wie er gestorben war. Als er zu Boden gesackt war, hatte sie eine so große Erleichterung verspürt, dass ihr prompt übel geworden war. Dan war tot – und sie *erleichtert*?

Sie war erleichtert, weil die Kinder und sie überlebt hatten. Weil sie sich nicht länger von Dan bedroht fühlen mussten.

Doch das Gefühl verflüchtigte sich ebenso schnell, wie es gekommen war. Denn Dans Tod machte im Grunde ja nichts besser. Im Gegenteil, jetzt würde alles nur noch schlimmer werden. Sie war jetzt die einzige Erwachsene im Haus. Und ihre Schuld gegenüber jenem Mann, der sie hier gefangen hielt, war noch immer nicht getilgt.

Sie spülte, wusch sich die Hände und ging ins Schlafzimmer zurück.

Erst in diesem Moment dämmerte ihr, dass der Mann ihnen kein Essen dagelassen hatte. Sie überlegte kurz, wie viel sie noch im Kühlschrank hatten. Nicht viel. In ein paar Tagen wäre er leer.

Und was dann?

Er würde sie doch wohl nicht verhungern lassen?

Malin setzte sich aufs Bett und zog die Knie an die Brust.

Nur nicht verhungern.

Nicht verhungern.

DIE MORGENBESPRECHUNG FAND wieder in der Löwengrube statt, wo es ausnahmsweise einigermaßen warm war. Die Klimaanlage war repariert worden, die Ordnung war wiederhergestellt.

Oder auch nicht.

Nur eine Handvoll Kollegen waren zur Besprechung geladen worden – und zwar ausschließlich diejenigen, die über die Ermittlungen gegen Ross Bescheid wussten. Alex Recht bedeutete Fredrika, die Jalousien vor den Fenstern zum Flur runterzulassen, damit kein zufällig Vorbeigehender hereinsehen konnte und falsche Schlüsse zog.

Alex leitete die Besprechung, obwohl Berlin ebenfalls anwesend war. Sie war hauptsächlich dabei, um über den Fortgang der Ermittlungen auf dem Laufenden zu bleiben. Dennoch nahm Alex an ihr etwas Kämpferisches wahr, das er bislang nicht erlebt hatte. Berlin war auf dem Kriegspfad, und das stand ihr gut zu Gesicht.

»Wo genau befindet sich Ross jetzt?«, fragte Alex den Chef der Observation.

Sie hatten ihn wieder auf dem Schirm. Gegen Mitternacht war er nach Hause zurückgekehrt.

»Im dritten Stock seines Wohnhauses, auf dem Klo«, erwiderte der Kollege.

Im Raum vereinzelt Gelächter.

»Witzig«, entgegnete Alex. »Wirklich superwitzig.«

»Witzig oder nicht – dort sitzt er jedenfalls.«

»Und seit wann?«, hakte Ivan nach.

Der Mann zückte sein Handy. »Vor sechs Minuten ist er aufs Klo gegangen und eben wieder rausgekommen.« Er legte sein Handy beiseite.

Fredrika lächelte, als die anderen lachten, doch ihr Blick war matt vor Erschöpfung. Es hatte Alex enttäuscht zu erfahren, was sie bei Solid Security über Peder herausgefunden hatte. Er war dort rausgeworfen worden, und er hatte ihn belogen. Peder war einfach nicht mehr auf Spur zu kriegen, so war es schon seit Jahren, und anscheinend musste man das einfach hinnehmen. Alex hatte geglaubt, der Job bei der Salomongemeinde würde ihm Sicherheit und feste Strukturen bescheren, aber natürlich war es auch dort aus dem Ruder gelaufen. Er hatte zwar keine Ahnung, was dort das Problem gewesen war: der Job oder die Familie. Aber seine häusliche Situation hatte ihn schon einmal den Arbeitsplatz gekostet.

»Ist Ross jetzt auf dem Weg hierher?«, fragte Alex.

»Ja, er müsste in ein paar Minuten hier sein«, sagte der Kollege von der Observation. »Gerade kommt rein, dass er in den Fahrstuhl gestiegen ist.«

»Aber ja wohl nicht allein, oder?«, fragte Fredrika.

»Er hat die ganze Zeit Gesellschaft. Wir haben Kollegen aus Uppsala ausgeliehen, von denen wir ziemlich sicher sein können, dass er sie nicht wiedererkennt.«

Alex war davon überzeugt, dass der Kollege sich täuschte, aber das behielt er lieber für sich. Er hatte die Tatsache, dass die Beschatter Ross tags zuvor aus den Augen verloren hatten, hin- und hergedreht und -gewendet und war zu dem Schluss gekommen, dass es nicht einfach nur Pech gewesen war – im Gegenteil. Ross hatte mitbekommen, dass er beschattet wurde, und solange sie wussten, wo er sich befand, konnten sie sich auch sicher sein, dass er sie nicht zu einem Ort führen würde, der für die Polizei interessant war.

»Sein Auto«, sagte Alex. »Haben wir das verwanzt?«

»Ja, haben wir«, versicherte der Kollege. »Das Problem ist nur, dass er auch mit anderen Autos fährt. Gestern, als wir ihn verloren haben, ist er zum Beispiel mit dem Wagen seiner Frau unterwegs gewesen.«

»Das Handy«, warf Fredrika ein.

»Ausgeschaltet«, erwiderte der Kollege.

Alex lachte trocken. »Das heißt, als er verschwunden ist, saß er mit ausgeschaltetem Handy im Wagen seiner Frau? Und ihr glaubt immer noch, er hätte nicht mitgekriegt, dass er überwacht wird? Hör doch auf!«

Es wurde still im Raum.

Dann vibrierte Ivans Handy.

»Entschuldigung, ich bin gleich wieder da«, sagte er und stand auf, um rauszugehen.

»Moment«, wandte Alex ein. »Kann das nicht noch kurz warten?« Was seine Art war, ihm zu verstehen zu geben, dass es warten *musste*.

Doch Ivan ging nicht weiter darauf ein. »Gleich zurück.« Damit war er aus der Tür verschwunden.

Berlin sah ihm verärgert nach.

»Dann soll er sich mal beeilen«, sagte sie, »sonst verpasst er noch, wie ich erzähle, was die Staatsanwältin beschlossen hat.«

»Und das wäre?«, fragte Alex.

»Wir haben grünes Licht bekommen, die Testamente zu öffnen.«

Sie sah höchst zufrieden aus.

Fredrika starrte sie erschüttert an. »Welche Testamente?«

»Darüber haben wir gestern Abend gesprochen, als du schon weg warst«, erklärte Alex. »Auf dem Brief, den ich bei Noah Johansson gefunden habe, sind Fingerabdrücke gesichert worden, aber es gibt keine Treffer dazu in unserer Datenbank. Ivan meinte, der Brief könnte von jemandem geschrieben worden sein, der bei Johansson Kunde war, und möglicherweise hat diese Person dort auch ihr Testament hinterlegt.«

»Deshalb brauchen wir Zugang zu sämtlichen Testamenten«, ergänzte Berlin, »um die Fingerabdrücke auf den Unterlagen abzugleichen.«

Fredrika verzog keine Miene, sondern starrte Berlin nur an, als hätte die eben etwas völlig Unverständliches gesagt.

Sie nahm einen Schluck Wasser und stellte ihr Glas mit einem Knall auf den Tisch.

»Wir haben es mit mindestens vier Toten zu tun«, sagte sie dann. »Malcolm Benke, Lovisa Wankel, Henry Lindgren und Noah Johansson. Vielleicht sind auch Dan Johansson und seine Familie inzwischen tot, nur wissen wir das noch nicht. Allerdings wissen wir, dass es uns an technischen Beweisen mangelt. Wir haben keinen einzigen Fingerabdruck an einem der Tatorte gefunden, nicht die geringste verwertbare DNA-Spur, keinen einzigen Zeugen. Und da glauben wir allen Ernstes, dass der Mörder so nachlässig ist und seine Fingerabdrücke auf einem Brief hinterlässt, der einem klaren Schuldeingeständnis gleichkommt? Das glaubt ihr doch selbst nicht.«

Jetzt war es an Alex, die Fassung zu verlieren.

»Das ist uns allen klar«, gab er zurück. »Aber wir müssen diesen Brief ja wohl gründlich überprüfen, ehe wir ihn guten Gewissens abschreiben können. Oder bist du da anderer Meinung?«

Fredrika schluckte.

»Selbstverständlich nicht«, sagte sie schließlich. »Ich meine bloß, wir sollten uns nicht allzu sehr auf diesen Brief konzentrieren, wenn es nur darum geht herauszufinden, wie Noahs Tod mit den anderen zusammenhängt. Die Verbindung haben wir – durch seinen Bruder.«

Alex sah Fredrika an. »Trotzdem kann die Untersuchung der Testamente ja wohl nicht schaden.«

»Wahrscheinlich nicht«, murmelte Fredrika.

Sie hatten keine Zeit für Spekulationen und Streit. Alex hätte nicht einmal sagen können, was Fredrika so sehr störte, allerdings hatte er auch keine Gelegenheit mehr, sich weiter mit dieser Frage zu beschäftigen. Wenn sie nicht endlich sagte, was los war, würde sie sich damit abfinden müssen, außen vor gelassen zu werden.

»Machen wir weiter«, beschloss er, als im nächsten Moment Ivan ins Besprechungszimmer zurückkehrte.

»Sie haben die gute Nachricht verpasst«, teilte Alex ihm mit. »Die Staatsanwältin hat grünes Licht für die Öffnung der Testamente gegeben.«

Doch Ivan hörte nicht mal mehr hin. Er strahlte übers ganze Gesicht.

Wie ein Kind.

»Gibt's Neuigkeiten?«, erkundigte sich Berlin.

»Ich treffe gleich einen Mann, der auf Söder ein Antiquariat betreibt«, antwortete Ivan. »Ich hab diverse Buchhändler und Antiquare abtelefoniert und gefragt, ob sie Sanders Buch kennen und es in letzter Zeit verkauft haben. So bin ich auf diesen Mann auf Söder gestoßen. Er hat vor ein paar Wochen gleich fünf Exemplare auf einmal verkauft.«

Alex hätte laut jubeln wollen.

»Wie konnte er denn auf gleich fünf Exemplaren des Buches sitzen?«, fragte Fredrika skeptisch.

»Er ist der Enkel des Autors«, antwortete Ivan.

Spontan hämmerte Alex die Faust auf den Tisch. Endlich passierte hier mal was, verdammt.

»Gute Arbeit, Ivan«, sagte er. »Zeigen Sie ihm ein Bild von Ross, und wenn er ihn erkennt, dann haben wir ihn.«

Aus den Augenwinkeln sah er, wie Fredrika zum zweiten Mal innerhalb kürzester Zeit alle Farbe aus dem Gesicht wich.

»Ihr wisst, was das bedeutet?«, fragte sie.

»Dass wir unserem Täter dicht auf den Fersen sind«, erwiderte Berlin und seufzte.

Dass Berlin immer noch von »unserem Täter« sprach und nicht von Ross, war Alex nicht entgangen. Sie war immer noch skeptisch.

Immer noch.

»Nicht nur das«, wandte Fredrika ein. »Fünf Bücher – fünf. Bislang haben wir nur zwei gefunden.«

Alle im Zimmer verstummten.

»Eins muss bei Henry Lindgren liegen«, schlussfolgerte Alex, dessen Stimme mit einem Mal heiser klang.

»Dort lag eine Postbenachrichtigung«, beeilte sich Ivan zu sagen. »Der Briefträger hat wohl versucht, einen dickeren Umschlag an Lindgren auszuliefern, ihn aber nicht in den Briefschlitz bekommen, deshalb lagert er jetzt bei der nächsten Poststation.«

»Das muss das Buch sein«, sagte Alex. »Er hätte es bekommen sollen, ehe er starb, hat es aber nicht mehr rechtzeitig abgeholt.« Rechtzeitig vor seinem Tod, rechtzeitig bevor der Mörder in seine Wohnung eindrang.

»Sollen wir eine Warnung rausgeben?«, fragte Berlin.

»Nein, bloß nicht«, entgegnete Alex. »Wir haben bislang keinen wasserdichten Hinweis darauf, dass diese Bücher mit einer speziellen Absicht zugestellt werden – außerdem wäre der Aufschrei riesig, wenn wir mit so einer Sache an die Öffentlichkeit gingen.«

»Aber wenn wir es nicht tun«, gab Berlin zu bedenken, »könnten noch mehr Leute sterben.«

»Es werden nicht noch mehr Leute sterben«, gab der Chef der Observation entschieden zurück. »Deshalb haben wir Ross ja unter Beobachtung.«

»Ja, hat ja auch super funktioniert«, flüsterte Fredrika in sich hinein. »Noch mal zu Henry Lindgren«, fuhr sie an die anderen gerichtet fort. »Der Zettel an seinem Kühlschrank … Ich muss immer wieder über diesen Satz nachdenken – *Alex, kapierst du es jetzt?* Klingt das nicht wie ein Flehen? Der Mörder will, dass wir etwas sehen, was uns offensichtlich entgangen ist.«

Alex hob beide Hände zu einer resignierten Geste. »Dieses Ratespiel bin ich so verdammt leid …« Dabei hatte auch er in einem fort über diesen Satz nachgegrübelt und deshalb die halbe Nacht wach gelegen. *Kapierst du es jetzt?*

Nein. Er kapierte es immer noch nicht. Allerdings hatte er das untrügliche Gefühl, dass der Tag, an dem er es kapierte, ein unglücklicher sein würde.

FREDRIKA BERGMAN BEGLEITETE Ivan in das Antiquariat auf Söder. Auf der Fahrt sprach sie kein Wort. Ivan saß stumm auf dem Beifahrersitz und sah aus dem Fenster. Das Schweigen setzte ihm unangenehm zu, doch Fredrika, die die Nacht auf dem Sofa verbracht hatte, tat nichts, um die Stimmung aufzulockern. Sie konzentrierte sich auf die Arbeit, die vor ihr lag.

Natürlich wollte sie sich erst vergewissern, dass es wirklich Ross und niemand sonst gewesen war, der Morgan Sanders Bücher gekauft hatte. Außerdem musste sie der Geschichte um Ross' verstorbene Tochter auf den Grund gehen. Alle anderen Gedanken schob sie fürs Erste beiseite. Sie wollte nicht länger über Spencers Heimlichtuerei nachgrübeln, wollte nicht an den Brief denken, den sie bei Noah Johansson gefunden hatten. Und erst recht wollte sie nicht darüber nachdenken, was passieren würde, wenn sie Fingerabdrücke von sämtlichen Testamenten genommen und sie mit denen auf dem Brief abgeglichen hätten. Dass Ivan auch so verdammt eifrig sein musste!

Vor etlichen Jahren hatte eine seiner Studentinnen Spencer beschuldigt, um den Preis einer gut bewerteten Seminararbeit Sex von ihr eingefordert zu haben. Er war damals festgenommen worden und in Untersuchungshaft gekommen, dann aber von allen Verdachtsmomenten freigesprochen worden. Wie würde es wohl dieses Mal ausgehen? Und wie würde sie damit leben, wenn er nicht freigesprochen würde?

Sie parkte vor dem Antiquariat.

»Hier ist Parkverbot«, wandte Ivan ein.

»Ach so?«, gab Fredrika barsch zurück und stieg aus.

Sie zog die Tür zum Antiquariat auf. Der staubige Geruch

alter Bücher war schier überwältigend. Früher hatte sie alte Bücher geliebt und in ihrer Jugend Abertausende Stunden in der Bibliothek verbracht. So viele gute Angewohnheiten, die mit den Jahren verloren gegangen waren.

»Sind Sie Jan?«

Ivan hatte einen älteren Mann angesprochen, der irgendwie abwesend wirkte. Die Brille saß ihm ganz vorn auf der Nasenspitze.

Fredrika fragte sich, ob Ivan wohl das Gleiche gesehen hatte wie sie.

Der Mann war blind. Unerklärlich, warum er eine Brille trug.

Verdammter Mist.

Auch Ivan war verunsichert.

»Mein Name ist Ivan Nilsson, und das hier ist meine Kollegin Fredrika Bergman. Ich habe wegen Morgan Sanders Büchern angerufen.«

Der Mann nickte eifrig und streckte die Hand aus. Fredrika ergriff sie als Erste.

»Das war schon sehr merkwürdig«, sagte der Mann ohne Vorrede. »Ich meine, diese Bücher haben wir hier schließlich nicht draußen in der Auslage herumliegen. Sie befanden sich in einem Karton auf dem Dachboden – und zwar seitdem mein Vater gestorben ist.«

»Sie sind also Morgan Sanders Sohn und nicht sein Enkel?«, hakte Fredrika nach.

Jan wirkte amüsiert. »Ich bin viel zu alt, um Morgans Enkel zu sein.«

»Da muss ich Sie am Telefon falsch verstanden haben«, sagte Ivan entschuldigend und sah zu Fredrika. Er hätte dieses Gespräch am liebsten sofort beendet. So hatte das hier keinen Sinn.

»Wann genau haben Sie die Bücher verkauft?«, fragte Fredrika.

»Da kam ein Mann Ende Juni vorbei, irgendwann kurz

nach Mittsommer«, erklärte Jan. »Ich weiß noch, dass er eine wahnsinnig angenehme Stimme hatte. Erst hat er angerufen und nach den Büchern gefragt. Als ich ihm sagte, dass wir noch fünf Stück auf Lager hätten, war er regelrecht außer sich vor Freude.«

»Wie viele Bücher hatten Sie denn insgesamt?«, erkundigte sich Fredrika. »Ehe Sie die fünf verkauften?«

Sie mochte den alten Mann. Er schien niemand zu sein, der prahlte, Details unterschlug oder hinzufügte. Er nannte die Dinge beim Namen.

»Zehn«, antwortete Jan Sander. »Die restlichen fünf wollten wir behalten.«

Fredrika sah sich um. Es war still und ruhig im Verkaufsraum, und außer dem Antiquar war niemand da.

»Sie sagen ›wir‹«, meinte Fredrika. »Wer außer Ihnen arbeitet denn noch hier?«

Jan lachte. »Mein Sohn und ich betreiben den Laden gemeinsam. Ich hab schon lange sehr schlecht gesehen, aber seit ich vor zwei Jahren komplett erblindet bin, kann ich beim besten Willen nicht mehr alles allein machen. Mein Sohn müsste gleich zurück sein, er musste ein paar Besorgungen machen.«

»Hat denn Ihr Sohn den Mann gesehen, der die Bücher gekauft hat?«, wollte Fredrika wissen.

»Leider nicht«, antwortete der Mann.

»Und hat er vielleicht erwähnt, wofür er die Bücher brauchte?«, fragte Ivan.

»Nein«, sagte der Mann. »Zumindest nicht direkt. Er meinte bloß, für seine Frau. Ich nehme mal an, sie ist Sammlerin. Aber es ist ja auch nicht meine Aufgabe, in den privaten Angelegenheiten der Leute herumzuschnüffeln.«

Fredrika lächelte.

»Natürlich nicht«, sagte sie.

Trotzdem biss sie sich daran fest.

Der Mann hatte die Bücher für seine Frau gebraucht?

Für seine Frau?

»War außer ihm gleichzeitig noch jemand im Laden?«, fragte Ivan. »Jemand, der uns vielleicht sagen könnte, wie der Käufer ausgesehen hat?«

»Nein«, sagte Jan. »Aber ich erinnere mich noch an sein Rasierwasser. Das war nämlich das gleiche, wie es mein Schwiegersohn benutzt: Boss.«

Boss?

Ein Geruch, den Fredrika weder mit Spencer noch mit Ross verband. Sie wurde unruhig, konnte die vage Befürchtung nicht abschütteln, in die völlig falsche Richtung unterwegs zu sein.

»Wenn ich Ihnen eine Stimme vorspiele«, sagte Ivan spontan, »glauben Sie, Sie könnten uns sagen, ob das die Stimme des Käufers ist?«

»Das kann ich garantiert«, antwortete Jan.

Ivan zückte sein Handy und rief ein Fernsehinterview auf, das Ross ein knappes Jahr zuvor im Zusammenhang mit einer anderen Ermittlung gegeben hatte.

»Dann wollen wir doch mal«, sagte Ivan gespannt.

Im nächsten Moment hallte Ross' Stimme im Laden wider.

»Wie wir schon bei einer früheren Gelegenheit verlautbart haben, kann die Polizei leider nicht bestätigen, dass …«

Jan kniff die Lippen zusammen und schüttelte den Kopf.

»Nein«, sagte er, »das war nicht der Mann, der die Bücher gekauft hat. Das weiß ich ganz sicher.«

Fredrika schluckte trocken. Verdammt.

»Sind Sie sich sicher?«, hakte sie nach.

»Zu hundert Prozent.«

Mit dieser Antwort verließen Ivan und Fredrika das Antiquariat. Ross war nicht der Käufer der Bücher gewesen. Sie fahndeten nach einem anderen Mann.

MANCHMAL GING ES doch schneller, als man dachte: Ein Mitglied der Salomongemeinde hatte Interesse am Seligenhaus geäußert: Es wolle sich über die Wintermonate zum Schreiben dorthin zurückziehen. Und Ed, der für das Seligenhaus verantwortliche Sicherheitschef, hatte eingewilligt – unter der Bedingung, dass niemand das Haus beanspruchte, der einen erhöhten Sicherheitsstandard benötigte. Wie schön, wenn Probleme sich einfach so von selbst lösten.

Therese, die neue Mieterin, war zudem die Tochter einer Kollegin und gehörte insofern zum kleinen Kreis derjenigen, die vom Seligenhaus wussten.

Er traf sich vorab mit ihr, um ihr einzubläuen, wie wichtig es sei, dass sie keine Besucher mit ins Haus brächte.

»Wir betrachten das Seligenhaus als unsere letzte sichere Bastion«, sagte er ernst. »Menschen mit erhöhtem Schutzbedürfnis müssen dort Zuflucht finden können. Für den Fall, dass eine solche Situation entsteht – also dass jemand das Haus aus Sicherheitsgründen benötigt –, müsstest du unverzüglich ausziehen. Und nur in ganz seltenen Ausnahmefällen lassen wir zu, dass jemand es benutzt, der nicht zur Familie gehört.«

»Zur Familie« gehörten für ihn lediglich Mitglieder der jüdischen Gemeinde. Der Mann, der das Seligenhaus derzeit gemietet hatte, war zwar kein Teil jener Familie, aber trotzdem eingeweiht worden, weil Peder Rydh für ihn gebürgt hatte. Ein älterer Kriminalkommissar mit jahrelanger Erfahrung darin, über gewisse Dinge Stillschweigen zu bewahren, die nicht die Runde machen durften. Ed hatte die Vorteile sofort erkannt, die ein Vertrag mit ebendiesem Mann mit sich gebracht hatten.

»Verstehe«, sagte Therese. »Wie gesagt, ich will dort bloß

am Schreibtisch sitzen und einen Horrorroman schreiben. Ich könnte mir vorstellen, dass die Abgeschiedenheit des Hauses für diesen Zweck perfekt wäre.«

Ed erwiderte ihr Lächeln. »Dann müsstest du nur noch die Geheimhaltungsvereinbarung unterschreiben.«

»Na klar«, erwiderte Therese. »Aber kann ich es mir denn im Vorfeld ansehen? Mama hatte keine Fotos, die sie mir hätte zeigen können.«

Natürlich nicht. Es durfte keine Fotos geben.

»Das müsste gehen«, sagte Ed. »Ich könnte gleich mit dir hinfahren. Reingehen können wir allerdings nicht.«

»Nicht?«

»Das Haus ist derzeit noch bewohnt. Eine Familie hat sich dorthin zurückgezogen. Und zu unseren Absprachen gehört natürlich auch, dass die Mieter sich darauf verlassen können, dass außer ihnen niemand das Haus betritt – natürlich nur solange wir sicher sein können, dass dort nichts Verbotenes geschieht.«

Therese sah auf die Uhr und dachte kurz nach.

»Das sollte zu schaffen sein«, sagte sie. »Fahren wir?«

Die Ruhe auf der Lichtung rund um das Seligenhaus war wie immer überwältigend. Nirgends Autos, keine Menschen, alles weit, weit weg. Dort, wo das Haus stand, gab es rundum nur Wald, Wiesen und Wildtiere. Als Ed und Therese ausstiegen und die Türen hinter sich zuschlugen, konnten sie in einiger Entfernung sogar einige Rehe sehen.

»Fantastisch«, sagte Therese. Sie atmete tief ein, schien die frische Luft hier draußen zu genießen.

»Ist es okay für dich, hier draußen in der Dunkelheit allein zu bleiben?«, erkundigte sich Ed.

»Ich denke schon.«

Der Himmel war bewölkt, es ging kein Lüftchen, eigentlich ganz angenehm.

»Können wir nicht klingeln und fragen, ob sie uns ganz kurz hereinlassen?«, fragte Therese.

Ed spähte zur verschlossenen Eingangstür. »Nein.«

Drinnen brannte nirgends Licht. Das beunruhigte Ed. Wenn die Familie ausgezogen wäre, hätte er doch davon erfahren müssen. Vielleicht sollten sie doch klingeln? Nur um sicherzugehen?

Dann musste er wieder daran denken, wer sich dort versteckt hielt und was diese Leute hinter sich hatten. Der Mieter des Seligenhauses hatte ihm erzählt, was seine Tochter hatte durchmachen müssen. Es war von äußerster Wichtigkeit, dass sie und ihre Familie sich erholen konnten, dass sie sich sicher fühlten. Im Herbst würden sie wieder in ihr altes, normales Leben zurückkehren.

»Sie ahnen, wie schwer es ist, Männer wegen solcher Sachen dranzukriegen«, hatte der Mann gegrollt, und natürlich hatte Ed geahnt, wovon der Mann gesprochen hatte, und ihm gern geholfen. Trotzdem fragte er sich jetzt, wie die dort drinnen wohl klarkamen.

Ed war regelmäßig hier rausgefahren, um heimlich nachzusehen, ob alles in Ordnung war. Die Familie, die hier eingezogen war, schien niemals rauszugehen – die Tochter des Mieters ebenso wenig wie ihre Kinder oder ihr neuer Freund. Sie hielten sich rund um die Uhr drinnen auf. Das konnte Ed nicht verstehen.

»Ein paar hundert Meter weiter gibt es einen See«, sagte er zu Therese. »Wenn du willst, zeige ich dir den Weg.«

Therese nickte.

Routiniert schlüpfte Ed zwischen den hohen Bäumen hindurch. Therese lief hinter ihm, lachte immer wieder leise auf und unkte, hier dürfe man sich besser nicht verlaufen.

»Ein echter Weg ist das ja nicht gerade«, bemerkte sie.

»Man muss bloß die Richtung im Blick behalten«, erklärte Ed. »Vom Haus aus schnurgerade gen Westen.«

Therese lachte nur noch mehr. »Du verschleppst mich jetzt aber nicht irgendwohin, um mich dann zu erschlagen, oder? Vergiss nicht, dass ich Horrorromane schreibe.«

Ihre Augen blitzten, als Ed zu ihr rübersah. Zum Glück hatte sie nicht die geringste Angst vor ihm.

»Wir sind gleich da«, versprach er ihr.

»Darf man in dem See denn angeln?«

»Na klar.«

Hinter ein paar dicht nebeneinanderstehenden Tannen kam endlich der See zum Vorschein. Die Oberfläche sah fast schwarz, spiegelglatt und schier unbegreiflich hart aus, ganz so als würde man darauf aufschlagen, wenn man versuchte einzutauchen.

»Man kann hier auch wunderbar baden«, erklärte Ed und zeigte auf ein winziges Stückchen Sandstrand.

»Okay …«, sagte Therese abwesend. An einem Badeausflug schien sie wenig Interesse zu haben. Sie rührte sich nicht von der Stelle. Schweigend starrte sie aufs Wasser hinaus. »Da drüben schwimmt etwas.«

Erst konnte er nichts erkennen. Dann sah er eine Jacke.

Eine Jacke, die auf dem Wasser trieb. »Seltsam …«

Therese machte ein paar Schritte näher ans Ufer. »Mein Gott, das ist ein Mensch!«

Ed dachte nicht einmal nach: Er rannte ins Wasser und watete auf die Jacke zu.

Es war tatsächlich ein Mensch.

Ein Mann.

Wo zum Teufel kam der her?

Ed drehte ihn auf den Rücken und zerrte ihn zurück ans Ufer. Er kannte ihn, hatte ihn schon öfter gesehen. Aus der Ferne, durch die dicken Sicherheitsglasscheiben des Seligenhauses. Ja, das war er.

Der Mann mit der klaffenden Wunde am Hals war einer derjenigen, die im Seligenhaus Schutz gesucht hatten.

ALS DAS ERSTE Auto vorfuhr, war Malin sich sicher, dass es der Mann mit den Gummistiefeln war. Sie hätte am liebsten laut aufgeschrien. Jetzt war alles aus. Der Mann hatte sich entschieden. Er würde sie und die Kinder nicht mehr freilassen – nicht jetzt, da Dan tot war. Es hätte zu vieler Erklärungen bedurft.

Malin stürzte ans Schlafzimmerfenster. Hatte der Mann eine Waffe bei sich? Zu ihrem großen Erstaunen stand dort ein anderer – jemand, den sie nicht kannte. Und eine jüngere Frau. Sie sah gesund aus, stark, und sie strahlte, als sie aus dem Auto stieg und sich das Haus ansah.

Als wollte sie hier alsbald einziehen.

Im selben Moment verlor Malin die Fassung. Wer war das? Konnte sie ihnen vertrauen?

Würden sie mich hören, wenn ich ans Fenster klopfte?

Sie zögerte einen Moment zu lange. Im nächsten Augenblick hatte der Mann die Frau bereits hinter sich hergewinkt. Sie tauchten in den Wald ein und verschwanden.

Mit hängenden Schultern stand Malin da und wusste nicht mehr, was sie tun sollte. Was sie überhaupt noch unternehmen durfte. Konnte sie darauf vertrauen, dass dieses Paar nichts mit dem Mann zu tun hatte? Wenn es so wäre, wäre es idiotisch von ihr, die Chance nicht zu ergreifen.

Sie wandte sich vom Fenster ab. Die Kinder dämmerten nur noch im Bett vor sich hin, wollten weder essen noch trinken. Malin würde ihnen noch ein paar Stunden geben, bis sie anfinge, Nahrung in sie hineinzuzwingen.

»Ich geh kurz runter«, sagte sie. »Bin gleich wieder da.«

Sie reagierten nicht einmal, als sie das Zimmer verließ und die Treppe hinunterschlich.

Die Beine trugen sie kaum, so schwach war sie inzwischen.

Sie lief ins Wohnzimmer und stellte sich ans Fenster in Richtung der Auffahrt, wo das Auto der Leute stand. Das konnten sie doch nicht dort stehen lassen – sie würden also wiederkommen.

Im Haus war es vollkommen still. Sie erwog, den Fernseher einzuschalten, einfach nur um Stimmen zu hören, aber sie konnte sich nicht dazu durchringen. Es war so viel Energie verloren gegangen. So viel von all dem, was sie mal gewesen war, hatte sich verflüchtigt.

Und ich habe geglaubt, man könnte alles reparieren.

In der Diele roch es übel. Sie hatte schon mehrmals gewischt, aber der Blutgeruch hing in sämtlichen Fugen, den würde sie nie mehr loswerden. Unwillkürlich musste Malin würgen.

Sie wartete. Und wartete. Minuten oder Stunden? Sie hatte jedes Zeitgefühl verloren. Dann mit einem Mal kamen sie wieder, der Mann und diese Frau. Der Mann war von Kopf bis Fuß nass.

Als hätte er in Klamotten gebadet.

Malin hob die Hand, legte die Handfläche auf die kalte Fensterscheibe. Sie hatte mal vergeblich versucht, das Glas mit einem Blumentopf zu zerschlagen.

»Hallo«, flüsterte sie.

Doch der Mann und die Frau sahen sie nicht. Sie sprangen in ihren Wagen und rasten in wahnsinniger Geschwindigkeit davon.

Ließen Malin zurück.

Ich bin unsichtbar geworden, dachte sie. Niemand sieht mich mehr.

Noch mehr Zeit verging. Zeit, die Malin nicht mehr in Minuten oder Stunden zu unterteilen vermochte. Sie stand noch immer mit der Hand an der Scheibe am Fenster. Von oben war nichts zu hören. Die Kinder schliefen. Oder waren sie gestorben, während Malin hier am Fenster gestanden hatte?

Tonlos begann sie zu weinen, riss sich schließlich vom Fenster los und eilte nach oben.

Hedvig lag auf dem Rücken im Bett und starrte zur Decke. Max lag auf der Seite, hatte den Mund halb offen und die Augen geschlossen. Beide lebten. Doch keiner von beiden reagierte darauf, dass sie zurückgekommen war.

»Hedvig, willst du nichts essen?«, fragte Malin, die sich nicht mal mehr sicher war, wann sie selbst zuletzt etwas gegessen hatte.

Die Tochter antwortete nicht.

Malin setzte sich auf die Bettkante und strich ihr über die Stirn. »Was trinken vielleicht? Willst du etwas trinken?«

Hedvig stiegen Tränen in die Augen, liefen an ihren Schläfen hinab.

Malin schluckte mehrmals, kämpfte dagegen an, selbst loszuweinen.

Sie zwang sich, an den Mann und die Frau zu denken. Sie mussten im Wald etwas entdeckt haben, was sie in die Flucht geschlagen hatte. Hieß das, dass sie wiederkommen würden? Oder Alarm schlagen, damit jemand anders käme?

Ich muss darauf vorbereitet sein, dachte Malin. Jetzt kann alles passieren.

Als wäre nicht schon alles passiert.

Sie stand auf, und mit weichen Knien verließ sie das Schlafzimmer und lief zurück ins Wohnzimmer. Sie nahm die Fernbedienung vom Couchtisch und wog das Plastikding in der Hand. Sie war federleicht, musste aber trotzdem genügen.

Wenn sie zurückkommen, müssen sie mich hören.

Sie hämmerte die Fernbedienung gegen die Fensterscheibe. Das leise Knacksen würde man draußen garantiert nicht hören. Malin schlug fester zu, klemmte sich einen Finger ein, egal – sie schlug weiter. Obwohl niemand da war, obwohl niemand sie hörte.

Mal abgesehen von den Kindern.

Ich mache ihnen Angst.

Doch Malin konnte sich nicht mehr bremsen. Sie hämmerte weiter auf die Fensterscheibe ein. Hellrote Flecken schmierten über das Glas. Sie war drauf und dran, ihre Hände kaputt zu schlagen. Auch das war egal.

Ich brauche sie ohnehin nicht mehr.

»Mama?«

Malin hatte gar nicht bemerkt, dass Hedvig heruntergekommen war.

»Mama, was machst du denn?«

Malin hämmerte und hämmerte immer weiter.

Die Tochter versuchte, ihre Arme zu packen, sie zu beruhigen. »Hör auf! Hör endlich auf!«

Sie weinte, das konnte Malin hören. Aber sie war wie in Trance, befürchtete, wahnsinnig zu werden, wenn sie den Platz am Fenster verließe.

»Lass los!«, kreischte sie. »Lass mich!«

Hedvig ließ sich schwer auf den Fußboden fallen. Sie heulte inzwischen so laut, dass Malin sich nicht mehr konzentrieren konnte. Sie schloss die Augen. Ihr gingen die Kräfte aus. Ihre Bewegungen wurden langsamer, in beiden Händen pulsierte der Schmerz.

Ich gebe auf, konnte sie noch denken. Wir werden hier nie rauskommen.

Da kamen die Autos. Erst eins, dann zwei ... Malin versuchte, das Blut vom Fenster zu wischen, musste sehen, ob sie jetzt komplett durchgedreht hatte und sich schon Sachen einbildete, die es gar nicht gab.

»Hedvig«, flüsterte sie. »Hedvig, siehst du, was ich sehe? Polizei. Es ist die Polizei.«

Dann schlug sie weiter wie wild auf die Scheibe ein.

DIE SCHLECHTEN NACHRICHTEN häuften sich. Die erste kam von Fredrika. Der Antiquar, der die fünf Bücher von Morgan Sander verkauft hatte, hatte beteuert, der Käufer sei nicht Torbjörn Ross gewesen. Die zweite Nachricht kam von Berlin: Der Sicherheitschef der Salomongemeinde hatte die Polizei alarmiert – in einem Gebäude, das der Gemeinde gehörte und das ein Polizeikommissar namens Torbjörn Ross gemietet habe, sei womöglich ein Verbrechen verübt worden. In unmittelbarer Nähe sei ein Mann tot aufgefunden worden.

Alex war wie vom Donner gerührt. »Noch ein Toter?«

»Noch ein Toter«, bestätigte Berlin.

»Weiß Ross, was passiert ist? Dass die Salomongemeinde uns alarmiert hat?«

»Nein, ich habe eine Kontaktsperre verhängt, bis wir uns von diesem Haus ein eigenes Bild gemacht haben.«

»Wissen wir, wer der Tote ist?«

Berlin nickte. »Ich hab ein Bild von ihm gekriegt.« Sie schob Alex einen Ausdruck zu.

Erst erkannte er den Mann nicht, der knapp einen Tag im Wasser gelegen hatte und aufgequollen war.

»Ist das …«

»Dan Johansson«, bestätigte Berlin.

Alex kniff die Augen zusammen. »Verdammte Scheiße.«

Berlin nahm das Bild wieder an sich.

»Wissen wir, ob die restliche Familie lebt?«

Berlin wirkte erschüttert. »Anscheinend schon. Der Sicherheitschef hat die 112 angerufen. Die ersten Streifenwagen waren binnen kürzester Zeit vor Ort – sobald sie den Weg zu dem Haus gefunden hatten. Aber … man kommt nicht rein.«

»Wie meinen Sie das?«, fragte Alex.

»Genau, wie ich es sage: Das Haus scheint eine regelrechte Festung zu sein. Es ist unmöglich, Türen und Fenster gewaltsam zu öffnen, zumindest ohne dabei die Bewohner im Innern in Gefahr zu bringen. Die Kollegen vor Ort haben von einer Frau und zwei Kindern berichtet, die sie durchs Fenster gesehen haben. Die Frau haben sie als hysterisch beschrieben – aber sie hat wohl auch allen Grund, hysterisch zu sein. Es sind zwei Teams unterwegs, mal sehen, was sie zurückmelden.«

Alex fühlte sich einfach nur matt. »Und was ist das für ein Haus, das Ross gemietet hat?«

»Eine sichere Unterkunft der Salomongemeinde«, erwiderte Berlin. »Ross hat anscheinend angegeben, er benötige es für seine Tochter und ihre Familie.«

Alex wusste nicht mehr, was er noch sagen oder auch nur denken sollte.

»Hat Ross nicht zu Ihnen gesagt, seine Tochter sei tot?«, fragte er. »Sofern er denn überhaupt eine Tochter hat – oder hatte.«

»Offiziell hat er keine«, entgegnete Berlin. »Aber das ist jetzt schon das zweite Mal, dass er behauptet, eine zu haben.«

»Und warum gibt er ausgerechnet Dan Johanssons Frau als …«

»Ich weiß es nicht«, unterbrach ihn Berlin.

»Sorry, ich denke nur laut«, sagte Alex. »Was machen wir als Nächstes?«

»Wir warten auf Nachricht von den Kollegen, die auf dem Weg zu diesem Haus sind.«

»Und Ross?«

»Der sitzt in seinem Arbeitszimmer. Die Kollegen von der Observation haben den Auftrag, ihn festzunehmen, sobald er auch nur Anstalten macht, das Haus zu verlassen.«

Es klopfte an, und einer der Polizeiassistenten steckte den Kopf zur Tür herein. »Entschuldigen Sie, aber wir haben soeben einen riesigen Karton mit Umschlägen von Johanssons Bestattungsinstitut erhalten.«

»Die müssen in die Technik«, erklärte Berlin. »Das sind die Testamente.«

Sie warteten, bis der Polizeiassistent wieder verschwunden war.

»Das alles gefällt mir nicht«, knurrte Alex. »Wie zum Teufel ist jetzt auch noch die Salomongemeinde in das ganze Durcheinander verwickelt?«

»Das ist in der Tat sehr unglücklich«, pflichtete Berlin ihm bei. »Könnte es sein, dass Torbjörn mal für die gearbeitet hat?«

»Warum sollte er?«, fragte Alex zurück.

»Er muss doch die Verantwortlichen dort gekannt haben? Wie sollte er sonst an einen Mietvertrag für ein Haus gekommen sein, das der Salomongemeinde gehört?«

Alex dachte fieberhaft nach. Die einzige Verbindung, die ihm einfiel, war Peder Rydh, der nicht mehr ans Telefon ging. Der so unzuverlässig war, dass er bei seiner letzten Stelle rausgeworfen worden war.

»Peder hat ein paar Jahre lang dort bei der Gemeinde gearbeitet«, sagte er zögerlich. »Vielleicht kann der uns ja helfen.«

»Gut«, sagte Berlin zerstreut. »Gute Idee.«

»Natürlich müssen wir auch den Sicherheitschef befragen«, meinte Alex, »damit wir wissen, was für ein Haus das sein soll und warum sie es ausgerechnet an Ross vermietet haben.«

»Ich habe diesbezüglich schon ein paar Nachforschungen betrieben«, erzählte Berlin, »aber ich werde noch nicht recht schlau daraus … Denn dieses Haus existiert gar nicht.«

»Es existiert nicht?«, echote Alex.

»Nicht soweit ich es habe sehen können.«

Ein Haus, das nicht existierte. Und Dan Johansson – tot.

»Ich rufe Peder an«, beschloss Alex. »Und dann sollten wir schleunigst ein Wörtchen mit den Leuten von der Salomongemeinde reden.«

DAS HANDY KLINGELTE schon wieder. Immer dieselbe Leier. Peder Rydh warf einen flüchtigen Blick aufs Display. Alex. Er drückte das Gespräch weg, und einen Moment später klingelte es von Neuem. Diesmal war es nicht Alex.

»Ja?«, sagte er.

»Schalom«, begrüßte ihn Ed. »Können wir uns treffen?«

Sein Tonfall war unmissverständlich: Es war keine Frage gewesen, sondern ein Befehl.

Wir müssen uns sehen.

Jetzt auf der Stelle.

»Was ist passiert?«, fragte Peder.

»Darüber möchte ich lieber nicht am Telefon sprechen«, erwiderte Ed.

Peder fuhr auf schnurgerader Strecke gen Norden. Gleich würde er von der Autobahn abfahren.

»Dann muss es leider warten«, sagte er. »Ich hab gerade keine Zeit.«

Ed war es nicht gewohnt, dass Peder ihm Widerworte gab.

»Hast du in der letzten Stunde mal mit deinen alten Kollegen geredet?«, erkundigte er sich.

Peder erstarrte. Alex hatte ihn mehrmals angerufen und ihn per Mailbox gebeten, dass er noch mal wiederholte, was er ihm zu Anfang der Woche am Telefon erzählt hatte. Doch Peder hatte sich Mal ums Mal davor gedrückt.

»Nein …«

»Ich glaube, das solltest du schleunigst tun«, entgegnete Ed.

Wut kochte in Peder hoch. »Verdammt, jetzt sag schon, was Sache ist! Ich habe keine Zeit für Ratespielchen.«

»Du erinnerst dich doch noch an den Kollegen, den du

uns für das Seligenhaus empfohlen hast? Der Schutz für seine Tochter brauchte?«

Peder umklammerte das Lenkrad so fest, dass seine Hände sich verkrampften. »Ja.«

Das hier drohte schlimmer zu werden, als er befürchtet hatte.

»Ich hab einen Fehler gemacht«, sagte Ed. »Und du auch. Ich habe den Mann, der dort eingezogen ist, heute tot aufgefunden.«

Peder wusste nicht, was er dazu sagen sollte. »Ich verstehe nicht ganz – *wer* ist tot?«

»Der Vater der Familie, die in dem Haus untergeschlüpft ist.«

»Du hast ihn getötet?«

Ed war mit seiner Geduld am Ende. »Ist ja wohl klar, dass ich es nicht getan habe. Ich war dort, beim Seligenhaus, hab es der Tochter einer Kollegin zeigen wollen, die es mieten will, um dort ihr Buch zu schreiben. Und da haben wir im See einen Toten gefunden. Ist dir eigentlich klar, was das für Probleme nach sich ziehen wird?«

Verdammt noch mal.

Warum konnte nicht mal irgendetwas normal laufen?

Peder beendete das Gespräch, schaltete das Handy aus, fuhr bei der nächsten Abfahrt von der Autobahn ab und dann zurück gen Süden in Richtung Stadt.

»ENTSCHULDIGEN SIE BITTE, wenn ich unangemeldet hier auftauche, aber mein Name ist Fredrika Bergman, ich komme von der Polizei. Könnte ich vielleicht kurz mit Ihnen sprechen?«

Fredrika Bergman hatte keine Zeit verlieren wollen und war direkt vom Antiquariat zu Torbjörn Ross' Exfrau gefahren. Als sie vor deren Tür gestanden hatte, wusste sie nicht einmal mehr, was genau sie hier wollte.

Es muss einfach Ross sein, nach dem wir fahnden, wer zum Teufel war also der Mann, der die fünf Morgan-Sander-Bücher für seine Frau gekauft hat?

Ross' Ex hieß Mimmi und war sehr zurückhaltend. Sie sah Fredrika erst schweigsam an und bat sie dann in ihre Zweizimmerwohnung in Årsta.

Fredrika zog die Schuhe aus und ließ sich ins Wohnzimmer geleiten. Ein kleines Sofa, zwei winzige Sessel, ein zierlicher Tisch – eine Puppenstube, in der eine Erwachsene wohnte.

Fredrika ließ sich auf einem der Sessel nieder und spürte, wie ihr Körper dagegen protestierte, still zu sitzen. Es machte sie nervös, nicht mehr in Bewegung zu sein, nicht unterwegs zu einem neuen Ort zu sein – einem Ort, an dem alles so war wie immer und wo der Brief, von dem sie glaubte, dass Spencer ihn verfasst hatte, nicht existierte.

Warum spreche ich ihn nicht einfach darauf an?, fragte sie sich zum tausendsten Mal.

Und zum tausendsten Mal formulierte sie im Stillen die Antwort: *Weil ich glaube, dass ich die Antwort nicht hören will.*

Fredrika erklärte so knapp wie möglich, warum sie Mimmi

aufgesucht hatte. Am Ende musste sie lügen, weil die Wahrheit noch nicht ans Licht kommen durfte.

Wir observieren deinen Ex, weil wir glauben, dass er mehrere Menschen umgebracht hat. Wie war das so, mit ihm verheiratet zu sein?

»Torbjörn ist also Gegenstand einer Ermittlung?«, fasste Mimmi es bedächtig zusammen.

»Ja«, bestätigte Fredrika. »Leider kann ich Ihnen nicht sagen, worum genau es bei dieser Ermittlung geht, aber … Ich weiß nicht recht, wie ich es sagen soll … Aber es sind Fragen aufgetaucht, von denen wir glauben, Sie könnten die Antworten kennen.«

Mimmi wartete ab. Laut Einwohnermelderegister war sie kürzlich erst fünfundsechzig geworden. Fredrika fand, sie sah älter aus. Mimmi war vor knapp vier Jahren in Rente gegangen; Fredrika konnte sich gar nicht vorstellen, wie sie ihre freie Zeit in dieser kleinen Wohnung totzuschlagen vermochte.

»Wie lange waren Sie und Torbjörn verheiratet?«, fragte sie.

»Zwei Jahre.«

»Nicht länger?«

»Nein. Es war ein Fehler, das hatten wir beide ziemlich schnell erkannt. Außerdem hat er dann Sonja kennengelernt, und mit der ist er ja immer noch verheiratet. Das passte wohl besser.«

»Wie alt waren Sie, als Sie geheiratet haben?«, erkundigte sich Fredrika.

»Ich war gerade siebenundzwanzig geworden«, antwortete Mimmi.

»Und Sie haben keine Kinder?«, fragte Fredrika.

Sie wusste natürlich, dass es so war, wollte die Frage trotzdem stellen.

Denn irgendwo gab es eine jüngere Frau, die Ross als seine Tochter bezeichnete.

»Nein«, sagte Mimmi, »Kinder haben wir nicht.«

Fredrika nahm sich ein wenig Zeit, um nachzudenken, um sich die richtigen Worte zurechtzulegen.

»Wie viele Kinder hat Torbjörn?«, fragte sie schließlich.

Einen Moment lang verlor Mimmi die Fassung. Sie wandte das Gesicht ab und betrachtete einen Punkt an der Wand.

»Zwei«, sagte sie.

»Zwei?«, wiederholte Fredrika. »Sie denken an die Söhne, die er mit Sonja hat?«

Mimmi richtete den Blick wieder auf Fredrika.

»Warum erkundigen Sie sich danach, wenn Sie es doch schon wissen?«

Fredrika schämte sich. Für die Missverständlichkeit ihrer Frage und dafür, dass sie einem einsamen Menschen unbequeme Fragen stellte.

»Weil ich glaube, dass es auf die Frage, die ich Ihnen gerade gestellt habe, noch eine andere Antwort gibt«, sagte sie. »Zumindest hat Torbjörn selbst angedeutet, dass es so ist.«

Mimmi sah sie erstaunt an. »Was sagen Sie da? Hat Torbjörn angedeutet, er und ich … dass wir ein Kind bekommen hätten?«

Fredrika strich sich mit beiden Händen über die Hosenbeine.

»Wir wissen nicht, mit wem Torbjörn dieses dritte Kind bekommen hat«, erklärte sie, »mit Ihnen oder mit jemand anderem … Aber er spricht jedenfalls von einer Tochter … und ich frage mich, ob Sie vielleicht wissen, wen er damit meinen könnte.«

Mimmi lehnte sich im Sofa zurück. Über ihnen schlug die Wanduhr, und mit einem Mal wirkte das Zimmer noch viel kleiner als zuvor.

»Maria«, flüsterte Mimmi.

Fredrika beugte sich vor. »Wie bitte?«

»Maria«, wiederholte Mimmi. »So hieß sie.«

Fredrika spürte, wie ihr Puls beschleunigte. »Wohnt sie im Ausland?«

Oder warum sonst finden wir sie im schwedischen Register nicht?

»Nein, nein. Sie hat hier in Stockholm gelebt. Aber ihre Mutter wollte keinen Kontakt mehr zu Torbjörn. Sie und Torbjörn hatten bloß eine kurze Affäre. Das war kurz bevor wir uns kennengelernt haben. Als sie sich frisch getrennt hatten, hat sie ihm verschwiegen, dass sie schwanger war. Sie wollte das Kind lieber für sich allein haben … oder es mit ihrem neuen Freund großziehen, keine Ahnung. Ich weiß auch nicht, ob dieser Neue überhaupt wusste, wie die Dinge lagen. Vielleicht hat er ja auch nicht rechnen können, oder er wusste nicht, wie lange eine Schwangerschaft dauert. Vielleicht war es ihm auch egal. Ich weiß es nicht.«

»Sie meinen, der neue Mann übernahm formell die Vaterschaft?«

»Ganz genau das meine ich.«

»Trotzdem wusste Ross, dass er der Vater war?«

»Ich glaube, wir waren gerade ein Jahr verheiratet, als er sie in der Stadt gesehen hat – mit einem Kinderwagen. Da war das Mädchen knapp zwei Jahre alt. Erst hat Torbjörn nicht darauf reagiert, aber dann war es wohl so, dass Torbjörn sich auf Biologie und das Rechnen ganz gut verstand, und als er herausgefunden hat, wann das Mädchen zur Welt gekommen war, hat er keinen anderen Schluss ziehen können, als dass seine Ex von ihm schwanger gewesen sein musste. Er hat sie zur Rede gestellt und sofort wissen wollen, ob es sein Kind war. Da hat er erfahren, wie die Dinge lagen – allerdings nur dieses eine Mal.«

»Dieses eine Mal?«, fragte Fredrika ratlos.

»Als er sie wieder aufgesucht hat, wollte er mit ihr alles behördlich regeln, er wollte das Recht haben, sich als Vater des Mädchens bezeichnen zu dürfen. Tja. Da hat die Frau einen

Rückzieher gemacht und weit von sich gewiesen, das je behauptet zu haben. Torbjörn hat ihr mit allem Möglichen gedroht – mit einem Anwalt, dem Familiengericht, mit Gott weiß was. Aber das ist jetzt fast vierzig Jahre her, damals war es noch nicht so leicht, derlei Sachen nachzuweisen. Am Ende hat er aufgegeben. Sie hat ihm mit einer Anzeige wegen Stalkings gedroht, wenn er sich nicht von ihr fernhielte. Trotzdem hat er Maria nie vergessen.«

Fredrika versuchte, sich vorzustellen, wie es sein musste, wenn man als Mann erfuhr, dass man ein Kind hatte, das in derselben Stadt wohnte, das man aber nicht sehen durfte.

»War das der Grund, warum Sie sich getrennt haben?«

»Ja«, erwiderte Mimmi knapp. »Er war irgendwie wie ausgewechselt. Man konnte gar nicht mehr mit ihm reden. Es hat mich ehrlich gesagt schockiert, als Sie angedeutet haben, dass er bei der Arbeit von seiner Tochter spricht. Soweit ich weiß, hat er sie nämlich Außenstehenden gegenüber niemals erwähnt.«

Fredrika senkte den Blick und sah dann wieder auf.

»Er hat sie nur ein einziges Mal erwähnt«, sagte sie leise. »Er hat seiner Chefin erzählt, dass seine Tochter gestorben sei.«

Mimmis Augen wurden feucht. »Ich hab davon gehört. Manchmal laufen wir uns zufällig über den Weg. Das letzte Mal vorigen Herbst. Da war Maria gerade gestorben. Nach allem, was da passiert war, war er fix und fertig.«

Fredrikas Blick fiel auf ein Buch auf dem Couchtisch. Ein alter Sidney-Sheldon-Roman.

»Wie ist sie denn gestorben?«, erkundigte sie sich.

»Das sollten Sie bei der Polizei doch eigentlich wissen«, sagte Mimmi. »Sie wurde ermordet.«

Fredrika richtete sich kerzengerade auf. »Ermordet? Von wem?«

Mimmi schüttelte den Kopf. »Eine schreckliche Geschichte. Ihr eigener Mann hat sie ermordet … und die Kinder auch.«

In Fredrikas Kopf schrillten sämtliche Alarmglocken. »Er hat die ganze Familie ermordet?«

»Ja, und am Ende sich selbst. Offenbar hatte er Hilfe gesucht, aber keine bekommen. Torbjörn hat sich geschworen, denjenigen zu finden, der Marias Ehemann die Hilfe verweigert hatte, und ihn zur Verantwortung zu ziehen.«

Das musste Fredrika erst einmal verarbeiten.

»Ich weiß nicht genau, wie das damals vor sich ging«, fuhr Mimmi fort. »Ob er tatsächlich irgendwen zur Verantwortung ziehen konnte.«

Dan Johansson. Noahs Bruder, der Psychologe. Der einen Patienten abgewiesen hatte und nun seit Mai verschwunden war.

Der Kreis schloss sich.

»Doch, das hat er wohl«, sagte Fredrika leise.

Dann stand sie auf, bedankte sich bei Mimmi und wandte sich zur Tür.

»Was soll ich denn sagen, wenn ich Torbjörn das nächste Mal sehe?«, fragte Mimmi, als Fredrika bereits die Hand an der Klinke hatte. »Darf ich ihm erzählen, dass Sie hier waren?«

»Bitte nicht«, erwiderte Fredrika.

Dann eilte zu ihrem Auto.

Sie hatte kaum die Fahrertür hinter sich zugezogen, als Alex anrief.

»Wir müssen zur Salomongemeinde«, sagte er.

JETZT WÜRDE ES schnell gehen, und zwar so schnell, dass keiner von ihnen auch nur mehr einen klaren Gedanken fassen konnte. Noch auf dem Weg zur Salomongemeinde telefonierte er mit Fredrika. Sie erzählte ihm, was sie von Ross' Exfrau erfahren hatte. Während er seinen Wagen parkte, erhielt er zudem die Nachricht, dass die Kollegen endlich in das Haus vorgedrungen waren, in dem sich eine Frau und zwei Kinder befunden hatten. Malin Johansson und die beiden Kinder wurden inzwischen von Seelsorgern betreut. Die Frau hatte sich beide Hände mehrfach gebrochen, ansonsten waren sie und die Kinder unverletzt – zumindest körperlich. Schwer zu sagen, welche seelischen Schäden sie davongetragen hatten.

Ihr Aufenthalt in dem Haus war kein freiwilliger gewesen. Die komplette Familie war seit fast zwei Monaten nicht mehr draußen an der frischen Luft gewesen.

Das ist so krank, dass es seinesgleichen sucht, dachte Alex.

Es behagte ihm ganz und gar nicht, in diesem Zusammenhang erneut zur Salomongemeinde fahren zu müssen. Die Gemeinde, die in der Vergangenheit zwei Kinder und eine Erzieherin hatte betrauern müssen. Sollte über sie jetzt noch mehr Grauen hereinbrechen?

Fredrika wartete schon vor dem Eingang zum Gemeindesaal auf ihn. Empört hörte sie sich an, was Alex zu berichten hatte.

»Ich verstehe trotzdem nicht, wie Ross seine Opfer auswählt«, sagte sie. »Mal im Ernst, das ist doch vollkommen krank! Wenn er sich an Menschen vergreifen würde, die er für den Tod seiner Tochter verantwortlich machte, hätte ich das zumindest verstanden. Aber das hier … Malcolm Benke, Lovisa Wankel, Henry Lindgren …«

»Wahrscheinlich ist seine Arbeit für ihn der rote Faden«, wandte Alex ein. »Ross hat an unterschiedlichen Fällen mitgearbeitet und erlebt, wie Menschen mit Verbrechen davongekommen sind. Und das macht er jetzt wieder gut … um einen Ausdruck zu benutzen, der mir allmählich abgedroschen vorkommt.«

»Mehr als abgedroschen«, sagte Fredrika. »Ganz zu schweigen von Morgan Sanders Buchtitel. Aber was hat der mit der Sache zu tun? Wie ist er ausgerechnet auf dieses Buch gekommen?«

»Torbjörn Ross kommt mir nicht gerade vor wie ein begeisterter Leser«, meinte Alex. »Könnte es sein, dass seine Frau ihn dahingehend inspiriert hat?«

»Möglicherweise«, erwiderte sie. »Früher oder später werden wir es erfahren.«

Sie hatten Ivan darauf angesetzt, alles zu überprüfen, was Ross' Exfrau Fredrika erzählt hatte. Er brauchte nicht lange, um das Grundlegende zu verifizieren. Die Frau, die von ihrem Mann ermordet worden war, der wiederum bei Dan Johansson in therapeutischer Behandlung gewesen war, hatte tatsächlich Maria geheißen. Ihre Mutter und ihr Vater wohnten in Danderyd. Ivan war mit einem Kollegen derzeit dorthin unterwegs, um sie zu befragen.

»Und was machen wir, wenn die Frau behauptet, Ross sei nicht der Vater des Mädchens gewesen?«, fragte Fredrika. »Vielleicht erzählt sie sogar, sie würde einen Torbjörn Ross gar nicht kennen?«

»Darüber denken wir nach, wenn es so weit ist«, sagte Alex. »Immerhin gibt es inzwischen Gentests.«

Ein Sicherheitsbeamter kam zu ihnen auf die Straße und ließ sie ein. In einem Vorraum kontrollierte er ihre Ausweise, wie schon beim letzten Mal, als sie hier gewesen waren; für die jüdische Gemeinde herrschte eine erhöhte Sicherheitsstufe.

Sie wurden zum Chef der Sicherheit gebracht, der sie sogleich bat, Platz zu nehmen.

»Erzählen Sie von dem Haus«, sagte Alex kurz angebunden.

Ed umklammerte seine Schreibtischunterlage. »Darf ich mich auf Ihre Diskretion verlassen? Das Haus ist wichtig für uns. Es wäre nachgerade katastrophal, wenn allgemein bekannt würde, dass es existiert und wo es liegt.«

Das war Alex egal.

»Da werden Sie wohl ein neues Haus bauen müssen«, sagte er. »Und am besten diesmal so, dass es eine Adresse gibt, die auf einer normalen Straßenkarte zu finden ist.«

Ed verschränkte die Arme vor der Brust.

»Schießen Sie los«, forderte Alex ihn erneut auf. »Torbjörn Ross – wie sind Sie mit ihm in Kontakt gekommen?«

»Er hat sich bei uns gemeldet und dezidiert nach dem Haus gefragt und wollte wissen, ob er es anmieten dürfe.«

»Woher wusste er davon?«, erkundigte sich Fredrika. »Ist ja nicht gerade so, als könnte man es von der Straße aus sehen.«

»Torbjörn Ross geht jagen und angeln«, erklärte Ed. »Er ist zufällig auf unser Haus gestoßen. Ich glaube, er kam mit einem Boot über den See und ist dann an Land gegangen, um zu pinkeln. Bei der Gelegenheit hat er einen Spaziergang gemacht … weil er in der Gegend noch nie zuvor gewesen war.«

»Und da ist er auf das Haus gestoßen?«, hakte Alex nach.

»Ja, und nicht nur das. Unser damaliger Sicherheitschef war gerade vor Ort und drehte eine Runde. Die beiden kannten einander, weil sie mal zusammen bei der Polizei gearbeitet hatten.«

Alex' Augenbrauen schossen in die Höhe. »Wann war das?«

»Im vorigen Sommer«, antwortete Ed.

»Wer war damals Ihr Sicherheitschef?«

Ed kniff die Augen zusammen. »Das wissen Sie doch genau.«

»Peder Rydh«, murmelte Fredrika.

»Genau.«

»So wie ich es verstehe, war das Haus ein wohlgehütetes Geheimnis«, fuhr Alex fort. »Was hat Peder Ross über das Haus erzählt?«

»Nicht viel«, sagte Ed. »Ross hat es ganz von allein begriffen.«

»Was passierte als Nächstes?«, erkundigte sich Fredrika, um die Befragung zu beschleunigen.

Ed seufzte ungeduldig. »Torbjörn Ross meldete sich bei Peder. Da war vielleicht ein halbes Jahr vergangen, seit sie sich vor dem Haus getroffen hatten. Peder arbeitete da schon gar nicht mehr für uns. Allerdings hatten wir Kontakt gehalten, und er wusste, dass das Seligenhaus, wie wir es nennen, zu jenem Zeitpunkt leer stand. Ross fragte also bei Peder an, ob er es anmieten dürfe, er habe eine Tochter, die einen sicheren Unterschlupf bräuchte. Zu der Zeit soll sie sich noch im Ausland befunden haben, aber wenn sie wieder nach Schweden käme, bräuchte sie wie gesagt Schutz. Peder leitete die Anfrage weiter, und im Handumdrehen hatten wir einen Deal.«

Alex und Fredrika sahen einander an. Beide dachten fieberhaft über die Chronologie der Ereignisse nach, ohne gegenüber Ed allzu viel preiszugeben.

»Wann exakt hat Ross gefragt, ob er das Haus anmieten dürfe?«, hakte Fredrika nach.

»Die Anfrage kam im Februar«, antwortete Ed. »Im April war er dann wieder vor Ort und hat sich das Haus noch mal angesehen. Die Tochter ist dann Ende Mai eingezogen.«

»Haben Sie die Personalien der Tochter aufgenommen?«, fragte Fredrika.

Ed reagierte verärgert. »Natürlich, aber die waren ohnehin für die Katz. Ross hatte mir ihre tragische Geschichte geschildert, für die Peder wiederum bürgte. Ross hatte nie eine Chance gehabt, die Vaterschaft für seine Tochter anerkennen zu lassen, deshalb war in ihren Papieren jemand anders als Vater genannt. Und weil sie in Gefahr schwebte, waren ihre Angaben obendrein geschützt. Der Name selbst hätte uns kein Stückchen weitergebracht. Ich meine, Malin Johansson – das ist immer noch einer der gewöhnlichsten Namen in Schweden.«

»Ohne Frage«, bestätigte Alex.

Er hätte noch einen weiteren Satz hinzufügen können: nämlich dass Ross' Tochter gar nicht so geheißen hatte, dass Malin andere Eltern hatte und dass die Tochter, deren Vater Ross nicht hatte sein dürfen, gestorben war.

Was für ein Riesendurcheinander.

So lautete Alex' Erkenntnis.

Wie hatte Peder nur dafür bürgen können, dass Ross mit dieser Frau verwandt war? Von der er behauptet hatte, er wolle sie schützen? Er hatte die Frau doch nicht mal gekannt.

Alex angelte sein Handy aus der Jackentasche und wünschte sich, er hätte einen verpassten Anruf von Peder darauf vorgefunden. Aber das war nicht der Fall.

»Anscheinend haben Sie Peder Rydh vertraut«, stellte Fredrika fest.

»Natürlich«, sagte Ed. »Peder war ein ausgezeichneter Sicherheitschef, wir vermissen ihn.«

Merkwürdig. Aber noch merkwürdiger war, dass Peder weiterhin abgetaucht war.

Der steckt doch schon wieder bis zur Halskrause in der Scheiße, dachte Alex. Immer das gleiche Lied. Und dann schämt er sich und versucht, sich wegzuducken.

Er schob das Handy in die Tasche zurück.

»Der Mann, den ich aus dem See gezogen habe«, hob Ed neu an, »der wohnte doch auch im Seligenhaus, oder?«

»Ja. Dan Johansson. Verheiratet mit Malin.«

»Mit Ross' Tochter …«

»Ross hat keine Tochter«, fiel Fredrika ihm ins Wort.

Ed wurde bleich.

»Haben Sie die Familie gar nicht persönlich kennengelernt?«, erkundigte sich Alex.

»Nein«, sagte Ed.

»Wir werden uns später noch einmal bei Ihnen melden«, sagte Alex und machte Anstalten aufzustehen.

»Warten Sie! Wer waren denn nun diese Leute, für die Ross das Haus besorgt hat? Wenn es nicht die Familie seiner Tochter war?«

»Er hat das Haus niemandem *besorgt*. Die Familie war auch nicht freiwillig dort, sondern wurde aus Gründen, auf die ich nicht näher eingehen kann, von Ross dort gefangen gehalten.«

Eds Gesichtsausdruck war wie versteinert. Er war schockiert – und zornig. »Jetzt sagen Sie nicht, dass Rydh auch in die Sache verwickelt ist!«

»Im Moment haben wir keinen Grund zu dieser Annahme«, beruhigte ihn Fredrika. Doch Alex konnte ihr ansehen, was sie in Wahrheit dachte. Peder war jemand, der einen Fehler machte, dann aber nie die Verantwortung dafür übernahm. Dass er keines Verbrechens verdächtigt wurde, bedeutete indes nicht, dass er keine Mitschuld an dem trug, was dort draußen geschehen war.

Alex' Handy klingelte. Es war Berlin.

»Ich musste Ross festnehmen lassen«, sagte sie ohne Vorrede. »Und er hat gestanden, die Familie Johansson entführt zu haben.«

Für einen Augenblick stand für Alex die Zeit still. Er atmete ein paarmal tief durch.

Mit Ross war er früher zum Angeln gefahren. Und jetzt saß dieser Mann in Untersuchungshaft. Weil er ein schreckliches Verbrechen begangen hatte.

»Verdammt noch mal«, hauchte er.

Fredrika versuchte, seinen Blick aufzufangen, doch eilig verließ Alex das Zimmer. Lautlos bedeutete er ihr noch: Wir müssen zurück.

»Und der Rest?«, fragte Alex ins Telefon, sobald er draußen im Flur stand. »Hat er auch die Verantwortung für alles andere übernommen?«

Berlin zögerte kurz. »Sie hätten ihn sehen sollen, Alex ...«

»Wie – sehen sollen?«

»Er war vom Donner gerührt, als ich all diese Verbrechen aufgezählt habe, derer er verdächtigt wird. Er streitet alles ab – außer der Entführung der Familie.«

Alex konnte bloß den Kopf schütteln. »Aber den Mord an Dan Johansson kann er doch wohl kaum abstreiten?«

»Er behauptet, die Frau habe ihn ermordet«, erklärte Berlin. »Außerdem schwört er Stein und Bein, nichts mit Noahs Ermordung zu tun zu haben.«

Alex holte tief Luft. »Wir müssen mit Peder Rydh sprechen, er ...«

»Peder ist hier«, unterbrach ihn Berlin.

Noch eine Überraschung.

Eine der größeren.

»Er sitzt gerade im Vernehmungsraum und macht seine Aussage. Er ist erschüttert, dass Torbjörn sein Vertrauen derart missbraucht hat.«

Alex verspürte einen Anflug von Trauer. Peder war direkt zu Berlin gegangen und nicht zu ihm.

»Er schämt sich«, fügte Berlin leise hinzu. »Also ... Peder.«

»Zu Recht«, brummte Alex. Er zögerte kurz, dann stellte er die Frage, auf die er insgeheim keine Antwort wollte: »Kriegen wir Ross für das alles dran?«

»Das bezweifle ich«, sagte Berlin. »Dafür müssten wir tonnenweise technische Beweise zutage fördern.«

Alex war fassungslos. »Wir sollten weiterreden, wenn wir zurück im Haus sind. Ich bin immer noch in der Salomongemeinde, und …«

»Da ist noch was«, fiel Berlin ihm ins Wort. »Wir haben einen Treffer bei einem der Fingerabdrücke auf den Testamenten erzielt.«

»Okay …«

»Nein, gar nicht okay«, erwiderte Berlin. »Es ist Fredrikas Mann, Spencer Lagergren.«

DIE BOTIN VOM Blumenladen tauchte im selben Moment auf, als Spencer Lagergren gerade das Haus verlassen wollte. Erstaunt nahm er den elegant verpackten Strauß entgegen und bedankte sich bei der jungen Frau, die ihn gebracht hatte.

»Stellen Sie sie gleich ins Wasser«, riet sie ihm noch.

»Natürlich.« Er lief zurück in die Küche, um eine Vase zu holen, wickelte die Blumen aus und fand eine Karte.

Vielen Dank für Ihre Hilfe! Ohne Sie keine Abschlussarbeit.
Einen schönen Sommer
Eva-Lotta

Spencer lächelte. Von dieser Eva-Lotta würde die Welt noch hören. Sie hatte ausgezeichnete Arbeit geleistet und die Entwicklung des Selfpublishings in Schweden umfassend nachgezeichnet.

Ohne Sie keine Abschlussarbeit.

Das war Spencers Meinung nach stark übertrieben. Eva-Lotta hätte mit jedem anderen genauso gut zusammengearbeitet. Sie hatte Biss, das nötige Feuer. Genau wie Fredrika damals, als sie noch seine Studentin gewesen war. Studentin – und heillos in Spencer verliebt. Er wurde immer noch rot, wenn er daran dachte, wie er sie anfangs abgewiesen hatte.

Verdammt, ich hätte niemals auch nur darüber nachgedacht, dass sie mal mein werden würde. Mich heiraten, meine Kinder zur Welt bringen.

Sein Blick verschwamm, als er die Blumen in die Vase steckte. Nach Eva-Lotta würde es keine weiteren Studenten mehr geben. Es würde keine Vorlesungen, keine Abschlussarbeiten, keine Prüfungen mehr geben. Was immer er jetzt noch täte, würde zum letzten Mal geschehen. Seine Zeit war knapp bemessen und neigte sich ihrem Ende zu. Und dann mit einem Mal war sein Bestatter tot … Ironie des Schicksals, fast wie in einem Monty-Python-Sketch. Der Bestatter, der starb und den Sterbenden im Stich ließ.

Als die Blumenbotin geklingelt hatte, war Spencer gerade auf dem Weg zu einem neuen Bestattungsinstitut gewesen – zu der Filiale einer größeren Kette: einem Unternehmen, das nicht mit einer einzigen Person stand und fiel. Denn wer wusste schon, was noch alles passieren würde? Der Tod war ein Betrunkener in einer übervollen Bar, rempelte wahllos Leute an, ohne um Entschuldigung zu bitten. Allmählich musste doch Schluss sein mit den Überraschungen. Andere Menschen redeten davon, wie sie ihr Leben organisieren wollten, während Spencer nur noch seinen Tod organisieren wollte.

Er verließ die Wohnung und lief in Richtung Sankt Eriksplan. Zumindest das Wichtigste hatte er noch immer im Griff: die Tilgung seiner Schuld. Nicht dass er diese Schuld je voll und ganz hätte begleichen können. Aber er hatte sie verringert, und zwar wesentlich. Das würde genügen müssen, sowohl ihm selbst als auch der jungen Frau.

Spencer fühlte sich fast schon frei, als er vor dem Bestattungsinstitut stehen blieb und sein Handy hervorkramte. Ein Telefonat wollte er noch erledigen, ehe er hineinginge. Bis dahin wäre er bereit, einen weiteren Unternehmer des Todes zu treffen.

Die Frau, die als Noah Johanssons Assistentin gearbeitet hatte und jetzt aus dem Urlaub zurück war, ging sofort ran.

»Spencer Lagergren«, meldete er sich. »Ich habe Ihnen eine Nachricht auf dem Anrufbeantworter hinterlassen. Es geht um mein Testament.«

»Ah, richtig«, sagte die Frau. »Ich hab die Nachricht abgehört. Sie sind da nicht der Einzige, das kann ich Ihnen versichern. Sie ahnen nicht, wie viele aus demselben Grund angerufen haben.«

»Ich kann gut verstehen, wenn Sie nicht lange reden können«, sagte Spencer. »Ich wollte einfach nur fragen, wann ich vorbeikommen könnte, um meine Unterlagen abzuholen. Es waren zwei Kuverts …«

Es knisterte im Telefon. Die Frau arbeitete nebenbei noch an etwas anderem, während sie telefonierte – oder versuchte sie, Zeit zu schinden? Spencer hätte nicht sagen können, woher ihm dieser Gedanke gekommen war, aber er behagte ihm nicht.

»Hallo?«, fragte er.

»Ja, ich bin noch dran … Ich … Ich weiß nicht, wie ich es sagen soll … aber die Polizei war hier und hat diverse Sachen mitgenommen.«

»Das sollte man annehmen«, erwiderte Spencer. »Aber sie werden ja wohl kaum sämtliche Testamente mitgenommen haben.«

»Doch, genau das haben sie getan«, sagte sie Frau.

Spencer verstummte. Dann stammelte er: »Aber … die sind doch privat …«

»Ich weiß«, pflichtete sie seinem schwachen Einwand bei. »Es tut mir wirklich leid – und wir bekommen sie auch bald wieder zurück. Das haben sie hoch und heilig versprochen.«

Ohne ein weiteres Wort legte Spencer auf.

Die Polizei hatte die Testamente mitgenommen. Um sie zu lesen? Um sie zu untersuchen? Er hatte keine Ahnung. Doch eins war klar: Wer immer seine beiden Kuverts öffnete, würde auf Informationen stoßen, die ihn nichts angingen.

Wie ein rasendes Feuer machte sich Erschöpfung in ihm breit.

Fredrika, dachte Spencer. Wie soll ich da nur wieder rauskommen?

Er musste jetzt tatkräftig handeln. Wille und Stärke zeigen. Doch von alledem besaß Spencer nur mehr wenig. Er war zu müde, zu krank, um noch Großtaten zu vollbringen. Vielleicht auch einfach zu alt.

Er stand noch eine Weile auf dem Gehweg vor dem Bestattungsinstitut. Dann fasste er einen Beschluss.

Die Kinder. Er würde die Kinder holen.

»ER HAT MIR meine Tochter genommen, er war mitschuldig. Hat ihr Leben zerstört, hat ihren Mann dazu gebracht, sie zu erschießen. Ich begreife nicht, was ihr noch hören wollt.«

Torbjörn Ross war in sich zusammengesunken. Er sah so jämmerlich klein aus, dass Fredrika Bergman fast fürchtete, er könnte verschwinden, wenn sie nur blinzelte.

Er ist da und doch wieder nicht. Merkwürdig.

Fredrika und Margareta Berlin hatten Ross' Vernehmung übernommen, während Alex sich, sowie sie wieder im Haus gewesen waren, zurückgezogen und nur ausweichend auf ihre Frage geantwortet hatte, was er stattdessen unternehmen wolle.

»Alex sollte bei der Vernehmung auch nicht mit dabei sein«, hatte Berlin gesagt. »Das erklärt sich von selbst – wenn man die Nachrichten bedenkt, die er bekommen hat.«

Fredrika fand auch, dass sich das von selbst verstand, aber es erklärte immer noch nicht, was hier vor sich ging. Sie wurde das Gefühl nicht los, dass Berlin erleichtert darüber war, gerade sie mit in den Vernehmungsraum nehmen zu können – und zwar nicht, weil sie Fredrikas Anwesenheit schätzte. Sondern um sie von anderen Dingen abzuhalten.

»Wusste sie, dass sie Ihre Tochter war?«, fragte Berlin.

Ross' Blick ging ins Leere.

»Nein«, sagte er. »Ihre Mutter wollte nicht, dass ich ihr erzähle, wie die Dinge wirklich lagen, und damit waren mir die Hände gebunden.«

»Aber du warst immer in ihrer Nähe«, wandte Fredrika ein.

»Immer«, sagte Ross mit erstickter Stimme. »Mit der Zeit

habe ich ihnen sogar immer wieder Geld zukommen lassen. Ihre Mutter ist eine Katastrophe, was Finanzen angeht. Eine Tragödie. Die macht einfach nichts richtig. Geld rinnt ihr einfach durch die Finger.«

»Aber wie hast du das angestellt?«, fragte Fredrika. »Wie hast du die Familie dazu gebracht mitzukommen, als du den Vertrag für das Seligenhaus in der Tasche hattest?«

Ross sah sie mit zusammengekniffenen Augen an. »Das ist für dich natürlich schwer zu begreifen.« Er klang giftig. »Nachdem du als Zivilistin ja nie bewaffnet warst. Weißt du, wie Menschen reagieren, wenn man in ihrer Nähe eine Waffe zieht? Sie sind außer sich vor Angst. Ich hab mir Familie Johansson am Tag vor der geplanten Australienreise gegriffen – und wenn die Australienreise nicht gewesen wäre, hätte ich sie mir schon früher im Jahr geholt. Aber am Ende war es nur gut abzuwarten, so unglaublich viel eleganter, jemanden zu entführen, den niemand vermissen würde. Sie haben alles getan, was ich gesagt habe, und die Eltern haben mich sogar dabei unterstützt, indem sie den Kindern mitteilten, was jetzt zu tun sei. ›Jetzt machen wir, was der Onkel sagt.‹ Ich hab sie mit Kabelbindern gefesselt und in einen Van verfrachtet, den ich mir von einem Freund ausgeliehen hatte. Sie haben nicht gesehen, wohin ich sie gebracht habe, außerdem bin ich erst stundenlang mit ihnen durch die Gegend gefahren, bevor ich sie vor dem Haus aussteigen ließ.«

»Was war mit den E-Mails?«, fragte Berlin. »Sie haben ja sogar ihre Anrufe entgegengenommen.«

»Der Mensch lebt inzwischen nur noch durchs Handy«, erklärte Ross. »Was gut für mich war. So konnte ich mit Leichtigkeit die Fragen der Handvoll Leute beantworten, die überhaupt welche stellten. Was das Telefonat anging, hatte ich einfach Glück. Ich war gerade im Seligenhaus, als der Anruf kam, und hab Dan gezwungen ranzugehen. Noch mal: Australien war eine willkommene Ergänzung zu meinem Plan.«

Fredrika zögerte kurz. »Was sollte deiner Meinung nach in dem Haus passieren?«

Ross antwortete, ohne zu zögern, aber mit zitternder Stimme: »Das Gleiche, was meiner Tochter passiert ist. Das Gleiche, was Maria und ihrer Familie passiert ist.«

Fredrika wurde übel.

Berlin hatte die Lippen zusammengepresst. Sie war wütend, und das war nicht gut. Wut war ein Zeichen dafür, dass sie all das, was hier gerade vor sich ging, persönlich nahm, und das war keine allzu gute Voraussetzung für die Vernehmung. Fredrika selbst war außer sich vor Nervosität. Alex hatte sich so merkwürdig verhalten, nachdem Berlin ihn bei der Salomongemeinde angerufen hatte, und Berlin war ebenfalls noch immer komisch. Sie waren doch allmählich fertig, und Ross war der Täter, nach dem sie gesucht hatten. Er und kein anderer.

Es war nicht der Mann gewesen, der Morgan Sanders Buch *Ich mache alles wieder gut* auf Söder gekauft hatte.

Und auch nicht Spencer.

Jene beiden Männer, die beide mit den schicksalhaften Worten in Verbindung gebracht werden konnten.

Worte, die sie indes noch immer nicht mit Ross verbinden konnten.

Berlin schien dieselbe Lücke in der Logik aufgetan zu haben, und nun versuchte sie, diese zu füllen.

»Warum ausgerechnet Morgan Sanders Bücher?«, fragte sie.

Die Wendung des Gesprächs überrumpelte Ross. »Ich weiß nicht, wovon Sie reden.«

»Die Bücher, die wir bei Malcolm Benke und Lovisa Wankel gefunden haben«, erklärte Berlin.

»Sie sind doch verrückt«, brüllte Ross. »Komplett durchgeknallt!«

Das musst du gerade sagen, dachte Fredrika müde.

Berlin seufzte. »Es ist ja nun nicht so, dass es uns nicht leidtäte, was Sie durchgemacht haben. Die Tochter, von der Sie die ganze Zeit wussten, der Sie aber nie näherkommen durften. Das begreife ich, glauben Sie mir. Aber …« Sie zog ein Blatt Papier aus ihrer Tasche. »Trotzdem will ich nicht mal im Entferntesten so tun, als wäre es in Ordnung, wegen einer solchen Sache mehrere Menschen umzubringen.«

Ross antwortete nicht. Er war mittlerweile so weiß im Gesicht, dass er sich von den hellen Wänden des Zimmers kaum mehr abhob.

»Nichts davon hab ich getan«, sagte er erneut. »In dieser Hinsicht ist mein Gewissen rein.«

»Du meinst, nicht in Sachen Dan Johansson?«, hakte Fredrika nach.

»Ich habe Dan Johansson nicht umgebracht«, entgegnete Ross. »Das war seine Frau.«

Berlin donnerte die Faust auf den Tisch. »Jetzt ist aber mal Schluss!«

»Aber es ist die Wahrheit! Er war schon tot, als ich dort ankam – da war überall Blut, ich wäre fast darin ausgerutscht.«

Allmählich beschlich Fredrika das Gefühl, dass er tatsächlich die Wahrheit sagte. Er hatte Dan Johansson nicht ermordet.

Mein Gott, wie haben die in diesem verdammten Haus gelebt?

»Kapierst du eigentlich, was du getan hast?«, fragte sie. »Ist dir klar, was Familie Johansson deinetwegen durchmachen musste?«

»Nichts, was sie nicht verdient hätte«, erwiderte Ross tonlos.

Doch derlei Argumente wollte Berlin sich nicht anhören.

»Noah Johansson«, sagte sie. »Verdiente der es auch zu sterben?«

»Nein«, antwortete Ross.

»Und warum haben Sie ihn dann getötet?«

»Das habe ich nicht!«

Die Vernehmung war festgefahren, sie kamen weder vor noch zurück.

»Wie sah dein Plan genau aus?«, wollte Fredrika wissen. »Erklär uns noch mal, wie du es dir gedacht hattest – denn ehrlich gesagt habe ich es immer noch nicht verstanden.«

Ross senkte den Blick.

»Ungefähr so, wie es dann wirklich passiert ist«, sagte er leise. »Nur mehr …«

Mehr?

»Sie hatten beabsichtigt, sie so weit zu bringen, dass sie einander umbringen würden?«, fragte Berlin.

»Er – Dan – sollte sich umbringen. Allerdings erst nachdem er seine Frau und Kinder getötet hätte. Ich wollte, dass er begreift, dass er nur so wieder frei sein würde.«

Fredrikas Gedanken überschlugen sich und drohten zu überhitzen.

»War das wirklich dein oberstes Ziel, als du dir deinen Racheplan zurechtgelegt hast?«, fragte sie gedehnt. »Du hast allen Ernstes vorgehabt, einen Bunker für sie zu finden und sie dann dort reinzuwerfen, damit sie sich gegenseitig zerfleischen?«

Ross schüttelte den Kopf, und in seinen Augenwinkeln schimmerten Tränen.

»Ursprünglich wollte ich diesen Idioten einfach nur erschießen«, sagte er. »Aber dann fiel mir das Haus wieder ein, ich wusste ja, dass es existierte und wie man es würde einsetzen können. Erst habe ich gar nicht geglaubt, dass ich es würde mieten können, aber es funktionierte, und dann …«

Fredrika lehnte sich zurück.

Sie hatten Jagd auf einen Mann gemacht, der von sich behauptete, er wolle alles wiedergutmachen. Nur bestand Ross darauf, nicht dieser Mann zu sein. Er nahm nur eins der Verbrechen auf sich, nur die Entführung der Familie. Die eine Tat, die von allen anderen abwich. Ein Tatort ohne jede Botschaft an Alex. Ein Tatort ohne Sander-Buch.

Verdammt, es konnte doch nicht noch mehr Typen wie Ross geben!

Im Schatten all dessen, was sie nicht wussten, was sie nicht beweisen konnten, machte sich Zweifel bemerkbar.

Im nächsten Moment klopfte es, und ein jüngerer Kollege steckte den Kopf zur Tür herein.

»Kann ich Sie beide kurz sprechen?«

Er nickte Berlin und Fredrika zu. Ross war nicht länger Teil ihrer Gemeinschaft.

Sie folgten dem Kollegen hinaus auf den Flur, Berlin ließ die Tür hinter ihnen zukrachen und Ross allein im Vernehmungsraum zurück.

»Die Hausdurchsuchung bei Ross ist in vollem Gange«, berichtete der Kollege.

»Ich weiß«, sagte Berlin. »Den Antrag bei der Staatsanwaltschaft habe ich selbst gestellt.«

»Ich hab eben einen ersten Bericht von vor Ort bekommen«, fuhr er ungerührt fort. »Sie haben mehrere interessante Funde gemacht – unter anderem zwei Morgan-Sander-Bücher, die Ross ganz hinten in einem Schrank aufbewahrt hat.«

Fredrika atmete aus. Endlich fester Boden unter den Füßen. *Endlich.*

Doch der Kollege hatte noch mehr zu berichten, sein ganzes Gesicht zuckte vor Eifer.

»Und wir haben einen Revolver gefunden«, sagte er.

»Einen Colt .45«, mutmaßte Berlin.

»Exakt. Den schicken wir per Kurier ins Labor zu den Kollegen von der Ballistik«, sagte er. »Aber wir können uns jetzt schon fast sicher sein, dass es sich um die Mordwaffe handelt.«

Berlin war erschüttert, das merkte man.

Fredrikas Gedanken kreisten, und der feste Boden schwankte ein wenig. Nachbeben, kein Grund zur Sorge.

»Wo habt ihr die Waffe gefunden?«, fragte Fredrika.

»In der Garage«, sagte der Kollege.

»Wo in der Garage?«

»Hinter einem Stapel Winterreifen.«

»Habt ihr Ross' Fingerabdrücke darauf sichern können?«, erkundigte sich Berlin.

»Wir haben den Revolver erst vor einer Viertelstunde gefunden«, sagte der Kollege, »insofern nein, haben wir noch nicht.«

»Was die Fingerabdrücke angeht, sollten wir uns nicht zu viel erhoffen«, wandte Fredrika ein. »Schließlich haben wir noch an keinem der anderen Tatorte Spuren gefunden; er war da sehr gründlich.«

»Möglich«, sagte der Kollege. Dann verabschiedete er sich.

»Das war's dann wohl«, sagte Berlin leise.

»Scheint so«, meinte Fredrika. Dann sah sie Torbjörn Ross vor sich – einen älteren Mann mit schweren Gummistiefeln an den Füßen und dem charakteristischen Blick des in die Jahre Gekommenen, dem allmählich die Schärfe zu fehlen schien. Ein Haus, wie er es von der Salomongemeinde gemietet hatte, hätte Ross niemals bauen können. Niemals.

»Was geht Ihnen gerade durch den Kopf?«, fragte Berlin.

Dass all dies hier Ross' Fähigkeiten überschreitet.

»Ich habe Zweifel«, sagte Fredrika.

Hörte sie da wirklich ihre eigene Stimme? Ross war doch der Täter. Es *musste* Ross sein.

»Inwiefern?«, erkundigte sich Berlin.

»Ich kann einfach nicht glauben, dass Ross wie ein böser Geist zu allen möglichen Tatorten unterwegs sein kann. Tut mir leid, aber allein die Tatsache, dass er keine Spuren hinterlassen hat … passt für mich einfach nicht zu ihm.«

Berlin drückte den Rücken durch.

»Immer dasselbe Lied«, murmelte sie. »Mangelnder Respekt.«

Fredrika sah erstaunt auf. »Wie bitte?«

»Sie haben ja keine Ahnung, wie wir Polizisten sind – vor allem die vom älteren Schlag wie Torbjörn und Alex.«

»Moment mal, ich …«

»Torbjörn ist einer der kompetentesten Kollegen, mit denen ich je zusammengearbeitet habe. Wenn jemand eine solche Mordserie begehen kann, ohne erwischt zu werden, dann er.«

Fredrika blieb schier die Spucke weg. Von alle dem, was Berlin hätte sagen können, war dies hier das Verbohrteste und Absurdeste …

Fredrika musste sie einfach auf das Offenkundige hinweisen: »Wenn er nicht erwischt wurde, dann ist es doch seltsam, dass wir jetzt gerade mit ihm bei der Vernehmung sitzen – und noch seltsamer ist, dass er eins der Verbrechen auf sich nimmt, ohne auch nur den geringsten Widerstand zu leisten. Die anderen weist er weit von sich, obwohl er doch weiß, dass das Spiel aus ist und er sich dafür wird verantworten müssen.«

»Er streitet die anderen Taten ab, weil er glaubt, wir könnten nicht nachweisen, dass er damit zu tun hatte«, erklärte Berlin. »Er weiß ja nicht, was wir heute bei ihm gefunden haben.«

»Aber er ist doch Polizist, verdammt«, sagte Fredrika und spürte, wie ihre Wangen heiß wurden. »Er weiß genau, wie wir vorgehen, er weiß, dass wir sein Haus durchsuchen. Ihm muss doch klar sein, dass wir die Bücher und den Revolver finden. Warum hat er sich dafür kein besseres Versteck ausgedacht als einen Schrank und seine Garage?«

Berlin sah Fredrika an, als hätte sie den Verstand verloren. »Glauben Sie etwa, jemand anders hat die Bücher sowie die Mordwaffe bei ihm deponiert?«

Dass sie in Wahrheit noch nicht einmal wussten, ob es sich bei dem gefundenen Revolver tatsächlich um die Mordwaffe handelte, wenn auch das meiste dafür sprach, ließ sie zwar unerwähnt, aber sie pflichtete Berlin bei. »Ja. Ich glaube, die Möglichkeit besteht.«

Berlin schüttelte bedächtig den Kopf.

»Kehren Sie ins Dezernat zurück«, sagte sie. »Ich bringe die Vernehmung allein zu Ende.«

»Perfekt«, erwiderte Fredrika knapp und machte auf dem Absatz kehrt. Weg von Berlin, weg von Ross.

Zurück ins Dezernat, wo Alex sich mit irgendeiner anderen Sache beschäftigte, von der sie noch nicht erfahren hatte.

»SIE HABEN IHN«, sagte Ivan.

Alex Recht sah auf. »Wen?«

»Ross. Sie haben Morgan Sanders Bücher in seinem Schrank und wahrscheinlich sogar die Mordwaffe gefunden.«

Alex ließ die Unterlagen auf den Schreibtisch fallen, als hätte er sich daran verbrannt.

»Gott sei Dank«, sagte er nach einer Weile.

Der Fingerabdruckvergleich hatte ergeben, dass höchstwahrscheinlich Spencer Lagergren den Brief geschrieben hatte, den Alex in Noah Johanssons Büro gefunden hatte. Spencer, von dem Peder behauptete, er habe Noah mal attackiert – Noah, der bedroht worden war und sich an ein Sicherheitsunternehmen gewandt hatte. Noah, der mit der Wahrheit nicht immer ganz zuverlässig gewesen war – zumindest Peder zufolge. Berlin gegenüber hatte Peder indes kein Wort über Spencer verloren – und auch keine Silbe darüber, dass Noah hinsichtlich seiner Sicherheit Bedenken gehabt hatte.

Peder hatte Alex angelogen.

Und jetzt waren beide Brüder Johansson tot.

Alex wollte nur zu gern annehmen, dass sie von ein und demselben Täter ermordet worden waren.

Und er wünschte sich, dieser Täter wäre Torbjörn Ross.

»Was machen wir jetzt damit?«, fragte Ivan und zeigte auf den Brief, den Spencer geschrieben hatte.

»Wir gehen davon aus, dass Spencer Lagergren nichts mit Dan Johanssons Schicksal zu tun hat«, stellte Alex fest. »Und wir haben nicht die geringste Verbindung zwischen ihm und einem der anderen Opfer gefunden.«

Über den Rest wollte er lieber gar nicht nachdenken.

Dass Spencer Lagergren in seinem Brief angedeutet hatte, er werde in naher Zukunft sterben.

»Im Grunde schreibt er nur, dass er alles wiedergutmacht«, sagte Ivan. »So wie ein Schriftsteller, den er nicht namentlich nennt.«

»Stimmt«, pflichtete Alex ihm bei. »Aber dafür gäbe es eine Erklärung. Spencer ist Professor der Literaturwissenschaft. Fredrika zufolge hatte er im vergangenen Frühjahr eine Studentin, die unter anderem über Morgan Sanders Autorenschaft geforscht hat.«

»Das sollten wir trotzdem noch mal überprüfen.«

»Tun Sie das«, sagte Alex. »Aber bitte diskret. Und dann legen wir das hier ad acta.«

Sie saßen sich eine Weile schweigend gegenüber. Alex konnte sich noch vage daran erinnern, wie Spencer zuletzt in eine polizeiliche Untersuchung hineingezogen worden war. Damals hatte eine Studentin ihn wegen eines sexuellen Übergriffs angezeigt, und er hatte sogar in U-Haft gesessen. Garantiert hatten sie damals auch seine Fingerabdrücke genommen, sie dann aber aus dem System gelöscht, weil er freigesprochen worden war. Wenn Ivan die Testamente nicht durchsucht hätte, dann hätten sie Spencer nie identifiziert. Alex wünschte sich insgeheim, es wäre so gewesen.

»Müssen wir nicht auch auf den restlichen Inhalt des Briefes reagieren?«, fragte Ivan.

»Was meinen Sie?«

»Er schreibt da doch, er habe eine junge Frau überfahren und dann Fahrerflucht begangen«, antwortete Ivan.

Alex senkte das Kinn auf die Brust. »Wir wissen nicht, wie lange das her ist.«

»Das steht doch da«, beharrte Ivan. »Als ihr erstes Kind gerade erst zur Welt gekommen war.«

Ivan war alles andere als dumm, und das war nicht immer zu ihrem Besten.

»Lassen Sie mich darüber eine Weile nachdenken«, erwiderte Alex. »Und dann sehen wir ja, was kommt. Ich meine, er nennt ja nicht den Namen der Frau oder so … Rein rechtlich dürfte es problematisch werden, das hier durchzuziehen, solange wir nur diesen Brief in der Hand haben.«

»Vielleicht fahren sie immer noch dasselbe Auto«, wandte Ivan ein. »Wir könnten es beschlagnahmen lassen und nachsehen, ob noch irgendwelche Spuren zu finden sind.«

Alex starrte ihn an, und Ivans Schultern sackten nach unten.

»Klar, das ist alles schon Jahre her …«

»Genau so ist es«, meinte Alex.

»Ich hatte seinen Namen direkt beim ersten Mal entdeckt, als ich Johanssons Kundenkartei durchgegangen bin«, murmelte Ivan.

»Und meinen haben Sie dort auch entdeckt.«

Ivan wurde rot.

Alex holte tief Luft, war sich nicht sicher, ob er erzählen sollte, was er noch auf dem Herzen hatte. »Wir müssen damit vorsichtig sein. Und keine voreiligen Schlüsse daraus ziehen. Okay?«

»Okay«, sagte Ivan.

»Und nicht nur weil es mit Fredrika zu tun hat«, schob Alex nach. »Oder besser gesagt: gar nicht weil es mit Fredrika zu tun hat. Sondern weil wir nie voreilige Schlüsse aus so spärlichem Material ziehen dürfen. Das kann für die betreffenden Personen schlimme Konsequenzen haben.«

Mit diesen Worten war ihr Gespräch über den Brief beendet. Wenn es nach Alex gegangen wäre, würde es auch nie wieder aufgenommen werden. Nie wieder.

»Wo sind eigentlich die restlichen Testamente?«, fragte er.

»Immer noch bei der Technik. Dort rufen in einem fort Leute an und verlangen sie zurück.«

»Dann geben wir sie zurück«, entschied Alex. »Wir brauchen sie nicht mehr.«

Ivan kümmerte sich umgehend darum. Er rief in der Technik an und teilte dort mit, was Alex ihm aufgetragen hatte. Alex hörte ihm schweigend zu. Noah Johansson musste ermordet worden sein, weil er zu hartnäckig nach seinem Bruder geforscht hatte. Etwas anderes war schlicht undenkbar. Das würde auch das Durcheinander erklären, das in seinem Büro geherrscht hatte, als sie ihn dort gefunden hatten. Nichts hatte gefehlt, nichts war gestohlen worden. Irgendwer hatte einfach nur alles durcheinandergeworfen, um den Tatort wie nach einem Raubmord zu hinterlassen. Oder der Mörder war dort gewesen und hatte nach etwas gesucht. Aber was suchte man in einem Bestattungsinstitut? Was von Wert hätte dort nur gelagert?

Nein, so war es nicht, dachte Alex. Der Mörder hat Noah zum Schweigen bringen wollen. Und dann hat er sich auf den Weg zu Tina Antonsson gemacht, die ihm zum Glück hat entwischen können.

Ross und diese verdammten Gummistiefel. Dass er so dumm hatte sein können.

»Müssen wir es Fredrika erzählen?«, fragte Ivan.

»Nein«, antwortete Alex. »Das soll Spencer selbst machen.«

Je länger er über den Brief nachdachte, umso unruhiger wurde er. Fredrikas Verhalten in den letzten Tagen und Wochen – die Sorge, die ihr ins Gesicht geschrieben stand. Spencer hatte in seinem Brief geschrieben, er wisse, wann er sterben werde, und dass seine Zeit bemessen sei. Dieser Teil gab Alex enorm zu denken. War Spencer so schwer krank? Warum hatte Fredrika ihm nichts erzählt?

Weil sie immer alles für sich behält.

Unruhig nestelte Ivan an dem Brief.

»Sie riecht es doch bestimmt ohnehin«, sagte er.

»Fredrika?«

»Ja«, meinte Ivan. »Sie muss doch kapiert haben, wer den Brief geschrieben hat. Selbst wenn sie von dem Autounfall nichts wusste, muss sie es doch verstanden haben.«

Dieser Gedanke war Alex noch gar nicht gekommen. Dass Fredrika bei der Arbeit gesessen und lange, bevor es Zeit gewesen wäre, das letzte Bekenntnis ihres Mannes gelesen hatte – auf diese Weise hatte sie erfahren müssen, dass er schreckliche Schuld auf sich geladen hatte.

Alex spürte, wie sein Mund trocken wurde.

Wie furchtbar.

Sie musste das Gleiche gedacht haben wie Ivan und Alex.

Sie musste angenommen haben, den Brief eines Mörders zu lesen.

Doch im Unterschied zu ihren Kollegen hatte sie sofort gewusst, wer den Brief verfasst hatte.

Sie musste eine Heidenangst bekommen haben.

Alex ahnte, dass er mit Fredrika darüber würde sprechen müssen, er würde sie beruhigen müssen, noch ehe sie ins Wochenende gingen. Der Mann, mit dem sie zusammenlebte, hatte sich zwar eines Verbrechens schuldig gemacht, als er die Frau überfahren und hilflos auf der Straße hatte liegen lassen – aber ein Serienmörder war er nicht. Und sofern sie das noch nicht selbst erkannt hätte, würde Alex ihr auf die Sprünge helfen.

Die Gelegenheit dazu ergab sich im Handumdrehen. Alex hatte sich gerade wieder an seinem Schreibtisch niedergelassen, als es an der Tür klopfte und Fredrika hereinkam.

»Wir müssen reden«, sagte sie.

»Setz dich«, erwiderte Alex.

Sie schob die Tür hinter sich zu und setzte sich ihm gegenüber.

Alex wollte sofort zur Sache kommen, doch Fredrika kam ihm zuvor. »Ich glaube, wir liegen falsch. Ich glaube nicht, dass Ross uns belügt. Er hat Lovisa Wankel, Malcolm Benke und die anderen nicht ermordet.«

Alex war baff. »Hast du noch gar nicht gehört, dass sie sowohl Bücher als auch die Mordwaffe bei ihm zu Hause gefunden haben? Er hatte zwei Exemplare von Morgan Sanders Buch im Schrank versteckt, und ...«

»Die kann auch jeder andere dort deponiert haben – das bedeutet rein gar nichts.«

Alex beugte sich über den Schreibtisch. Der Moment war gekommen, um seine Kollegin von ihren Dämonen zu befreien.

»Fredrika, ich weiß Bescheid«, sagte er leise.

Sie sah ihn verständnislos an.

»Ich weiß Bescheid«, sagte er wieder. »Ich weiß, dass Spencer den Brief geschrieben hat, den wir bei Johansson gefunden haben. Aber glaub mir – er ist nicht der Mörder, nach dem wir suchen.«

Fredrika blinzelte. »Glaubst du im Ernst, dass ich angenommen hätte, *Spencer* wäre unser Täter?«

Alex wand sich sichtlich. »Sorry ... Ich hätte es anders formulieren müssen. Aber ... wer ... oder ... Was denkst du? Ich kapiere es nämlich nicht.«

Fredrika lief rot an. Was Alex da sagte, irritierte sie zusehends.

»Ich habe keinen Schimmer, wer unser Täter ist«, sagte sie schließlich. »Ich wollte eigentlich nur sagen, dass es mir unwahrscheinlich vorkommt, dass ausgerechnet Ross so ausgeklügelte Morde begehen könnte – und das auch noch, ohne Spuren zu hinterlassen. Das Gleiche habe ich auch schon zu Berlin gesagt. Aber die meinte nur, dass ich euch Polizisten vom alten Schlag nicht respektieren würde. Aber glaub mir – das wollte ich damit nicht sagen.«

»Ist mir schon klar«, erwiderte Alex. »Es ist lange her, dass wir solche Diskussionen geführt haben.«

Er wollte wieder auf Spencer zu sprechen kommen und ihr erklären, warum er sich so und nicht anders ausgedrückt hatte. Trotzdem blieb er an Fredrikas Einwand hängen. War Ross als Täter wirklich zu unwahrscheinlich? Zu alt? Oder unterschätzten sie ihn? Ross mit seinen verdammten Gummistiefeln und dem gebeugten Nacken … Wer wusste schon, wozu er imstande war und was sich hinter seiner Fassade verbarg?

»Fest steht doch, dass es ihm gelungen ist, eine Familie zu entführen«, gab Alex zu bedenken. »Und sie dann zwei Monate lang ihrer Freiheit zu berauben. Entschuldige die Formulierung, aber da ist er nun wirklich alles andere als dumm vorgegangen.«

Fredrika schüttelte den Kopf. »Alex, er hat dieses Haus nicht gebaut, es ist ihm quasi auf dem Silbertablett serviert worden, und das Einzige, was er dann noch tun musste, war, diese Familie zu verschleppen. Und dafür musste er nicht einmal sonderlich vorsichtig zu Werke gehen. Er konnte sich im Grunde doch sicher sein, dass zu ihrem Verschwinden keine Ermittlung eingeleitet würde.«

Das war ein wichtiger Punkt, den Alex übersehen hatte.

»Welche Spur haben wir nicht hinreichend weiterverfolgt?«, hakte er nach. »Worauf würdest du noch mal gründlicher schauen?«

Endlich – eine neue Möglichkeit, über Spencer zu sprechen.

»Dieser Mann, der die Bücher gekauft hat«, hob Fredrika an.

»Dessen Stimme nicht die von Ross war …« Zum tausendsten Mal berührte er die Narben an seinen Händen. Henry Lindgrens Tod schreckte ihn von allen am meisten. Eine derart klare Verbindung in die Vergangenheit – zu einem Fall, bei dem Alex als Polizist gescheitert war. »Ich bin mir so verdammt unsicher, Fredrika. Zwei Dinge wissen wir mit Sicherheit: zum Ersten, dass dieser Mann mich kennt. Und zum Zweiten: dass er auch die Geschichte all seiner Opfer erschreckend genau kannte. Wer außer Ross erfüllt diese Kriterien? Wen außer Ross haben wir mit sämtlichen Opfern in Verbindung bringen können?«

Fredrika schwieg, schien ihre Gedanken zu sortieren.

»Niemanden«, gab sie letztlich zu. »Allerdings haben wir auch nie richtig gründlich gesucht. Wir können uns doch nicht einfach darauf verlassen, dass es ein anderer schon nicht gewesen sein kann. Denn das wäre kein Beweis, der vor Gericht auch nur annähernd taugt.«

»Danke, das weiß ich selbst«, rutschte es Alex heraus.

»Entschuldige«, sagte sie leicht irritiert.

Neuerliches Schweigen.

Fredrika, ich weiß Bescheid.

Sie mussten über den Brief reden, sie mussten über Spencer reden.

»Wie war Ross, als er jünger war?«, fragte Fredrika. »War er ein guter Polizist?«

Die Frage warf Alex um Jahrzehnte in der Zeit zurück. Für einen kurzen Moment ließ er all die Jahre und Fähigkeiten Revue passieren, die Ross dem Anschein nach abhandengekommen waren.

»Er war einer der Besten«, antwortete er heiser.

»Einer der Besten?«

Alex nickte. »Seine Urteilskraft hat sich mit der Zeit verändert … verschlechtert. Aber seine Fertigkeiten sind immer noch ganz obenauf.«

Fredrika schwieg.

»Dann hast du vielleicht recht«, sagte sie nach einer Weile. »Dann ist er vielleicht wirklich der Täter.«

»Ich fürchte, wir müssen akzeptieren, dass es so ist«, erwiderte Alex. »Und der Mann, der Morgan Sanders Bücher im Antiquariat gekauft hat, den vergessen wir einfach. Solange er nicht Ross' Mittelsmann war. Aber das werden wir wohl nie erfahren.«

Fredrika lächelte schief, und Alex holte tief Luft.

»Ich weiß Bescheid«, sagte er wieder. »Ich weiß, dass du weißt, dass Spencer den Brief geschrieben hat. Ich weiß, dass du dir Sorgen machst, er könnte irgendwas mit der Sache zu tun haben. Aber jetzt hör mir zu: Spencer hat vielleicht andere Dummheiten begangen. Aber er ist nicht Teil dieser Ermittlung. Okay?«

Fredrika stiegen die Tränen in die Augen. »Okay.«

Es war doch wie immer. Da tat man sich mit dem zusammen, den man am meisten mochte. Gleichzeitig ermöglichte ausgerechnet die bedingungslose Liebe einen Zweifel, wie man ihn sich nur selten in anderen Zusammenhängen erlaubte. Denn es durfte doch einfach nicht sein, dass man sich täuschte – nicht was die eigenen Liebsten anging. Bei denen musste man sich doch sicher sein können. Und zwar so sicher, dass man das Böse nicht in sein Leben einlassen musste.

Alex ließ sich in seinem Stuhl zurücksinken. »Wie geht es ihm?«

»Gut«, antwortete Fredrika.

Alex zögerte kurz. Hatte sie seine Frage verstanden?

»Das heißt, Spencer ist gar nicht krank?«, hakte er nach.

»Er stirbt«, erwiderte Fredrika. »Er hat einen Gehirntumor.«

Für einen Augenblick stand die Zeit still.

Ausgerechnet.

Ausgerechnet ein Gehirntumor.

Darauf war er nicht vorbereitet gewesen. Dass außer ihm selbst jetzt noch jemand sich genötigt sah, einen geliebten Menschen sterben zu sehen.

Du ahnst ja nicht, welche Hölle noch vor dir liegt. Aber ich weiß es. Ich war dort.

»Das tut mir so leid«, sagte er.

»Mir auch«, sagte Fredrika. »Mir auch. Und du musst mir glauben, Alex, wenn ich imstande gewesen wäre … Du wärst der Erste gewesen, dem ich mich anvertraut hätte.«

Er bekam kein Wort heraus, sondern nickte nur. Um sie zum Schweigen zu bringen. Und weil er sich schämte, dass sie offenbar gedacht hatte, sie sei ihm eine Erklärung für ihr Schweigen schuldig.

»Du könntest mir ein bisschen was erzählen«, sagte Fredrika mit brüchiger Stimme.

»Jederzeit«, versicherte ihr Alex. »Jederzeit. Ich bin immer für dich da.«

WANN IMMER PEDER Rydh seine Frau Ylva vermisste, fuhr er hin und besuchte sie. Manchmal hatte er die Jungs dabei, manchmal auch nicht. Diesmal fuhr er allein.

»Ich hab das Richtige getan«, sagte er nüchtern. »Ich bin zu Berlin gefahren und hab mit ihr geredet. Hab ihr alles erzählt, was es zu sagen gab. Nur das mit Spencer hab ich ausgelassen, das wäre zu umständlich gewesen. Außerdem stirbt er ja sowieso bald.«

Es hatte aufgehört zu regnen, da war Peder erleichtert. So blieb ihm der blöde Regenschirm erspart, den er sonst gebraucht hätte. Es war lange her, seit er Ylva in ihren vier Wänden getroffen hatte.

»Ich weiß genau, was du denkst«, fuhr er fort. »Du findest, ich hätte es schon viel früher tun sollen. Ich hätte Verantwortung übernehmen müssen. Aber das stimmt nicht. Diesmal hab ich es getan – und mehr als das. Und ich glaube, das weißt du auch.«

Ein Vogel flog so tief über seinen Kopf hinweg, dass Peder sich instinktiv wegduckte.

»Verdammter Scheißvogel«, murmelte er.

Er hatte schon immer Angst vor Vögeln gehabt, fand sie unberechenbar. Seinem Bruder Jimmy war es genauso gegangen. Als Kind hatte Peder regelrecht Angst davor gehabt, dass auch Jimmy sich fürchten könnte. Jimmy war jemand, der im Grunde nichts gruselig fand. Er hatte nie Albträume, so wie Peder, hatte nie nachts im Bett der Eltern liegen wollen. Erst mit dem Unfall hatte sich alles verändert. Sobald er die Augen zumachte, konnte Peder vor sich sehen, wie sein Bruder von der Schaukel segelte, auf dem harten Boden landete und sein Kopf an einem Stein aufschlug. Er konnte sich immer noch an den riesigen Blutfleck erinnern, der immer größer wurde, und daran, wie heiß Jimmys Kopf war, als er ihn mit beiden Händen festhielt. Es war nicht Blut, sondern dessen Verstand gewesen, der da aus dem Bruder gesickert war, aber das hatte Peder erst später begriffen, als er älter geworden war und der Abstand zu Jimmy – der sein Leben lang Kind bleiben sollte – allmählich so groß wurde, dass er kaum mehr zu überbrücken war.

»Weißt du«, sagte Peder zu Ylva, »damals, als ich diesen Mann erschossen habe, der Jimmy getötet hat – daran erinnere ich mich kaum mehr, da ist alles nur noch schwarz. Aber ich weiß noch genau, wie ich mich gefühlt habe, ich weiß, dass ich fand, ich hätte das Richtige getan. Und das denke ich im Grunde bis heute.«

Der Boden unter seinen Füßen war weich und feucht. Vorsichtig setzte er seine Schritte ins Gras, spürte, wie die Halme unter seinem Gewicht nachgaben.

»Es hat mich wieder überkommen – das hab ich dir ja schon erzählt … dieses Gefühl. Das gleiche Gefühl wie damals, als ich Jimmys Mörder erschossen hab. Diesmal nur noch viel klarer. Es blieb irgendwie, ging tiefer, es … Ich schäme mich ein bisschen, weil ich es anfangs nicht hingekriegt habe. Da ist mir alles entglitten. Ich weiß, ich hab das schon mal gesagt, und mir ist auch klar, du weißt, dass ich gekündigt wurde. Was ich aber sagen will: Heute ist alles anders. Ich hab's im Griff, ich krieg das hin mit den Jungs. Jussi, mein Chef bei Solid Security, der hat es einfach nicht gecheckt. Der hat mich zum Psycho deklariert. Nach dem, was mit dir passiert ist, wäre ich ja nicht mehr normal, und unzuverlässig wäre ich obendrein. Er hat mir auf den Kopf zugesagt, ich hätte einen Schaden, und er hätte mich falsch eingeschätzt, als er mich eingestellt hat. Verdammter Drecksack – damals war doch komplett alles in Ordnung mit mir. Und das ist heute nicht anders. Aber wir haben ja darüber geredet, wie es mir im vorigen Sommer gegangen ist, als ich die Stelle wechseln wollte. Ich konnte einfach nicht aufhören, immer wieder über alles nachzudenken, was Jimmy passiert war und was ich getan hatte, obwohl du mich immer wieder daran erinnert hast, wie viele Jahre seither vergangen waren. Ich hab es versucht, Teufel noch mal, hab ich wirklich. Aber es ging nicht. Nicht mal nachdem ich die Stelle gewechselt hatte. Ich wurde einfach nicht frei, Ylva. Ich steckte irgendwie fest. Und zwar ewig.«

Peder musste schwer durchatmen.

»Irgendwann, wenn die Jungs älter sind, erkläre ich ihnen alles. Im Moment geht das einfach nicht, das musst du verstehen. Ich … Verdammt, Ylva, ich wollte doch bloß alles richtig machen. Aber ich bin nicht so weit gekommen, wie ich geplant hatte. Nicht mal annähernd. Ich lege mir einen neuen Plan zurecht, versprochen. Das hier sollte mein Lebensprojekt werden und nicht etwas, was nur in einer Sommerwoche passiert.«

Peder hörte, wie sich Stimmen näherten. Sie waren nicht mehr allein.

»Ich muss langsam los«, sagte er. »Ich komm in ein paar Tagen wieder, zusammen mit den Jungs. Die vermissen dich nämlich, sprechen die ganze Zeit von dir. Aber … uns geht es gut. Das sollst du wissen.«

Peder beugte sich vor und strich ein Blatt beiseite, das von einem Baum auf Ylvas Grabstein gesegelt war.

»Hab ich dir überhaupt von Ross erzählt?«, fragte er dann. »Das hab ich, oder? Was für ein verdammter Versager. Du kannst dir nicht vorstellen, was er angerichtet hat. Aber er denkt wie ich – dass er das Richtige getan hat.«

Er machte ein paar Schritte zurück und wandte sich zum Gehen.

»Du warst das Beste, das mir je passiert ist«, flüsterte er.

ALS FREDRIKA BERGMAN nach Hause kam, war die Wohnung voller Leben. Die Kinder wirbelten wie rastlose Schmetterlinge umher, polterten und kreischten. Aus der Küche roch es nach Knoblauch. Erstaunt stellte Fredrika ihre Handtasche ab. Sie griff sich Saga quasi aus der Luft, während sie in Richtung Küche ging.

»Papa hat uns abgeholt!«, rief Saga glücklich.

»Das ist ja schön.«

Sie presste das Mädchen dicht an sich. Bald würde es dafür zu groß sein und sich nicht mehr wie ein Kuscheltier von der Mutter hochheben lassen. Einzelne Tage mochten ihr ewig lang vorkommen, aber die Jahre vergingen wie im Flug.

Spencer stand mit dem Rücken zu ihr an der Arbeitsfläche. Er hackte Zwiebeln. Obwohl er sie hatte kommen hören, drehte er sich nicht zu ihr um.

»Hallo«, sagte Fredrika.

»Hallo«, erwiderte er.

Er, der sterben würde. Den sie so lange geliebt hatte. Der nicht der Mörder war. Allerdings war er ein Mann, der eine junge Frau überfahren und sie schwer verletzt hatte liegen lassen, ohne Hilfe zu rufen.

Saga befreite sich aus Fredrikas Griff und lief hinter ihrem Bruder her. Fredrika hörte, wie sie wie ein Orkan in Richtung eines Kinderzimmers tobten.

»Hast du sie vermisst?«, fragte sie.

»Ganz schrecklich«, erwiderte Spencer.

Endlich drehte er sich um. Fredrika musste sich schwer beherrschen, um nicht sichtlich zusammenzuzucken. Er sah müde und hohläugig aus. Und war er gestern schon so mager gewesen?

»Ich hab heute bei Johanssons Bestattungsinstitut angerufen«, sagte er. »Ich wollte mein Testament zurückhaben, damit ich es bei dem neuen Bestatter hinterlegen kann. Aber die Polizei hat sich offenbar sämtliche Testamente geholt, um sie untersuchen zu lassen.«

Fredrika rührte sich nicht.

»Ich weiß, dass du Bescheid weißt«, sagte Spencer dann. »Ich weiß, dass du meinen Brief gelesen hast.«

Fredrika schwieg immer noch. Spürte, wie groß ihre Hoffnung gewesen war. Dass womöglich doch nicht Spencer den Brief geschrieben hatte. Dass er nichts mit all diesem Mist zu tun hatte – dass er niemanden überfahren hatte.

Verdammte Scheiße.

»Wie konntest du das nur tun?«, flüsterte sie. »Eine Frau überfahren und sie dann einfach dort liegen lassen?«

»Was wäre die Alternative gewesen?«, fragte Spencer gepresst. »Kannst du mir das sagen? Ich hatte mich endlich aus dieser traurigen Ehe befreit, endlich ein Leben mit dir begonnen. Ich hatte sogar ein Kind bekommen. Verstehst du, wie komplett irreal das alles für mich war? Und dann auch noch der Unfall, den ich zuvor gehabt hatte. Ich hatte gedacht, ich würde sterben. Aber dann hab ich es doch überlebt. Der Weg zurück war weit … und wahnsinnig aufreibend.«

Fredrika wusste es noch, als wäre es gestern passiert. Es war eine ungeheuer schwere Zeit für sie beide gewesen. Aber dass sie so schwer gewesen war, dass Spencer das Leben und die Gesundheit eines anderen Menschen nicht länger für schützenswert hielt, war ihr entgangen.

»Du hast geschrieben, dass du alles wiedergutmachen wolltest«, sagte Fredrika. »Was meintest du damit?«

Sie traute sich kaum zu atmen.

»Dass ich einen Fonds angelegt habe, den Miranda erhalten soll, sobald ich tot bin. Steht alles in meinem Testament. Ich wollte, dass du verstehst, warum ich es so geregelt habe.«

»Miranda?«

»So heißt sie.«

Fredrika trat auf einen Legostein, quietschte leise auf und kickte ihn weg. Früher mal hatte sie einen so sauberen Fußboden gehabt, dass man davon hätte essen können. Inzwischen war sie schon froh, wenn sie in der Wohnung herumlaufen konnte, ohne über etwas zu stolpern.

»Hättest du das nicht aufschreiben können?«, fragte sie. »Dass du das meinst?«

»Was hast du denn gedacht, was ich meine?«

Dass du diverse Menschen ermordet hast.

»Ich weiß nicht …«

»Was sagen denn deine Kollegen? Die müssen doch auf meinen Namen gestoßen sein.«

»Ich hab nur mit Alex gesprochen. Er bedauert zutiefst, dass du krank geworden bist.«

Das Wasser auf dem Herd kochte über, und Spencer stellte die Platte ab. Sie konnte sehen, dass er sich alle Mühe gab, trotzdem ging ihm all das nur sehr langsam von der Hand. Sein rechter Arm wirkte steif; war das schon immer so gewesen, oder war das neu?

»Soll ich dir helfen?«

»Nein danke«, erwiderte Spencer.

Und mit einem Mal fiel ihr wieder ein, was er gesagt hatte, als er ihr erstmals von dem Tumor erzählt hatte. Dass er nicht einen einzigen Tag im Leben von anderen abhängig sein wolle.

»Ohnmacht und Erniedrigung sind nicht mein Ding« – so hatte er es damals formuliert.

Sie wusste noch, wie geknickt sie gewesen war. »Natürlich«, hatte sie gemurmelt und dass sie selbst ebenfalls so denke. Obwohl sie sich dessen gar nicht sicher gewesen war. Bis jetzt. Sowie sie Spencer und den überkochenden Topf gesehen hatte, war es ihr klar geworden. Sie war genau wie

Spencer. Auch sie würde der Ohnmacht und der Erniedrigung den Tod in der Schweiz jederzeit vorziehen.

»Sag schon was«, forderte Spencer sie auf.

»Was meinst du?«

»Na, was ich getan und was ich nicht getan habe …«

Fredrika kratzte über einen Mückenstich und betrachtete den Spielzeughaufen am Fußboden, lauschte dem aufgekratzten Kreischen der Kinder in deren Zimmer. Sie würde übrig bleiben. Sie hätte das Privileg, ihren Alltag hier auf Erden fortzusetzen.

»Was passiert ist, ist passiert«, flüsterte sie.

Spencer hielt mitten in einer Bewegung inne. Er sah so traurig aus, dass sie ihm am liebsten über die Wange gestreichelt hätte. Einmal. Zehn Mal. Unzählige Male, bis es der erste September wäre und sie in die Schweiz fliegen würden.

»Bist du dir sicher?«, fragte er.

»Uns bleibt so schrecklich wenig Zeit«, sagte Fredrika. »Ich beschließe hiermit, keine Auseinandersetzungen mehr mit dir zu haben, so wie du beschlossen hast, wie du sterben willst.«

Eine einsame Träne lief ihm über die Wange. Fredrika trat auf ihn zu und nahm ihn in die Arme. Drückte ihn ganz fest an sich. Und endlich war es zur Abwechslung so, dass die Gesunde den Kranken tröstete.

MARGARETA BERLIN WAR für zwei Dinge bekannt: Sie war hart zu den Harten und hart zu den Verletzlichen. Auf Letzteres war sie nicht stolz, aber es war nun mal die Wahrheit. Sie hatte sich immer wieder Menschen gegenüber unnötig unbeugsam verhalten, und dafür gab es keine wirkliche Entschuldigung. Tatsache war aber, dass diese Seite an ihr sie schon eine Menge gekostet hatte. Berlin war nicht dumm – sie wusste, dass sie bei ihren Mitarbeitern nicht beliebt war. Lange hatte sie versucht, sich einzureden, es hätte damit zu tun, dass sie so früh befördert und Chefin geworden war. Die Leute wären der Ansicht gewesen, es wäre zu schnell gegangen, und sie hätte vor ihrem Aufstieg nicht hinreichend Lehrjahre absolviert. Doch mit der Zeit hatte sie begriffen, dass es noch einen anderen Grund gab, warum die Leute sie nicht mochten und sie mieden.

»Sie hören nicht zu, Sie wollen nicht hören, was andere Ihnen zu sagen haben. So etwas macht einsam.«

Es war letztlich Torbjörn Ross gewesen, der kein Blatt mehr vor den Mund genommen und ihr auf den Kopf zugesagt hatte, dass der Fehler nicht bei allen anderen, sondern zu weiten Teilen bei ihr selbst lag.

Wie sie ihn dafür gehasst hatte – und gleichzeitig respektiert.

Weil er den Mut und die Kraft aufgebracht hatte, all das zu sagen, was alle bloß dachten, aber nie zu sagen wagten. Einzig und allein aus diesem Grund hatte er auf ewig einen besonderen Platz in Berlins Herzen. Das hatte sie ihn nie wissen lassen; trotzdem hatte es sie in vielerlei Hinsicht beeinflusst. Sie war Ross' zuverlässigste Fördererin gewesen, und zwar ohne je zu zögern.

Bis heute.

Berlin konnte nicht fassen, was da alles schiefgelaufen war, wie diese Sache so hatte ausgehen können. Dass Ross eine ganze Familie entführt hatte … Der Gedanke war geradezu lächerlich. Berlin wollte immer noch nicht recht glauben, dass es tatsächlich so war. Ross war sparsam mit Details gewesen, und Malin Johanssons Befragung hatte verschoben werden müssen. Die Frau stand nach wie vor unter Schock, die Kinder ebenso. Momentan wurden sie ärztlich versorgt, während draußen vor den Krankenhaustüren die Journalisten wie Raubtiere lauerten, um einen Blick auf »die verschwundene Familie« zu erhaschen, wie sie inzwischen in der Presse genannt wurde. Was an sich schon merkwürdig war, denn die Familie war ja nicht verschwunden, sondern wiedergefunden worden. Ohne dass jemand nach ihr gesucht hätte – von Noah und Tina einmal abgesehen.

Berlin konnte sich nicht dazu aufraffen, das Büro zu verlassen. Sie wollte nicht nach Hause gehen, aber weiterarbeiten wollte sie auch nicht.

So hatten sie es sich nicht vorgestellt.

Recht und Bergman hatten gute Arbeit geleistet, das musste sie ihnen lassen. Allerdings hatte Fredrika sich vor dem Vernehmungsraum ordentlich danebenbenommen – immer diese blühende Fantasie, und dann auch noch der mangelnde Respekt für ihre älteren Polizeikollegen.

Im Grunde hatte sie angedeutet, Ross sei nicht gerissen genug für so was gewesen.

Sorge brannte in ihrer Brust. Torbjörn Ross war hoch kompetent und natürlich imstande, jemanden zu ermorden, ohne dabei Spuren zu hinterlassen. Das wussten alle, die ihn lange genug kannten, aber zu denen gehörte Fredrika nicht.

Das gellende Klingeln ihres Handys riss Berlin aus ihren Gedanken. Die Staatsanwältin wollte sie sprechen.

»Entschuldigung, dass ich Sie an einem Freitagabend noch so spät störe«, sagte sie.

»Kein Problem, ich bin ohnehin noch im Büro«, erwiderte Berlin – und bereute es sofort. Sie verabscheute es, wenn die Leute glaubten, sie hätte kein Privatleben und wäre einsam und verbittert. »Ich hatte ein spätes Abendessen geplant«, fügte sie eilig hinzu.

»Ah … Ich fürchte auch, ich komme heute auch nicht allzu bald nach Hause. Wir haben viel zu tun.«

»Das sieht hier ganz ähnlich aus«, erwiderte Berlin, die sofort versuchte, den Eindruck zu zerstreuen, sie kümmerte sich womöglich nicht um ihre Arbeit.

»Ich würde gern mit Ihnen kurz über Torbjörn Ross sprechen«, fuhr die Staatsanwältin fort.

»Hab ich mir fast gedacht.«

»Das hier darf einfach nicht schiefgehen – der Einsatz wäre zu hoch und das Interesse der Öffentlichkeit entschieden zu groß. Deshalb frage ich Sie: Sind Sie sich wirklich ganz sicher, dass wir hinreichend Material für die Anklage haben?«

»Außer den Büchern und der Mordwaffe?«, hakte Berlin nach.

»Vom Haus der Salomongemeinde einmal abgesehen können wir Ross mit keinem anderen Tatort in Verbindung bringen«, führte die Staatsanwältin aus. »Was überaus problematisch ist, das wissen wir beide. Es *muss* einfach noch mehr geben.«

Berlin sah auf die Uhr, dann zum dunklen Himmel jenseits des Fensters hinauf, dann wieder auf die Uhr.

»Geben Sie mir zwei Stunden«, sagte sie.

»Zwei Stunden? Sie haben Tage«, sagte die Staatsanwältin, »wenn nicht Wochen. Was wir bislang haben, ist ausreichend, um die Untersuchungshaft zu rechtfertigen. Aber ich will, dass wir bei Gericht gewinnen und ihn für die komplette Liste dieser Verbrechen drankriegen.«

»Ich melde mich später«, entgegnete Berlin und legte auf.

Torbjörn Ross hatte in seiner Zelle geschlafen, als Berlin kam. Verschlafen setzte er sich auf den Rand der Pritsche. »Ist es wieder so weit?« Er machte Anstalten aufzustehen.

»Nein, wir bleiben hier«, entgegnete Berlin und drückte die Zellentür ins Schloss. »Bleiben Sie sitzen.«

Ross gehorchte.

Berlin selbst lehnte sich an die fadgrüne Wand. »Ich hab ein Problem.«

Ross sah sie belustigt an.

»Wir haben keine Spur von Ihnen an einem der anderen Tatorte gefunden«, führte sie aus. »Nicht am Fundort von Lovisa Wankel …«

»Weil ich dort nirgends war«, erwiderte Ross.

»Wer könnte Sie so sehr hassen, dass er eine Mordwaffe in Ihrer Garage platziert?«, wollte Berlin wissen. »Und Bücher in Ihrem Schrank?«

Ross senkte den Blick. »Das zu beantworten ist nicht meine Aufgabe. Den Schuldigen müssen schon Sie finden, nicht ich.«

»*Den Schuldigen* habe ich bereits gefunden«, entgegnete Berlin. »Er sitzt hier vor mir.«

Ross antwortete nicht und zupfte stattdessen an einem Stück Nagelhaut, das entzündet aussah. Berlin unterdrückte einen Schauder.

»Sie waren immer der bessere Polizist als ich«, sagte sie nach einer Weile. »Helfen Sie mir, Torbjörn. In welche Richtung muss ich denken?«

An seiner Nagelhaut bildete sich ein Blutstropfen. Ross presste einen Finger auf die Wunde, um die Blutung zu stillen.

»Die Frage würden Sie mir doch nicht stellen, wenn Sie ernsthaft glaubten, ich wäre der Schuldige«, sagte er leise.

einem der Fälle hab ich zumindest nicht den geringsveifel«, erwiderte Berlin.

ı habe Dan Johansson und seine Familie entführt, das stimmt«, sagte Ross. »Aber alles andere … Vergessen Sie es! Das war ich nicht.«

Berlin schlug mit der geballten Faust gegen die Wand. »Wer war es dann? Begreifen Sie eigentlich nicht, wie das hier aussieht? Ich hatte Ihnen Lovisa Wankels Fall übertragen – und wenn Sie nicht der Mörder sind, dann müssen Sie Ihre Aufgabe doch vernünftigerweise ernst genommen haben. Was haben Sie also herausgefunden? Sie hatten tagelang Zeit – wie weit sind Sie gekommen? Oder waren Sie ausschließlich mit Ihrem Entführungsprojekt beschäftigt?«

Ross seufzte. Das Papierlaken unter ihm raschelte.

»Was haben Sie gefunden?«, hakte Berlin noch einmal nach. Und verlor für einen Moment die Fassung, als Ross antwortete: »Einen Polizisten.«

Berlin erstarrte. »Einen Polizisten?«

»Denken Sie doch mal nach«, sagte Ross. »Keine Anzeichen für einen Einbruch bei Malcolm Benke. Keine Anzeichen für einen Einbruch bei Lovisa Wankel, ebenso wenig bei Henry Lindgren. Was sagt Ihnen das?«

»Hören Sie schon auf«, entgegnete Berlin. »Das sagt mir nur, dass sämtliche Opfer ihren Mörder kannten – nämlich Sie. Nur glaube ich nicht daran, dass es ein Polizist gewesen sein soll, den sie noch nie zuvor gesehen hatten und den sie trotzdem einließen, nur weil er vielleicht eine Dienstmarke zückte. Das wäre zu einfach, zu naiv.«

»Zu einfach?«, fragte Ross gedehnt. »Margareta, zum Teufel, es ist so einfach. Gehen Sie die meistbesprochenen Kriminalfälle der schwedischen Geschichte durch, und Sie werden die banalsten Erklärungen dafür finden, warum gewisse Dinge geschehen konnten.«

Berlin schüttelte den Kopf.

Sie hätte wissen müssen, dass dies hier keine gute Idee war. »Wenn Ihrer Theorie zufolge ein Kollege all diese armen Menschen ermordet haben soll, dann muss ich ja wohl nicht länger hierbleiben.« Sie hatte schon die Hand an der Klinke und war drauf und dran zu gehen.

»Ich habe doch gar nicht behauptet, dass es ein Kollege war«, sagte Ross mit dunkler Stimme.

Berlin hielt inne. Ihr Puls stieg. »Wer dann?«

»Es gibt einen Namen, der in sämtlichen Ermittlungen auftaucht.«

»Ich habe keine Zeit, um sämtliche Ermittlungsunterlagen durchzusehen«, entgegnete sie. »Es müsste doch in Ihrem ureigenen Interesse liegen, mir einen Hinweis zu geben, von wem Sie reden.«

Ross nahm sich Zeit.

»Als Beata Benke starb, hat die Londoner Polizei zu uns Kontakt aufgenommen«, sagte er dann. »Weil ich privat mit ihrem Vater zu tun gehabt hatte, überließ ich es einem jüngeren Kollegen, ihre Fragen zu beantworten. Derselbe jüngere Kollege war auch involviert, als ich in jenem Jahr die Drogenmissbrauchsgeschichte von Lovisa Wankel bearbeitet habe. Und derselbe Typ hat später mit Alex im Fall der verschwundenen Lilian Sebastiansson zusammengearbeitet.«

Berlin spürte, wie ihr Herz kurz aussetzte. »*Wer ist es?* Sie müssen mir den Namen nennen.«

Ross sah gequält aus.

»Im Lauf des Frühjahrs und Sommers hat er mich mehrmals angerufen. Hat gewisse Gefallen eingefordert, weil er mir zuvor Referenzen ausgestellt hatte, die ich für das Seligenhaus brauchte. Zudem hat er sich ausgiebig nach unseren Ermittlungen erkundigt.«

Berlin atmete angestrengt. Sie hörte kaum, was Ross sagte, drohte wesentliche Details zu überhören.

»Ein Polizist, der nicht mit den Ermittlungen zu tun

hatte, hat Sie ausgequetscht? Und Sie haben die Informationen einfach herausgegeben? Haben Sie vollkommen den Verstand verloren?«

»Ich dachte, er würde sich zurücksehnen. Ich dachte, er wollte … so was wie dabei sein. Er ist so verdammt verbittert …«

»Wer?«, fragte Berlin erneut. »Von wem reden wir?«

Ross stand auf und trat auf sie zu.

»Wer hat wohl bei dem Sicherheitsunternehmen gearbeitet, das Dan Johansson geholfen hat?«, fragte er. »Wer hat mir geholfen, den Vertrag mit dem Seligenhaus abzuschließen?«

»Oh mein Gott«, flüsterte Berlin.

Dann eilte sie davon, um Alex zu warnen.

ALS ALEX NACH Hause kam, saß Diana im Wohnzimmer und las. Sie schien in das Buch tief versunken zu sein.

»Alles gut bei dir?«, fragte Alex aus dem Flur.

Sie legte das Buch beiseite. »Nicht wirklich. Ist schon ein bisschen öde, hier im Sessel zu sitzen. Am Strand wäre es viel schöner.«

»Das werde ich im Lauf meines Lebens wohl noch Tausende Male hören, was?«

»So einen fantastischen Satz muss man einfach wiederholen«, antwortete Diana mit einem Lächeln.

Er setzte sich ihr gegenüber – in Dianas Sessel, den sie bei einer Auktion ersteigert hatte. Tatsächlich gehörten die meisten Möbel ihr. Er hatte nicht viel besessen, als er hier eingezogen war; das meiste hatte er den Kindern überlassen, und was sie nicht mehr hatten haben wollen, hatte er weggeworfen.

Sie strich sich die Haare aus dem Gesicht. »Ist etwas passiert?«

Unwillkürlich musste er an Fredrika Bergman denken und an all das, was sie ihm über Spencer erzählt hatte. Der Tod war ein verdammter Mistkerl.

»Ja und nein«, erwiderte Alex.

Er verstummte. Wollte nicht von Fredrika erzählen. Noch nicht. Nicht ehe er sich selbst an den Gedanken gewöhnt hatte. Welche Folgen stünden ihnen bevor? Fredrika, die die Polizei nie als ihren selbstverständlichen Arbeitsplatz angesehen hatte; Fredrika, die mit zwei Kindern allein zurückbleiben würde. Würde sie, wenn ihr Leben sich derart veränderte, überhaupt in Alex' Team bleiben wollen, oder würde sie den Job wechseln?

Dann hab ich bis zur Rente ein paar einsame Jahre vor mir.

Alles in ihm sträubte sich, sowie er auch nur an seine Pensionierung dachte. Er würde sich durchbeißen müssen, sich weigern nachzugeben. Immerhin fehlten den Behörden Tausende Mitarbeiter, da konnte man es sich doch gar nicht leisten, einen erfahrenen älteren Kollegen in Rente zu schicken, der freiwillig bleiben wollte.

»Ich war heute auf dem Friedhof«, hob Diana an. »Hab Rebecka besucht.«

Alex legte seine Hand auf ihre. »Geht es ihr gut?«

»Es ging ihr sehr gut«, antwortete Diana. Tränen stiegen ihr in die Augen.

Ohne Rebecka hätten Alex und sie sich überhaupt nie kennengelernt. Sie würde Alex immer viel bedeuten, selbst wenn er sie nie persönlich kennengelernt hatte.

Diana wischte sich über die Augen.

»Ich hab dort einen deiner früheren Kollegen gesehen«, sagte sie. »Auf dem Friedhof.«

»Ach?«

Diana hatte nicht viele seiner Kollegen getroffen. Er fragte sich, wer das wohl gewesen sein sollte.

»Peder«, sagte sie, als hätte sie seine Gedanken gelesen.

»Wie bitte?«, fragte Alex. »Was machte er denn da?«

Diana war schlagartig verunsichert. »Das hab ich mich ehrlich gesagt auch gefragt. Ich glaub nicht, dass er mich gesehen hat, er war dabei ganz in sich versunken …«

»Wobei?«

»Es sah aus, als würde er dastehen und mit jemandem sprechen. Nicht dass ich das seltsam gefunden hätte, das mache ich schließlich auch, ich rede mit Rebecka, wenn ich bei ihr bin. Aber … Ach, das klingt jetzt blöd. Als er gegangen war, bin ich zu dem Grabstein gelaufen, ich weiß auch nicht, warum, wahrscheinlich war ich einfach nur neugierig.«

Alex richtete sich intuitiv gerade auf.

»War es sein Bruder?«, fragte er. »Die beiden standen einander sehr nah. Er ist unter höchst traumatischen Umständen ums Leben gekommen.«

»Nein, auf dem Stein stand ein Frauenname«, sagte Diana. »Ylva.«

Alex zuckte zurück, als hätte sie ihm ins Gesicht geschlagen. »Das ist seine Frau!«

»Du wusstest gar nicht, dass sie tot ist?«

»Nein, ich hatte keine Ahnung.«

Was zum Teufel war da los?

Alex hatte doch mit Peder gesprochen – wie hatte er das unerwähnt lassen können?

Dann erinnerte sich Alex wieder daran, was Fredrika bei Solid Security erfahren hatte, und ihm wurde eiskalt. Peder war gekündigt worden, weil er im Job nicht mehr funktioniert hatte. Wegen irgendeiner Familiensache.

Auch das noch, dachte Alex verzweifelt.

»Du siehst schockiert aus«, stellte Diana fest.

»Das bin ich auch. Das … Ich weiß gar nicht, was ich sagen soll. Stand da, wann sie gestorben ist?«

»Vorigen Herbst«, sagte Diana. »Im November, wenn ich mich richtig erinnere.«

»Vorigen Herbst«, wiederholte Alex leise. »Und da stand nicht zufällig, wie sie ums Leben gekommen ist?«

»Auf dem Grabstein? Nein, natürlich nicht.«

Natürlich war die Frage dumm gewesen, doch aus Gründen, die er nicht hätte benennen können, glaubte er, es könnte wichtig sein, die Todesursache zu kennen.

Im selben Augenblick klingelte sein Handy.

Es war Margareta Berlin.

»Da muss ich kurz rangehen«, sagte er.

»Ich mach uns unterdessen etwas zu essen«, erwiderte Diana und verschwand in der Küche.

»Alex, können Sie bitte sofort zurückkommen?«, fragte Berlin, sowie er rangegangen war. »Jetzt gleich?«

»Was ist passiert?«, wollte Alex wissen.

»Wir haben eine neue Spur«, sagte Berlin.

»Jemand, den wir mit den Tatorten verbinden können?«

»Nein, aber jemand, der mit sämtlichen Opfern in Verbindung gestanden hat.«

»Einen solchen Verdächtigen haben wir doch bereits. Wir haben die Mordwaffe in seiner Garage gefunden. Erinnern Sie sich?«

»Wir wissen offiziell immer noch nicht, ob die Waffe, die wir gefunden haben, wirklich die Mordwaffe ist. Und die neue Spur müssen wir um jeden Preis weiterverfolgen.«

Irgendetwas stimmte nicht mit Berlins Stimme. Sie klang grell und angespannt – wie eine von Fredrikas Geigensaiten.

Sie hat Angst, schoss es Alex durch den Kopf, und er spürte, wie sich enormer Druck auf seine Brust herabsenkte.

»Um wen geht es?«, wollte er wissen.

»Um Peder Rydh.«

Unter anderen Umständen wäre er in sich zusammengesackt. Doch jetzt hatte er gerade erst selbst dagesessen und an Peder gedacht, hatte geahnt, dass da irgendetwas nicht stimmte. Oder vielmehr richtig katastrophal war.

Er hat mich angerufen.

Und ich habe nichts kapiert.

»Sie müssen sofort kommen«, wiederholte Berlin.

Alex stand auf.

Das hier werde ich mir nie verzeihen.

»Ich bin in einer halben Stunde da«, sagte er.

Auch wenn Alex der Meinung war, sie sollten Fredrika in Ruhe lassen, riefen sie auch sie dazu, und Fredrika riss sich widerwillig von ihrer Familie los, um ein paar weitere Arbeitsstunden dranzuhängen.

Sie trafen sich in der Löwengrube.

Wie betäubt saß Alex auf seinem Stuhl. Noch ehe Berlin auch nur ein einziges Wort gesagt hatte, wusste er bereits, was sie ihnen erzählen würde.

Es war nicht Ross gewesen.

Es war Peder.

Peder, der Kaputte. Peder, der Verlorene.

»Gleich vorneweg«, hob Berlin an, »ich habe soeben eine wichtige Nachricht erhalten: Es besteht kein Zweifel mehr daran, dass es sich bei dem Colt, den wir in Ross' Garage gefunden haben, um die Mordwaffe handelt. Es ist der Revolver, den wir gesucht haben.«

Alex nickte angespannt. Gut zu wissen, vor allem aber verkomplizierte es ihre Ermittlungen.

»Zum Zweiten hat Ivan den Umschlag ausgelöst, den Henry Lindgren hätte bekommen sollen und der zu groß war, um einfach durch den Briefschlitz geschoben zu werden.«

»Der Umschlag enthielt Sanders Buch«, mutmaßte Fredrika.

»Exakt.«

Ein Puzzlestein nach dem anderen fiel an seinen Platz, doch ein Gesamtbild hatten sie immer noch nicht.

Dann holte Berlin tief Luft. »Zum Dritten – Peder Rydh. Ich habe eine Reihe von traurigen Informationen zusammengetragen. Seine Frau ist im vergangenen Herbst ums Leben gekommen. Unfall mit Fahrerflucht. Sie war selbst im Auto unterwegs, als es passierte; der Unfallgegner ist auf die Gegenfahrbahn geraten. Sie hatte keine Chance auszuweichen.«

Alex hörte, wie Fredrika nach Luft rang. Bis zu diesem Augenblick hatte sie offenbar gar nicht gewusst, worum es bei dieser Besprechung gehen würde. Oder besser gesagt: *um wen* es bei dieser Besprechung gehen sollte.

Kapierst du es jetzt?

Ja, jetzt hab ich's kapiert.

»Hat man den Täter denn identifiziert?«, fragte Alex.

»Ein Zeuge hatte sich das Kennzeichen notiert«, erklärte Berlin. »Der Fahrer wurde angeklagt und wegen fahrlässiger Tötung verurteilt. Am Tag bevor er sich im Gefängnis einfinden sollte, um seine Strafe anzutreten, hat er sich das Leben genommen.«

»Wie ist er gestorben?«, hakte Fredrika nach.

»Durch eine Überdosis Tabletten und Alkohol«, antwortete Berlin. »Damals ging jeder davon aus, dass ihn sein schlechtes Gewissen in den Tod getrieben hatte.«

»Doch daran bestehen auf einmal Zweifel, stimmt's?«, warf Alex ein.

Berlin schüttelte den Kopf. »Ein Selbstmord wird es schon gewesen sein, aber ich glaube inzwischen, dass er dahin getrieben wurde – und zwar von Peder.«

Fredrika holte tief Luft.

»Moment mal«, sagte sie. »Wie sind wir bitte schön an diesem Punkt gelandet? Ich verstehe nicht … Haben wir Ross als Täter verworfen?«

»Ich habe Ivan nach Söder geschickt«, sagte Berlin. »Zu dem Antiquar, der die Sander-Bücher verkauft hat. Ivan hat ihm den Mitschnitt einer alten Vernehmung vorgespielt – sprich: Peders Stimme …«

»Und was sagte er?«, ging Fredrika dazwischen.

Berlin wirkte enttäuscht. »Dass er sich nicht sicher ist. Es könnte Peder gewesen sein, der die Bücher gekauft hat, aber er wollte es nicht beschwören.«

Fredrika sah bestürzt aus. Traurig und besorgt. Alex selbst verspürte nur Leere.

»Als sein Bruder starb, hat er komplett den Boden unter den Füßen verloren«, sagte er mit heiserer Stimme.

»Den hatte er schon viel früher verloren«, wandte Berlin ein.

Alex wollte schon protestieren, ließ es dann aber bleib
Peder war ihm lange wie ein Sohn und ein jüngerer Bruder zugleich vorgekommen. Er hatte ihn gemocht, war gern in seiner Nähe gewesen. Was er sich jetzt eingestehen musste, schmerzte ihn zutiefst.

»Ich hätte mehr für ihn tun müssen«, hörte er sich selbst sagen.

Fredrika legte ihm eine Hand auf den Arm. »Das hätten wir anderen auch.«

»Ich konnte mir einfach nicht vorstellen ...«

»Das konnte niemand.« Fredrika zog ihre Hand zurück. »Die Frage ist, ob er fertig ist ...«

»Mit den Morden? Natürlich nicht. So wie er hinter sich aufräumt, hat er sicher noch einige Namen auf seiner Liste«, wandte Berlin ein.

Alex fühlte sich allmählich wie ein Druckkessel – das hier war noch schlimmer als alles andere jemals zuvor.

»Was machen wir denn jetzt?«, fragte er schließlich. »Bei keinem einzigen Verbrechen führt die Beweiskette zu ihm.«

»Wir müssen sämtliche Beteiligten neu vernehmen und wieder an alle Türen klopfen«, sagte Berlin. »Er muss einen Fehler gemacht haben. Ich habe bereits seine Überwachung angeordnet, denn wie gesagt – ich glaube, dass er alles andere als schon fertig ist.«

»Das heißt, wir warten auf den nächsten Mord und greifen ihn uns dann?«, hakte Alex nach.

Berlin wurde blass.

»Ihnen ist hoffentlich klar, dass wir in so einem Fall lange warten könnten«, sagte Fredrika. »Peder ist nicht dumm. Er weiß inzwischen, dass wir Ross inhaftiert haben und dass der gute Karten hat davonzukommen, wenn er einfach nur die Füße still hält.«

»Der Rachedurst treibt ihn an«, entgegnete Berlin. »Er

weiß, dass Ross davonkommen könnte, aber er hat noch einiges zu erledigen.«

Alex konnte nicht aufhören, an die Nachrichten zu denken, die sie gefunden hatten. Und die an ihn gerichtet gewesen waren.

»Verdammt«, flüsterte er.

Berlin sah ihn überraschend sanft an. »Ich glaube, das hier wird vorüber sein, noch ehe die Woche zu Ende geht. Heute ist Freitag. Vor Sonntag haben wir ihn.«

»Das glaube ich nicht«, flüsterte Fredrika.

KURZ VOR MITTERNACHT legte sich Peder Rydh schlafen. Die Jungs mussten gemerkt haben, wie rastlos er war, denn sie waren im Lauf des Abends mehrmals aufgewacht. Jedes Mal war Peder in ihr Zimmer gelaufen, hatte ihnen über den Rücken gestreichelt und geflüstert: »Es ist gut, ich bin da. Alles ist gut.«

Alles ist gut.

Und so würde es auch sein.

Er musste aufhören, das war ihm klar. Mit seiner Arbeit. Sonst würde er noch im Gefängnis landen. Seine Mutter hatte jedes einzelne Mal, wenn sie die Babysitterin gegeben hatte, besorgter ausgesehen. Sie hatte keine Fragen gestellt, aber Peder war klar, dass sie sich insgeheim wunderte, wie er mitten im Sommer so viel zu tun haben konnte. Er würde ihr auf ewig dankbar sein. Wen sonst hätte er anrufen können, als er nach England gereist war, um sich Beatas Ehering zu holen?

Peder selbst ging es alles andere als gut. Die Angst rauschte in seinen Ohren.

Aber ich habe das Richtige getan.

Das einzig Richtige.

Engagement, Effektivität, Zugänglichkeit. Das waren die Leitsätze, die das Wertefundament der Polizei ausmachten. Peder wollte nur zu gern annehmen, dass er ein guter Kämpfer gewesen war. Zumindest sein Engagement war unbestreitbar, die Effektivität tadellos. Und verdammt, was war er zugänglich gewesen …

Niemand, den er umgebracht hatte, war unschuldig gewesen. Und wie viele von der Sorte hatte er im Lauf der Jahre davonkommen sehen? Eltern, die ihrer Verantwortung für die Kinder nicht nachgekommen waren. Menschen, die den Verbrechen anderer gegenüber gleichgültig geblieben waren oder selbst welche begangen hatten. Menschen, die es anderen auf die eine oder andere Weise ermöglicht hatten, das Gesetz zu übertreten. Betrüger nannte er sie, und es waren viele. Hunderte.

Als Ylva gestorben war, war es für ihn gewesen, als wäre das Letzte, was in ihm noch heil war, kaputt gerissen worden. Wie ein Tier hatte er in den vergangenen Jahren gekämpft, seit er den Mörder seines Bruders erschossen hatte. Er hatte versucht, sich mit alle dem, was passiert war, zu versöhnen. Doch es hatte nicht funktioniert. Jimmy war weg. Und Peder ein Mörder. Ein gerechter zwar, aber immer noch einer, der Leben ausgelöscht hatte.

Nach außen hin hatte er gern so getan, als wäre er mit alledem im Reinen. Doch in ihm hatte ein Krieg getobt, der mit jedem Jahr eskaliert war. Die Angst, selbst einer der Bösen geworden zu sein, hatte er nicht mehr abschütteln können. Nur deshalb hatte er auch Alex' Angebot abgelehnt, sich für ihn einzusetzen, als er hatte versuchen wollen, ihn zur Polizei zurückzuholen. Peder hatte dort nichts mehr verloren.

Dann dieses Arschloch, das Ylva umgebracht hatte und einfach davongefahren war. Der ebenfalls ein Leben ausgelöscht hatte – ein Leben, das im Auto in Flammen aufgegangen war –, aber daran wollte Peder lieber nicht denken. Ein feiger Idiot, der sich geweigert hatte, für das geradezustehen, was er getan hatte. Da war Peder abgerutscht. Seit er aus seinem Dienst bei der Salomongemeinde ausgeschieden war, war er nicht mehr ins Lot gekommen, und nach Ylvas Tod war es vollends vorbei gewesen. Sein Arbeitgeber hatte Alarm geschlagen und ihn gebeten, sich psychologische Hilfe zu suchen. Am Ende kündigten sie ihn. Auch gut. Peder hatte ohnehin nie gern dort gearbeitet. Da konnte er genauso gut woandershin. Doch dafür musste er sich erst zusammenreißen.

Erst im Nachhinein dämmerte es Peder, dass es durch eine Ironie des Schicksals Ylvas Tod war, der ihn schließlich erlöst hatte. Denn mit Ylvas Tod war ihm klar geworden, was ihn von anderen, die töteten, unterschied. Und er hatte seinen Frieden damit gemacht. Peder hatte getötet, um die Welt zu einem besseren Ort zu machen. Natürlich sah er ein, warum gewisse Gesetze gelten mussten und so formuliert waren, wie es der Fall war; warum der Staat seine Bürger nicht hinrichten durfte. Aber die Gesetze waren die eine Sache, die Pflicht jedes Einzelnen eine andere. Was Bernhard Benke zum Beispiel verstanden hatte. Im Gegensatz zu seinem wertlosen Vater.

Inzwischen weiß er es, dachte Peder. Jetzt da ich ihm geholfen habe, was immer er falsch gemacht hat, wiedergutzumachen.

Viele Entscheidungen hatten sich wie von selbst ergeben. Mehr oder weniger ging es um Pflicht: Ylvas Mörder durfte mit seiner Tat einfach nicht davonkommen. Peder sorgte dafür, dass er als Erster am Ball war und ihn sich griff, ehe das Rechtswesen ihm mit einer lächerlichen Achtzehn-Monats-Gefängnisstrafe in die Quere kam. Für Peder war es wichtig, dass die Strafe proportional ausfiel. Und so kam es auch. So konnte er sich sogar zum Doppelmörder krönen. Gar nicht so unbequem. Er hatte sogar einen gewissen Stolz verspürt, vor allem als er selbst damit so leicht davongekommen war. Und so war prompt die nächste Idee geboren: Was würde Peder noch ausrichten können, um anderen Menschen Gerechtigkeit widerfahren zu lassen?

Wenn er nur geahnt hätte, dass es noch mehr gab, die so dachten wie er. Auf einer niedrigeren Ebene zwar, aber die doch in dieselbe Richtung dachten. Zu Anfang des Sommers dämmerte ihm, dass mit Torbjörn Ross und dem Seligenhaus irgendetwas nicht stimmte. Während er noch immer mit seinen eigenen Vorbereitungen beschäftigt war, beschlichen ihn Fragen. *Was genau hatte Ross mit diesem grässlichen Haus eigentlich gewollt?* Der pure Instinkt – er hatte es sich nicht erklären können. Ross hatte sich so überwältigend um ihn bemüht, dass Peder sich kaum hatte wehren können. Ross brauchte das Seligenhaus und dessen spezielle Eigenschaften, so jedenfalls hatte er sich ausgedrückt, als er sich bei ihm gemeldet und Hilfe gebraucht hatte, um bei der Salomongemeinde eine Chance zu haben. Mit erstickter Stimme hatte er von einer Tochter erzählt, zu der er sich niemals habe bekennen dürfen. Eine Tochter, gegen die eine Todesdrohung ausgesprochen worden sei. Genau wie Peder hatte Ross sich bei der Lösung für das Dilemma der Tochter von der Polizei abgewandt.

»Außer mir kann das niemand lösen«, hatte er gesagt. »Verstehst du, was ich meine? Im Moment befindet sie sich noch im Ausland, aber wenn sie später im Frühjahr wieder nach Schweden kommt, muss alles vorbereitet sein.«

Peder hatte genickt. Und so war es gekommen, dass er für Ross und seine Geschichte bei der Salomongemeinde gebürgt hatte.

Doch irgendwann hatte ihn das hartnäckige Gefühl beschlichen, dass er noch nicht alles begriffen hatte. Nachdem Ross den Mietvertrag unterzeichnet hatte, hatte Peder sich mehrmals zu dem Haus begeben. Er hatte schließlich eigene Pläne gehabt, hatte einen Zeitplan, den er würde einhalten müssen. Ross durfte ihn nicht in irgendwelche Scherereien hineinziehen – er würde den Sommer über freie Hand haben müssen.

Beim ersten Mal wollte er seinen Augen nicht trauen. Als er diskret durch eins der Fenster gespäht hatte, hatte er die Familie gesehen – genau wie Ross gesagt hatte. Nur dass das nicht irgendeine Familie war. Peder hatte Dan Johansson sofort wiedererkannt, und sein erster Reflex war gewesen, Alarm zu schlagen. Ross war ja komplett durchgeknallt – eine ganze Familie zu entführen!

Dieser verdammte Wahnsinnige.

Doch dann hatte er einige Zeit investiert, um herauszufinden, was Ross da eigentlich tat. Und er war überrascht gewesen. Auch wenn er selbst die Kinder nie mit in die Sache hineingezogen hätte, war Peder ganz auf Ross' Seite. Außerdem war ihm klar, dass er eines Tage jemanden brauchen würde, dem er die Schuld in die Schuhe schieben konnte. Und dafür eignete sich Ross ausgezeichnet. In der Folge suchte er sich nur noch Zielpersonen aus, die auch mit Ross in Verbindung gestanden hatten. Und er sorgte dafür, dass Ross' eigene Racheoperation nicht auffliegen würde. Nicht dass das schwer gewesen wäre; der Einzige, der begriffen zu haben schien, dass der Familie etwas zugestoßen sein musste, war Dans Bruder Noah gewesen. Zumindest hatte sonst niemand die Polizei hinzugezogen. Peder hatte es sich zur Gewohnheit gemacht, an Noahs Bestattungsinstitut vorbeizufahren, hauptsächlich um im Bilde darüber zu sein, was der Mann unternahm.

Als er beim zweiten Mal dort vorbeigefahren war, hatte Spencer Lagergren dagestanden. Was in aller Welt mochte der Anlass für ihn sein, ein Bestattungsinstitut aufzusuchen? Es musste eine Antwort darauf geben, und deshalb brach Peder in der folgenden Nacht in Noahs Büro ein. Ohne Spuren zu hinterlassen, ohne etwas auseinanderzunehmen. Der entscheidende Fund war Spencer Lagergrens Testament und ein dazugehöriger Brief gewesen, der Peder zornig machte. Spencer hatte ebenfalls einen Unfall mit Fahrerflucht begangen – und war nie dafür belangt worden. Das war zwar Jahre her, aber das spielte für Peder keine Rolle. Spencer durfte mit dieser Tat nicht davonkommen, so viel war klar.

Bis er den Brief noch einmal las und ihm dämmerte, dass Spencer todgeweiht war. Peder verfügte über diverse Quellen und noch mehr Möglichkeiten, um die privatesten Geheimnisse der Menschen zu lüften. Durch seine verschiedenen Jobs hatte er ein dichtes Netzwerk aus Informanten in Krankenhäusern und mehreren Behörden aufgebaut, und sogar Ross lieferte ihm Informationen. Allerdings nicht über Spencer, der – wie sich herausstellte – Krebs hatte, ihn aber nicht behandeln lassen wollte. Er stieß sogar auf ein Datum, an dem Spencer sterben würde. Manche Dinge fielen so klar in den Verantwortungsbereich des Schicksals, dass man nicht mal mehr eingreifen musste. Trotzdem behielt er Spencers Namen im Gedächtnis, nur für den Fall, dass Ross als Sündenbock nicht funktionieren oder wenn er seine Arbeit früher als erwartet würde abschließen müssen, nämlich ehe Spencer gestorben wäre.

Die letzten Tage waren schließlich problematisch geworden. Ross hatte Noah nicht mehr im Griff gehabt und nicht gewusst, was der Bruder als Nächstes tun würde, um Dan aufzuspüren. Also hatte Peder sich um die Sache kümmern müssen: Noahs E-Mails checken, seine Kontakte zur Polizei überwachen. Und ihm schließlich Einhalt gebieten, als er zu weit zu gehen drohte. Es bestand immerhin die Gefahr, dass Alex ihm Glauben schenkte, und das durfte nicht passieren. Deshalb hatte Peder auch versucht, Noahs Glaubwürdigkeit zu unterminieren und Alex davon zu überzeugen, dass Noah nicht vertrauenswürdig sei.

Dass Noah gestorben war, war nicht seine Absicht gewesen. Peder hatte ihn eigentlich nur erschrecken wollen, damit er die Klappe hielt. Er hatte ihm lediglich erklären wollen, dass Dan und seine Familie sterben würden, sofern Noah nicht augenblicklich aufhörte, Detektiv zu spielen. Mit Noahs Reaktion hatte Peder nicht gerechnet. Mit rasender Wut hatte er sich auf Peder gestürzt. Hatte geschrien, er solle ihm sofort verraten, wo sich Dan befand und warum Peder ihn entführt hatte. Und eben das hatte letztlich dazu geführt, dass bei Peder die Sicherungen durchgebrannt waren – denn er war doch gar nicht derjenige, der Dan entführt hatte.

»Jetzt schieben Sie mir aber nicht die Schuld für sein Unglück zu!«, hatte Peder geschrien. Und Noah so fest nach hinten gestoßen, dass er rücklings mit dem Kopf an die messerscharfe Schreibtischkante geschlagen war.

Verdammter Mist.

Danach hatte es für Peder nur mehr einen Weg gegeben: stur nach Plan weitermachen. In Noahs Büro brachte er alles, was er in die Finger bekam, durcheinander, inszenierte alles wie einen missglückten Einbruch. Zu guter Letzt zerrte er Spencers Bekenntnis hervor, das zu einer seiner großen Inspirationsquellen geworden war.

Denn die wenigen Worte passten für Peder perfekt. *Ich mache alles wieder gut.* Genau so empfand er schließlich auch. Peder war schier außer sich gewesen, als er gesehen hatte, dass es sich dabei um einen Buchtitel handelte. Das Buch selbst war nicht ganz leicht zu finden gewesen, doch nach einigen Tagen hatte Peder doch eine Handvoll Exemplare erstanden.

Mit Spencers Brief war sein eigener Plan annähernd perfekt gewesen; sein eigenes Konzept hatte ein einzigartiges Finish erhalten.

Und jetzt sollte er – ungeachtet der monatelangen Vorbereitungen – alles nach wenigen mageren Tagen abbrechen?

Aber was waren das für Tage gewesen.

Eines Tages würde er weitermachen, das schwor er sich. Dann aber ohne eine Signatur. Ohne das Buch zurückzulassen. Vielleicht würde er sogar seine Vorgehensweise überdenken, die Betrüger nicht auf exakt die gleiche Weise sterben lassen wie diejenigen, die sie einst betrogen hatten.

Trotzdem – die Botschaften an Alex bereute er nicht. Im

Gegenteil, die waren wichtig gewesen. Denn vor allem Alex hatte verstehen müssen, dass hinter all diesen Geschehnissen ein klarsichtiger Mensch steckte. Um die Toten war es nicht schade; sie hatten es nicht besser verdient. Da würde Alex derselben Meinung sein, wenn er nur endlich die Zeit hätte, darüber nachzudenken. Vielleicht würde er Peder ja sogar verzeihen, dass er ihn belogen hatte – kleine Notlügen, um die Polizei auf Abstand zu sich selbst und zu Ross, aber auch zu Noah zu halten.

Das verstehst du doch, oder, Alex?

Irgendwann schlief Peder ein. Die Angst in seinem Bauch hatte sich gelegt.

Er hatte keinen Fehler gemacht.

Und solange er weiter vorsichtig wäre, würde ihn niemand kriegen.

Herbst 2016

AN SPENCER LAGERGRENS Todestag schien die Sonne. Tatsächlich schien sie überall – ganz gleich wo sich Fredrika befand. Erst in der Schweiz, dann in Stockholm.

Sie saß auf dem Küchenfußboden und weinte, als Alex anrief – fünf Tage nachdem sie mit Spencers Sarg aus der Schweiz nach Hause gekommen war.

»Ich wollte mal hören, wie es dir geht.«

»So verdammt schlecht«, wimmerte Fredrika.

»Und die Kinder?«

»Die sind bei meinen Eltern.«

»Aber sie gehen morgen mit zur Beerdigung?«

»Das ist jedenfalls der Plan.«

»Klingt gut.«

Dann legte er auf, setzte sich ins Auto und fuhr zu ihr. Und so kam es, dass an diesem Nachmittag im September nicht nur eine, sondern gleich zwei Personen auf Fredrikas Küchenfußboden saßen und weinten.

Fredrika würde Alex dafür auf immer dankbar sein.

»Ich vermisse ihn so sehr, dass ich am liebsten sterben würde«, stieß Fredrika hervor. »Aber das werde ich nicht. Ich lebe und lebe und lebe immer weiter und kann überhaupt keinen Sinn darin sehen.«

Alex wischte sich die Tränen ab. »So hab ich mich auch gefühlt, als Lena gestorben war. Aber dann waren da die Kinder … Die konnte ich doch nicht allein lassen. Außerdem … Nachdem ein bisschen Zeit vergangen war, fand ich, dass ich trotz allem bleiben wollte. Zu sterben ist so verdammt endgültig.«

»Grausam endgültig.«

Fredrika hatte vom Weinen Kopfschmerzen, und die Augen brannten. So war es wohl, wenn jemand, den man mehr als sein halbes Leben lang geliebt hatte, mit einem Mal nicht mehr da war. Die Trauer rauschte nur so – in Tränen gekleidet – aus dem eigenen Körper. Wie sie ohne ihn weitermachen sollte, lag jenseits ihrer Vorstellungskraft, und doch ging es auf ganz erstaunliche Weise fast schon wie von selbst. *Völlig unbegreiflich.* Es war vollkommen egal, wie viel sie weinte, wie weh es tat, wie unmöglich es war, sich eine Zukunft ohne Spencer auszumalen. Die Zeit verstrich einfach so, die Tage, die am Abend zuvor noch die Zukunft gewesen waren, verwandelten sich in die Gegenwart, und Fredrika fand das überaus faszinierend. Dass Menschen an einem Herzinfarkt sterben konnten, nicht aber an Trauer.

»Wirst du wirklich nach London ziehen?«, fragte Alex nach einer Weile.

»Ich glaube, es ist für die Kinder und mich gar nicht schlecht, mal was anderes zu sehen«, antwortete Fredrika. »Ich hab eine Freundin, die mit ihrer Familie hingezogen ist, und mein Bruder arbeitet ab Herbst ebenfalls dort. Die Kinder melde ich in der Schwedischen Schule an, und … das wird gut.«

»Und was machst du selbst den lieben langen Tag?«

»Darüber hab ich noch gar nicht recht nachgedacht. Geige spielen, denke ich.«

Fredrika und ihre Geige …

»Irgendwann will ich dich auch mal spielen hören«, sagte er.

»Das lässt sich sicherlich einrichten.«

Er strich ihr über den Arm. »Wie lange bist du freigestellt?«

»Berlin hat mir ein halbes Jahr gegeben, aber direkt dazugesagt, dass ich verlängern kann. Ich kann so lange wegbleiben, wie ich nur will, sofern ich bloß nicht kündige – so klang es zumindest.«

Alex musste lachen. »Verdammt, manchmal hat sie wirklich helle Momente.«

»Leider ein bisschen zu selten«, entgegnete Fredrika.

Sie schwiegen eine Weile. Das hatte Fredrika an Alex schon immer geschätzt – dass man mit ihm so gut schweigen konnte.

»Wie läuft es bei dir?«, fragte sie, weil sie nicht mehr nur über Dinge nachgrübeln wollte, die man doch nicht mehr ändern konnte. »Wie war Österlen?«

»Krass gut«, erwiderte Alex.

Bei dieser Formulierung musste Fredrika lachen. Warum nur lachte man immer am lautesten und am herzlichsten, wenn die Trauer am größten war?

»Krass gut«, echote sie. »Das ist das erste Mal, dass ich das von dir höre.«

»Die Kinder sagen das andauernd«, verteidigte sich Alex. Er legte ihr eine Hand auf den Arm. »Es wird gut werden«, sagte er leise. »Auf lange Sicht wird alles gut. Und du wirst nicht ewig einsam sein.«

Fredrika erstarrte. »Glaubst du im Ernst, dass ich jetzt darüber nachdenke?«

Alex zuckte mit den Schultern. »Ich habe das damals getan.«

»Da unterscheiden wir uns«, entgegnete Fredrika.

Sie war lange davon überzeugt gewesen, dass Menschen genauso gut allein wie zu zweit leben konnten und deshalb in Sachen Liebe und Beziehung keine Kompromisse eingehen sollten. Die Liebe war lediglich ein Bonus, nichts, was überlebenswichtig war. Und erst recht nichts, worauf man Garantien hatte.

Die Jahre mit Spencer hatten sie eines Besseren belehrt. Sie hatte die Zweisamkeit zu lieben gelernt – und zwar nicht irgendeine beliebige, sondern ihre ureigene Zweisamkeit. Spencer irgendwann ersetzen zu wollen wäre ebenso merkwürdig, wie wenn jemand vorschlüge, sie möge ihre Mutter ersetzen. So funktionierte das nicht. Das tat man nicht. Überhaupt war die Liebe für Fredrika nichts, was man *tat*. Die Liebe schuf sich selbst, und manchmal hatte man das Glück, dabei zu sein, während es passierte. Fredrika konnte sich nicht einmal ansatzweise vorstellen, dass so etwas mehrmals im Leben geschah.

»Was passiert eigentlich morgen?«, wollte Alex wissen.

»Was passiert? Am Nachmittag ist die Trauerfeier, dann gibt es Essen. Es kommen massenhaft Leute zur Kirche, aber nicht alle gehen hinterher mit.«

»Das heißt, du hast die Wohnung voller Übernachtungsgäste?«

»Nein. Es kommen zwar ein paar Freunde von Spencer aus dem Ausland, aber die übernachten im Hotel.«

Alex sah Fredrika an. »Ich komm dich in London besuchen.«

»Das würde mich freuen«, sagte sie. »Dann spiele ich dir was vor.«

Eine Weile herrschte erneut Stille. Dann hatte Alex das Gefühl, noch etwas sagen zu müssen, worüber er offenbar lange nachgedacht hatte.

»Peder«, begann er leise.

»Manchmal denke ich noch an ihn«, sagte Fredrika.

»Wir werden ihn nicht kriegen.«

»Aber zumindest fängt bald das Verfahren gegen Torbjörn Ross an«, meinte Fredrika.

»Die Staatsanwältin fordert zwölf Jahre«, erzählte Alex. »Ich glaube nicht, dass Ross das übersteht.«

»Und die Familie, die wir aus dem Haus gerettet haben, ist okay?«

»Der Vater nicht.«

»Klar, aber … «

»Die anderen sind okay. Aber eben auch nicht mehr.«

Fredrika zögerte. »Was machen wir, wenn wir Peder je zufällig begegnen sollten? Was sagt man dann?«

Alex schüttelte den Kopf. »Das weiß ich wirklich nicht.«

Tags darauf war die Beerdigung. Die Sonne schien wieder, und Fredrika beschloss, dass die Kinder helle Kleidung tragen sollten. Die Kirche war voll besetzt, und für einen Moment fragte sie sich, wer all diese Leute waren.

Alex und Berlin saßen in der Reihe hinter ihr, und als der Kantor das erste Lied anspielte und Fredrika in Tränen ausbrach, spürte sie Alex' Hand auf ihrer Schulter.

»Es wird besser«, flüsterte er ihr ins Ohr. »Glaub mir, es wird besser.«

Vielleicht war das die Wahrheit, vielleicht aber auch nicht. Sicher war indes, dass mit dem Umzug nach London alles so lief wie geplant.

Zwei Wochen später saß Fredrika inmitten ihrer Kinder im Flieger nach England. Saga, die den Fensterplatz ergattert hatte, zeigte auf die riesigen Wolken, über die sie hinwegflogen.

»Ist das, wo Papa jetzt ist?«, fragte sie.

Wenn man das nur wüsste, dachte Fredrika.

»Ja«, sagte sie laut. »Dort ist Papa jetzt, weil er nicht mehr bei uns sein konnte.«

»Dann winken wir!«, rief Saga.

Und das taten sie.

ZWEI MONATE SPÄTER flog Alex nach London. Kein Mensch hatte verstanden, was er im November dort wollte, aber für Alex musste es keinen besonderen Anlass geben. Er vermisste Fredrika bei der Arbeit und wollte sehen, wie es ihr ging. Er hatte seine Tochter mit auf die Reise genommen. Nicht weil die Fredrika gekannt hätte, sondern weil Alex sich Gesellschaft gewünscht hatte und fand, dass sie sich ohnehin viel zu selten sähen. Diana hatte dafür großes Verständnis aufgebracht und war zu Hause geblieben.

Alex rückte sein Jackett zurecht. In seiner Innentasche steckte etwas, was er Fredrika zeigen wollte. Ein letzter Gruß von Peder.

Ich höre jetzt auf.

Die Nachricht war schon Mitte August eingegangen. Natürlich hatte Alex sie Berlin gezeigt.

»Was meint er damit?«, hatte sie ihn gefragt.

Alex war sich sicher, dass Peder es genau so meinte, wie es dastand: Es würde keine weiteren Morde geben.

»Glaubst du, Fredrika geht es gut?«, fragte seine Tochter. »Ich hab viel an sie gedacht. Wie zerbrechlich das Leben doch ist – das ist mir zwar schon klar geworden, als Mama gestorben war, aber du weißt schon: So was vergisst man leicht.«

»Das ist wahr«, sagte Alex. »Und das ist obendrein ein großes Glück.«

Die Tochter angelte ein Buch aus der Tasche und suchte sich eine bequemere Sitzposition, während Alex aus dem Fenster sah.

Kurz bevor sie eingestiegen waren, hatte er einen Anruf von Eden Lundell bekommen, die ihn allen Ernstes gefragt hatte, ob in Alex' Abteilung eine Stelle für sie frei sei oder ob er ihr einen Tipp für eine interessante Leitungsposition geben könne. Das konnte er. Denn es ging das Gerücht, Berlin sei auf dem Absprung.

»Du willst mich als Chefin haben?« Eden hatte erfrischend aufrichtig ins Telefon gelacht.

»Klar«, hatte Alex erwidert. »Schlimmer als jetzt kann es nicht mehr werden.«

Das war ein wenig zu hart gewesen. Berlin hatte dazugelernt, sich zusammengerissen. Trotzdem war sie immer noch meilenweit entfernt von der Sorte Chef, unter dem Alex gern arbeitete.

Seine Tochter knuffte ihn sanft in die Seite.

»Du hast nicht geantwortet«, sagte sie. »Glaubst du, es geht Fredrika gut? Und was machen wir, wenn sie total fertig ist, wenn wir ankommen? Stell dir vor, sie kommt nicht damit klar …«

Alex streckte sich und richtete den Blick auf eine Wolke vor dem Fenster.

»Fredrika kommt immer klar«, sagte er.

Nachwort und Dank

Ich glaube, Sie haben soeben den letzten Fredrika-Bergman-Roman gelesen … und ich sage bewusst, ich *glaube*, weil ich mir nicht ganz sicher sein kann. Fredrika und Alex erfreuen sich beide bester Gesundheit, insofern: Wer weiß? Eines Tages gehen sie vielleicht wieder gemeinsam auf Verbrecherjagd. Doch im Moment sieht es nicht so aus.

Ich hatte im Spätsommer 2007 zu schreiben begonnen, was später *Aschenputtel*, mein erster Fredrika-Bergman-Roman, werden sollte. Damals ahnte ich noch nicht, dass etwas, was seit meinem siebten Lebensjahr ein Hobby gewesen war, eines Tages mein Leben verändern und zu einer Vollzeitbeschäftigung werden würde. Ebenso wenig hatte ich eine Ahnung, wie viele Geschichten ich mit mir herumtrug. Erst als ich meine Festanstellung kündigte, habe ich (und alle anderen wahrscheinlich auch) das Gesamtbild dessen vor mir gesehen, was Schreiben für mich sein konnte: wild und kaum steuerbar. Leidenschaftlich und lustgetrieben. Diese Erkenntnis hat mich beflügelt.

Mein Schreiben unterscheidet sich von dem anderer Autoren. Mir, die es seit der ersten Klasse geliebt hat zu schreiben, ist es schlicht nicht möglich, mich immer nur im Kompetenzbereich einer Fredrika Bergman aufzuhalten, ohne je woandershin zu können. Deshalb habe ich auch die Bücher um Martin Benner geschrieben. Und einen Horrorroman. Und Kinderbücher.

Trotzdem hat mich eine Frage seit dem Frühjahr 2013 verfolgt – damals als *Papierjunge* gerade erschienen war: Wann kommt der nächste Fredrika-Bergman-Band? Ich kann die Frage nachvollziehen – immerhin haben unzählige von Ihnen Fredrika auf ihrer Reise begleitet. So viele von Ihnen wollen mehr von ihr hören. Aber es ist nun mal so: Bücher müssen von der Autorin, die sie schreibt, genauso herbeigesehnt werden wie von ihren Lesern.

Als es auf Weihnachten 2015 zuging, begann ich, mich erneut nach Fredrika Bergman zu sehnen. Dass mir in nächster Zukunft eine neuerliche Welle der Sehnsucht bevorsteht, erscheint mir aber zum jetzigen Zeitpunkt eher unwahrscheinlich. Außerdem scheint Fredrika momentan sehr gut ohne mich zurechtzukommen. Sie und die Kinder haben es gut in London – und Alex geht bald in Rente, ob er nun will oder nicht. Vielleicht findet er dann ja jenen Sandstrand, an dem er liegen und lesen will.

Wie auch immer. Ganz gleich wie es mit Fredrika Bergman weitergeht, werde ich selbstverständlich weiter schreiben. Jahrzehntealte gute Angewohnheiten legt man doch nicht einfach ab! Mit Martin Benner bin ich noch nicht fertig, über ihn will ich noch mehr erfahren. Und mit dem Horrorgenre bin ich auch noch nicht fertig. Und mit den Kinderbüchern erst recht nicht.

Es gibt noch so viele Geschichten zu erzählen. So viele Charaktere wollen zum Leben erweckt werden. Und ich habe gerade erst angefangen.

Ich bin einer langen Reihe von Leuten zu großem Dank verpflichtet – so ist es immer, wenn man ein Buch abgeschlossen hat. Zunächst einmal möchte ich mich herzlich bei meinen Freundinnen und Freunden bedanken. Es sind zu viele, als dass jeder hier namentlich genannt werden könnte – aber ich danke euch, dass ihr Teil meines Lebens seid und mich stark und glücklich macht. Ein ganz besonderer Dank gilt Sofia Ekholm, die nie aufhört, daran zu glauben, dass ich alles kann – und das auch noch gut.

Ein herzliches Dankeschön an meine Familie, die mir unverändert Loyalität und Freude entgegenbringt, wann immer es um meine Arbeit geht – ganz besonders an meine Eltern, die unermüdlich zu Buchmessen und anderen Buch-Events reisen, um mich über meine Autorenschaft und meine Bücher reden zu hören. Es bedeutet mir viel, euch im Publikum sitzen zu sehen.

Dann möchte ich allen danken, die mir helfen, meine Bücher fertigzustellen, und dafür sorgen, dass sie so viele Leser erreichen: meiner Agentur, die Salomonsson Agency, die meinen Romanen den Weg hinaus in die Welt ebnet. Es ist immer ein Fest, wenn die übersetzten Bücher in meinem Briefkasten landen. Ein spezielles Dankeschön an meine Agentin Karin Lindgren!

Danke auch an Mirja Turestedt, die meine Hörbücher einliest und den Geschichten eine Stimme verleiht.

Danke, Niklas Lindblad, für einen wieder mal superben Buchumschlag!

Und schließlich ein großes Dankeschön an meinen wunderbaren Verlag, den Piratförlaget: Wie froh ich bin, dass gerade ihr euch entschieden habt, an mich und Fredrika zu glauben! Es ist ein Geschenk, dass ihr Teil meines schreibenden Lebens seid. Ein herzliches Dankeschön an meine Lektorin Anna Hirvi Sigurdsson, ohne deren Sorgfalt und Strenge das Buch viel weniger lesenswert geworden wäre. Und last but not least danke an Sofia Brattselius Thunfors, ebenfalls Lektorin, deren Hellhörigkeit, Begeisterung und Sachkenntnis von unschätzbarem Wert sind.

Danke!